reverie

Leandra Seyfried

UNDER THE SAME *Stars*

ROMAN

reverie

1. Auflage 2025
Originalausgabe

Valentinskamp 24 · 20354 Hamburg
info@harpercollins.de
Gesetzt aus der Garamond Premier Pro
von GGP Media GmbH, Pößneck
Druck und Bindung von GGP Media GmbH, Pößneck
Printed in Germany
ISBN 978-3-7457-0474-7
www.reverie.de

Liebe Leserinnen und Leser,

dieses Buch enthält potenziell triggernde Inhalte.
Deshalb findet ihr am Romanende eine Themenübersicht,
die demzufolge Spoiler enthalten kann.

Wir wünschen euch das bestmögliche Erlebnis
beim Lesen dieser Geschichte.

Euer Team von reverie

Für alle, die unterschätzt werden.
Zeigt's ihnen.

»We are all in the gutter, but some of us are looking at the stars.« – OSCAR WILDE

Playlist

September Skies – Benjamin Amaru
Call Me When You Land – Old Sea Brigade, Luke Sital-Singh
Pluto – Jake Wesley Rogers
Across The Universe – The Beatles
Northern Star – Dom Fera
Homesick – Madison Beer
Spaceship – Ruth B.
when i close my eyes – Benjamin Amaru
Impossible – Nothing But Thieves
Alley Rose – Conan Gray
The Prophecy – Taylor Swift
Life On The Moon – Duncan Laurence
Starlight – Muse
Shower With My Clothes On – Ashe
Moon In The Morning – Adam Melchor
Heartbreak In The Making – Dagny
orbit – Henry Moodie
I'm Leaving – Mads Langer
Set For Life – Noah Cyrus
California – Chappell Roan
Till Forever Falls Apart – Ashe, FINNEAS
Something In The Orange – Zach Bryan
Moving On – Hannah Storm
Go To Hell – Mighty Oaks

Kapitel 1

»URKNALL«

(Oder: Wie alles beginnt)

Neuanfänge waren mein Endgegner.

Meiner Meinung nach wurden sie viel zu oft romantisiert und beschönigt. *Jetzt beginnt ein neues Kapitel*, sagten sie, warnten einen aber nicht vor, dass man dabei nicht der Leser, sondern der Autor war. Man konnte nicht einfach eine Seite umblättern und lesen – man musste den besagten Abschnitt erst *schreiben*. Ich stand also nicht vor einem neuen Kapitel, sondern einer leeren Seite.

Und das war verdammt beängstigend.

Ich öffnete den quietschenden Kofferraum meines Wagens, der in unserer von duftendem Jasmin gesäumten Einfahrt parkte. Es war ein altes, zitronengelbes BMW E46 Cabrio, dessen Zentralverriegelung bereits kaputt gewesen war, als ich es gekauft hatte. Außerdem rostete es an einigen Stellen, verlor Kühlwasser und hatte mehr Schrammen, als ich zählen konnte.

Ich liebte es. Nicht nur, weil es mein erstes Auto war und ich eine halbe Ewigkeit dafür gespart hatte, sondern auch, weil etliche Erinnerungen daran geknüpft waren. Jedes Mal, wenn ich es ansah, spürte ich eine ganze Reihe an positiven Emotionen, die sich nie wieder von dem Wagen trennen lassen würden. Schrottkarre hin oder her.

Gerade, als ich nach dem Henkel meines Koffers greifen wollte, stieß mich Brandon an der Schulter beiseite und verstaute das Gepäck für mich im Wagen.

Ich rieb mir den Arm. »Sanftmütig wie immer.«

»Ein einfaches Danke hätte es auch getan«, gab er zurück und schlug den Kofferraum so fest zu, dass ich zusammenzuckte und einen Blick in Richtung des Nummernschilds warf, das erst letzte Woche wieder einmal abgefallen war. Zum Glück blieb es an Ort und Stelle.

Mein Bruder lehnte sich gegen meinen Wagen, der ein protestierendes Ächzen von sich gab. »Aufgeregt?«

»Gestern Abend war es schlimmer«, sagte ich, was nicht die ganze Wahrheit war – mir war bereits den ganzen Morgen übel. Die Angst vor meinem Neuanfang war allerdings immer noch besser als die Wochen der Ungewissheit, in denen ich auf die Zusage der Chamberlin University gewartet hatte.

Mit fünf Jahren hatte meine Faszination für das Weltall mit einem aus der Bibliothek ausgeliehenen Buch über den Mars begonnen. Mit sieben hatte ich Blumensamen in einem abgedichteten Behälter gezüchtet, um zu sehen, wie sich Pflanzen unter Ausschluss von Sauerstoff verhielten. Mit zwölf hatte ich ein Teleskop geschenkt bekommen und jeden freien Abend im Garten verbracht, um nach Sternen und Planeten zu suchen. Die Oberfläche des Mondes kannte ich inzwischen auswendig – jeden Krater, jede Erhebung. Mit dreizehn hatte ich mir dann einen Studiengang in den Kopf gesetzt, um den sich seitdem bei mir *alles* drehte: Astrobiologie. Nach dem Highschool-Abschluss hatte ich ein ganzes Jahr damit verbracht, für die Aufnahmeprüfung zu lernen und Extrakurse zu absolvieren, um meine Chancen zu verbessern. Ganz ehrlich? Wenn es nicht geklappt hätte, hätte ich keinen Plan B gehabt. Gleichzeitig war es vielleicht genau das, was mich angespornt hatte. Deshalb sollte ich mich nicht beschweren, dass ich nun von zu Hause auszog, um endlich, *endlich* meinen Traum zu leben.

Auch wenn es sich ein wenig anfühlte, als wäre das alles ein wenig zu gut, um wahr zu sein.

»Bist du traurig, dass Henry und Addison nicht dabei sind, um dich zu verabschieden?«, fragte Brandon.

»Nein, alles gut.« Ich winkte ab. »Ist ja nicht so, dass ich in einen anderen Staat ziehe.« Ich sah an meinem hellblauen Shirt und meiner lockeren Jeans hinab bis zu meinen weißen Sneakers, damit er mir nicht vom Gesicht ablesen konnte, wie traurig mich die Abwesenheit meines ältesten Bruders und meiner besten Freundin tatsächlich stimmte. Henry war Polizist und hatte erst vor wenigen Stunden seine Nachtschicht beendet. Addison hingegen stand kurz vor den Midterms ihres Jurastudiums. Womöglich war es sogar besser, dass sie nicht hier waren. Das würde mich nur emotionaler machen als ohnehin schon.

Ich sah wieder hoch in Brandons braungrüne Augen, die beinahe identisch mit meinen waren. »Außerdem –«

»Wenn du willst, kann ich auch kurz tun, als wäre ich er«, unterbrach er mich plötzlich, hüpfte vom Heck, legte seine Arme auf meine Schultern und sah mich eindringlich an. »Pass auf dich auf, Birdie. Wenn dir etwas seltsam vorkommt, rufst du mich an, klar?« Brandon traf Henrys besorgten Tonfall ziemlich exakt, weshalb ich mir ein Lachen nicht verkneifen konnte. »Du musst dich durchsetzen können, hast du verstanden? Ob du *verstanden* hast, Robin?«

Ich schüttelte ihn lachend ab. »Gott, Brandon. Vielleicht hättest du Schauspiel studieren sollen. Dann hättest du ein Ventil für all die überschüssige Energie.«

Brandon grinste. Er konnte selten etwas ernst nehmen und war damit das genaue Gegenteil unseres älteren Bruders Henry, der in die Fußstapfen unseres Vaters getreten war und seiner Rolle als verantwortungsbewusster Polizist auch privat oftmals zu sehr nachkam. Was Brandon zu viel hatte, fehlte Henry an allen Enden.

»Tut er wieder so, als wäre er Henry?«, fragte mein Vater, der in diesem Moment mit einem Umzugskarton unter dem Arm aus dem Haus trat. Ein sich im Wind wiegender Palmwedel warf Schatten auf seine akkurat gebügelte Polizeiuniform.

»Jap.«

»Ich sag es immer wieder: Die ganze frische Luft tut dir nicht gut«, gab mein Dad zurück und schob den Karton auf die Rückbank meines Wagens.

Brandon, der als Ranger im *Topanga State Park* arbeitete, grinste nur noch breiter. »Sei froh, dass du nicht weißt, wie ich bin, wenn ich nicht *genug* frische Luft bekomme.«

Dad hob eine Braue. »Keine Angst, das weiß ich. Stell dir vor, ich habe zwanzig Jahre mit dir unter einem Dach gelebt.«

»Sei froh, dass du einen Sohn hast, der etwas lockerer ist. Stell dir vor, du hättest einen zweiten Henry bekommen.« Er legte sich eine Hand an die Stirn und tat, als würde ihm schwindelig werden. »O Gott, der Horror!«

»Hör auf, sonst enterbe ich dich«, gab mein Vater trocken zurück.

Ich blendete das Wortgefecht zwischen meinem Dad und meinem Bruder aus und ließ den Blick über die sonnenbeschienene Fassade des gepflegten Bungalows gleiten, den ich mein gesamtes Leben lang mein Zuhause genannt hatte. Mein Herz wurde schwer, als ich an all die hunderttausend kleinen Augenblicke dachte, die ich hier erlebt hatte. Die Erinnerungen zogen an mir vorbei wie bunte Schmetterlinge, berührten mich mit ihren Flügeln und tauchten mich in ihre jeweiligen Farben. Ich *fühlte* Emotionen nicht – ich *war* die Emotion. Ich dachte an den Käfer, den Brandon mit sechzehn aus Versehen vor der Eingangstür zertreten hatte, und könnte weinen, als wäre es gestern passiert. Dachte daran, wie Aiden mich vor einem Dreivierteljahr genau hier zu unserem ersten Date abgeholt hatte, seine hellen Haare von der Sonne gebleicht. Dachte daran, wie mir nach meinem letzten Treffen mit ihm der Haustürschlüssel aus der Hand gefallen war und ich es aufgrund meiner zitternden Hände nicht geschafft hatte, die Tür zu öffnen.

Ich hatte mich von vornherein nicht verlieben wollen, weil es bei mir nur ganz oder gar nicht gab. Nichtsdestotrotz hatte ich es nicht verhindern können … und dann mit den Konsequenzen leben müssen. Den verdammt hässlichen Konsequenzen. Es war ein bisschen so, als hätte mich jemand nach der Trennung in der Wüste Nevadas ausgesetzt, von der ich mir seither einen Weg zurück nach Los Angeles kämpfen musste. Ohne Wasser, unter der sengenden Sonne. Alles nur, weil ich der falschen Person vertraut und zu lange gebraucht hatte, um das zu erkennen. Jeder Schritt von ihm weg war einer zurück zu mir.

Was auch immer das bedeutete.

Verstohlen wischte ich mir die Tränen aus den Augenwinkeln, bevor sie jemand sehen konnte. Ich hasste es, die einzige Person in dieser Familie zu sein, die ihre Emotionen nicht unter Kontrolle hatte. Dad war die Disziplin in Person, Henry hatte höchstwahrscheinlich mit vier seine letzte Träne geweint, und Brandon nahm nie etwas ernst genug, um es an sich heranzulassen. Im Gegensatz dazu fühlte ich jede Emotion so stark, dass es jedes Mal war, als würde mich eine große Welle erfassen und ins Meer spülen.

Du musst dir eine dickere Haut zulegen, sagten Henry und Dad regelmäßig zu mir, als wäre das so einfach, wie sich einen Pullover überzuziehen. Und da ich das nicht konnte, wischte ich meine Empfindungen genauso schnell weg wie meine Tränen, bevor sie jemand bemerkte. Ich war ein Chamäleon, das sich an seine Umgebung anpasste und jedem die Version von mir gab, die er sehen wollte.

Um nicht negativ aufzufallen.

Oder überhaupt aufzufallen.

In diesem Augenblick trat Odette mit einem weiteren Karton im Arm aus der Haustür. Mein Vater zögerte keine Sekunde und nahm ihn ihr ab, woraufhin sie ihm ein Lächeln schenkte. Als sie meinen Blick fand, lächelte sie noch ein wenig wärmer.

Ihr Blumenkleid schmiegte sich an ihre eleganten Kurven und passte farblich zu dem Stoffband, mit dem sie ihren Afro aus dem Gesicht geschoben hatte.

Odette war nun seit über vierzehn Jahren an der Seite meines Vaters. Länger, als meine Mom es gewesen war. Für Henry und Brandon war sie wie eine Mutter, aber ich hatte bis heute nicht verdaut, dass sie die beste Freundin meiner Mom gewesen und nur wenige Monate nach der Trennung meiner Eltern mit Dad zusammengekommen war. Egal, wie sehr ich es versuchte: Ich konnte sie nicht wie eine Mutter sehen, ohne dabei Moms Gesicht vor mir zu haben und mich zu fühlen, als würde ich sie hintergehen – und das, obwohl ich ihr nichts schuldete.

»Danke«, murmelte ich, nachdem Dad den Karton sicher auf der Rückbank verstaut hatte.

»Und du bist dir ganz sicher, dass wir dich nicht lieber fahren sollen?«, fragte Dad. »Die Strecke ist nicht ungefährlich.«

»Ich kann dich auf dem Weg zum Park mitnehmen und dir dein Auto am Wochenende nachbringen«, schlug Brandon vor.

»Nicht nötig«, sagte ich eilig.

»Und du bist wirklich bereit dafür, ja?«, hakte Dad nach. »Wenn du magst, kannst du auch erst einmal hier wohnen bleiben, und ich fahre dich morgens –«

»Dad, danke, aber ich werde klarkommen.« Seit meiner dunklen Phase nach Moms Abschied fasste mich meine gesamte Familie mit Samthandschuhen an. Ich wusste, dass sie es nur gut mit mir meinten, aber manchmal war die ganze Fürsorge doch etwas ... erdrückend.

»Okay, dann ...«, begann ich, bevor sie noch einmal ihre Hilfe anbieten konnten, und sah von Odette über Dad zu Brandon.

Letzterer löste sich zuerst, umarmte mich so fest, dass es mir die Luft abdrückte, und schlug mir auf den Rücken. »Mach keinen Blödsinn an dieser Uni.« Er unterbrach sich. »Nein, weißt du was? Mach sehr viel Blödsinn. Allen Blödsinn, den du finden kannst. Ich denke, das würde dir guttun.«

Ich schnaubte und drückte ihn mit geschlossenen Augen fest an mich. Er roch immer ein wenig nach Harz, sonnigen Spaziergängen im Wald und taubesetzten Nadeltannen.

Danach umarmte ich Dad, und zuletzt verabschiedete ich mich von Odette, die mich in ihre nach Rosenlotion duftenden Arme schloss. »Ich bin stolz auf dich, Robin. Und wenn etwas ist, kannst du jederzeit zurückkommen.«

»Danke, Odette. Das weiß ich zu schätzen.« Ich löste mich von ihr und trat an die Fahrertür heran. »Ich schreibe euch, sobald ich mich eingerichtet habe«, sagte ich und klang dabei zuversichtlicher, als ich bekanntermaßen war. *Heuchlerin.*

Ich tastete nach dem Griff und zog an der Tür … doch sie gab keinen Zentimeter nach. Ich verdrehte die Augen, zog noch etwas fester, nahm dann die zweite Hand dazu und lehnte mich mit meinem ganzen Körpergewicht dagegen. Gerade als Brandon, Dad und Odette simultan einen Schritt nach vorn machten, sprang sie auf …

… und ich taumelte nach hinten. Brandon hielt mich am Arm fest, ich richtete mich eilig auf und pustete mir die dunklen Strähnen aus der Stirn.

Toller Neuanfang. Ich schaffte es ja gerade so, die Tür meines eigenen Wagens zu öffnen. »Ähm, das ist der Rost. Der … hat die Tür etwas verzogen.«

Mein Dad rieb sich tief seufzend über das Gesicht, ersparte mir aber seine üblichen Hasstiraden über mein Auto. *Es ist ein Sicherheitsrisiko auf vier Rädern, bla, bla, eines Tages schraube ich dir die Kennzeichen ab und nehme dir die Zulassung, bla, bla.*

Ich wich seinem Blick aus, setzte mich hinter das Steuer und zog die Tür zu. Dann strich ich über das Lenkrad und atmete tief aus. »Okay, kann losgehen«, sagte ich mehr zu mir selbst als zu den anderen und drehte den Schlüssel herum. Der Motor erwachte röhrend zum Leben, stotterte … und ging aus.

»Mach keinen Scheiß, okay?«, raunte ich meinem Wagen zu. »Wenn du dich jetzt nicht zusammenreißt, lässt Dad mich niemals gehen.«

»Redest du etwa mit deinem Wagen?«, fragte Brandon mit unverkennbar amüsiertem Unterton.

Ich lachte trocken, als wäre es das Absurdeste, was ich je gehört hatte. »Ähm, nein?« So viel zu meinem coolen Abgang.

Ich drehte den Schlüssel ein weiteres Mal um – dieses Mal sprang der Motor mit einem besorgniserregenden Rasseln an, was Dads Sorgenfalte auf seiner Stirn sofort den Anlass gab, sich zu vertiefen.

Brandon joggte nach vorn, um mir das Tor zu öffnen. Odette und Dad folgten ihm, um mir zu winken.

»Pass auf dich auf!«, rief Dad.

»Und mach viel Blödsinn!«, rief Brandon, was ihm einen tadelnden Blick von Dad einbrachte.

Ich drehte mich ein letztes Mal mit einem Lächeln um und fuhr dann aus der Ausfahrt – allerdings nicht, ohne dass mein Wagen ruckelte und ein wenig nach vorn sprang. Ich sog mit zusammengepressten Zähnen die Luft ein und sah die immer tiefer werdende Sorgenfalte meines Dads sogar im Rückspiegel. Ups.

Ich ließ die schmalen Straßen Glendales eilig hinter mir, kämpfte mich durch den Verkehr in Beverly Hills und bog auf die Straße ab, die über die Hügel führte. Die warme Fahrtluft wirbelte meine Haare durcheinander, die Sonne schien auf meine Arme, und ich atmete tief die nach Nadeltannen, Benzin und Salzwasser riechende Luft ein.

Neuanfang, Neuanfang, Neuanfang. Ich sagte es mir wie ein Mantra und zählte die Minuten, bis ich ankommen würde. Bisher hatte ich den streng gesicherten Campus nur auf wenigen Bildern gesehen. Die Universität war eine der renommiertesten des Landes – und die einzige der Welt, die auf Studiengänge im Bereich der Luft- und Raumfahrtforschung spezialisiert war. Das Gelände war nicht öffentlich zugänglich und die Sicherheitsvorkehrungen wegen der Zusammenarbeit mit der NASA und der Forschungen, die dort betrieben wurden, entsprechend hoch. Umso aufgeregter war ich bei dem Gedanken, alles gleich mit eigenen Augen sehen zu können.

Meine Beatles-Playlist tönte leise aus den Lautsprechern, vermischte sich mit dem Brummen des Motors und dem Wind, der durch die Palmblätter rauschte. Mit jedem Kilometer, den ich weiter gen Westen fuhr, stieg mein Adrenalinpegel. Der Campus befand sich zwischen Santa Monica und Malibu, auf einer Anhöhe zwischen den Hügeln und der Küste. Nicht mehr weit, dann hatte ich es geschafft.

Ich bog auf die Schnellstraße ab, sah nach links und entdeckte endlich den scheinbar endlosen Pazifik, der sich bis zum Horizont und darüber hinaus erstreckte. Das Wasser schimmerte in einem tiefen Saphirblau und changierte in Nähe des Strands zwischen Aquamarin und Azur. Ein Ozean voller Edelsteine.

Die Ampel vor mir schlug auf Rot um, ich hielt exakt auf der Linie und ließ den Blick über die vierspurige Kreuzung wandern. Ich tippte nervös auf mein Lenkrad, bis die Ampel grün wurde. Dann fuhr ich an, beschleunigte …

Mit einem Mal schoss ein schwarz gekleideter Motorradfahrer über die Kreuzung, schnitt mich knapp und fuhr direkt vor mir auf die Spur. Mein Herz blieb stehen, ich machte eine Vollbremsung und wurde in meinen Gurt gepresst. Mein Wagen krächzte protestierend, die Reifen quietschten. Ich riss die Augen auf und sah dem Motorradfahrer hinterher, der allem Anschein nach über Rot gefahren war.

Sag mal, geht's noch?!

Wutentbrannt drückte ich auf die Hupe. »Arschloch!«, rief ich ihm – zugegebenermaßen deutlich zu spät – hinterher, was er über den viel zu lauten Motor seines viel zu stark glänzenden Bikes allerdings ohnehin nicht gehört hätte. »Ich fass es nicht«, keuchte ich, legte mit bebender Hand den Gang ein und fuhr an. Der Mann in dem dunkelblauen Porsche, der hinter mir gefahren war, drückte ebenfalls auf die Hupe, überholte mich mit röhrendem Motor und zeigte mir im Vorbeifahren den Mittelfinger.

»Echt jetzt? Was hätte ich bitte machen sollen?«, rief ich, aber auch er hörte mich nicht mehr.

Ich biss die Zähne zusammen. *Manchen Leuten sollte man den Führerschein wegnehmen*, dachte ich und zuckte sofort zusammen. Super, jetzt hörte ich mich schon an wie Dad.

Ich bog fünf Minuten später in eine von Platanen gesäumte Straße ein. Kurz tauchte auf der rechten Seite ein Schild auf, das mein Herz höherschlagen ließ. *Chamberlin University – a cooperation with NASA and the City of Los Angeles.* Direkt darunter befand sich in kursiver Schrift der Slogan der Universität: *Beyond Earth, Beyond Limits.*

Meine Fingerspitzen kribbelten aufgeregt – eine Empfindung, die sich durch das Auftauchen der Pforte wenige Meter weiter nur verstärkte. Nachdem ich meinen Ausweis vorgezeigt hatte, ging die Schranke auf, und ich fuhr weiter, bis ich einen weitläufigen Parkplatz erreichte. Ich entschied mich für eine Parkbucht in der Nähe des Eingangs, zog den Schlüssel ab, stieg aus und legte den Kopf in den Nacken.

Ein kleines Motorflugzeug flog so tief über mich hinweg, dass es für den Bruchteil einer Sekunde die Sonne verdeckte. Es musste auf der campuseigenen Flugbahn gestartet sein. Denn ja, so verrückt es klang: Die Universität besaß eine eigene Start- und Landebahn sowie einige Forschungsflugzeuge, in denen Messungen, geophysikalische Studien und aerodynamische Forschungen durchgeführt wurden.

Gar keine große Sache. Überhaupt nicht.

Ein hoher Zaun und eine weitere Pforte trennten mich noch vom eigentlichen Gelände. Eine Handvoll Studierender wartete dort, um eingelassen zu werden.

Ich wollte gerade meinen Kofferraum öffnen, als mein Blick auf die Parklücke schräg gegenüber fiel – und das schwarz glänzende Motorrad, das dort stand.

Nicht im Ernst. Von all den Orten, an die der Biker hätte fahren können, war es ausgerechnet die Chamberlin?

Ich beobachtete, wie der schwarz gekleidete Fahrer die Aufbewahrung an der Seite öffnete und eine Tasche heraushob. Jap, das war eindeutig der Typ, der mich vor wenigen Minuten beinahe umgebracht hatte. Okay, das war ein wenig dramatisch, aber trotzdem. Was dachte er eigentlich, wer er war? Dass er rücksichtslos fahren, andere gefährden und dann fröhlich mit seinem Tag weitermachen konnte?!

Nicht mit mir.

Ich ballte die Hände zu Fäusten und stapfte auf ihn zu. »Weißt du, wie gefährlich das eben war?«, fragte ich, kaum dass ich bei ihm angekommen war.

Er drehte sich langsam zu mir um, wodurch ich mich in der Abdeckung seines Helms gespiegelt sah. Lange schwarze Haare, blasse Haut, weit aufgerissene Augen. Wie das Böse in Person sah ich nicht gerade aus. Ich verengte die Augen, um den wütenden Effekt zu verstärken.

Ich war ein wenig stolz auf mich, dass ich ihn direkt angesprochen hatte und der Konfrontation nicht aus dem Weg gegangen war … zumindest bis er sich zu seiner vollen Größe aufrichtete und ich mich bemühen musste, nicht zurückzuweichen. Er war garantiert eins neunzig. Nein, größer. Es kam mir vor, als wären seine Schultern doppelt so breit wie meine, und mit dem selbstbewussten Stand strahlte er – ohne ein Wort zu sagen – bereits jetzt mehr Autorität aus als ich.

Pff. Scheiß auf ihn. Davon lasse ich mich garantiert nicht einschüchtern.

»Hast du mich verstanden?«, fragte ich und zeigte auf seinen Helm, als keine Antwort kam. Keine Ahnung, wie viel man darunter hörte. »Ich wäre fast in dich reingefahren, weil du über Rot gebrettert bist und mich geschnitten hast.« Ich wies auf meinen Wagen. »Ich meine – schau dir mein Auto doch mal an! Bei der nächsten Vollbremsung fällt mir wahrscheinlich das Heck ab. Ich muss eh schon zu oft Kühlwasser nachfüllen, und –«

Ich hielt inne, als er die Lasche seines Helmes löste. Aha, er würde also auch mal etwas sagen.

Er nahm den Helm vom Kopf …

… und mir gefror das Blut in den Adern zu Eis.

Ach du Scheiße.

Ich hatte mit allem gerechnet – außer dass mir plötzlich ein vertrautes Gesicht entgegenblickte. Vielleicht war ich bei der Vollbremsung doch mit dem Kopf auf dem Lenkrad aufgekommen, denn vor mir stand ein Mann, von dem ich gedacht hatte, ihn nie wieder zu sehen. Der Mann, der vor drei Jahren ans andere Ende des Landes gezogen war, wo er nach nur vier Monaten den Kontakt zu meinen Brüdern abgebrochen hatte, obwohl sie ihr Leben lang beste Freunde gewesen waren. Der Mann, der pure Lebensfreude gewesen war und nun mit finsterem Blick auf mich herabsah, als wären wir uns noch nie zuvor begegnet.

Ich zog die Brauen zusammen. »Jamie?«

Kapitel 2

»PLANETENKOLLISION«

(Oder: Wie ich auf Widerstand treffe)

Ich hätte ihn beinahe nicht erkannt. Klar, er hatte dieselben dunkelbraunen Haare wie damals. Dieselbe goldstichige, gebräunte Haut mit den von der Sonne ausgeblichenen blonden Härchen darauf. Dieselben hellbraunen Augen, die von dichten Wimpern umrandet waren. Doch nun war da eine große Narbe, die sich über sein ehemals so offenes und freundliches Gesicht zog. Sie begann auf seiner rechten Wange, ging knapp an seinem Auge vorbei und endete in seinem Haaransatz. Dazu kamen der finstere Blick, die Leere in seinen Augen und die seltsame Ausstrahlung, die in meinem Körper sämtliche rote Lämpchen angehen ließ. Mein Instinkt flehte mich förmlich an, einen Schritt zurück zu machen, aber ich widerstand dem Drang.

Von dem kalifornischen Jungen mit dem breiten Grinsen fehlte jede Spur.

»Robin.« Wenn er meinen Namen nicht gesagt hätte, wäre ich mir nicht sicher gewesen, ob er mich erkannt hatte. Dabei war er mehrere Jahre lang öfter bei uns zu Hause gewesen als bei sich. Henry und er kannten sich aus der Schule, und weil Brandon nur ein Jahr jünger war als die beiden, hatten sie sich alle schnell angefreundet. Ich konnte mich noch genau erinnern, wie genervt ich anfangs gewesen war, wenn die drei wieder ihren Unsinn getrieben hatten. Je älter wir wurden, desto besser hatten wir uns jedoch verstanden. Wenn ich mit meinen Brüdern ins Kino, zum Strand, nach Downtown gegangen war, war Jamie stets dabei gewesen. In der Highschool war er der mit Abstand beliebteste Junge gewesen (was Brandon bis heute bestritt), und ich konnte gar nicht mehr zählen, wie viele vermeintliche Freundinnen nur mit zu mir hatten kommen wollen, weil *er* dort sein würde. Es hatte niemanden gegeben, der ihn nicht gemocht hatte, aber das war ihm nie zu Kopf gestiegen. Er war einfach immer ... Jamie geblieben. Freundlich, authentisch, hilfsbereit.

Er wusste es zwar nicht, aber er war der Grund, warum ich Astrobiologie studierte. Damals war er der Einzige in meinem Umfeld gewesen, der meine Interessen geteilt hatte. Er hatte schon immer Luft- und Raumfahrttechnik studieren wollen, während ich mir noch nicht zugetraut hatte, mich an einer Universität wie der Chamberlin zu bewerben. Als wir vor fünf Jahren in unserer Küche über Studiengänge gesprochen hatten, während er auf Henry gewartet hatte, hatte er mich mit nur wenigen Sätzen derart ermutigt, dass ich nach dem Gespräch nur eines wusste: Ich würde es versuchen. Er konnte sich vermutlich nicht einmal mehr daran erinnern, aber ich würde es niemals vergessen.

Doch jetzt schien alles anders zu sein.

Mir schossen Hunderte Fragen durch den Kopf. Angefangen mit *Seit wann bist du zurück?* über *Seit wann zur Hölle hast du ein Motorrad?*, bis zu *Wissen meine Brüder, dass du hier bist?*.

Gut, die Frage mit dem Motorrad war nicht die drängendste. Und die letzte konnte ich mir selbst beantworten: Wenn Brandon gewusst hätte, dass sein ehemals allerbester Freund aus Massachusetts zurück war, hätte er es heute Morgen erwähnt. Verdammt, es wäre Gesprächsthema Nummer eins gewesen.

»Du bist hier«, sagte ich also wenig einfallsreich.

»Sieht so aus«, gab er knapp zurück, schob sich seine Sonnenbrille auf die Nase und sperrte mich somit noch weiter aus.

»Studierst du jetzt an der Chamberlin?«

Keine Antwort. *Was zum Teufel ist plötzlich sein Problem?*

Er verstaute seinen Helm und schloss dann sein Motorrad ab.

Gerade als ich den Mund öffnete, um noch etwas zu sagen, lenkte jemand einen weißen Pick-up-Truck in die Parklücke rechts neben Jamie und lehnte sich aus dem Fenster. Es war ein Mann in meinem Alter mit kurzen schwarzen Locken, schwarzer Haut und zu einem höflichen Lächeln verzogenen Lippen. »Hey«, grüßte er uns, ehe er sich an Jamie wandte. »Nur eine kleine Warnung: Die Motorradparkplätze sind auf der rechten Seite«, sagte er mit britischem Akzent, öffnete die Tür und stieg aus dem Wagen. »Nicht dass du einen Strafzettel bekommst.«

Jamie sah ihn zwei Sekunden lang ausdruckslos an, schulterte seine Tasche ... und ging.

Er *ging*. Ohne ein weiteres Wort. Offenbar war also nicht *ich* das Problem – er war ganz allgemein ein Arsch.

Ich blinzelte perplex und sah ihm nach. Zwei Frauen in bunt gemusterten Kleidern blickten ihm ebenfalls hinterher, aber er bemerkte es nicht einmal. Er schlängelte sich an den anderen Wartenden vorbei, sagte etwas zu der Person hinter der Glasscheibe und wurde kurz darauf ins Innere des Campus gewunken.

Was war das denn gewesen? Und was machte er hier?

Vor drei Jahren war Jamie nach Massachusetts gegangen, um seinen Bachelor in Luft- und Raumfahrttechnik zu machen. Absolvierte er nun doch seinen Master in Los Angeles? Und wieso hatte er niemandem gesagt, dass er wieder hier war? Das ergab alles keinen Sinn. Besonders, wenn ich an die tränenreiche Verabschiedung vor drei Jahren dachte, bei der ich geglaubt hatte, Jamie würde den Studienplatz an der MIT doch spontan sausen lassen, um bei meinen Brüdern zu bleiben. Wieso sollte er nun, da er wieder zurück war, darauf verzichten, sie sehen zu wollen? *Vermutlich aus demselben Grund, aus dem er wenige Monate nach Beginn seines Studiums ohne Erklärung untergetaucht ist*, schoss es mir sofort durch den Kopf.

»Was war denn mit dem?«, fragte der Mann aus dem Truck, der noch immer in die Richtung blickte, in die Jamie verschwunden war.

Er zog nervös an seinem kunstvoll zerrissenen schwarzen Pullover. Die Brille mit dem blauen Rahmen, die gebügelte Stoffhose und die teuer aussehenden Sneaker schrien förmlich vor mitteleuropäischer Stadtmetropole.

»I-ich habe keine Ahnung.«

»Na ja.« Er zuckte mit den Schultern und streckte mir seine Hand hin. »Ich bin Dylan.«

Ich erwiderte den Händedruck. »Robin, hi. Erstes Semester?«

»Genau.« Er lächelte, und seine Haltung wurde automatisch ein wenig gerader. »Planetologie. Und du?«

»Astrobiologie.«

Seine Brauen hoben sich. »Das ist ja cool! Das wäre meine zweite Wahl gewesen. Bist du aus L. A.?«

Ich nickte. »Geboren und aufgewachsen. Sehr zum Leidwesen meiner Lunge.«

Er runzelte die Stirn.

»Wegen des Smogs«, schob ich eilig hinterher und fuchtelte mit der Hand durch die Luft.

Er lachte auf, obwohl es gar nicht so witzig war, und sein Lachen war so laut und ansteckend, dass mein Herz ein wenig leichter wurde. Ich liebte Menschen, denen ein Lachen leicht von den Lippen ging.

»Wie cool, dann kennst du dich ja bestens aus. Ich bin vor zwei Wochen mit meiner Schwester Sydney aus London für das Studium an der CU hergezogen.«

»Oh, toll! Wie gefällt es dir bisher?«

Er blickte zu seinen Sneakern herunter und schüttelte den einen Fuß aus. »Die Stadt ist etwas ... sandig für meinen Geschmack. Und ich kenne bisher niemanden.« Er sah zu mir. »Hey, kann ich dich als kalifornische Freundin und Stadt-Guide einfach adoptieren?«

O mein Gott, schloss ich etwa gerade meine allererste Freundschaft? Und das, obwohl ich den Campus noch nicht einmal betreten hatte? Ich war offenbar in Höchstform. »Sehr gern«, gab ich so gelassen wie möglich zurück.

In diesem Augenblick klingelte sein Telefon, und er tastete hektisch seine Taschen ab, ehe er bemerkte, dass das Geräusch aus dem Wagen kam. »Sorry, da muss ich rangehen. Wahrscheinlich meine Schwester, die mich zusammenscheißt, weil ich zu lange brauche.« Er rollte mit den Augen. »Wir sehen uns, Robin!«

Ich winkte zum Abschied, ehe ich an meinen eigenen Wagen herantrat, nach drei gescheiterten Versuchen endlich die Klappe hinten aufbekam und für den Anfang nur meinen Koffer heraushob. Danach schloss ich den Wagen ab – wohlgemerkt an allen Seiten einzeln. *Pff, wer braucht schon eine Zentralverriegelung?*

Ehe ich an das Tor herantrat, warf ich einen letzten Blick auf Jamies Motorrad. Innerhalb kürzester Zeit hatte er Hunderte Fragen aufgeworfen, die mir noch immer durch den Kopf schwirrten wie Partikel in einem kosmischen Strahlungsstrom. Unzählige Fragen und eine, die mit Abstand am lautesten war: *Was zum Teufel ist in Massachusetts mit ihm passiert?*

Kapitel 3

»EXOPLANET«

(Oder: Wie ich mich in neue Welten wage)

Ich schob sämtliche Gedanken an das Zusammentreffen mit Jamie beiseite und lief auf die Pforte zu. So seltsam das alles gewesen war – meine ersten Momente auf dem Campus würde ich garantiert nicht von ihm überschatten lassen. Während ich in der kurzen Schlange wartete, warf ich einen Blick auf mein Handy. Sofort leuchteten mir mehrere Nachrichten entgegen. Ich wusste sofort, von wem sie waren: Nur Brandon schickte hundert einzelne Nachrichten anstatt eine, in der alles drinstand.

Brandon: hallooo, bist du gut angekommen?

dad fragt

aber er sagt ich soll dir nicht sagen dass er fragt

jetzt fragt er ob ich dir das geschrieben habe

ich hab nein gesagt

kannst du einfach antworten damit ich mich wieder in den wald pinkelnden touristen und giftige beeren essenden kindern im nationalpark widmen kann?

Ich unterdrückte ein Augenrollen und ein Lachen gleichzeitig.

Robin: Bin angekommen. Nervensäge. Und jetzt steck das Handy weg, sonst wirst du wieder von einem Waschbären ins Bein gebissen.

Ich scrollte weiter nach unten und entdeckte eine Nachricht meiner besten Freundin Addison. Schon seit sie studierte, hatten wir weniger Zeit füreinander. Wenn ich daran dachte, dass ich durch mein Studium nun auch weniger Zeit für sie haben würde, versetzte es mir einen Stich. Ich war nicht besonders gut darin, neue Leute kennenzulernen. Manchmal wäre ich gern ein klein wenig mehr wie Brandon oder Addison, die immer wussten, wie man auf fremde Menschen zuging. Ihnen ging nie der Gesprächsstoff aus, da sie einfach sagten, was ihnen in den Sinn kam, und danach nicht stundenlang überlegten, ob sie etwas Seltsames von sich gegeben hatten.

Addison: Hey, Babe, wollte nur sagen, dass ich heute an dich denke. Ich bin stolz auf dich, du packst das! Lass uns später telefonieren, okay?

Gerade als ich eine Antwort tippen wollte, ging die Person vor mir weiter, und ich war an der Reihe. Ich steckte das Handy in meine Hosentasche, straffte meine Schultern und trat an das Fenster heran, hinter dem eine Frau mit langen dunkelblonden Haaren und großen blauen Augen saß. »Willkommen an der Chamberlin University«, sagte sie mit einem Strahlen. »Erstes Semester?«

Ich nickte. »Robin Sunday.«

Sie tippte auf ihrer Tastatur herum und sah dann zu mir auf. »Ausweis und Anmeldung, bitte.«

Nachdem sie alles überprüft hatte, überreichte sie mir eine dunkelblaue Schlüsselkarte, auf der in weißer Schrift das Logo der Universität prangte: ein Flugzeug und eine Rakete, die beide gen Himmel flogen und sich in der Mitte kreuzten.

»Deine persönliche Zugangskarte.«

Ich nahm sie entgegen und fühlte mich, als wäre mir der Schlüssel zum Paradies ausgehändigt worden. *Das passiert gerade wirklich. Ich bin Studentin an der Chamberlin!*

»Bei den Golfcarts wartet jemand, der dich zum Wohngebäude bringt.«

Moment. Hatte sie *Golfcarts* gesagt?

Sie ließ mich einen QR-Code scannen, der zu einer App führte, in der ich einen Grundriss des Geländes, meinen Stundenplan und das interne Nachrichtenportal der Universität fand. »Na dann, schönen ersten Tag, Robin! *Beyond Earth, Beyond Limits.*«

Ich lächelte überrascht, als sie den Slogan der Universität anfügte, und unterdrückte das Bedürfnis, wie Spock die Hand zu einem vulkanischen Gruß zu erheben. *Du musst dich nicht direkt am ersten Tag als Nerd outen.*

Ich holte einmal tief Luft, trat an das Tor heran und hielt meine Schlüsselkarte an den Scanner. Es dauerte keine Sekunde, als es mit einem elektronischen Surren zur Seite fuhr und den Blick auf den Campus freigab.

Und ... verdammte Scheiße, das konnte nicht real sein.

Das Erste, was mir ins Auge fiel, waren die grünen Wiesen, die weiter hinten in sanfte Hügel übergingen. Am höchsten Punkt entdeckte ich die weiße runde Kuppel eines Observatoriums und spürte, wie mein Herz voller Vorfreude gegen meine Brust hämmerte. Breit gepflasterte und abwechselnd von Bäumen und Palmen gesäumte Wege erstreckten sich in alle Himmelsrichtungen. Eine angenehm kühle Brise fuhr mir durchs Haar, ließ die Palme über mir rascheln und die Schatten auf dem Weg tanzen. Einige Hundert Meter weiter lag, verborgen hinter dichten Baumkronen, die moderne Glasfassade des Hauptgebäudes.

»Robin Sunday?«

Ich löste mich von dem Anblick und drehte mich um. Vor mir stand ein großer, schlanker Mann mit schwarz gerahmter Brille, dunkelblonden Haaren und einem Tablet in der Hand.

»Genau, hi.«

»Einmal mir folgen, bitte.«

Vor dem Zaun standen mindestens zwanzig Golfcarts. Der weiße Lack glänzte in der Sonne, auf der Seite prangte das dunkelblaue Logo der Universität.

Ich lachte nervös auf. »Das hatte ich irgendwie nicht erwartet.«

»So geht es den meisten Neuankömmlingen.« Er schob sich die Brille zurück auf die Nase. »Wusstest du, dass der Campus der Chamberlin so groß ist wie das der Brown und Stanford zusammen?«

Ich schaffte es gerade so, den Kopf zu schütteln, ehe er weitersprach. »Das Gelände ist also schlichtweg zu groß, um die Wege zu Fuß zurückzulegen. Du kannst dir die Golfcarts wie Mietfahrräder vorstellen, die jedem Studierenden zur Verfügung stehen, um von A nach B zu gelangen. Du musst nur deine Karte an das Panel neben dem Lenkrad halten und es später wieder auf einem der dafür vorgesehenen Parkplätze abstellen.«

Das war ... wild. Golfcarts am Campus? Davon hatte auf der Website nichts gestanden.

»Einige Studierende bilden Fahrgemeinschaften und fahren gemeinsam zum Unterricht.« Er wies auf ein Golfcart, in dem vorn bereits ein weiterer Neuankömmling saß, der seine Reisetasche auf den Beinen balancierte. »Am Einführungstag werden alle Studierenden zum Wohnhaus gebracht, also setz dich, es geht los!« Er nahm mir meinen silbernen, mit verblichenen NASA-Stickern übersäten Hartschalenkoffer ab, stellte ihn schräg neben den des anderen Studenten auf die Ablage und wies mir dann den Platz auf der Rückbank zu.

Ich setzte mich und hielt mich an der Stange neben mir fest. Kaum saß ich, ging es auch schon los, und das leise Surren des Elektromotors erfüllte die Luft. Je näher wir dem Hauptgebäude kamen, desto öfter blitzte das Meer durch die Baumkronen hindurch. Auf den Dächern der größten Gebäude entdeckte ich Satellitenschüsseln, in der Ferne erkannte ich einen weiteren Zaun und dahinter einen Flughafentower. Die grüne Umgebung war hin und wieder von lilafarbenen Farbtupfern durchsetzt, für die die Jacarandabäume mit ihren ausladenden Kronen und violetten Blütenblättern verantwortlich waren.

»Da es acht große Gebäude gibt, sind sie nach den Planeten in unserem Sonnensystem benannt«, erklärte der Mitarbeiter. »Das Studentenwohnheim ist *Haus Saturn*. Wenn ihr einen Weg nicht finden könnt, ruft die App auf und gebt beispielsweise *Mars* in das Suchfeld ein. Das Navigationssystem führt euch dann auf direktem Weg zur Technischen Fakultät.« Er setzte einen Blinker. »Da sind wir auch schon.«

Ich drehte mich nach vorn und sah, wie wir auf ein mindestens fünf Stockwerke hohes Gebäude zufuhren, das eine perfekte Symbiose aus moderner Architektur und Natur war. Die Fassade war aus Holz und Glas erbaut, dazwischen versteckten sich dicht bepflanzte Balkone. »*Et voilà*, euer neues Zuhause«, verkündete der Mitarbeiter und parkte das Cart neben mehreren anderen auf dem dafür vorgesehenen Parkplatz.

Ich wischte meine feuchten Handflächen an meiner Jeans ab und sah mich um. Ein von Büschen und Blumen gesäumter Weg führte direkt auf die gläserne Eingangstür zu. In den Fensterfronten spiegelten sich je nach Blickwinkel der zartblaue Himmel oder das dunkle Meer.

»Eure Zimmernummern findet ihr in der App. Sollten dennoch Fragen aufkommen, könnt ihr eine Nachricht in den Support-Chat schreiben.« Er hievte unser Gepäck hinunter, salutierte zum Abschied und fuhr dann wieder davon. Ich tauschte einen Blick mit dem Studenten, der mich anlächelte und dann ohne ein weiteres Wort im Inneren des Gebäudes verschwand.

Ich stieß die Luft aus, nahm den Griff meines Koffers und richtete den Blick auf die Tür. *Okay. Dann mal los.* Ich wusste nicht, was ich erwartet hatte. Bei dem, was ich bisher von dieser Uni gesehen hatte, hätte es mich nicht gewundert, wenn in diesem Gebäude ein Flugzeug von der Decke hing ... und dennoch blieb mir beim Betreten überrascht die Luft weg.

Die Decke war ein Zusammenspiel aus Beton und Glas, durch das ich den Himmel sehen konnte. Der Boden allerdings war es, der all meine Aufmerksamkeit auf sich zog. Er war über und über mit Pflanzen bedeckt; Büsche, Blumen und ganze Bäume wuchsen in der Eingangshalle empor.

Bäume.

In der Halle.

Über den Pflanzenboden war eine Art Holzsteg gebaut worden, über den man den Raum durchqueren und an den schmalen Birken vorbeigehen konnte. In der Mitte befanden sich zwei gläserne Aufzüge, die in die jeweiligen Etagen führten, die sich rund um die Eingangshalle nach oben erstreckten.

Was war das für ein Ort? War ich heute Morgen in einem Paralleluniversum erwacht? Oder à la *Doctor Who* in die Zukunft gereist?

Geistesabwesend holte ich mein Handy hervor und öffnete die App. Ich musste eine Weile suchen, doch schließlich fand ich meine Zimmernummer: S430, vierter Stock. Ohne mich länger aufzuhalten, betrat ich den Aufzug, drückte die Nummer vier und schoss nach oben.

Im richtigen Stockwerk angekommen, lief ich den Gang entlang und entdeckte schließlich die weiße Tür mit der richtigen Nummer. Beim Öffnen der Tür kniff ich die Augen zusammen und machte sie erst wieder auf, als ich eingetreten war. Das Zimmer war ungefähr fünfzehn Quadratmeter groß, roch nach Holz und frischer Farbe. Die Wände waren in einem sanften Blauton gestrichen, das Parkett war dunkel, und hinter einer Ecke auf der linken Seite stand ein schmales Bett mit weißen Laken. Das Highlight jedoch war die verglaste Schiebetür gegenüber von mir, die direkt auf einen vor Pflanzen überquellenden Balkon führte. Mit kribbelnden Fingerspitzen schob ich die Tür beiseite und machte einen Schritt auf die Terrasse.

Wieso konnte ich nicht einfach akzeptieren, dass ich meinen Traum lebte? Wieso hatte ich andauernd das Gefühl, dass eine böse Überraschung hinter einer der Ecken wartete und nur den richtigen Moment abpasste, um mir vor die Füße zu springen?

Erst jetzt sah ich, dass jedes Zimmer auch von dieser Seite mit Nummern und Paneelen für Schlüsselkarten ausgestattet war. Auch außen am Gebäude gab es Treppen, die ins Stockwerk darunter führten.

»Halt ihn auf!«, rief plötzlich eine helle Stimme.

Ich ließ das Handy sinken und sah nach rechts, wo eine Frau mit wallendem blonden Haar und kurzem weißen Kleid stand. Sie sah genau in meine Richtung und wedelte hektisch mit den Armen. Ich drehte mich um, doch hinter mir war niemand.

»W-was? Ich?«, rief ich.

»Ja, bitte!«

Verwundert sah ich mich um und runzelte die Stirn. »W-wen soll ich aufhalten?« Kaum hatte die Frage meinen Mund verlassen, sah ich es auch schon: ein kleines beiges Fellknäuel, das direkt auf mich zurannte.

»Halt ihn auf!«, rief sie erneut, als wäre das kleine Tier ein Dieb, das ihr etwas gestohlen hatte.

Ich blinzelte. Was zum Teufel *war* das?

Ich wusste nicht, wieso ich ohne zu zögern auf die Frau hörte – vermutlich, weil ich eine nicht zu verbessernde *People Pleaserin* war –, aber ich wartete den passenden Moment ab und griff vorsichtig nach dem Fellknäuel. Es war weich, warm und haarig in meiner Hand und zappelte mit seinen kleinen Füßen.

Ein Hamster. Ich hatte einen Hamster in meiner Hand.

Er sah mich aus seinen großen Knopfaugen an …

… und biss mir dann in meinen Zeigefinger. »Au!« Ich sah auf ihn herunter. »So dankst du mir also, ja?«

Die Frau kam vor mir zum Stehen. »O Gott, sorry. Ich wusste, dass es eine Scheißidee war, ihn mitzubringen«, sagte sie mit kalifornischem Akzent.

Ich blinzelte. »Den … Hamster? Gehört er dir?«

Sie nahm ihn mir ab und sah mich aus großen blauen Augen an. Sie war atemberaubend. Sanfte Kurven, seidige Haare und ein Gesicht, das man so schnell nicht vergaß.

»Eigentlich meinem kleinen Bruder. Er ist vor einem Monat nach Frankreich gezogen, da er dort aufs Internat geht. Und da unsere Mom nicht auf seinen Hamster aufpassen wollte, musste ich ihn mitnehmen.« Sie strich sich ein paar Strähnen ihrer langen, wie vom Friseur gestylten Haare aus dem Gesicht. »Tut mir echt leid, ich wollte dich nicht erschrecken.« Sie lehnte sich etwas näher zu mir. »Das mit Prinz

William bleibt unter uns, oder? Haustiere sind nämlich strengstens verboten, und wenn ich exmatrikuliert werde, dann bitte nicht wegen eines zehn Gramm schweren Nagetiers.«

Meine Augen weiteten sich. »Prinz ... William?«

Sie wies auf den Hamster. »Jap. Haben leider erst danach rausgefunden, dass es ein Mädchen ist, aber das geschieht ihr recht, so dreist, wie sie ist. Tut mir leid, du kennst mich gar nicht, und ich fange an zu quasseln.« Sie streckte mir eine Hand hin. »Hi, ich bin Page. Aus Los Angeles.«

Ich zeigte auf ihre Hand, da sie mir nicht die freie, sondern die mit dem Hamster entgegenstreckte. »Scheiße, sorry«, sagte sie und reichte mir dieses Mal ihre freie Hand. »Page.«

»Robin.«

»Wie das Rotkehlchen? Süß.« Sie lächelte, wodurch sich Grübchen auf ihren Wangen zeigten. »Bist du auch erst angekommen?«

»Ja, gerade eben«, antwortete ich und deutete mit dem Daumen auf meine Zimmertür.

»Gott sei Dank, ich nämlich auch. Ich komme zwar aus Los Angeles, aber ... ganz ehrlich?« Sie hob eine perfekte Braue. »Ich komme mir vor, als wäre ich auf einem fremden Planeten gelandet.«

»Geht mir genauso«, gab ich zurück. »Ich meine, die Golfcarts?«

Sie drückte sich die Hand, in der sie den Hamster hielt, an die Stirn. »Ich weiß! Ich dachte, ich sehe nicht richtig.« Sie lachte offen, und ein Teil meiner Anspannung löste sich. O mein Gott, machte ich etwa gerade meine *zweite* Bekanntschaft? *Cool bleiben, Sunday.*

»Was studierst du?«, fragte sie nun.

»Astrobiologie.« Noch bevor ich fragen konnte, was sie studierte, hatte sie wieder das Wort ergriffen.

»Oh, das ist doch ... geht es da nicht um erdähnliche Planeten und so?«

Ich nickte und sah wieder zu ihrem Hamster. Ich könnte schwören, dass er mich vorwurfsvoll anfunkelte. »Exoplaneten, genau. Es geht vor allem um die Erforschung des Lebens im Universum. Also um die

Frage, wie das Leben auf der Erde entstanden ist, ob es andere erdähnliche Planeten geben und wie der Weltraum in Zukunft besiedelt werden könnte.« Mein Dad hatte nie verstanden, wieso ich mir ausgerechnet diesen Studiengang ausgesucht hatte, und fragte mich alle drei Monate, ob es denn möglich war, danach überhaupt einen Job zu finden. Als hätte ich mir den Studiengang nur ausgedacht. Tatsächlich war es mein allergrößter Traum, eines Tages von der NASA übernommen zu werden. Das war sehr ambitioniert, aber nicht unmöglich. Das Studium an der Chamberlin war ein guter Anfang – jetzt musste ich nur noch gut genug sein.

»Das klingt total spannend«, meinte sie. »Wahrscheinlich liegt der Schwerpunkt auf ... Biologie? Geologie?«

Ich nickte. »Biologie, Chemie, Geologie und ein wenig Astronomie. Was studierst du?«

Sie winkte ab. »Der Klassiker: Astrophysik.«

»Das solltest du wirklich nicht sagen, als wäre es nichts Besonderes.«

Sie zuckte mit den Schultern. »Ja, wahrscheinlich hast du recht.« Sie sah zu ihrer Hand und hob beide Brauen, als würde sie sich erst jetzt wieder bewusst werden, dass sie ihren Hamster festhielt. Sie tippte mit dem Zeigefinger behutsam auf seinen kleinen Kopf. »Danke noch mal, dass du Prinz William aufgehalten hast.«

Ich grinste. »Natürlich.«

Sie schenkte mir ein letztes warmes Lächeln, ehe sie sich zum Gehen wandte. »Ich bin übrigens in Zimmer 438, falls du mal etwas brauchst.« Sie winkte mir zu, schwang ihre blonden Haare über die Schulter und ging in die Richtung, aus der sie gekommen war.

Ich sah ein letztes Mal aufs Meer und wollte gerade durch die Balkontür wieder ins Zimmer gehen, als Pages Stimme ein weiteres Mal an meine Ohren drang. »Robin?«

Ich fuhr herum. »Ja?«

»Ich will nicht zu verzweifelt wirken, neue Leute kennenzulernen, aber das bin ich leider. Ziemlich. Also ... willst du zufällig später zusammen mit mir zur Einführungsveranstaltung gehen?«

Oh, Gott sei Dank. »Ja!«, rief ich möglicherweise etwas zu eilig.

»Dann hole ich dich um sechs vor deiner Tür ab?«

»So machen wir es.«

Ich beobachtete, wie sie den Kopf senkte, um etwas zu Prinz William zu sagen, ehe sie in ihrem Zimmer verschwand.

Noch immer lächelnd nahm ich mein Handy hervor und hielt mit dem Daumen über der Tastatur in unserem Geschwisterchat inne. Ich war versucht, Henry und Brandon direkt von Jamies Rückkehr zu erzählen, entschloss mich dann aber kurzerhand dagegen. Das hatte noch genug Zeit. Stattdessen rief ich den Chat mit Addison auf, machte ein Foto vom Ozean und sendete es ihr mit den Worten: *Bin angekommen!*

Denn gerade fühlte es sich genau so an.

Kapitel 4

»SUPERNOVA«

(Oder: Wie mein Traum implodiert)

Page klopfte zehn Minuten zu früh an meine Balkontür. Gemeinsam stiegen wir die Treppe hinunter, die auf drei beinahe identische Terrassen und schließlich auf einen von Paradiesblumen gesäumten Weg führte, der sich einmal ums Gebäude herum bis zur Eingangstür schlängelte. Vor den im Schatten geparkten Golfcarts blieben wir stehen.

»Bist du so ein Teil schon mal gefahren?«, fragte sie und beäugte es skeptisch.

»Würde es dich beruhigen, wenn ich Ja sage?«, fragte ich, setzte mich hinter das Steuer und strich meine Haare über die Schulter.

Page schob sich zögerlich neben mich auf die durchgehende Sitzbank. »Ein wenig«, meinte sie und friemelte am Saum ihres weißen Kleides herum.

Ich hielt meine Schlüsselkarte an das Panel, wie es der Mitarbeiter gezeigt hatte. Tatsächlich leuchtete kurz darauf eine grüne Lampe daneben auf, und der Bildschirm sprang an. »Dann hast du Glück. Meinem Onkel gehört ein Golfclub, ich bin quasi in den Dingern aufgewachsen«, log ich, startete den Elektromotor und legte den Rückwärtsgang ein. Zumindest hatte ich *geglaubt*, dass es der Rückwärtsgang gewesen war. Als ich aufs Gas drückte – nicht gerade sanft, um den Anschein zu erwecken, dass ich wusste, was ich tat –, fuhren wir nicht nach hinten, sondern nach vorn: direkt ins Blumenbeet hinein.

Page stieß einen Schrei aus und hielt sich an der Stange über ihr fest. Ich trat hektisch auf die Bremse. »Deine Lüge wirkt mit jeder Sekunde unglaubwürdiger«, brachte sie keuchend hervor und wusste offenbar nicht, ob sie aufstöhnen oder lachen sollte.

Ich verzog das Gesicht. »Tut mir leid, ich hab mich echt bemüht.« Ich biss mir auf die Zunge und legte den Rückwärtsgang ein. Dieses Mal wirklich.

»Dein Onkel hat gar keinen Golfclub, nicht wahr?«

»Ich habe keinen Onkel. Aber wir bekommen das trotzdem irgendwie hin.« Ich schenkte ihr ein aufmunterndes Lächeln. »Versprochen.«

Page gab die Adresse des Hauptgebäudes in die App ein und lotste uns über den Campus. Wir nahmen den Weg am westlichen Rand des Geländes, wodurch wir über die Klippe hinweg auf das Meer blicken konnten. Die Luft roch nach Salzwasser, den süßen Blüten der Jacarandabäume und Pages zitronigem Parfum.

Je näher wir dem Hauptgebäude kamen, desto dichter wurden die Wege – und der Verkehr. Die Wege waren mit einer weißen Linie in Fußgänger und Golfcarts unterteilt, weshalb ich peinlich genau auf der rechten Seite fuhr. Das war wohl eines der Dinge, die man als Tochter eines Polizisten im Blut hatte.

»Sieh mal!«, rief Page, als wir einen weitläufigen Platz erreichten. Ganz hinten erhob sich das Hauptgebäude in den tiefblauen Himmel, links und rechts davon befanden sich zwei weitere Gebäude. Das Hauptgebäude war gigantisch, die Fassade eine verschachtelte und dennoch geradlinige Mischung aus Glas und schwarzem Eisen, das an einigen Stellen von hinabhängenden Pflanzen durchsetzt war. Direkt davor befand sich ein Platz, der wie ein typischer Unicampus aussah. Studierende saßen auf der Wiese zwischen den Wegen, entweder allein oder mit Freunden, manche mit Handy, Tablet oder Buch in der Hand. Die beiden etwas kleineren Gebäude, die sich davor gegenüberstanden, waren im selben Stil gebaut. Die drei Bauwerke waren durch Wege verbunden, in der Mitte befand sich eine große Wiese, in deren Zentrum eine Raumkapsel stand. Ja, eine *Raumkapsel.*

Armstrong-Platz stand auf einem Schild, und ich musste lächeln. Nie zuvor hatte ich mich einem Ort so zugehörig gefühlt.

»Ich glaube, die beiden kleineren Gebäude sind die Fakultäten«, meinte Page, die sich nicht mehr ganz so verkrampft an der Stange festhielt wie zuvor.

Ich parkte in einer schmalen Lücke auf dem dafür vorgesehenen Parkplatz vor dem Hauptgebäude. Von hier aus konnte ich ein kleines Café mit der auf die Glasscheiben gedruckten Aufschrift *Apollo Café* entdecken, das Stühle und Tische zwischen Palmen in großen Terrakottatöpfen nach draußen gestellt hatte.

Ich erwischte mich dabei, wie ich nach Jamie Ausschau hielt. Kurz flackerte beim Gedanken an ihn in meinem Kopf das Bild des fröhlichen Jungen mit der lauten Lache auf, die man immer im gesamten Schulhaus gehört hatte, bis mir einfiel, dass diese Version von ihm nicht mehr existierte.

Ich schüttelte den Gedanken an ihn ab und folgte Page durch die Glastür ins klimatisierte Innere des Hauptgebäudes. *Okay, wow.* Es fühlte sich an, als wäre ich geradewegs in einen futuristischen Dschungel spaziert. Die Decke war garantiert über dreißig Meter hoch und von verschiedenen Plattformen durchsetzt. Holztreppen und Hängebrücken verbanden die vor Pflanzen nur so überquellenden Plateaus, über die Studierende liefen.

Ich lachte ungläubig auf.

»Du siehst das auch, oder?«, flüsterte Page neben mir.

»Ich bin mir gerade nicht sicher.«

Am liebsten hätte ich jedes Detail stundenlang betrachtet, doch Page warf einen Blick auf ihre Smartwatch und zog mich weiter. Es dauerte etwas, doch schließlich fanden wir uns vor offen stehenden Doppeltüren wieder, über denen ein Banner mit der Aufschrift *Willkommen an der CU!* hing.

Wir zögerten nicht lang – okay, *Page* zögerte nicht lang – und betraten den Saal. Warmes Abendlicht fiel durch die bodentiefen Fenster in den bereits gut gefüllten Raum. Hunderte Stühle waren zur Bühne am hinteren Ende ausgerichtet. An der Chamberlin gab es vergleichsweise wenige Studiengänge: fünf der Physikalischen und drei der Technischen Fakultät. Die Studienplätze waren jedes Semester hart umkämpft und die Anforderungen entsprechend hart. So schwer es war, aufgenommen zu werden – die Studienkosten waren im Vergleich zu manch anderen Universitäten tragbar. Das war der Vorteil einer Universität mit einem Sponsor wie der NASA. Wir hatten die Kosten mit dem Geld decken können, das meine Großmutter für die Bildung ihrer Enkel zusammengespart hatte. Gut, ich hatte den Großteil des Geldes bekommen, das für Henry und Brandon gedacht gewesen war, aber am Ende war es perfekt aufgegangen, da die beiden für ihre Ausbildungen so gut wie nichts davon benötigt hatten.

Page und ich ließen uns auf zwei Stühle im vorderen Drittel sinken und warteten darauf, dass die Veranstaltung begann. Nach nur wenigen Minuten betrat eine große Frau in einem seidig schimmernden Kleid die Bühne und lächelte in die Runde. Sie stellte sich als Dekanin der Chamberlin vor, und je mehr sie von sich erzählte, desto ehrfürchtiger wurde ich. Candice Thiaka hatte nicht nur an der Erstellung eines der wichtigsten Datenanalysesysteme der NASA gearbeitet – sie war sogar bereits im All gewesen.

Nachdem sie eine virtuelle Führung über den Campus mit uns gemacht und uns das Ausleihen der digitalen Lehrbücher erläutert hatte, verabschiedete sie sich auch schon wieder.

Danach trat der Leiter oder die Leiterin des jeweiligen Studiengangs nach vorn und fasste die wichtigsten Eckpunkte zusammen. Zuerst wurden die technischen Studiengänge besprochen. Nach der Frau, die für Luft- und Raumfahrtinformatik zuständig war, betrat ein etwa vierzigjähriger Mann mit braunen, schulterlangen Haaren, Dreitagebart und etwas zu großem schwarzem Jackett die Bühne. Als er sich als Mister Price vorstellte, Leiter des Studiengangs Astrobiologie, rutschte ich auf meinem Stuhl etwas weiter nach vorn. Er erzählte etwas über die einzelnen Fächer, Forschungsräume und Dozierenden, ehe er sich räusperte und mit beiden Händen am Sprecherpult abstützte. »Nun zu den

Änderungen, die im letzten Semester eingeführt und über die Sie alle per Mail informiert wurden.«

Moment. Mir wurde kalt. *Welche Änderungen? Welche Mail??*

»Wie Sie alle wissen, ist Astrobiologie eine multidisziplinäre Wissenschaft, die die Ursprünge, Evolution, Verbreitung und Zukunft des Lebens im Universum untersucht. Unsere Forschung hat uns immer zu ambitionierteren Projekten inspiriert, die oft direkt in anspruchsvolle und entlegene Gebiete auf unserem eigenen Planeten führen. Ein Flugschein eröffnet Ihnen die Möglichkeit, flexibel an diesen abgelegenen Forschungsorten zu arbeiten. Sie werden in der Lage sein, Proben zu sammeln, Ausrüstung zu transportieren und vor allem neue Perspektiven zu gewinnen. Die Entscheidung, den Flugschein zum integralen Teil Ihres Studiums zu machen, war ein langwieriger Prozess, stellt jedoch eine Investition in Ihre Ausbildung und zukünftigen Karrieremöglichkeiten dar. Bei weiteren Fragen können Sie sich jederzeit an mich oder meine Kollegen wenden. Das Anmeldeformular für die Flugstunden am Campus haben Sie ja bereits per Mail bekommen.«

Was?! Sämtliches Blut wich mir aus dem Gesicht, und mir wurde schlagartig übel. *Nein. Nein, nein, nein. Das kann nicht sein Ernst sein.* Es fühlte sich an, als hätte ich beim Treppensteigen eine Stufe verpasst und würde nun hektisch nach dem Geländer greifen … nur um festzustellen, dass es keines gab.

Ich brauchte einen verdammten *Flugschein*?!

Page stieß mir mit dem Ellbogen in die Seite. »Hast du schon einen? Oder machst du ihn noch?«

»Ähm …« Ich räusperte mich, meine Sicht verschwamm. »Ich habe keinen.«

»Wie spannend! Dann wirst du wohl demnächst viel Zeit auf dem Flugplatz verbringen.«

»Ich …«, setzte ich an, doch mein Blut rauschte zu laut in meinen Ohren, um weiterzusprechen. *Bitte lass das einen schlechten Scherz sein.* Ich konnte kein verdammtes *Flugzeug* steuern. Das war absurd. Sogar meine Führerscheinprüfung hatte mich wochenlang um den Schlaf gebracht. Sämtliche Horrorszenarien hatten sich in Dauerschleife in meinem Kopf abgespielt, und meine Nervosität hatte mich bereits am Morgen davor mit einem Zittern aufwachen lassen. Zwar war keines der Szenarien am Ende eingetroffen, aber Autofahren war eine Sache – ein Flugzeug fliegen eine ganz andere.

Ich war hierhergekommen, um zu studieren, neue Menschen kennenzulernen und die eine oder andere schlechte Entscheidung in einer Campusbar zu treffen – nicht um eine verdammte *Pilotin* zu werden. Das würde ich mir niemals zutrauen.

Der Rest der Veranstaltung ging an mir vorüber wie ein Fiebertraum, und ich hatte Schwierigkeiten, den Worten der Professoren zu folgen.

Es war, als wäre in meinem Inneren eine Vase zerbrochen. Die Scherben brachten mich innerlich zum Bluten, doch man sah es mir nicht an. Die Vase war mein Traum – und es gab weit und breit keinen Kleber, der die Einzelteile wieder zusammenfügen konnte.

Die Sonne wanderte durch den Raum, ehe sie vollständig verschwunden war. Die Dekanin sprach ihre Abschlussworte, danach ertönte tosender Applaus, der zu laut in meinen Ohren dröhnte.

Page erhob sich mit den anderen, doch ich merkte es nicht einmal. Wie betäubt starrte ich nach vorn, bis sie mich am Arm berührte. Erst jetzt schien sie zu bemerken, dass etwas nicht stimme, da sich ihre Brauen sorgenvoll zusammenzogen. »Hey, ist alles okay?«

Ich riss mich eilig aus meiner Starre und nickte. »Ja, tut mir leid, ich bin nur müde.« Es war immer wieder faszinierend, wie gut ich meine Stimme im Griff hatte, selbst wenn ich mich fühlte, als würde ich auseinanderfallen. »Ich muss nur noch etwas mit dem Leiter meines Studiengangs besprechen. Ist es in Ordnung, wenn du allein zurückgehst?«

Sie nickte. »Natürlich. Warte, ich gebe dir meine Nummer.«

Nachdem sie ihre in mein Handy eingespeichert und ich sie einmal kurz angerufen hatte, winkte sie mir zum Abschied.

Ich beobachtete, wie sie in der Menge verschwand. Vielleicht hätte ich ihr die Wahrheit sagen sollen. Wenn ich tatsächlich eine Freundschaft aufbauen wollte, funktionierte das garantiert nicht, wenn ich sie direkt zu Beginn belog. Aber ihr die Wahrheit zu sagen war auch keine Option. Ich war es gewohnt, meine wahren Emotionen zu verstecken. Zu oft hatte ich zu hören bekommen, dass ich zu sensibel sei. Nicht *tough* genug für dieses Leben. Ich wollte nicht, dass sie dasselbe dachte. Ich wollte, dass sie mich *mochte* – also versuchte ich, eine Version von mir zu sein, die sie mögen *konnte*.

Ich bahnte mir einen Weg durch aufgeregt durcheinanderredende Studierende, bis ich vorn angelangt war und Ausschau nach Mister Price hielt. Er war gerade in ein Gespräch mit der Leiterin des Studiengangs Luftfahrtmanagement vertieft. Als er meinen Blick bemerkte, neigte er seinen Kopf zur Seite. »Kann ich Ihnen weiterhelfen?«

Ich lächelte entschuldigend. »Ja, tut mir leid. Ich wollte nicht stören.«

Die Frau winkte ab und verabschiedete sich von Mister Price, der sich nun mir zuwandte. »Sind Sie in meinem Studiengang?«

Ich nickte wie benommen. *Ja. Die Frage ist nur, wie lange noch.* »Ich wollte fragen, wann die Mail mit den Änderungen verschickt wurde. Irgendwie ist die bei mir nicht angekommen.«

»Tatsächlich?« Er runzelte die Stirn. »Das tut mir leid, Miss ...«

»Sunday.«

»Miss Sunday. Die Mail müsste kurz nach der Zusage an Sie versendet worden sein. Bedauerlich, dass sie nicht durchgekommen ist.« Er lächelte, seine grünen Augen strahlten. »Aber alles halb so wild. Sie sind hier schließlich an der Chamberlin – der Flugplatz ist nur wenige Hundert Meter entfernt, und Sie können sich direkt morgen für Flugstunden eintragen.«

Das konnte alles nicht wahr sein. *Bitte, lass es einen Ausweg geben. Ein Schlupfloch. Eine alternative Realität, in der ich das nicht machen muss.* »Ist es denn ... verpflichtend?«

Der Saal leerte sich immer mehr, nur noch wenige Studierende unterhielten sich mit den jeweiligen Leitern ihres Fachs.

»Nicht direkt«, erwiderte Mister Price ausweichend. Er musterte mich aufmerksam. »Es ist nicht verpflichtend, aber wir legen es allen

Studierenden ans Herz, es in ihr Studium zu integrieren. Was ist Ihr Ziel? Was wollen Sie nach dem Studium machen?«

»Ich möchte für die NASA arbeiten.« Ich konnte mir nichts Schöneres vorstellen, als eines Tages Teil eines Teams zu sein, das die Ursprünge des Universums untersuchte. Ich wollte in extremen Umgebungen wie Vulkanlandschaften, Salzseen und Gletschern forschen, da diese Regionen den Bedingungen auf bestimmten Monden und Planeten ähnelten. Wollte sowohl Erkenntnisse über das Universum gewinnen als auch unseren eigenen Planeten besser verstehen.

Er presste seine Lippen aufeinander. »Ich fürchte, wenn dies der Fall ist, bleibt Ihnen nichts anderes übrig, als einen zu machen. Studierende ohne Flugschein haben quasi keine Chance, von der NASA angestellt zu werden. Natürlich gibt es im Bereich der Astrobiologie noch andere Berufsmöglichkeiten, für die Sie keine Fluglizenz benötigen, aber wenn die NASA Ihr Ziel ist …«

Ich setzte ein falsches Lächeln auf. »Vielen Dank für Ihre Einschätzung. Dann weiß ich ja, was ich zu tun habe.«

Seine Miene hellte sich auf, als wäre er erleichtert, dass das Problem damit aus dem Weg geräumt war. Ich hatte keine Ahnung, weshalb ich das gesagt hatte. Vielleicht, damit ich den Saal verlassen konnte und nicht länger seinem viel zu freundlichen Blick ausgesetzt war. Vielleicht aber auch einfach nur, weil ich nicht zum Problem werden wollte.

Ich verabschiedete mich, ohne ihm in die Augen zu sehen, und lief so schnell auf den Ausgang zu, dass ich eilig nach draußen kam, ohne dass es aussah, als würde ich fliehen. Dabei tat ich genau das: Ich floh vor der Situation, dem Gefühl und der Wahrheit, dass eben nicht alle Hürden überwunden werden konnten – besonders, wenn man sich selbst im Weg stand. Die Tür, hinter der mein Wunschleben lag, würde für immer geschlossen bleiben, da ich nicht den Mut besaß, sie aufzuschließen. Und mein Traum? Der war soeben wie ein Meteorit an einem weit entfernten Gesteinsplaneten zerschellt.

Kapitel 5

»GRAVITATION«

(Oder: Wie ich auf den Boden der Tatsachen zurückkehre)

Die Erde bewegt sich mit über einhunderttausend Kilometern pro Stunde um die Sonne – gerade jedoch fühlte es sich an, als wäre sie stehen geblieben. Dabei war es nicht die Erde, die zu einem Stillstand gekommen war. Sondern ich.

Du bist zu sensibel, Robin.

Du bist zu ängstlich.

Du brauchst eine dickere Haut, sonst wird das nie etwas.

Als ich durch die Doppeltüren hinaus auf den *Armstrong-Platz* trat, dämmerte es bereits. Ich richtete den Blick gen Himmel, der einen mauvefarbenen Ton angenommen hatte.

Das war es also. Mein Traum endete, bevor er begonnen hatte. Wie naiv von mir, zu glauben, dass ich mit diesem Studium einen neuen Lebensabschnitt starten könnte. Als könnte ich mit dem neuen Kapitel auch eine neue Version von mir sein. Ich war zwar die Autorin meines eigenen Lebens, aber irgendwie fühlte es sich an, als würde mir die Tinte ausgehen.

Die Wahrheit war, dass ich mir einmal zu oft selbst im Weg gestanden hatte. Allein nach Mexiko fliegen, um Brandon spontan während seines Auslandsaufenthalts zu besuchen? Lieber nicht. Die Zipline ausprobieren, mit der man den Berg herunterfahren konnte? Auf keinen Fall. Gemeinsam mit Addison einen Roadtrip nach Vancouver machen? Irgendwann mal, aber nicht jetzt.

Hunderte kleine Erlebnisse, verborgen hinter Türen, deren Schlösser ich selbst angebracht hatte. Jetzt ging es allerdings nicht um ein Abenteuer, das ich verpasste, sondern meinen allergrößten Traum. Die eine Sache, die mir am wichtigsten war.

Ich hatte bereits Astrobiologie studieren wollen, seit ich das erste Mal ein Referat über Alyssa Carson gehalten hatte. Sie war eine der jüngsten Anwärterinnen für die Mars-Mission, hatte Astrobiologie studiert, sämtliche Space-Camps absolviert und bereitete sich darauf vor, ins All zu fliegen. Auf den *Mars*, sobald die Technologie so weit war.

Alyssa Carson flog auf den Mars – und mein Traum würde an einer Fluglizenz scheitern.

Wie verdammt lächerlich.

Aber es gab kein Paralleluniversum, in dem ich mir vorstellen könnte, jemals ein Flugzeug zu fliegen.

Ich rieb mir über das Gesicht und blieb eine Weile an Ort und Stelle stehen. Sah dem Tageslicht dabei zu, wie es ausblutete. Lauschte den Zikaden, die sich in den Büschen neben den sauberen Wegen versteckten, und dem leisen Gelächter, das von den Studentinnen kam, die zu dritt auf einer Decke neben der Raumkapsel saßen. Ich stand mittendrin und war dennoch kein Teil davon. Hatte alles getan, um aufgenommen zu werden, nur um nun zu erfahren, dass ich nicht weitermachen konnte.

Kurz spielte ich mit dem Gedanken, Brandon oder Addison anzurufen, ließ es dann aber bleiben. Ich war noch nicht bereit, ihnen zu sagen, dass ich versagt hatte. Sobald ich es aussprach, wäre es real, und außerdem hatte ich Angst vor ihrer Reaktion. Weniger, dass sie mich nicht verstanden, sondern eher, dass sie nicht einmal überrascht waren.

Ich wusste nicht, was mich schließlich dazu veranlasste, mein Handy hervorzuholen, die App zu öffnen und die Route zum Flugplatz einzugeben. Jedenfalls ließ ich die Golfcarts hinter mir, setzte mich zu Fuß in Bewegung und erreichte eine halbe Stunde später das hohe Eisentor, das zum Flugplatz führte. Probeweise nahm ich meine Karte hervor und hielt es an das Panel, doch das Lämpchen leuchtete rot auf. Hätte ich mir denken können.

Eine Weile blieb ich unentschlossen davor stehen, bis eine dunkelhaarige Frau daraus hervortrat und mir das Tor mit einem Lächeln aufhielt.

»Danke«, murmelte ich, schloss es hinter mir und betrat mit bleischwerem Herzen den Flugplatz. Er war um einiges größer, als ich zuerst angenommen hatte: Insgesamt gab es vier rechteckige und zu einer Seite offene Hangars, die jeweils mehrere Flugzeuge in verschiedenen Größen beherbergten. Die Böden waren hell und sauber, die Decken garantiert über zehn Meter hoch. Die Öffnungen zeigten auf die Startbahn und die Rollwege, welche die Bahnen mit den jeweiligen Hangars verbanden. Sie erstreckten sich so weitläufig, dass ich von hier aus nicht alles überblicken konnte. Auf der rechten Seite entdeckte ich in der Ferne einen Tower, der sich dunkel von der Kulisse abhob und gelegentlich aufblinkte.

Der Flugplatz wirkte verlassen – vermutlich durften aufgrund der Lautstärke ab einer bestimmten Uhrzeit keine Flugzeuge mehr starten und landen. Ich lief an dem ersten und zweiten Hangar vorbei und blieb dann vor dem dritten stehen. Hier waren vier Flugzeuge geparkt worden, ein weiteres stand direkt davor. Ich trat näher, der Halbmond spiegelte sich im glänzenden Lack. Am Rand stand das Wort *Cessna*, gefolgt von einer kurzen Buchstabenfolge.

Ich legte eine Hand auf den von der Sonne noch warmen Lack. Ich wollte meinen Traum nicht aufgeben. Vielleicht, ganz vielleicht, könnte ich es ja doch schaffen? Ich hatte immerhin keine Flugangst. Das war ein Vorteil, oder?

Ich sah mir die Cessna etwas genauer an. Sie hatte drei Räder, einen kleinen Propeller an der Nase, Tragflächen über den Türen und mehrere kleine Fenster, die einen Blick ins Innere boten. Ich legte meine flache Hand an das Glas und sah hinein. Da waren Hunderte kleine Schalter, zwei graue Ledersitze, Gaspedale …

Ich schnaubte. *Okay, nein. Nie im Leben.* Ich kannte meine Grenzen und wusste, was ich schaffen konnte – das hier gehörte nicht dazu. *Ich! Ein Flugzeug steuern!*

Bei dem Gedanken schlug mein Herz so heftig gegen meinen Brustkorb, als wollte es fliehen. Ich trat einen Schritt zurück und betrachtete das Logo der CU, das neben dem der NASA unter der großen schwarzen Nummer prangte, die vermutlich eine Art Kennzeichen darstellte.

Ich stieß zittrig die Luft aus. Mir blieb wohl oder übel nichts anderes übrig, als den Flugschein wegzulassen und dadurch meine Chancen zu schmälern, jemals bei der NASA angestellt zu werden. Ich biss mir auf die Zunge und bemühte mich, die Tränen zurückzuhalten, die sich bei der Aussichtslosigkeit in meinen Augen sammelten. Nie zuvor hatte ich mich derart wie eine Versagerin gefühlt.

Ich hätte mich vermutlich noch länger in Selbstmitleid gebadet, wenn in diesem Augenblick nicht ein immer lauter werdendes Motorengeräusch aufgetaucht wäre. Ich sah nach oben und entdeckte ein kleines Flugzeug am inzwischen dämmerblauen Himmel. Fasziniert beobachtete ich, wie die Landeklappen an den Trägern ausfuhren, das Flugzeug dem Boden immer näher kam und schließlich sanft darauf aufsetzte.

Noch nie hatte ich eine Landung aus solch einer kurzen Entfernung gesehen. So beängstigend der Gedanke auch war, selbst zu fliegen – die Technik dahinter faszinierte mich. Wenn ich nur lernen müsste, wie der Motor und die Aerodynamik funktionierten, ohne danach die Verantwortung zu haben, ein Flugzeug mehrere Hundert – *Tausend?* – Meter über dem Boden zu steuern, hätte ich es gemacht.

Doch das hier ... das war eine Nummer zu groß für mich.

Inzwischen hatte das kleine Flugzeug das Rollfeld überquert und war vor dem zweiten Hangar zum Stehen gekommen. Der Motor erstarb. Vermutlich durfte ich nicht einmal hier sein und sollte verschwinden, bevor mich jemand sah, aber aus irgendeinem Grund wollte ich sehen, wer geflogen war. Wollte wissen, wer mutig genug war, das zu tun, woran mein Traum scheitern würde.

Die Tür auf der mir zugewandten Seite ging auf, und ein großer Mann mit dunkelblonden Haaren und weißem Shirt stieg aus. Danach hüpfte auch der Pilot aus der Tür, doch alles, was ich von ihm sehen konnte, waren seine schwarzen Stiefel. Er ging um das Flugzeug herum, trat in mein Sichtfeld … ich sog die Luft ein. *Das ist jetzt nicht wahr.*

Jamie überragte den anderen Mann um einige Zentimeter, bildete mit seinen dunkelbraunen Haaren und dem schwarzen Outfit den perfekten Kontrast zu ihm. Sein Gegenüber sagte etwas, was ich nicht hören konnte, reichte ihm die Hand und verschwand dann durch das Tor nach draußen. Jamie sah ihm nach, und sobald der andere Mann außer Sichtweite war, ließ die Anspannung in seinen Schultern etwas nach.

Jamie war … Pilot? *Er* hatte das Flugzeug gesteuert? Was wusste ich noch alles nicht über ihn?

Ich machte einen vorsichtigen Schritt zurück. Ich kam mir seltsam vor, wie ich hier im Halbdunkeln stand und ihn beobachtete.

Gar nicht gruselig, Robin.

Ich seufzte. Ich hätte nicht herkommen sollen.

Jamie ging einmal um die Cessna herum, überprüfte irgendwelche Sachen, von denen ich keine Ahnung hatte, und schloss dann lautstark die Tür. Ich dachte bereits, dass er sich zum Gehen wenden würde, als sein Kopf zu mir herumfuhr.

Unsere Blicke trafen aufeinander wie kollidierende Planeten.

Ich erstarrte, ein Herzschlag verging …

… dann kam er direkt auf mich zu.

Kapitel 6

»ORIONNEBEL«

(Oder: Wie eine neue Chance entsteht)

Je näher er kam, desto mehr Details nahm ich im Licht des Hangars an ihm wahr. Das schwarze Shirt mit dem kleinen MIT-Logo auf der rechten Brust. Seine Arme, die deutlich definierter waren als noch vor drei Jahren. Sein stoischer Blick, der direkt auf mich gerichtet war, und nicht zuletzt die Narbe, die leicht schimmerte. Sie war nicht klein und blass, sodass man sich traute, nach der Ursache zu fragen. Nein, sie war groß, gezackt und die Art von Verletzung, die man nicht ansprach.

Er war jemand, den man nicht ansprach.

Kaum war er bei mir angekommen, stieg mir der Duft seines Parfums in die Nase. Es war herb, roch nach Sandelholz und Moos. Als er sprach, war seine Stimme tief und monoton. »Hast du dich verlaufen?«

Das ist doch wohl nicht dein Ernst. Ich zog wutentbrannt die Brauen zusammen. »Das ist alles, was du mir zu sagen hast? Erst ziehst du ans andere Ende des Landes und brichst wenig später den Kontakt ab. Blockierst meine Brüder und jeden, den du gekannt hast, auf allen sozialen Netzwerken. Dann begegnen wir uns Jahre später in Los Angeles, laufen uns auf *demselben Campus* über den Weg – wohlgemerkt zwei Mal am selben Tag –, und alles, was du fragst, ist, ob ich mich verlaufen habe?«

Er verschränkte die Arme vor der Brust. »Hast du?«

Ich schnaubte ungläubig. Das konnte ich nach dem heutigen Tag wirklich nicht gebrauchen. Er wollte ein Arschloch sein? Von mir aus, aber dann nicht in meiner Nähe. Dafür hatte ich keine Energie übrig. »Danke für das *herzliche* Wiedersehen, Jamie«, sagte ich resigniert, wandte mich ab und steuerte das Tor an.

»Warte.« Mit einem Mal schloss sich seine Hand um meinen Arm und hielt mich vorsichtig, aber bestimmt zurück.

Ich sah zu ihm hoch, wobei ich den Kopf etwas in den Nacken legen musste. Anstatt das Wort zu ergreifen, sah er mich jedoch einfach nur an. Beinahe, als wäre sein ursprünglicher Gedanke verloren gegangen.

»Du bist Pilot?«, fragte ich in die Stille hinein. »Hast du doch nicht Luft- und Raumfahrttechnik studiert?«

Er ließ mich los und fuhr sich übers Kinn. Wirkte, als wäre er kurz davor, mich ohne Antwort stehen zu lassen. Als er sich schließlich doch dazu durchringen konnte, mir zu antworten, schien es ihn viel Überwindung zu kosten. »Ich habe meinen Bachelor am MIT gemacht und bin im zweiten Semester einem Flugverein beigetreten. Dort habe ich meinen Flug- und Ausbilderschein gemacht.«

»Okay, und wieso bist du jetzt hier?« *Und zwar, ohne jemandem Bescheid zu geben?*

Er knirschte mit den Zähnen. »Die Chamberlin hat immer ein Auge auf Studierende der großen technischen Unis. Sie haben von meinem Ausbilderschein erfahren und mir angeboten, das letzte Jahr meines Masterstudiums hier zu absolvieren.« Er stand so nah vor mir, dass ich sehen konnte, wie seine vollen Lippen nachdenklich zuckten.

»Aber?«

»Es ist nicht wirklich ein Aber. Es ist mehr eine … Voraussetzung. Ich darf meinen Master hier machen, wenn ich meinen Ausbilderschein nutze, um Studierenden das Fliegen beizubringen.«

Ich hob eine Braue. »Du bist hier als Fluglehrer angestellt?« Es wurde immer absurder.

Er zog wütend die Brauen zusammen. »Ich wollte nicht zurückkommen«, verteidigte er sich, und für einen Moment flackerte Schmerz in seiner Miene auf, der ebenso dunkel war wie seine Augen.

»Das merkt man«, flüsterte ich und bemühte mich, seinem Blick standzuhalten. Als er nichts mehr sagte, schob ich noch eine Frage hinterher. »Wieso bist du es dann? Zurückgekommen, meine ich.«

»Weil man nicht ablehnt, wenn die NASA einem ein Stipendium anbietet. Noch dazu hier.« Er wies mit einer ausladenden Handbewegung über das Gelände. »In einem Jahr werde ich allerdings auch schon wieder weg sein«, fügte er hinzu. »Was auch der Grund ist, warum ich mit dir sprechen wollte.«

Ich konnte mir nicht ansatzweise vorstellen, was er mit mir besprechen wollte ... Zumal seine Körpersprache suggerierte, dass er gerade trotz minus 180 Grad Celsius lieber auf dem Saturn wäre als hier mit mir.

»Um was geht's?«, fragte ich leiser als beabsichtigt. Die Last des Tages und die Erkenntnisse, die dieser mit sich gebracht hatte, ruhten schwer auf meinen Schultern. Ehrlich gesagt wollte ich einfach nur in mein Bett zu Hause in Glendale, eine Folge *Rick and Morty* schauen und in einen vorzugsweise traumlosen Schlaf fallen.

»Du darfst weder Henry und Brandon noch meiner Familie oder *irgendwem* erzählen, dass ich in Los Angeles bin.«

Sein Ton war so forsch, fordernd und einfach ... dreist, dass ich nichts anderes denken konnte als: *Du kannst mich mal, Jamie.* »Ich *darf* nicht?« Ich stieß ein humorloses Lachen aus. »Du kommst hierher, benimmst dich wie der letzte Arsch und verlangst dann auch noch von mir, dass ich meine Brüder anlüge?«

»Du sollst sie nicht anlügen, sondern nur einen Fakt für dich behalten.«

Interessant, dass es *diese* Aussage war, die er korrigierte. Offenbar wusste er selbst, dass er sich scheiße benahm. Immerhin. Einsicht war stets der erste Schritt zur Besserung, nicht wahr? »Das ist dasselbe«, entgegnete ich. »Und wenn du deine neue Seht-nur-her-wie-egal-mir-alles-ist-Aura ein wenig herunterschrauben würdest, wäre dir das längst bewusst. Ich kann meine Brüder nicht anlügen. Und ganz ehrlich? Ich sehe keinen Grund, wieso ich dir diesen Gefallen tun sollte.«

Er wollte anscheinend etwas sagen, bevor er es sich anders überlegte, sich in den Nasenrücken kniff und die Augen schloss. »Ich gehe in einem Jahr zurück«, wiederholte er.

»Das ist dein Grund? Du gehst in einem Jahr zurück und willst deshalb mit niemandem hier Kontakt haben?« Ich schüttelte den Kopf. »Bullshit, Jamie.« Da steckte mehr dahinter. *Viel* mehr. Sein gesamtes Auftreten, die Narbe, der Schmerz und die Wut in seinen Augen … irgendetwas war in Massachusetts mit ihm geschehen. Und es brauchte mehr als nur ein kleines Erlebnis, um einen Menschen von der strahlenden Sonne zur Rückseite des Mondes zu machen.

Er öffnete die Augen. »Was machst du hier am Flugplatz?«

Immerhin eine ernst gemeinte Frage. Aber was sollte ich darauf antworten? *Ach, Jamie, nichts Besonderes. Ich suhle mich in Selbstmitleid, weil ich mir wieder einmal im Weg stehe und genau das bin, was meine Familie in mir sieht: schwach. Ich bin am Flugplatz, weil ich einen Blick auf das werfen wollte, was hätte sein können. Nur um festzustellen, dass ich nie nach den Sternen greifen werde, weil meine Hände zusammengebunden sind.* »Ich habe nur einen kleinen Spaziergang gemacht.«

Er musterte mich etwas eingehender. »Du studierst Astrobiologie, oder? Wie geplant?«

Für eine Sekunde blitzte der Funke seines alten Ichs hindurch wie ein kleines Stück blauer Himmel, das sich durch eine dicke Wolkendecke kämpft. Er hatte sich stets an jedes Detail erinnert. Jeden Namen, die Berufe deiner Eltern und das Haustier, das du in der dritten Klasse hattest. Er hatte sich all das gemerkt, da er sich tatsächlich für andere Menschen interessierte. Er hatte nachgefragt, weil er die Antwort wirklich hatte wissen wollen, und nicht nur, um das Thema auf sich selbst zu lenken. Aus irgendeinem Grund war davon nicht mehr viel übrig. Was musste passieren, um einen Menschen derart grundlegend zu verändern?

»Ja«, antwortete ich.

»Und du willst auch noch zur NASA wie geplant?«

»Hm«, machte ich. Dieses Mal war ich es, die einer Frage auswich. »Vielleicht. Mal sehen.«

Er runzelte die Stirn. »Was meinst du mit *mal sehen*?«

Ich zuckte mit den Schultern und versuchte, es so nonchalant wie möglich aussehen zu lassen. »Ich bin da spontan. Schaue mal, was mir gefällt, und entscheide mich dann. Ich will mich noch nicht festlegen.«

Wen willst du eigentlich auf den Arm nehmen, Robin?

Jamie schien dasselbe zu denken, da er mich mit grimmiger Miene taxierte. »Verarsch mich nicht. Du bist die unspontanste Person, die ich kenne.«

»Na, vielen Dank auch«, murmelte ich.

»Spuck's aus.«

Er durfte Geheimnisse vor mir haben und einen auf Bad Boy machen, und ich musste ein offenes Buch sein? Ganz sicher nicht. Was tat ich überhaupt hier? Ich sollte in meinem Zimmer sein und mir die nächsten Schritte überlegen. Oder zumindest herausfinden, wo sich ein Glas Erdnussbutter und ein Löffel auftreiben ließen.

»Es ist nichts«, beharrte ich. »Ich bin ziemlich müde und werde schlafen gehen.« Ich machte zwei Schritte rückwärts in Richtung des Tors. »Irgendein Arschloch hat mir heute die Vorfahrt genommen, das hat mich sämtliche Nerven gekostet«, fügte ich hinzu, da ich es nicht lassen konnte, was mir eine hochgezogene Augenbraue einbrachte. »Gute Nacht, Jamie.«

Ich drehte mich um und schaffte es drei ganze Schritte, ehe er mir den Weg abschnitt. Kurz schätzte ich meine Chancen ab, einfach wegzurennen, aber wenn ich mir seinen trainierten Körper so ansah, würde ich wohl nicht weit kommen.

»Sag es mir, Robin.«

Mein Name aus seinem Mund war ein Splitter Vertrautheit in dem Meer aus Neuanfängen, und für einen Moment hielt ich inne. »Es spielt keine Rolle, okay?«

»Du warst schon immer eine schlechte Lügnerin, Sunday. Dein Tonfall wird ganz brüchig, und dein Augenlid zuckt –«

»Mein Traum hat sich erledigt, klar?«, platzte es aus mir heraus, und ich warf die Arme in die Luft. So gern ich geheimnisvoll und stark sein wollte – ich war es einfach nicht. Würde es vermutlich nie sein. Und wenn ich das alles eine Sekunde länger für mich behalten würde, würde sich auf der Höhe meines Herzens ein schwarzes Loch bilden, das alles um mich herum absorbierte. »Ich wollte Astrobiologie studieren, um irgendwann bei der NASA zu arbeiten. Das war *alles,* was ich wollte, okay? Jahrelang. Aber ohne einen verdammten Flugschein stehen meine Chancen quasi bei null, was einfach …« Die Worte verließen mich, und ich legte den Kopf in den Nacken. Schräg über mir stand der Halbmond am Himmel. Wenn man genau hinsah, konnte man die andere, nicht von der Sonne beschienene Hälfte ebenfalls erkennen.

Ich sah zurück zu Jamie, der mit der Hand auf die Landebahn neben uns wies. »Was für ein Pech, dass du an einer der führenden Unis für Luft- und Raumfahrt studierst und Flugstunden kostenlos angeboten werden.«

Ich schüttelte den Kopf. Meine Augen brannten, und es kostete mich all meine Kraft, damit sie sich nicht mit Tränen füllten. *Wehe, du heulst vor ihm!*

»Was ist das Problem?«, hakte er nach.

»*Ich* bin das Problem.«

Du bist ein offenes Buch, hörte ich Addison lachen. *Du würdest einem Fremden an der Supermarktkasse deine Lebensgeschichte erzählen.* Direkt danach tönte Henrys Stimme durch mein Inneres. *Du lässt alles viel zu nah an dich ran.* Genau diese Aussagen waren der Grund, warum ich es ihnen nicht sagen konnte. Ich konnte nicht wieder das sensible Blümchen sein, das nicht zu lang in der Sonne stehen durfte. Doch Jamie? Dem neuen Jamie? Dem war es vermutlich ohnehin egal. Und wenn ich es meiner Familie nicht sagen konnte, dann eben ihm. Zumal die Wahrheit bei ihm sicher wäre – er wollte schließlich keinerlei Kontakt zu *irgendwem.* Das hatte er mehr als deutlich gemacht.

Er sah mich abwartend an.

»Ich kann das nicht«, flüsterte ich. »Ich brauche es gar nicht erst zu versuchen. Ganz ehrlich, kannst du dir vorstellen, wie ich ein Flugzeug steuere? Mach dich nicht lächerlich.«

»Hast du Flugangst?«

»Nein, das ist es nicht.«

»Platzangst? Höhenangst?«

Ich schüttelte den Kopf. »Nein, aber –« Ich seufzte. »Ich habe noch nie in meinem Leben wirklich Verantwortung für etwas übernommen. Noch dafür für … *so etwas*. Was, wenn ich einen Fehler mache? Wenn ich durch meine Fehleinschätzung Menschen ernsthaft in Gefahr bringe? Ich kann eine solche Verantwortung nicht tragen. Natürlich kannst du das nicht verstehen, weil du dich offensichtlich dafür entschieden hast, aber frag irgendeine Person auf der Straße, ob sie sich vorstellen kann, ein Flugzeug zu fliegen. Es selbst zu starten und zu landen – ganz egal, wie klein es sein mag.« Ich sah auf unsere einander zugewandten Schuhspitzen – schwarz und weiß. »Ich wäre gern spontan, locker und … stark genug, um zu sagen: Klar, dann probiere ich es eben, aber … scheiße. Ich *kann* einfach nicht.« Ich schüttelte den Kopf und sah über Jamies Schulter hinweg zu der Cessna. Inzwischen war es dunkel geworden, der Platz lediglich von dem sanften Mondschein und den Lampen der Hangars beleuchtet.

»Aber es ist nach wie vor dein Traum, oder nicht?« Er war entweder desinteressiert oder anständig genug, die Tränen nicht zu kommentieren, die ich mir von den Wangen wischte.

»Das Studium ja«, hauchte ich. Es tat weh, es zuzugeben.

»Dann darfst du nicht aufgeben.«

»Das ist leichter gesagt als –«

»Du wirst. Nicht. Aufgeben«, fiel er mir mit harter Stimme ins Wort. »Ich helfe dir.«

Sein Angebot stand derart in Kontrast zu seiner abwehrenden Haltung und finsteren Miene, dass es beinahe lustig war. Beinahe. »Du … hilfst mir? Hast du eine Therapeutin, die du mir weiterempfehlen kannst?«

Seine Miene blieb hart. »Wie es der Zufall will, habe ich einen Ausbilderschein.«

»Jamie …«

»Keine Widerrede«, sagte er und verschränkte die Arme vor der Brust. »Ich trage dich morgen als eine meiner Schülerinnen ein.«

»Jamie –«

»Nein, Robin«, knurrte er und trat einen halben Schritt näher. »Du lässt dir von deinen Ängsten bestimmt nicht deine Träume verbauen. Das ist kein verdammter Grund. Und es wäre ziemlich dumm.«

Mir war gleich klar gewesen, dass der neue Jamie nicht sonderlich viel Spaß verstand, aber gerade hatte er ein neues Level der Ernsthaftigkeit erreicht. Als würde es um *seine* Träume gehen, nicht meine.

»Wir machen einen Deal«, schlug er vor. »Ich bringe dir das Fliegen bei, und du erzählst deinen Brüdern nicht, dass ich in Los Angeles bin.«

Aha. Daher wehte also der Wind. Er wollte einfach nur, dass ich ihn nicht verriet. Sinn ergab das aber immer noch nicht. »Sie sind deine besten Freunde«, versuchte ich es ein letztes Mal. »Deine *Brüder*, oder nicht?«

Er antwortete nicht, hielt mir stattdessen seine Hand hin. Eine mondblasse Narbe zog sich über seine Finger, auf seinem Handrücken zeichneten sich Venen ab. Seine Hände waren schön. Groß, verlässlich und irgendwie … tröstlich.

»Deal?«

Ich lachte auf. Er blieb ernst. »Jamie, hast du mir nicht zugehört? Ich kann nicht –«

»Du kannst und du wirst. Du traust es dir vielleicht nicht zu, aber ich werde dir zeigen, dass es halb so wild ist. Wenn ich dein Lehrer werde, kann ich dir helfen.«

Unwillkürlich flutete Wärme meinen Brustkorb. Obwohl er es tat, weil er seinen eigenen Arsch – vor was auch immer – retten wollte, ließen seine Worte mein Herz etwas schneller schlagen. Ich wusste nicht, wann das letzte Mal jemand so hartnäckig an mich geglaubt hatte. Ich selbst eingeschlossen.

Vielleicht sollte ich dem Ganzen eine Chance geben. Nicht da ich Vertrauen in mich hatte und glaubte, dass ich es schaffen konnte. Aber wenn ich mich für die Flugstunden eintrug, musste ich meinem Traum zumindest noch nicht sofort Lebewohl sagen. Außerdem ... die gemeinsamen Stunden mit Jamie würden mir die Möglichkeit bieten, dem auf den Grund zu kommen, was er verbarg. Ich könnte herausfinden, was ihm seine Strahlkraft genommen hatte. Und eventuell könnte ich ihn ja sogar dazu überreden, sich doch mit meinen Brüdern in Kontakt zu setzen. Auch wenn mir der Gedanke, ihnen seine Rückkehr bis dahin vorzuenthalten, schon jetzt nicht gefiel.

Ich sah auf seine Hand hinab, die er noch immer ausgestreckt hatte – eine Hälfte eines Abkommens, das vervollständigt werden wollte. Wie die dunkle Hälfte des Mondes, die darauf wartete, ebenfalls von der Sonne berührt zu werden.

Ich straffte meine Schultern, sah direkt in seine Augen und ergriff seine Hand. Sie war trocken und warm, er drückte bestimmt, aber nicht unangenehm fest zu. Unsere Blicke verhakten sich ineinander, und ich konnte sehen, wie ernst es ihm war. »Deal.«

Er hielt meine Hand eine Sekunde länger fest als nötig und nickte mit stoischer Miene. »Ich melde dich morgen als meine Schülerin an. Du bekommst eine Mail mit den Lehrbüchern, dem Anmeldeformular und den Terminen, die ich in deinen Stundenplan integrieren werde.« Er sagte das so sachlich und ... geschäftig, und plötzlich wurde mir bewusst, dass ich tatsächlich zugesagt hatte, Flugstunden zu nehmen.

Fuck. Was war in mich gefahren? »Ähm –«

»Ich melde mich«, sagte er, drehte sich um und entfernte sich eilig. Als hätte er geahnt, dass ich es mir anders überlegen würde, wäre er auch nur eine Sekunde länger geblieben. *Mistkerl.*

Durch das offen stehende Tor beobachtete ich, wie er sich an einer Stange in eines der Golfcarts schwang. Die Lichter gingen an, der Motor folgte, und keine Sekunde später war er losgefahren, die ruckelnden Scheinwerfer wie Glühwürmchen in der dunklen Nacht.

Erst als er außer Sichtweite war, wurde mir das ganze Ausmaß des Geschehenen so richtig klar.

Um Himmels willen. Hatte ich meinen gesunden Menschenverstand in den Orbit geschossen?

Ich legte mir eine Hand auf den Mund und sah zur Mondsichel empor. *Auf was habe ich mich da nur eingelassen?*

Kapitel 7

»WEISSE ZWERGE«

(Oder: Wie klein ich mich fühle)

Als ich jünger gewesen war, hatte ich geglaubt, irgendwann anzukommen. Dass der Tag kommen würde, an dem ich endlich zufrieden mit mir wäre und mich nicht ständig neu erfinden müsste. Inzwischen war ich überzeugt davon, dass das Leben eine Aneinanderreihung von Neuanfängen war und man immer wieder zu sich zurückfinden musste. Dass es kein Ankommen gab – nur Resets.

Genau wie heute.

Seit über fünf Minuten saß ich nun auf meinem Bett und beäugte den Beutel, in dem sich meine Schminke befand. Vor meiner Beziehung mit Aiden hatte ich mich nie geschminkt. Bei anderen fand ich es wundervoll. Ich könnte stundenlang zusehen, wie Addison karmesinrote Farbe auf ihren Lippen verteilte, und hielt es für eine wunderbare Form des persönlichen Ausdrucks … allerdings nur, wenn man es für sich selbst tat.

Nicht für deinen Freund, der es von dir verlangt, weil er gern eine Freundin hätte, die auf den Bildern in seinem Instagram-Feed ein wenig glamouröser aussieht. Nicht, wenn du es nur tust, damit du dir nicht wieder anhören musst, dass du mehr wie die anderen sein solltest. Ich hatte mich vor Monaten von Aiden getrennt und hörte dennoch nach wie vor seine Stimme in meinem Kopf: *Vielleicht solltest du dich ein we-*

nig schminken, hm? Und zieh doch mal ein Kleid an. Eines, das nicht bis über die Knie geht, wir wohnen ja nicht auf dem Land.

Er hatte nicht *mich* gewollt, sondern eine leere Hülle, die er formen konnte, wie es ihm passte. Damit er die in seinen Augen perfekte Freundin an seiner Seite hatte. Leider war er da bei mir an der richtigen Adresse gewesen, schließlich fiel mir kaum etwas so schwer, wie Nein zu sagen. Ich hasste es, dass ich so war. Dass ich mich lieber kleiner machte, um in Lücken zu passen, die nicht für mich gedacht waren, anstatt ich selbst zu sein. Dass ich lieber still blieb, anstatt negativ aufzufallen. Dass ich zurücksteckte, weil ich niemanden verärgern wollte. Als könnte das alles dazu führen, dass mich nie wieder jemand verließ, wie Mom es getan hatte. Während mein Dad und meine Brüder ihre Abwesenheit nach einer Weile weggesteckt hatten, hatte ich länger gebraucht, um sie loszulassen. Direkt nach ihrem Weggehen war ich in eine dunkle Phase gerutscht. Wochenlang hatte ich kaum geschlafen und gegessen. Nach einem halben Jahr bei einer Kinderpsychologin war es mir besser gegangen, und ich hatte langsam wieder in den Alltag zurückfinden können. Die Phase war vorübergegangen – doch meine Familie hatte nie aufgehört, mich so zu sehen wie damals: schwach.

Ich hatte einmal gelesen, dass Kinder bis zu einem gewissen Alter alles auf sich bezogen und bei jedem Streit der Eltern glaubten, sie wären schuld. Inzwischen wusste ich, dass ich nichts hätte tun können, um meine Mutter zum Bleiben zu bewegen. Natürlich verhielt sich das mit allen anderen Menschen genauso. Ich konnte noch so freundlich und perfekt und liebenswert sein – Menschen würden mich immer wieder enttäuschen und verlassen. Es lag nicht in meiner Hand, ob sich jemand von mir abwandte.

Wieso zur Hölle fühlte es sich dann so an?

Die Liste an Dingen, die Aiden von mir verlangt hatte, war lang. Mehr Schminke. Kürzere Kleider. *Überhaupt* Kleider, dabei trug ich am liebsten Jeans, Hotpants und lockere Shirts. Er hatte versucht, mich zu verformen, und ich hatte es mitgemacht, da ich geglaubt hatte, dass es etwas zu verbessern gab.

Ich sah an meiner ausgefransten Jeans, dem brombeerfarbenen Shirt und den etwas durchgelaufenen weißen Sneakers hinab. Überlegte ein letztes Mal, mich doch zu schminken … dachte dann aber an das eine Mal, als ich es ihm zuliebe getan und er mein Gesicht im Nachhinein trotzdem mit einer Bildbearbeitungs-App verändert hatte, bevor er sein dämliches Foto hochgeladen hatte … und ließ es bleiben.

Ich sah auf meinen Ring hinunter, auf dem ein kleiner lächelnder Smiley eingraviert war. Meine Erinnerung daran, stets positiv zu bleiben. *Okay, denk an etwas Schönes.* Ich schob sämtliche dunklen Gedanken beiseite, lächelte beinahe mechanisch und steckte das Tablet in meinen Jutebeutel mit dem verblichenen *The-Last-Of-Us*-Aufdruck. Zuletzt nahm ich mein Handy vom Tisch und warf einen Blick darauf. Addison hatte nicht geantwortet. Stattdessen fand ich eine Reihe an Nachrichten von Henry und Brandon in unserer Gruppe *Lazy Sundays.*

Henry: Hab einen schönen ersten Tag, Robin.

Brandon: lass es krachen, schwesterherz!!

Henry: Oh Gott, bitte unterlass das.

Brandon: meine fresse, henry, du textest wie grandpa. fehlt nur noch, dass du unter jede nachricht deinen namen schreibst

Henry: Musst du nicht arbeiten? – Mit freundlichen Grüßen, Henry Sunday

Brandon: manchmal bist du unausstehlich

Henry: Robin, du hast das Treffen heute Abend auf dem Schirm, oder? Um sieben bei Dad und Odette.

Ich zog die Balkontür hinter mir zu, während ich rasch eine Antwort tippte.

Robin: Klar, bin um sieben da. Starte jetzt meinen ersten Tag, bis später.

Ich hielt mit den Daumen über der Tastatur inne und überlegte kurz, eine Nachricht hinterherzuschicken, ließ es dann aber bleiben. Das war das Großartige an Textnachrichten: Man konnte sämtliche Emotionen verbergen. Hier konnte ich spontan, kurz angebunden und beschäftigt klingen. So als hätte ich alles im Griff.

Nachdem erst Henry und danach Brandon von zu Hause ausgezogen waren, hatte es sich etabliert, dass wir uns einmal die Woche dort zum Abendessen trafen. Addison würde ebenfalls dabei sein. Bei dem Gedanken, sie zu sehen, flammte Freude in mir auf … bis mir einfiel, dass ich ihr weder von der Fluglizenz noch von Jamie erzählen konnte. Wenn ich ihr sagte, dass ich meinen Flugschein machte, würde sie es mir allerdings ohnehin nicht glauben. Schlimmer war nur der Gedanke, Jamies Rückkehr vor meinen Brüdern geheim halten zu müssen.

Ich packte die Gedanken gemeinsam mit meinem Handy in die Tasche, schulterte sie und machte mich auf den Weg zu Pages Zimmer.

Eins nach dem anderen, Robin.

Eins nach dem anderen.

***

Nach dem Frühstück im Saal zwei Stockwerke unter unseren Zimmern machten Page und ich uns auf den Weg zu den Golfcarts. Page rutschte neben mich auf die Bank, ich legte den Rückwärtsgang ein und begann die Fahrt über den Campus. Die Luft war zu dieser Uhrzeit noch angenehm kühl, und der Fahrtwind wehte mir den Geruch von Pages Sonnencreme entgegen. Studierende fuhren mit den Carts umher oder liefen auf dem Weg daneben. Manche hatten ihre Handys gezückt und sahen sich verloren an Weggabelungen um, andere gingen bereits gezielt ihren Weg. Ich versuchte auszublenden, wie schön das Licht war, das durch die Palmen auf die Wege fiel. Wie gut die Blüten der Jacarandabäume dufteten und wie lange ich dafür gearbeitet hatte, heute hier sein zu dürfen.

An der Fakultät angekommen, schlug mein Herz heftig gegen meinen Brustkorb. Was, wenn sich durch die heutigen Vorlesungen bestätigte, dass Astrobiologie alles war, was ich wollte? Und wenn dadurch der Schmerz, es nicht studieren zu können, noch größer wurde?

»Warst du bereits drinnen?«, fragte ich Page.

Sie sah auf und lächelte matt. Die Veränderung ihrer Laune war nur zu erkennen, wenn man genau hinsah, aber natürlich fiel es mir dennoch sofort auf.

Gerade hatte sie noch auf ihr Handy geguckt, und jetzt war sie von einer Sekunde auf die andere angespannter. Mit zittrigen Händen steckte sie es wieder weg.

Ich wollte sie gerade darauf ansprechen, was los war, als sie auf einmal noch zügiger lief. Ihre ganze Haltung zeigte, dass sie nicht darüber reden wollte, also entschied ich mich, es nicht zu thematisieren.

»Noch nicht, aber ich habe gehört, dass es eins der schönsten Gebäude auf dem Campus sein soll.«

Und, mein Gott, sie hatte recht. Beim Betreten der ausladenden Halle weiteten sich meine Augen. Die Decke war in einem tiefen Dunkelblau gestrichen, auf das mit goldener Farbe Hunderte Sterne gemalt worden waren. Das Beeindruckendste jedoch war das Metallkonstrukt, das direkt über unseren Köpfen hing. Es war eine Nachbildung unseres Sonnensystems. In der Mitte befand sich die Sonne, drum herum die Planeten, die in verschiedenen Größen und Farben gefertigt worden waren.

»Es ist eine Livedarstellung unseres Sonnensystems«, las Page andächtig von dem Infoschild vor, das an einem Metallständer vor uns festgeschraubt war.

»Live?«

Sie nickte, ohne den Blick von der Schrift zu lösen. »Alle Planeten stehen genau an der Stelle, an der sie sich gerade tatsächlich befinden.« Sie sah mich mit leuchtenden Augen an. »Wir können uns quasi merken, wo die Erde jetzt steht, und in einer Woche noch mal schauen, wo sie sich dann befindet.«

Ich schüttelte ungläubig den Kopf und sah wieder nach oben. Sofort suchte ich den Merkur, der mit achtundachtzig Tagen die kürzeste Umlaufzeit hatte. Danach glitt mein Blick zum blauen Neptun, der sich auf der äußersten Umlaufbahn befand. Verrückt, wenn man darüber nachdachte, dass er ganze hundertfünfundsechzig Jahre benötigte, um die Sonne zu umkreisen. Er würde vom jetzigen Zeitpunkt aus gesehen erst dann eine komplette Runde geschafft haben, wenn es alle aktuell auf der Erde lebenden Menschen nicht mehr gab. Zuletzt sah ich zu unserem Heimatplaneten und stellte mir vor, wie klein wir im Vergleich zu diesem Universum waren. Im Verhältnis zum großen Ganzen war die Erde nicht mehr als der Bruchteil eines Staubkorns. Nicht einmal unsere Galaxie fiel bei der Größe des Ganzen ins Gewicht – ganz zu schweigen von mir als einzelner Person. Irgendwie faszinierend, dass so etwas Kleines so stark fühlen konnte. Dass es sich anfühlte, als könnte eine einzelne Emotion das ganze, sich ausdehnende Universum füllen.

Page und ich verabschiedeten uns voneinander und liefen in entgegengesetzte Richtungen. Ich musste nicht lange suchen, bis ich den Raum fand, in dem meine erste Vorlesung stattfinden würde. *Einführung in die Astrobiologie* bei Mister Price war eines der Fächer, das dieses Semester am meisten Zeit einnehmen würde. Dazu kamen Bio- und Geochemie, Mikrobiologie und ein praktisches Fach mit dem Namen Extremophilie. In der Fachbeschreibung stand, dass wir sowohl im Gewächshaus als auch im Labor untersuchen würden, wie sich Organismen in extremen Umgebungen verhielten. Bakterien in sehr heißem Wasser oder Pflanzen in extrem trockener Umgebung waren da nur zwei Beispiele. Der Liste könnte man wohl ebenso gut *Robin Sunday in einer Cessna* hinzufügen, dachte ich und lachte nervös über meinen eigenen schlechten Witz, was mir den verwunderten Blick eines Studenten einbrachte.

Der Saal, in dem die erste Vorlesung stattfand, wäre mit der moosbedeckten Wand und den großen Fenstern perfekt gewesen … läge dahinter nicht die Landebahn. Der Knoten in meinem Magen vergrößerte sich bei jedem startenden und landenden Flugzeug. Immer wieder warf ich verstohlene Blicke auf mein Handy, um zu sehen, ob Jamie mir inzwischen geschrieben hatte. *Wenn* er es überhaupt tat. Vielleicht würde er es sich ja doch noch anders überlegen und mich nicht als seine Flugschülerin eintragen. Ich wusste nicht, ob mich das erleichtern oder enttäuschen würde.

Schließlich betrat Mister Price mit schief geknöpftem Hemd den Saal und lächelte warm in die Runde. Zu Beginn besprachen wir Organisatorisches und die Abläufe der nächsten Vorlesungen, ehe wir ein paar Grundlagen anrissen, die wir in den nächsten Wochen durchnehmen würden. Angefangen mit Darwins Evolutionstheorie und wie diese auf andere erdähnliche Planeten anzuwenden wäre. Kurz sprachen wir Darwins Entdeckung an, die er auf den Galapagosinseln gemacht hatte: Er hatte festgestellt, dass die Finken dort verschiedene Schnabelformen entwickelt hatten, die an ihre jeweilige Nahrungsquelle angepasst waren. Somit folgerte er, dass sich die Arten durch natürliche Selektion an unterschiedliche Umweltbedingungen anpassen können, was letztendlich zur Entstehung neuer Arten führte. Es war uns angeboren, uns anzupassen – leider nahm ich das Ganze offenbar ein wenig zu ernst.

Es war siebzehn Uhr, als ich den Campus über die Hauptpforte verließ. Der Tag war lang gewesen und hatte mir bewusst gemacht, wie schnell es mit dem Stoff vorangehen würde. Vor allem jedoch hatte er mir bewiesen, wie sehr ich Astrobiologie studieren wollte. Ein Teil von mir hatte gehofft, dass ich es nicht so lieben würde, damit ich nicht zu enttäuscht war, wenn es nicht klappte.

Tja, Pech gehabt.

Ich stieg in meinen Wagen, strich die Blütenpollen von meinem Lenkrad und startete den Motor, der – natürlich jetzt, da mein Dad nicht in der Nähe war – problemlos ansprang. Während ich die von Bäumen umgebene Zugangsstraße hinabfuhr, stellte ich mir vor, ich hätte versagt und müsste die Uni gerade tatsächlich endgültig verlassen. Sofort verkrampfte sich mein Magen so heftig, dass mir übel wurde.

Ich hatte gar keine Wahl: Ich *musste* es schaffen. Die Angst warf dunkle Schatten auf mich, aber dieses Studium war es wert, nach dem Licht zu suchen. Hoffnung flammte in mir auf wie die ersten Strahlen eines Sonnenaufgangs, und ich umklammerte das Lenkrad etwas fester. Egal, wie groß die Angst war: Hierfür lohnte es sich, zu kämpfen.

Ob ich die Schlacht gewann, stand allerdings in den Sternen.

Kapitel 8

»NEUMOND«

(Oder: Wie ich mich vor der Wahrheit verstecke)

Da Henry und Brandon in der Einfahrt parkten, musste ich meinen Wagen auf der abschüssigen Straße vor unserem Zaun abstellen. Die Nachbarschaft war ruhig; bis auf das Lachen eines Kindes und das Dribbeln eines Basketballs auf dem Asphalt war nichts zu hören.

Anstatt zur Vordertür hineinzugehen, öffnete ich das Tor neben dem Gartenhaus am Rand des Grundstücks und trat hindurch. Ich spürte sofort, wie sich mein Puls verlangsamte, als ich die vertraute Umgebung in mich aufnahm: Die kleine Holzterrasse. Der etwas trockene Rasen, der von blühenden Beeten und Kieswegen eingerahmt wurde. Der Korbtisch, der unter den dicken Ästen eines Orangenbaums stand, in den eine Lichterkette eingeflochten war. Ich atmete den Duft der Lavendelsträucher tief ein.

Begleitet von dem leisen Klicken des Perlenvorhangs trat ich in die Küche. Brandon, der eine dunkelgrüne Cap, eine schlichte Jeans und ein weißes *Jack-Wolfskin*-Shirt trug, lehnte an der Küchentheke vor dem offenen Fenster. Sobald er von seinem Handy aufsah, strahlte er mich an. »Birdie!« Er kam zu mir, schlang seine Arme um mich und hob mich hoch. Ich keuchte auf, als er mir sämtliche Luft aus den Lungen presste, erwiderte seine Umarmung aber, bis er mich wieder herunterließ.

»Meine kleine Astronautin.« Er legte seine Hand auf meinen Scheitel und wollte meine Haare durcheinanderbringen, aber ich war schneller und packte sein Handgelenk. Leider war ich zwar schneller, aber deutlich schwächer, weshalb ich am Ende doch den Kürzeren zog und mir einzelne Haarsträhnen aus dem Gesicht pustete. »Lass das«, sagte ich lachend. Jedes Mal, wenn er das machte, kam ich mir vor wie zehn. »Und du weißt schon, dass ich keine Astronautin werde, oder?«

»Natürlich. Meine Schwester wird Astrobiologin. Denkst du etwa, ich vergesse das?«

Ich öffnete den Kühlschrank und nahm die letzte Dose Zitronenlimonade heraus. »Kann ich die haben?«

Brandon nickte. *»Yes, Ma'am.«*

»Wo sind die anderen?«, fragte ich und beugte mich vor, um in das Wohnzimmer blicken zu können.

Er winkte ab. »Irgendwo. Komm, wir gehen schon mal raus.«

Ich setzte mich auf meinen üblichen Platz an dem Tisch unter dem Orangenbaum. »Wie war dein zweiter Tag? Erzähl mir alles«, fragte Brandon.

»Es war gut«, sagte ich knapp. »Die Fächer sind toll, der Campus ist wunderschön. Es gibt viele Pflanzen, du würdest es lieben. Vielleicht kannst du mich ja mal besuchen kommen.«

Und dann direkt Jamie in die Arme laufen? *Blöde Idee, Robin.*

In diesem Augenblick ertönte das Klimpern des Perlenvorhangs erneut, und Henry trat hindurch. Er trug seine Freizeitkleidung – ein gestärktes weißes Hemd und eine dunkle Levis-Jeans. Er hatte die gleichen schwarzen Haare wie Brandon und ich, wobei seine ordentlich zur Seite gekämmt waren. Als er mich sah, lächelte er. »Robin, wie schön.«

Ich stand auf, und wir umarmten uns. Er roch sauber, warm, sicher. Nach Kindheit, verschüttetem Apfelsaft und getrockneten Tränen.

Wir setzten uns, und ich erzählte vom Campus, Page, den Fächern und nicht zuletzt von den Golfcarts.

Henry hob eine Braue. »Darf die jeder Studierende einfach so Tag und Nacht fahren? Ist das kein Sicherheitsrisiko?«

»Die Carts sind total langsam. Es ist sicher, keine Sorge«, sagte ich und ließ dabei außen vor, wie ich direkt beim ersten Mal den Rückwärts- mit dem Vorwärtsgang verwechselt hatte.

»Na gut«, meinte Henry, klang aber nicht überzeugt. »Es freut uns jedenfalls, dass du deinen Weg findest, Robin. Wir sind alle sehr stolz auf dich.«

Gott, ich würde es niemals übers Herz bringen, ihnen zu erzählen, dass mein ganzes Studium in der Schwebe hing.

»Brandon und ich, Dad und Odette sowieso – und Mom wäre es auch. Ich meine …«

Es fühlte sich an, als hätte ich eine Biene verschluckt, die mir daraufhin direkt ins Herz gestochen hatte. Ich wusste, was er sagen wollte. Mom war Chemieprofessorin und damit die Wissenschaftlerin der Familie. Manchmal fragte ich mich, ob ich mir unbewusst ebenfalls ein wissenschaftliches Gebiet ausgesucht hatte, um meine Mom damit zu beeindrucken und sie dazu zu bringen, zu uns zurückzukehren.

Therapeuten hätten eindeutig ihren Spaß mit mir.

»Wie stolz kann man schon auf seine Kinder sein, die man zurückgelassen hat?«, gab ich bitter zurück.

Brandon senkte den Blick, wie jedes Mal, wenn wir auf etwas Ernstes zu sprechen kamen, und Henry bekam dieselbe Falte zwischen den Brauen wie Dad.

Mom lebte mit ihrem Freund in Texas. Ein Thema, dem wir seither auswichen wie einer Landmine, die nach all der Zeit noch immer nur wenige Zentimeter unter der Oberfläche vergraben war – jederzeit bereit, zu explodieren. Lediglich Henry sprach Mom hin und wieder an und schaffte es trotz allem, immer versöhnliche Worte zu finden.

Er schüttelte den Kopf. »Robin, sie –«

»Na, wo seid ihr?«, unterbrach ihn Dads gut gelaunte Stimme, und Henry hielt abrupt inne. Meine Brüder und ich tauschten einen kurzen Blick, danach richteten wir uns etwas gerader auf und setzten beinahe simultan ein Lächeln auf. Es war eine unausgesprochene Abmachung, dass wir vor Dad niemals über Mom sprachen. »Seht mal, wen ich mitgebracht habe«, sagte Dad und öffnete das Gartentor. Als ich die schwarzhaarige Frau mit dem dunkelroten Kleid und dem dazu perfekt abgestimmten Lippenstift sah, stand ich auf. »Addison!«

Sie grinste breit, kam zu mir herüber und schloss mich in ihre Arme. Addison war meine beste Freundin aus der Highschool. Okay. Sie war meine *einzige* Freundin aus der Highschool. Und überhaupt. Addison Chen war tough, direkt und sagte immer, was sie dachte. Womit sie das genaue Gegenteil von mir war, die viel zu sagen hatte und zu wenig davon in Worte fasste. Manchmal wäre ich gern ein wenig mehr wie sie. Wenn sie ein Planet war, war ich der Mond, der in dessen Umlaufbahn trieb. Sie war das Zentrum, ich nur das Anhängsel. So war es unsere gesamte Schulzeit lang gewesen.

»Du musst mir alles erzählen«, meinte sie und strahlte förmlich.

Nachdem ich Dad umarmt und Addison meine Brüder begrüßt hatte, gingen wir nach drinnen, wo Odette wartete und die Schalen und Teller an uns weiterreichte, die wir nach draußen bringen sollten.

Zurück am Tisch, zwischen meiner Familie und meiner besten Freundin, fiel es mir leichter, meine Realität an der Chamberlin für einen Moment zu vergessen. Jamie. Unseren Deal. Seine Narbe. Die Tatsache, dass ich es meinen Brüdern nicht sagen konnte ...

Okay, offenbar fiel es mir doch nicht so leicht, zu vergessen.

Die Hitze des Tages war der angenehmen Kühle der Dämmerung gewichen, und eine sanfte Brise strich durch die Baumkronen.

»Seid ihr bereit für die große Wanderung?«, fragte Addison schließlich und blickte erst Henry und danach Brandon aus ihren dunklen Augen an.

Ich sah auf. »Moment, welche Wanderung?«

Henry stellte sein Glas ab. »Brandon und ich wandern am Wochenende mit ein paar Jungs aus der Highschool zum höchsten Gipfel der Santa Monica Mountains.«

Sofort kamen zwei Fragen in mir auf. Warum wusste Addison mehr über die Pläne meiner Brüder als ich? Und wer gehörte zu den *Jungs aus der Highschool*? Da ich die erste Frage schlecht laut stellen konnte, versuchte ich es mit der zweiten.

Brandon warf sich eine Olive in den Mund. »Ched, Wesley, Ira und Aiden.«

Mir wurde schlecht. *Aiden?* Wow, diese Woche wurde ja immer besser.

»Das macht dir ja nichts, oder?«, fragte Brandon. »Immerhin hast *du ihm* ja am Ende das Herz gebrochen.« Er lachte auf, ich blinzelte.

Es war meine Schuld, dass sie es nicht als seltsam empfanden, sich nach unserer Trennung weiterhin mit ihm zu treffen. Wenn ich ehrlich gewesen wäre und ihnen erzählt hätte, was wirklich abgelaufen war, hätten sie garantiert nicht einmal mehr das Telefon abgenommen, wenn er anrief. Ich hatte es nur Addison erzählt, die mich nun mit mitleidiger Miene von der Seite betrachtete. Mir lagen Hunderte Worte auf der Zunge. *Bitte ladet ihn aus. Er ist das größte Arschloch in ganz Los Angeles. Er hat ein Ego von der Größe des Jupiters. Nein, der Andromedagalaxie. Bitte trefft euch nicht weiterhin mit ihm, als wäre nichts geschehen.* Doch das Einzige, was ich über die Lippen brachte, war: »Quatsch, alles gut.«

Für einen Moment fühlte ich mich ein kleines bisschen weniger schlecht, dass ich ihnen das mit Jamie vorenthielt.

Aber nur kurz.

In diesem Augenblick vibrierte mein Handy in der Hosentaschee, und ich nahm es hervor. Mir leuchtete eine Nachricht entgegen:

Addison: Wissen deine Brüder, was wirklich zwischen euch war?

Ich suchte ihren Blick und schüttelte den Kopf. Nein, sie wussten es nicht. Weil ich es nicht übers Herz gebracht hatte, die Wahrheit zu sagen. Ich hatte die negativen Gefühle und Erfahrungen ablegen wollen wie einen alten Wintermantel, dessen Anblick man im Sommer nicht mehr ertrug.

»Apropos Highschool-Freunde«, begann Dad und öffnete ein Bier. »Habt ihr inzwischen mal wieder etwas von Jamie gehört?«

Mir fiel beinahe die Gabel aus der Hand.

Henry schüttelte den Kopf. »Nichts.«

Brandon wischte sich den Mund mit der sandfarbenen Leinenserviette ab. »Was, glaubt ihr, macht er inzwischen?«

Wirklich jetzt? Von allen Themen, die sie hätten ansprechen können? Ich legte mein Besteck ab. Der Appetit war mir vergangen.

»Vermutlich macht er seinen Master am MIT?« Henry zuckte mit den Schultern.

»Es ist seltsam, dass er sich nie wieder gemeldet hat«, warf Addison ein. »Und nicht nur bei euch, sondern anscheinend auch bei seiner Familie. Letztes Jahr habe ich seine Schwester getroffen, und das Einzige, was sie meinte, war: *Ich weiß, dass er in Massachusetts wohnt.* Das war's.«

Henry schüttelte den Kopf. »Ich kann es nicht verstehen. Wieso taucht ein Mensch von heute auf morgen einfach ab?«

Wenn ich darüber nachdachte, dass er all die Zeit ohne Kontakt zu seinen Freunden und seiner Familie in einem fremden Staat verbracht hatte, wurde mir übel. Mit wem hatte er Weihnachten gefeiert? Wer war an seinen Geburtstagen bei ihm gewesen? Wie fühlte es sich wohl an, seine engste Familie und Freunde mehrere Jahre kein einziges Mal zu sehen?

Eine Weile blieb es still, nur das Zirpen der Zikaden war zu hören. Dann durchbrach Brandon mit einem Grinsen die Stille. »Wisst ihr noch, wie Jamie nackt von dem Zehnmeterturm gesprungen ist?«

Addison riss die Augen auf. »Er hat *was*?«

»Es war Teil ihrer *No Questions Asked*«, schob ich als Erklärung hinterher. Brandon, Henry und Jamie hatten damals eine Abmachung gehabt: Jedes Jahr standen jedem von ihnen fünf sogenannte *No Questions Asked* zur Verfügung. Fünf Gefallen, die sie bei dem jeweils anderen einfordern konnten, ohne dass derjenige eine Frage dazu stellen durfte. *Hol mich von der Party in West Hollywood ab – No Questions Asked. Sprich endlich das Mädchen an, auf das du seit drei Monaten stehst – No Questions Asked.* Das No Questions Asked verlieh der Aussage ihre Bedeutung: Ohne war sie nur eine Forderung – mit war sie ein bindender Deal.

Henry lächelte bei der Erinnerung, ehe sein Gesicht wieder hart wurde. Er war fünfundzwanzig und wirkte zehn Jahre älter. Ganz bestimmt war ein Teil der Schwere auf seinen Schultern Mom zuzuschreiben – schließlich war er der älteste Bruder gewesen und hatte dadurch einen Großteil der Verantwortung übernommen, als Dad es nicht gekonnt hatte. Dennoch war Henry erst, nachdem Jamie gegangen war, so ernst geworden, wie er es heute war. Als hätte sein bester Freund den hellen Funken mit sich genommen.

Addison seufzte. »Süß war er ja schon.«

Ich hob eine Braue und setzte mein Wasserglas an die Lippen, um meinen Händen etwas zu tun zu geben.

Brandon stöhnte. »Erspar uns das bitte. Das haben wir in der Highschool oft genug gehört.«

Addison grinste breiter. »Aber es war so!« Sie stupste mich an. »Oder, Robin?«

»Hm? Was?«

Sie warf einen wissenden Blick zu Brandon, der Addison noch immer genau musterte. Bildete ich es mir ein, oder lag sein Blick auf ihrem Ausschnitt? Mein Gott. Ich stellte mein Glas ein wenig fester ab, wodurch sein Blick schuldbewusst zu mir glitt und ich mahnend die Brauen hob.

»Aber dich brauche ich ja nicht fragen, Robin«, fügte Addison hinzu und zwinkerte in Odettes Richtung. »Sie war immer die Einzige, die immun gegen seinen Charme war. Gut, mir war er vielleicht ein klein wenig zu … höflich, nett und hilfsbereit, aber heiß war er trotzdem.«

Beinahe lachte ich auf. Höflich, nett und hilfsbereit. Drei Wörter, die einem beim Gedanken an den neuen Jamie garantiert nicht in den Sinn kamen.

Henry, der sich bei diesem Gespräch sichtlich unwohl fühlte, räusperte sich. »Ich habe immer noch seine Kamera in meinem alten Zimmer liegen. Er ist nie ohne aus dem Haus gegangen.«

Ich konnte mich erinnern, dass er bei jedem noch so unspektakulären Treffen Fotos geschossen hatte. Sehr gute noch dazu. Ob er heute wohl immer noch fotografierte? Ich bezweifelte es stark. Andererseits kannte ich ihn kaum. Wer wusste schon, was er in seiner Freizeit tat? Außer Motorrad fahren und grimmig schauen natürlich.

In diesem Augenblick vibrierte mein Handy erneut. Ich schielte zu Addison, doch sie war in ein Gespräch mit Brandon vertieft. Ich nahm es hervor und fand eine Nachricht vom offiziellen Mailprogramm der Uni. Als ich den Absender las, raste mein Herz. Eilig drehte ich die Helligkeit meines Bildschirms herunter, öffnete die Mail und begann zu lesen.

Von: j.evers@chamberlin-u.com
An: r.sunday@chamberlin-u.com
Betreff: Anmeldung

Robin,

anbei das von mir bereits unterzeichnete Anmeldeformular für deine Flugausbildung. Bitte unterschreibe es digital und sende es noch heute an mich zurück. Wir werden uns mehrmals pro Woche am Flugplatz treffen. Ich habe deinen Stundenplan gecheckt – wir starten morgen um siebzehn Uhr dreißig. Treffpunkt am Hangar 1. Unsere Unterrichtszeiten kannst du ab sofort in deinem Stundenplan einsehen.

Bis morgen,
Jamie

Mein Herz klopfte mir bis zum Hals. Es fühlte sich irgendwie … verboten an, seine Nachricht zu lesen, während ich am Tisch mit Henry und Brandon saß. *Super Timing, Jamie*, dachte ich. *Wir haben gerade über dich gesprochen.*

Ich würde ihn schon noch umstimmen können. Ein Deal war ein Deal, und ich würde nichts verraten, aber in spätestens einem halben Jahr würde er mit uns hier am Tisch sitzen. Henry würde seine Leichtigkeit wiederhaben, Brandon seinen besten Freund und Jamie hoffentlich einen Funken seines alten Selbst. Der einzige Fehler in meinem Plan war, dass ich morgen tatsächlich zu meiner ersten Flugstunde musste.

Ich hatte das alles offenbar nicht so ganz durchdacht.

Der restliche Abend verlief ohne weitere Erwähnungen von Aiden oder Jamie, und nachdem wir aufgeräumt hatten, saß ich eine Weile mit Addison auf dem Dach des Bungalows. Sie erzählte mir von ihren anstehenden Prüfungen, und ich hörte zu – zumindest bis Brandon kam und uns so lange nervte, bis wir uns wieder zu ihm gesellten. Wenige Minuten, nachdem Addison gegangen war, verabschiedete sich auch Brandon. Beide versprachen mir, sich bei mir zu melden – und dennoch fühlte ich mich so allein wie nie zuvor.

Selbst schuld, dachte ich. Das geschah eben, wenn man nicht ehrlich war, was seine Gefühle betraf: Man wurde einsam. Wie lange konnte ich noch alle meine Gedanken für mich behalten und für meine Familie die Robin sein, die sie gern um sich herum hatte? Die lockere, unkomplizierte Robin, die immer zuhörte und positiv war?

Kurze Zeit später verabschiedete ich mich und wollte gerade aus der Tür gehen, als ich innehielt. Ich wusste nicht, was genau mich dazu veranlasste, den Flur entlang bis zu Henrys altem Zimmer zu gehen, das inzwischen als Gästezimmer genutzt wurde. Ich öffnete die Schubladen, die in den Holzrahmen seines Bettes eingelassen waren, und fand sie auf einem Stapel alter Schulhefte: Jamies silberne Nikon-Kamera. Ich hängte sie mir um den Hals, schlüpfte aus der Tür und kam mir dabei wie eine Verbrecherin vor.

Auf dem Weg zurück zur Chamberlin waren meine Gedanken seltsam schwer. Warum nur bereitete es mir solche Probleme, für mich selbst einzustehen? Ich wollte selbstbewusst sein und jedem die Stirn bieten können, ohne danach zu fragen, ob ich etwas falsch gemacht hatte.

Alle anderen schafften es, sich an die Schwierigkeiten des Lebens anzupassen. Sie wurden stärker, bekamen eine dickere Haut und lernten dazu. Es war wie mit den Finken auf den Galapagosinseln: Die Evolution veränderte ihre Schnäbel und passte sie an verschiedene Lebenssituationen an. Was für ein Pech, dass ich kein Fink war, sondern nur ein Rotkehlchen.

Kapitel 9

»KATALYSATOR«

(Oder: Wie etwas in Gang kommt)

Der Tag meiner ersten Flugstunde war eine einzige Vollkatastrophe. Da mich meine Gedanken bis drei Uhr nachts wach gehalten hatten, verschlief ich und verpasste das Frühstück mit Page. Die Mikrobiologievorlesungen danach waren eine weitere Erinnerung gewesen, dass es nichts gab, was ich mehr wollte als dieses Studium. Wie unfair, dass mein Traum daran gekoppelt war, ob ich heute Abend in dieses dämliche Aluminiumkonstrukt stieg.

Mittags holte ich mir einen Avocado-Bagel im Apollo Café und setzte mich zum Essen auf eine Bank mit Blick auf die Raumkapsel. Mit jedem Grad, den sich die Erde weiterdrehte und die Sonne dadurch tiefer sank, wurde ich nervöser. Nach meiner letzten Vorlesung – Geochemie – entschied ich mich, zu Haus Saturn zu laufen, um ein wenig den Kopf frei zu bekommen. Doch als ich zwanzig Minuten später in meinem Zimmer stand, war mein Adrenalinspiegel noch immer zu hoch. Das konnte unmöglich gesund sein. Ein Monat dieser Flugstunden, und ich konnte einen Termin beim Kardiologen machen.

Ich duschte, zog mir eine lockere Jeans und ein lavendelfarbenes Shirt an, meine Haare ließ ich offen über den Rücken fallen. Im Badezimmer stützte ich mich am Waschbeckenrand ab und betrachtete mich im Spiegel. Sah von den Sommersprossen auf meiner Nase zu den schlammgrünen Augen mit den vor Nervosität geweiteten Pupillen, ehe ich kopfschüttelnd den Blick abwandte und mich auf den Weg zu meiner ersten Flugstunde machte.

Die Sonne stand tief und schien mir wärmend auf den Rücken, als ich das Golfcart mit zittrigen Händen vor dem Flugplatz parkte. Am Tor angekommen, hielt ich meine Karte an den Scanner, dessen Lämpchen dieses Mal grün aufleuchtete. Anscheinend war ich nun offiziell für den Flugplatz freigegeben worden. Super.

Als ich eintrat, sah ich ihn sofort. Jamie stand mit dem Rücken zu mir, den Kopf etwas nach vorn geneigt und offenbar in etwas vertieft. Mit der einen Hand stützte er sich an der Cessna ab, direkt auf den beiden dunkelblauen Streifen, die sich bis nach hinten zogen. Wieder einmal trug er Schwarz von Kopf bis Fuß. Jeans, ein kurzärmliges Shirt und Boots.

Ein kleiner Stein knirschte unter meiner Sohle, und er fuhr zu mir herum. »Ich war mir kurz nicht sicher, ob du kommst«, sagte er ohne Einleitung und klemmte sich das Tablet unter den Arm.

Ich mir auch nicht, dachte ich, sprach es aber nicht aus.

Mit jedem Schritt auf ihn zu fühlte ich mich ein wenig mehr, als wäre ich Anne Boleyn auf dem Weg zum Galgen. Direkt vor ihm kam ich zum Stehen. Seine hellbraunen Augen musterten mich eindringlich, und ich hasste das Gefühl, dass er dabei mehr sah, als ich preisgeben wollte. Einzelne Strähnen hingen ihm in die Stirn, sein Kiefer war angespannt.

»Ein Deal ist ein Deal«, gab ich zurück. *Echt jetzt, Robin? Ein Deal ist ein Deal? Hast du den Satz aus einem Mafiafilm geklaut?*

Er neigte das Kinn. »Alles klar. Bist du bereit, Sunday?«

Aha, wir waren also wieder beim Nachnamen angekommen. Verstanden. »Ja, *Evers.*« Sein Name fühlte sich falsch an, die Lüge kam mir jedoch viel zu leicht über die Lippen. Ich war es zu sehr gewohnt, Ja zu etwas zu sagen, zu dem ich Nein sagen wollte.

»Gut. Erst einmal ein paar allgemeine Informationen: Parallel zu deinen praktischen Stunden wirst du theoretischen Unterricht erhalten. Der wird nicht von mir, sondern einer Kollegin abgehalten. Die Termine solltest du ab jetzt ebenfalls in deinem Stundenplan einsehen können.«

Er trug die Fakten so emotionslos vor, dass unmissverständlich klar wurde, wie gern er gerade an jedem anderen Ort wäre. Mal wieder.

Als ich nickte, fuhr er fort. »Um deine Fluglizenz zu erhalten, sind insgesamt fünfundvierzig Flugstunden nötig. Davon dreißig mit einem Ausbilder, also mir, und die anderen fünfzehn im Alleinflug.«

Ich blinzelte. »Alleinflug?«, wiederholte ich ungläubig und lachte nervös. Vielleicht würde ich den Kardiologen doch früher brauchen als gedacht.

»Da machen wir uns Gedanken drum, wenn es so weit ist«, sagte er, zog aber die Brauen zusammen und musterte mich etwas eingehender.

Sah ich blass aus? Gott, wenn ich auf dem Flugplatz kollabierte, bevor es überhaupt losging, würde sich mein Ego nie davon erholen.

»Heute beginnen wir mit der Flugvorbereitung«, fuhr Jamie fort. »Ich erkläre dir die wichtigsten Einzelteile der Cessna, einschließlich der Pre-Flight-Checks, der Funktionsweise der Instrumente und Systeme sowie der Sicherheitsmaßnahmen.«

»Mhm.«

»Alles halb so wild.«

»Mhm.«

»Robin.« Als er zu meinem Vornamen wechselte, sah ich zu ihm auf. Seine Stimme war etwas weicher. Zugänglicher. Nur minimal, aber immerhin. »Auch wenn es sich so anfühlt – dir kann nichts passieren. Wir fangen langsam an, okay?«

Da war es wieder – das Durchblitzen des früheren Jamies.

Ich stieß zittrig die Luft aus. »Okay.« *Eins nach dem anderen, richtig?*

Er hielt meinen Blick zwei Sekunden länger fest, nickte dann und begann mit der ersten Stunde. Zuerst erklärte er mir etwas zum Flugzeugmodell und wieso dieses häufig für Forschungszwecke eingesetzt wurde. Dann ging er auf die verschiedenen Bauteile ein, hielt sich jedoch eher kurz und sagte mir, dass dies noch zur Genüge in den theoretischen

Unterrichtsstunden besprochen werden würde. Danach gingen wir zu den Sicherheitsmaßnahmen und der Treibstoffsystemthematik über. Es fielen Wörter wie Wetterbriefing, Flugpläne, Kraftstoffreserven und *Notices to Airmen,* und nach einer halben Stunde schwirrte mir der Kopf. Dennoch ertappte ich mich dabei, wie ich mehr darüber wissen wollte. Über die Technik, die das Flugzeug am Laufen hielt, die einzelnen Systeme und die Aerodynamik. Jamie erklärte sachlich und verständlich, seine dunkle Stimme war ruhig und angenehm.

»Jetzt zeige ich dir noch den *Walkaround*, auch Außencheck genannt, dann hast du deine erste Stunde auch schon hinter dir«, meinte er und sah zu mir herunter.

Mist. Gleich war die Stunde vorbei, und ich hatte nicht eine Sache über ihn herausfinden können.

Wir begannen damit, ums Flugzeug herumzugehen. Jamie zeigte mir, wie man die Tragflächen nach Beschädigungen und die sogenannten Querruder und Klappen auf freie Beweglichkeit kontrollierte. Mit konzentrierter Miene strich er mit seinen sehnigen Händen über die Tragflächen. Vorsichtig, andächtig. Wie ein Liebhaber über die Kurven einer Geliebten. Ich beobachtete jeden seiner Handgriffe mit fasziniertem Interesse und fragte mich, wie oft er das wohl bereits gemacht hatte. Nachdem er den Rumpf, das Heck und den Propeller kontrolliert hatte, blieb Jamie vor der Tür auf der rechten Seite stehen.

»In was machst du deinen Master?«, fragte ich und hatte das Gefühl, die Antwort bereits zu kennen.

»Aircraft Design«, sagte er knapp, aber nicht unfreundlich.

Puuh, okay. Er entwarf und designte Flugzeuge. Das war ... ziemlich beeindruckend. Und ein ganz *ganz* kleines bisschen sexy. Ich schob den Gedanken eilig beiseite. »Was sind deine Schwerpunktthemen?«

»Avionik und Kommunikationssysteme.«

»Mh.« Das machte es nicht besser. Wenn er nicht so ein Eisblock wäre, wäre mir um mein Nerd-Herz vielleicht sogar ein wenig wärmer geworden. Aber immerhin – er antwortete auf meine Fragen. Zwar wie ein Roboter, aber er antwortete.

Mein Blick glitt wie von selbst zu seiner Narbe. Er schien es zu bemerken, da ein Muskel an seinem Kiefer zuckte und er seine linke Gesichtshälfte von mir wegdrehte, als würde er sie verstecken wollen. Inzwischen war die Sonne hinter den Hügeln untergegangen, färbte den wolkenlosen Himmel jedoch noch immer dezent orangefarben und ließ ihn aussehen, als würde er von innen heraus leuchten. Jamies Silhouette hob sich dunkel davon ab. In seinen Augen tobten Wirbelstürme – umherpeitschende Energie, die er tief in sich verschlossen hatte. Aber sie war da, ich konnte es sehen. Direkt verborgen unter dem unendlichen Schmerz, der sich wie eine schwere Decke über ihn gelegt hatte.

»Das klingt ziemlich aufregend«, sagte ich lahm. »Und nach viel Arbeit.«

»Es ist alles, was ich je machen wollte«, sagte er mit der Stimme eines Mannes, der alles gesehen hatte und sich für nichts mehr begeistern konnte. Als würde er von seiner Steuer sprechen und nicht von der verdammten Konstruktion verdammter *Flugzeuge*.

»Was magst du am Fliegen am meisten?«

Er beugte sich runter, um die Reifen zu checken. Dann richtete er sich wieder auf und duckte sich geschickt unter der Tragfläche hindurch. »Allem eine Weile zu entkommen und niemanden sehen zu müssen.«

Oh. Sympathisch. *Was hast du erwartet, Robin? Dass er sich nach dem Freiheitsgefühl sehnt? Ich bitte dich.* »Verstehe. Und …«, ich zog das Wort in die Länge, überlegte mir eilig die nächste Frage, »seit wann hast du ein Motorrad?«

»Seit zwei Jahren.«

»Ah. Cool. Aber ehrlich, wenn du so fliegst, wie du fährst, überlege ich mir das mit den Flugstunden noch mal.« Es war ein schlechter Witz, das wusste ich selbst. Ein verzweifelter Versuch, ihm ein gutes Gefühl zu geben. Seine grimmige Miene verriet mir, dass es mir nicht gelungen war.

Sein Blick verlor sich hinter mir, seine Augen wurden glasig. »An meinem Fahrstil ist nichts auszusetzen«, sagte er und biss die Zähne fest aufeinander.

Hatte ich etwas Falsches gesagt?

Ich seufzte innerlich. Wenn ich ihn nicht kennen würde, würde ich gar nicht erst versuchen, ihn in ein Gespräch zu verwickeln. Nicht, nachdem er mir mehr als einmal unmissverständlich zu verstehen gegeben hatte, wie wenig Interesse er daran hatte. Aber ich wusste, wie er sein konnte. Wer er eigentlich war. Diese Version von ihm musste doch noch irgendwo versteckt sein. Wenn er mich dazu bringen konnte, meinen Traum zu verfolgen, würde ich ja zumindest ein Lächeln aus ihm herauskitzeln können, oder? Ich hatte ihm so viel zu verdanken, aber wie sollte ich mich revanchieren, wenn er mich nicht ließ?

»Jetzt geht es weiter zum Innencheck«, meinte er, öffnete die Tür auf der Seite des Piloten und gab mir mit einer Handbewegung zu verstehen, dass ich einsteigen sollte.

»W-wie?«, stotterte ich. »Solltest nicht du da sitzen?«

»Wir fliegen eh erst in der nächsten Stunde.«

Mein Mund fiel auf. »In der *nächsten Stunde*? Wir fliegen in der nächsten Stunde?!«

»Keine Angst, du wirst erst in der Stunde darauf im Pilotensitz sitzen.«

Ich schlug ihm sachte mit der Rückseite meiner Hand auf die Brust. »Warte, warte, warte.« Was hatte er gerade gesagt? »Ich werde ab der zweiten Stunde im Pilotensitz sitzen? Hast du einen Todeswunsch?«

»Das ist so üblich«, entgegnete er. »Du wirst sehen, dass man das Flugzeug von beiden Seiten steuern kann, es ist also halb so wild.«

Ich blinzelte. *Halb so wild.* Er war offensichtlich zu oft in der Luft gewesen und hatte den Zugang zur Realität verloren.

»Und hör auf, an die nächsten Stunden zu denken, gerade eben bist noch hier. Ich verspreche dir, dass du es hinbekommen wirst.« Er wies auf die offen stehende Tür und reichte mir seine Hand. »Steig ein, dann kannst du dir ein erstes Bild machen.«

»Okay«, murmelte ich widerwillig und ergriff zum zweiten Mal in dieser Woche seine Hand. Der Einstieg war hoch, aber nicht so hoch, dass ich es nicht allein geschafft hätte.

Jamie schloss die Tür, ging um den Rumpf herum und setzte sich in einer fließenden Bewegung auf den Sitz rechts neben mir. Wie eng es hier drin war, merkte ich erst, als Jamie seine Tür ebenfalls schloss. Sein Unterarm stieß leicht gegen meinen, und eine Gänsehaut ging über meinen Körper. Er war die Enge vermutlich gewohnt, denn er justierte seine Haltung nicht, wodurch ich seine warme Haut immer wieder an meiner spürte. Vorsichtig sah ich mich um. Hinter uns waren zwei weitere Sitze, und sowohl vor Jamie als auch vor mir befand sich ein Steuergerät, das einem kleinen Lenkrad ähnelte. Auf der Fläche dahinter befanden sich unzählige Schalter und Bildschirme. Außerdem gab es auf jeder Seite je zwei Gaspedale.

»Die sind dafür da, das Flugzeug auf dem Boden zu lenken«, erklärte er. »Das Steuerhorn hingegen ist dafür da, das Flugzeug über die Achsen zu steuern. Und wie schon gesagt, sitze ich auf dem Co-Pilotensitz, du auf dem Pilotensitz«, fuhr Jamie fort.

Ich schnaubte innerlich. Pilot auf einem Flug wohin? Ins Verderben vielleicht.

»Das hier sind die Hauptinstrumente«, meinte er und zeigte auf die Schalter vor uns. »Fluglageanzeige, Fahrtmesser, Höhenmesser, Variometer und so weiter. Das wird erst später wichtig.« Er erklärte mir weitere Einzelheiten und war dabei offenbar in seinem Element – so desinteressiert er auch aussah. Er zeigte auf verschiedene Bestandteile und erklärte mir kurz, für was sie da waren. Funkgeräte, Gashebel, Master Switch, Drehzahlmesser ...

Bei dem Gedanken daran, all das auswendig wissen zu müssen, wurde mir schwindelig. Als er mir alles grob erklärt hatte, hatte die Dämmerung die letzten Lichtpartikel beinahe vollständig geschluckt – wie dunkelblaue Tinte, die sich über ein goldgelbes Papier ergoss und in die Fasern hineinsickerte.

»So weit alles klar?«, fragte er und drehte sich zu mir.

Ich nickte stumm.

»Wie geht es dir?«

Wie ironisch, dass mich das seit Monaten niemand mehr gefragt hatte und ausgerechnet *Jamie* nun diese Frage stellte. »Es ist zwecklos«, brachte ich mit kratziger Stimme hervor.

»Was meinst du?«

»Tu nicht so unschuldig. Ich werde nie ein Flugzeug steuern.«

»Doch, wirst du.«

Ich warf die Hände in die Luft. »Jamie, komm schon. Solche Dinge sind anderen Menschen vorbehalten. Bis auf meinen Studiengang habe ich in meinem Leben keine bedeutende Entscheidung getroffen. Scheiße, meine Brüder lassen mich ja nicht einmal allein mit dem Auto nach Sacramento fahren.«

»Hör auf, es dir selbst auszureden. Das sind keine Gründe.«

»Aber –«

»Es gibt kein Aber«, unterbrach er mich. »Trau es dir zu, Robin.«

Ich schnaubte. »Für jemanden, der so eine Negativität ausstrahlt wie du, bist du ganz schön zuversichtlich.«

»Ich bin nicht zuversichtlich, sondern realistisch.«

Ich schüttelte den Kopf. »Das sehe ich anders.«

»Du bist ehrgeizig genug, an der *Chamberlin* angenommen worden zu sein. Du hast ein schlagendes Herz und einen funktionierenden Verstand. Gib dir etwas Zeit. Es mag ungewohnt sein, aber du wirst sehen, dass es machbar ist. Außerdem haben wir es längst besprochen. Am Deal wird nicht gerüttelt.« Ohne ein weiteres Wort öffnete er die Tür und hüpfte aus dem Flugzeug.

Ich seufzte tief. Jamie wusste, wie man sich durchsetzte. Es war ihm salopp gesagt scheißegal, was ich davon hielt – und darum beneidete ich ihn ein wenig. Vielleicht könnte er mir stattdessen Unterricht *darin* geben.

Ich stieg ebenfalls aus, stieß mir dabei prompt den Kopf am Türrahmen und sog scharf die Luft ein.

»Das hört irgendwann auf«, meinte er, nachdem ich zu Boden gehüpft war. »In der ersten Woche habe ich mir unzählige Male den Kopf gestoßen.«

»Wenn du das sagst«, meinte ich und rieb mir die pochende Stelle. Eine sanfte Brise wehte vom Meer bis zu uns. Der Flugplatz war bis auf zwei Personen an Hangar vier verlassen, und die ersten Lichter waren angegangen. »Bevor wir nächste Stunde losfliegen, machst du die Checks. Ich führe dich noch einmal durch, aber je früher du alles selbst machst, desto besser.«

Mein Magen verkrampfte sich. Wir würden wirklich fliegen. In dieser kleinen Maschine.

Was für eine Scheiße.

»Das wird schon«, sagte er, als hätte ich meinen Fluch laut ausgesprochen.

Ich wollte etwas erwidern, aber er wandte mir bereits den Rücken zu und ging in Richtung Hangar. »Du kannst gehen, wir sehen uns in zwei Tagen.«

Mist.

Ich hatte eine ganze Stunde mit ihm verbracht und war kaum zu ihm durchgedrungen. Ich wusste nicht einmal, weshalb ich das so unbedingt wollte. Vielleicht, da er mir damals geholfen hatte und ich den Gefallen nun erwidern wollte. Nur dank ihm hatte ich mich getraut, mich an der Chamberlin zu bewerben und meinen Traum zu verfolgen – wie konnte ich ihn da jetzt, wo er *meine* Hilfe benötigte, hängen lassen? Selbst wenn er diese Hilfe gar nicht wollte. *Sag irgendetwas, Robin. Stell ihm irgendeine Frage oder beginn noch ein Gespräch –*

»Ich habe mich gestern mit Henry und Brandon getroffen«, brach es aus mir hervor.

Jamie blieb abrupt stehen. »Ich habe ihnen natürlich nichts über dich erzählt«, fügte ich eilig hinzu. »Aber sie haben das Thema von allein auf dich gelenkt.«

Ich ging um ihn herum und sah hoch in seine eisige Miene. Er blickte über meinen Kopf hinweg in Richtung Tower.

»Sie vermissen dich. Weißt du noch, wie steif Henry manchmal war? Tja, jetzt lacht er kaum mehr und nimmt alles zu ernst. Brandon dagegen …« Ich seufzte. »Er nimmt gar nichts mehr ernst. Manchmal habe ich das Gefühl, dass du immer für Gleichgewicht gesorgt hast.«

Er sagte kein Wort, sah mir nicht einmal in die Augen, aber immerhin lief er nicht weg. »Sie haben über die No Questions Asked gesprochen, weißt du noch?«

Zu meiner Überraschung nickte er.

»Oh, und sie gehen am Wochenende mit ein paar Jungs aus der Highschool wandern.« Ich verzog das Gesicht. »Unter anderem mit meinem Ex, aber das lässt sich wohl nicht ändern.«

Das erregte seine Aufmerksamkeit, und er hob eine Braue. »Mit deinem Ex?«

Oh, Robin. Musst du immer so drauflosplappern? »Jap.«

»Kenne ich ihn? Wer ist es?«

»Aiden.«

Nun hob er auch die zweite Braue, und ein Ausdruck völliger Fassungslosigkeit breitete sich auf seinem Gesicht aus. »Nicht dein Ernst. Du warst mit *Aiden* zusammen?«

»J-ja, wieso?«

»Er ist ein riesengroßes Arschloch. Ich habe ihn immer gehasst.«

»Das ist nicht wahr, du hast früher niemanden gehasst.«

»Doch, ich hab es nur nicht gezeigt.«

»Wenn du das sagst …«

»Henry und Brandon treffen sich also mit deinem Ex, obwohl du das nicht willst?«

Ich biss mir auf die Innenseite meiner Wange. »Na ja, nein. So ist das nicht. Sie wissen nicht, wie er wirklich zu mir war. Sie haben mich sogar gefragt, ob es okay ist, wenn sie sich mit ihm treffen.«

»Und du hast Ja gesagt.« Es war keine Frage, nur eine trockene und … beinahe wütende Feststellung.

Ich presste die Lippen aufeinander, er schüttelte den Kopf. »Mein Gott, Robin. Wie sollen sie es wissen, wenn du es ihnen nicht sagst?«

»Ich weiß! Ich weiß. Es ist meine Schuld.«

»Du solltest lernen, Nein zu sagen.«

Ich schnaubte. »Das ist mir bewusst, glaub mir. Ich sollte ein wenig mehr sein wie du. Okay, nicht ganz so extrem, aber … ein bisschen.

Nein sagen, nicht darüber nachdenken, was andere von mir halten …« *Und* du *solltest im Gegenzug ein wenig Lebensfreude wiederfinden*, fügte ich in Gedanken hinzu. Und das war der Moment, in dem mir die Idee kam. »Lass uns doch die No Questions Asked wieder einführen!«, stieß ich hervor. »Nur du und ich.«

Er runzelte die Stirn. »Was? Wieso sollten wir –«

»Bring mir bei, wie man selbstbewusster wird. Wie man Nein sagt. Hilf mir, aus meiner Komfortzone rauszukommen und … stärker zu werden.«

»Ich bin kein verdammter Experte, Robin –«

»Das ist egal! Wen soll ich sonst fragen? Henry? Brandon? Addison? Sie denken eh schon, dass ich zu sensibel bin. Ich weiß, die Idee mag hirnrissig sein, aber … wieso nicht?«

Er verschränkte die Arme vor der Brust. Wenn ich ihn nicht kennen würde, wäre er verdammt einschüchternd. »Nehmen wir an, ich würde das machen. Welche Gefallen würdest *du* einfordern?«

Das war der zweite Teil meines Masterplans. Denn die Gefallen würden es mir ermöglichen, ihn aus der Reserve zu locken. Ihm sein verloren gegangenes Lächeln wieder aufs Gesicht zu zaubern und ihn daran zu erinnern, was das Leben zu bieten hatte. Damit er wieder wurde wie zuvor. Glücklich, offen, immer mit einem Lächeln im Gesicht. Um mich bei ihm zu revanchieren. Damals hatte er als einziger Mensch wirklich an mich geglaubt. Jetzt wollte ich dasselbe für ihn tun.

»Ich werde dir … ein paar Orte in L. A. zeigen.«

»Ich bin hier aufgewachsen.«

»Ja, aber wann hast du das letzte Mal etwas gemacht, das dir richtig Spaß gemacht hat?«

Er gab keine Antwort.

»Wenn du überlegen musst, ist es zu lange her. Ich könnte dir zeigen, was du am Leben hier geliebt hast und –«

»Lass das, Robin«, unterbrach er mich mit forscher Stimme. »Ich bin nicht mehr dieselbe Person wie damals. Hör auf, mir Hunderte Fragen zu stellen, mir helfen zu wollen oder zu verstehen versuchen, was in mir vorgeht, klar?« Seine Stimme wurde mit jedem Wort ein wenig lauter, und ich unterdrückte den Drang, die Schultern zu meinen Ohren zu ziehen. »Es geht dich verdammt noch mal nichts an. Unsere Gemeinsamkeiten liegen in der Vergangenheit. Wir sind keine Freunde.«

Ein kurzer, scharfer Schmerz durchzuckte meine Brust. »Es ... es tut mir leid«, stotterte ich. »Ich wollte nur –«

Er trat einen Schritt näher und lehnte sich zu mir herunter, wodurch unsere Gesichter nur wenige Zentimeter voneinander entfernt waren. Okay, jetzt war er *tatsächlich* einschüchternd. »Halt dich aus meinem Leben raus.« Er betonte jedes Wort einzeln. In seiner Stimme mischte sich schattenschwarzer Schmerz mit blendend heller Wut. Dann knallte er die Tür der Cessna so fest zu, dass ich zusammenzuckte, und ging davon.

Kapitel 10

»SONNENFLECKEN«

(Oder: Wie kleine Makel Schönheit ausmachen)

Am nächsten Tag trat ich um siebzehn Uhr mit schwerem Herzen und vollem Kopf aus der Technischen Fakultät. Ausgerechnet. Eigentlich hätte ich bereits vor eineinhalb Stunden Schluss gehabt, doch heute hatte die erste theoretische Flugunterrichtsstunde stattgefunden. Wir waren etwa dreißig Studierende gewesen, und die Dozentin, eine freundliche Frau mit leiser Stimme, hatte uns die Grundlagen sowie einige Bedienelemente erklärt.

Auf dem Weg zum Ausgang hatte ich mich andauernd nach Jamie umgesehen, aber dem Mars sei Dank war er mir nicht über den Weg gelaufen. Nicht dass das viel bringen würde – spätestens morgen Abend würden wir uns bei unserer zweiten Flugstunde ohnehin wiedersehen.

Großartig. Wirklich großartig.

Er könnte mich natürlich auch an einen anderen Fluglehrer abgeben, aber ich wusste, dass er das nicht tun würde. Er hatte mir sein Versprechen gegeben – und Jamie war niemand, der einen Schwur brach. Andererseits, überlegte ich, hatte er sich ziemlich verändert. Kannte ich den Jamie von heute wirklich gut genug, um ihn einschätzen zu können?

Halt dich aus meinem Leben raus. Seine harschen Worte wiederholten sich in Dauerschleife in meinem Kopf. Natürlich stimmte es, was er sagte: Nur, weil ich ihn von früher kannte, gab mir das nicht das Recht, ihm jetzt zu helfen. Aber er hatte mir seine Hilfe ja auch angeboten – nein, nicht angeboten, sondern *aufgezwungen*. Zwei Mal hatte ich heute eine Nachricht an ihn verfasst – einmal beim Mittagessen mit Page und ein anderes Mal in meiner Astrobiologievorlesung. Die erste Nachricht war wütend gewesen, voller Frage- und Ausrufezeichen. Die zweite voller weicher Worte der Entschuldigung. Gelöscht hatte ich sie beide. Ich sah es nicht ein, mich zu entschuldigen – wütend sein wollte ich aber auch nicht.

Zwischen meinen Vorlesungen hatte ich zweimal versucht, Addison anzurufen, doch entweder war ihr Handy aus, oder sie hatte mich weggedrückt. Ich hoffte auf Ersteres. Vermutlich war es besser so. Was hätte ich auch sagen sollen? Ich hatte Jamie schließlich versprochen, ihn niemandem gegenüber zu erwähnen. Gleichzeitig fühlte ich mich irgendwie ... einsam. Ein wenig verloren auf diesem großen Campus und ohne festen Plan, wie es weitergehen sollte.

Ich blinzelte gegen die Sonne, die durch die raschelnden Palmblätter über mir blitzte. Es war noch immer heiß, und die leichte Brise brachte kaum Erleichterung mit sich. Gestern war ich vom Flugplatz zurück zu Haus Saturn gelaufen, um den Kopf frei zu bekommen. Es hatte nichts gebracht, meine Gedanken waren danach genauso laut gewesen – dennoch ließ ich auch jetzt das Cart stehen. Vielleicht konnte ich durch das viele Spazierengehen meinen Besuch beim Kardiologen ja doch noch etwas hinauszögern.

Ich hatte etwa ein Drittel des Weges zurückgelegt, als ein Cart neben mir hielt. Dylan schob sich die blaue Brille zurück auf die Nase und grinste mich breit an. »Robin, hey!«

»Hi!« Ich bemühte mich um ein Lächeln und schob den Gurt meiner Tasche zurück auf die Schulter.

»Wo musst du hin?«, fragte er. »Haus Saturn?«

»Genau.«

Er wies mit einem Nicken zu sich in den Wagen. »Na dann los, steig ein.«

Kaum war ich neben ihn auf die Bank gerutscht, fuhr er auch schon viel zu schnell los. Ich hielt mich eilig an der Stange über mir fest und hatte sofort Henrys ernsten Gesichtsausdruck vor mir. *Sicherheitsrisiko!*, konnte ich ihn beinahe rufen hören.

»Wie waren deine ersten Tage?«, fragte Dylan.

Ich suchte nach einem passenden Wort. »Ereignisreich«, sagte ich schließlich.

Dylan lachte auf, und erst da wurde mir bewusst, wie sehr mir lautes Lachen gefehlt hatte. Sofort besserte sich meine Laune ein wenig. »Das trifft es gut. Ich hab dich bei der Einführungsveranstaltung gar nicht gesehen.« Er sah zu mir. »Ist ja verrückt, dass sie einen Flugschein voraussetzen.«

Ich schnaubte. »Da sagst du was.«

»Hast du schon einen?«, fragte er, den Blick noch immer auf mich gerichtet. Ich sah nach vorn und entdeckte gerade rechtzeitig das Rotkehlchen, das aus einem Busch auf den Weg hüpfte.

»Achtung!«, rief ich und zeigte darauf.

Dylan bremste heftig, der Vogel flog weg, und ich legte mir eine Hand auf mein Herz. Das war knapp gewesen. Das hätte mir gerade noch gefehlt: ein plattes Rotkehlchen. Irgendwie symbolisch.

Dylan lächelte entschuldigend. »Ups, sorry.« Wieder sah ich Henry vor mir, der mit erschrockener Miene den Kopf schüttelte, und schob eilig das Bild weg.

»Nein, ich mache ihn gerade«, nahm ich das Gespräch wieder auf.

»Das ist ja cool! Macht es Spaß?«

Nein, ich habe Todesangst. »Auf jeden Fall.«

Am Haus Saturn angekommen, parkte er das Cart. »Wenn du dann deine Fluglizenz hast, nimmst du mich mal mit, okay?«

Ich werde nie eine Lizenz haben, dachte ich, schluckte den Gedanken dann aber schnell runter und ersetzte ihn durch ein knappes »Na klar!«.

Er schirmte seine Augen mit der flachen Hand vor der Sonne ab. Heute trug er ein weites weißes Hemd mit knallroten Hummern darauf.

»Da fällt mir ein: Meine Schwester Sydney und ich gehen heute Abend zum ISS-Viewing. Kommst du auch?«

Ich runzelte die Stirn. »ISS-Viewing?«

»Die Internationale Raumstation fliegt heute um vier nach elf über Los Angeles. Ein paar Leute haben ein Event draus gemacht, das unten am Strand stattfinden wird. Kommst du mit?«

So etwas konnte auch nur Nerds einfallen. »Total gern, danke, dass du fragst.«

»Mega. Um acht geht es mit Drinks und Lagerfeuer am Strand los. Wir sehen uns da, Captain«, meinte er und deutete einen Salut an.

In diesem Moment sah ich eine Bewegung im Augenwinkel und blickte hinüber zur sich öffnenden Eingangstür. Page trat mit wehenden Haaren heraus auf den von Beeten umgebenen Platz, ihr weißes Kleid mit den Spaghettiträgern bildete einen schönen Kontrast zu ihrer sonnengebräunten Haut. Ich hob gerade die Hand, um sie auf mich aufmerksam zu machen, als ich die Frau bemerkte, die auf sie zusteuerte. Page setzte an, um etwas zu sagen, als die Frau sie fest an der Schulter anrempelte. Es geschah so schnell, dass ich nicht einmal genug Zeit hatte, scharf Luft zu holen, bevor Page stolperte, das Gleichgewicht verlor und zu Boden stürzte.

Ich schlug mir eine Hand auf den Mund, Pages Tasche fiel zu Boden und sämtliche Gegenstände heraus, während sie sich gerade noch mit beiden Händen auf dem Asphalt abstützen konnte.

»Was zum Teufel …«, murmelte Dylan, ich rannte los.

»Page«, keuchte ich, als ich bei ihr ankam, und kniete mich neben sie, wodurch sich spitze Steine in meine Haut bohrten. Ich berührte sie am Arm und hob ihr Kinn mit dem Zeigefinger an. »Alles okay?«

Sie sah mich aus feuchten Augen an, offensichtlich bemüht, nicht in Tränen auszubrechen. »Ja, alles gut.«

»Was sollte das?«, fragte Dylan, der mit verärgerter Miene in Richtung der Eingangstür sah, durch die die Frau verschwunden war. »Soll ich ihr nachgehen?«

»Nein.« Page schüttelte heftig den Kopf. »Ist schon gut, ehrlich.«

Ich runzelte die Stirn, nahm ihre Hände in meine und betrachtete die Schürfwunden an ihren Handballen. Die Haut war ein wenig aufgerissen, aber es blutete kaum. »Was war das eben?«

Page schluckte hörbar und wischte sich die Träne von der Wange, die ihrem Augenwinkel entflohen war. »Das passiert, wenn einen die Vergangenheit einholt«, flüsterte sie mehr zu sich selbst als zu mir.

Ich erhob mich und half ihr auf die Beine, während Dylan ihre Sachen aufklaubte und zurück in ihre rosafarbene Chanel-Tasche steckte. »Hier«, meinte er und drückte sie ihr vorsichtig in die Hand. »Ich bin Dylan, hi.«

»Page«, sagte sie und sah ihm dabei nicht in die Augen.

»Wenn ich mit der reden soll ...« Ich sah sie abwartend an.

»Nein, es ist –« Sie brach ab, ihr Gesicht verzog sich, und ich nahm sie in den Arm. Über ihre Schulter hinweg sah ich Dylan an, der mit besorgter Miene die Achseln zuckte. Einige Studierende gingen mit verlangsamtem Schritt an uns vorbei und beäugten Page neugierig, weshalb ich ihre Schulter drückte und in Richtung des Golfcarts nickte. »Komm, wir fahren ein bisschen, ja?«

Sie nickte mit gesenktem Blick, Tränen glitzerten auf ihren Wangen.

»Ich lass euch dann mal ...«, begann Dylan. »Wenn ihr etwas braucht, ruft mich an.« Er reichte mir sein Handy, in das ich eilig meine Nummer tippte, woraufhin er mir eine kurze Nachricht schrieb.

»Danke«, murmelte ich, winkte zum Abschied und stieg neben Page in das Golfcart ein. Sie war bereits auf den Beifahrersitz gerutscht und blickte mit hängenden Schultern auf ihre Handflächen. Ich hatte keine Ahnung, wohin ich fahren sollte, und bog an der Weggabelung instinktiv rechts ab. Weg vom belebten Zentrum des Campus und weiter in Richtung Norden, wo die Hügel lagen. Ich fuhr immer geradeaus, erklomm eine kleine Anhöhe und sah hinter einer kleinen Gruppe von Bäumen die Kuppel des Observatoriums aufblitzen. Sie lag am Rand der Klippe, die Nachmittagssonne spiegelte sich auf der Oberfläche. Rundherum schlängelten sich geschwungene, von blühenden Pflanzen gesäumte Wege.

Ich hielt neben einem Rhododendronbusch, in dem mehrere lilafarbene Schmetterlinge umherflatterten, nahm Page die Tasche ab und nickte in Richtung der Treppe, die hinauf zum Observatorium führte. Anstatt hineinzugehen, betraten wir die Plattform, die es umgab. Heller Stein, Holzbänke und in regelmäßigen Abständen festgeschraubte Teleskope, die wie stumme Wächter in den Himmel gerichtet waren.

Doch das Allerbeste? Das war zweifelsohne der Blick. Bis eben war mir nicht bewusst gewesen, dass man von hier aus Los Angeles sehen konnte: die unzähligen Straßen und Gebäude, die sich an die Hügel schmiegten. In der Sonne aufblitzende Hochhäuser, die wie Nadeln in den Himmel ragten. Die von grüner Vegetation bedeckten Santa Monica Mountains und die Küste mitsamt den kilometerlangen Stränden.

Page ließ sich auf die Bank mit Blick auf die Stadt sinken. »Tut mir leid, dass du das mitbekommen hast. Wir kennen uns erst so kurz, und schon ziehe ich dich in meine Dramen rein.«

»Es gibt nichts, wofür du dich entschuldigen musst«, erwiderte ich und setzte mich neben sie.

»Doch, leider schon.« Sie seufzte tief und sah mich an. »Ich habe geglaubt, dass ich mein altes Leben – mein altes Ich – einfach so hinter mir lassen kann. Einen Neuanfang wagen kann. Wie naiv.«

Ich ließ ihr Zeit, sich zu sammeln und zu überlegen, ob sie es mir erzählen wollte. Wenige Sekunden später ergriff sie erneut das Wort. »Ich muss ehrlich zu dir sein. In der Highschool war ich kein guter Mensch. Ich war unsicher und habe es damit kompensiert, Negatives an anderen wahrzunehmen, um mich mit meinen Schwächen nicht allein zu fühlen. Und weil ich dachte, dass es mich stärker und … unverwundbar macht, habe ich sie darauf hingewiesen.« Sie rieb sich über die Augenbraue. »Das ist so abgefuckt. Ich habe Menschen wehgetan, um mich besser zu fühlen, und es jahrelang nicht einmal bemerkt. Ich hatte keine echten Freunde – nur Menschen um mich herum, die genauso oberflächlich waren wie ich.« Eine Träne tropfte auf ihr Kleid. »Ich habe zu lange gebraucht, zu verstehen, worauf es ankommt. Dass eine echte Verbindung viel mehr wert ist, als im Auge der Gesellschaft … perfekt zu sein. Oder was auch immer ich damals dachte, was perfekt bedeutet. Schön. Selbstbewusst. Anderen überlegen.« Sie lachte humorlos auf.

»Erst danach habe ich gesehen, dass ich durch mein Verhalten alles andere als das war. Als ich gelernt hatte, meine Unsicherheiten zu akzeptieren, habe ich nicht länger bei anderen danach gesucht. Ich habe alle Menschen von damals hinter mir gelassen und … wollte neu anfangen. Hier. Aber das kann ich nicht, ohne ehrlich zu dir zu sein. Als ich aufgenommen wurde, hatte ich außer meinen Eltern und meinem kleinen Bruder niemanden, dem ich davon erzählen konnte. Das ist das Schlimmste. Wenn dir etwas Tolles passiert, du dein Handy hervornimmst und dir niemand einfällt, den du anrufen kannst.« Sie schüttelte den Kopf. »Es tut mir leid, dass ich dir das jetzt erzähle.«

»Muss es nicht«, sagte ich leise. »Ehrlich.«

»Es ist nur … ich habe mich geändert. Wirklich.« Sie suchte meinen Blick. »Aber die Menschen aus meiner Vergangenheit haben nicht vergessen, wie ich zu ihnen war. Ich kann es ihnen nicht verübeln. Wenn ich die Page von damals treffen würde, würde ich sie auch nicht mögen.«

»Die Frau von gerade eben …«

»War in meiner Highschool. Ich wollte mich schon bei ihr melden, aber ich weiß einfach nicht, wie.« Sie zuckte mit den Schultern. »Was soll ich sagen? Tut mir leid, dass ich ein grauenvoller Mensch war? Das ist mit nichts zu entschuldigen.«

Noch nie zuvor hatte ich jemanden so reflektiert über eine vergangene Version seines Ichs sprechen hören. Ohne Ausreden, ohne Schuldzuweisungen – einfach ehrlich. »Das ist ziemlich stark, weißt du das?«

Sie schüttelte den Kopf. »Daran ist nichts stark.«

»Doch«, hielt ich dagegen. »Zu sehen, dass man einen Fehler gemacht hat, und mutig genug zu sein, sein Leben zu ändern? Toxische Menschen von sich wegzustoßen? Das ist Stärke.«

»*Ich* bin die toxische Person.«

»Man ist immer der Mensch, der zu sein man sich entscheidet. Es gibt keine rein guten oder schlechten Menschen, und niemand ist für deine Handlungen verantwortlich außer dir selbst. Es kommt nur auf die Entscheidungen an, die man trifft. Jeden Tag aufs Neue.«

Sie schniefte. »Vielleicht willst du dir lieber jemand anderen suchen, mit dem du dich anfreunden kannst.«

»Unsinn. Ich kenne dich zwar noch nicht lange, aber jeder hat einen Neuanfang verdient.«

Sie schüttelte den Kopf. »Nicht wirklich. Ich kann verstehen, weshalb sie mich anrempeln und mir diese Nachrichten schicken …«

Ich zog die Brauen zusammen. »Nachrichten?«

»Ja. Auf Instagram.« Ihre Augen füllten sich noch mehr mit Tränen, und etwas zog an meinem Herz. »Aber ich will mich echt nicht als Opfer darstellen.«

»Was sie tun, ist genauso falsch. Hass kann man nicht mit Hass ausradieren. Das ist so, als würdest du versuchen, einen Brand mit Benzin zu löschen. Wann hat das jemals funktioniert? In einem Krieg gibt es nur Verlierer.«

»Und trotzdem fühlt es sich an, als befände ich mich seit Jahren in einer Schlacht mit mir selbst. Ich weiß gar nicht, was genau ich eigentlich bin. Ein Nerd? Eine abgehobene Diva? Das, was andere in mir zu sehen glauben, widerspricht so sehr dem, was ich im Spiegel erkenne.« Sie atmete tief durch, richtete sich etwas auf und nahm mir mit einem Lächeln ihre durch den Fall etwas dreckige Tasche ab. »Tut mir leid, ich öffne mich manchmal ein wenig zu schnell. Du denkst sicher, dass ich nicht alle Module an der Raumstation habe.«

Ich runzelte die Stirn. »Was?«

»Na, du weißt schon.« Sie wedelte mit der Hand. »Nicht alle Planeten in der Umlaufbahn.« Sie tippte sich mit dem Zeigefinger an den Kopf.

Ich lachte auf, und das Geräusch verlor sich in den Hügeln um uns herum.

»Ich meine … du strahlst komplette Ruhe aus, bist immer freundlich … Himmel, du machst parallel zu deinem Studium einen verdammten *Flugschein*«, sagte sie. »Du hast dein Leben im Griff.«

Ich konnte gar nicht anders: Ich brach in schallendes Gelächter aus. »Es tut mir leid, wenn du das denkst, aber das ist absolut gelogen. Ich bin nur zu gut darin, anderen etwas vorzuspielen und das für sie zu sein, was sie gern in mir sehen würden.« Mein Lachen verstummte abrupt. »Das mit dem Flugschein habe ich erst bei der Einführungsveranstaltung erfahren. Ich bin total ins kalte Wasser gestoßen worden und habe keine Ahnung, was ich jetzt machen soll.«

Sie lehnte sich vor. »Scheiße, ehrlich?«

»Leider ja. Ich habe mich schon damit abgefunden, mich von meinem Traum, bei der NASA zu arbeiten, verabschieden zu müssen.«

»Aber?«

»Dann habe ich mich entschieden, es wenigstens zu versuchen.«

»Was hat dich umgestimmt?«

Die Frage war wohl eher, *wer*. »Schwer zu sagen. Ich denke ... der Fluglehrer war einfach so zuversichtlich, und da dachte ich, dass ich sowieso nichts zu verlieren habe.« Das war nicht einmal die Hälfte der Geschichte und Jamie sicher mehr als mein Fluglehrer, aber das musste wohl fürs Erste reichen.

Ein Grinsen breitete sich auf ihrem vom Weinen geröteten Gesicht aus, und sie wackelte mit den Brauen. »Der Fluglehrer war also *zuversichtlich*, ja?«

Ich schüttelte heftig den Kopf. »Nicht auf die Art.«

»Ist er denn heiß?«

»Jamie?«

Ihr Grinsen wurde breiter. »Jamie?! Ihr seid schon beim Vornamen?«

»Äh, ja. Er ... also, er studiert auch hier und ist nicht so viel älter als ich, und ...«

Sie presste die Lippen aufeinander. »Mhm, erzähl mir mehr.«

»Es gibt da nichts zu erzählen.«

»Er ist Fluglehrer. Das klingt schon ein bisschen sexy, findest du nicht?«

Nein. Nein, sicher nicht. Na ja, obwohl ...

Ich spürte, wie Wärme in meine Wangen stieg. »Keine Ahnung«, krächzte ich.

»Er kann ein Flugzeug steuern. Es starten und landen. Du kannst sagen, was du willst, aber das ist sexy.«

Okay, rein theoretisch gesehen – ja. Wenn ich Jamie nicht kennen würde und er nicht so verändert wäre, würde ich das vielleicht auch so sehen. Ich dachte an unser Gespräch gestern Abend und spürte, wie sich etwas in meiner Lunge verknotete.

»Warte ab«, meinte sie und tätschelte großmütterlich mein Knie. »Ich gebe euch höchstens fünf Stunden in diesem Flugzeug, bis etwas passiert.« Ich funkelte sie böse an, doch sie ignorierte mich und sah seufzend in Richtung des Ozeans. »Vielleicht lerne ich hier ja auch jemanden kennen.«

»Was heißt hier *auch*?«

Sie überhörte mich. »Wo, wenn nicht hier, oder? Schließlich sind Mathegenies mein Typ.«

Ich lachte auf. »Das denkst du dir gerade aus.«

»Nein, ich meine das ernst«, rief sie und legte sich eine Hand aufs Herz. »Lass jemanden nackt und voller Wassertropfen aus einer Dusche steigen, das lässt mich kalt. Aber rechne mir eine Gleichung vor ...« Sie fächelte sich mit ihrer Hand Luft zu. »Dann kann ich für nichts mehr garantieren.«

»Gibt es Bonuspunkte für Polynome und Differentialgleichungen?«

Sie überlegte kurz. »Ja. Doch, auf jeden Fall. Ich habe da so einen Professor ...«

Ich schob sie lachend an der Schulter von mir weg. »Bitte, hör auf!«

»Er ist total jung!«, rief sie zu ihrer Verteidigung. »Höchstens fünfunddreißig oder so. Sportlich. Und ...«

»Ein Mathegenie?«

Sie wackelte mit den Brauen. »Physik. Und glaub mir – der Mann kennt seine Gleichungen.«

»Du hast sie nicht mehr alle«, sagte ich lachend. »Offenbar musst du wirklich dringend jemanden kennenlernen, der *nicht* dein Professor ist.«

Sie riss scherzhaft die Augen auf. »Was? Ich soll nichts mit meinem verheirateten Professor anfangen, nur weil er Gleichungen löst wie ein junger Stephen Hawking?«

Ich wischte mir die Lachtränen unter dem Auge weg. »Du hast recht, du hast wirklich nicht mehr alle … Asteroiden im Gürtel.«

Sie sah lächelnd zu mir. »Danke, Robin.«

»Wofür?«

»Dass du mir trotzdem eine Chance gibst.«

Ich griff nach ihrer Hand und drückte sie. »Das ist selbstverständlich, Page.« Da fiel mir etwas ein. »Hey, weißt du was? Dylan hat mir von einer Strandparty erzählt, die heute Abend stattfinden soll. Anscheinend, weil die ISS über Los Angeles fliegt.« Ich kratzte mich am Kopf. »Ich hab das Konzept ehrlich gesagt selbst nicht so ganz verstanden. Aber hast du Lust, mit mir hinzugehen?«

»Ja!« Sie richtete sich etwas gerader auf. »Nichts vertreibt Kummer und Sorgen so schnell wie eine über den Kopf vorbeiziehende Raumstation.« Sie zog einen kleinen Spiegel aus ihrer Tasche und überprüfte ihr Make-up. »Und eine Party am Strand hat noch niemandem geschadet, richtig?«

Ich ließ meinen Kopf seufzend gegen die Außenwand des Observatoriums hinter mir sinken. »Berühmte letzte Worte.«

Kapitel 11

»INTERSTELLARE REISE«

(Oder: Wieso ich die Party als Erste verlasse)

Wir hörten die Party bereits, als wir die in den Felsen gehauene Treppe hinunterstiegen. Gesprächsfetzen, Musik und vereinzeltes Gelächter mischten sich mit dem immer lauter werdenden Meeresrauschen und dem Kreischen der Möwen. Unten angekommen, sanken meine Sohlen sofort in den weichen Sand, der sich mehrere Hundert Meter weit in beide Richtungen erstreckte. Neben einem Lagerfeuer war eine Tiki-Bar aufgebaut, drum herum befanden sich Stühle und Tische aus verschiedenfarbig angemaltem Metall sowie größere und kleinere Decken, auf denen sich mehr Leute tummelten, als ich erwartet hatte.

»Robin, Page!« Ich folgte dem Ruf und entdeckte Dylan auf einer dunkelblauen Decke auf der anderen Seite der Bar, von der aus er uns überschwänglich zuwinkte.

»Ich habe uns direkt eine Decke gesichert«, sagte er etwas atemlos, als wir bei ihm angekommen waren. »Es wird hier von Sekunde zu Sekunde voller, aber ich habe mir geschworen, sie mit meinem Leben zu verteidigen.« Er sah zu Page. »Alles in Ordnung?«, fragte er etwas leiser.

Sie nickte. »Danke, es geht wieder.«

»Da bin ich froh«, meinte er, woraufhin Page noch ein wenig breiter lächelte. Vielleicht würde es tatsächlich nicht lange dauern, bis sie jemanden kennenlernte. Blieb nur zu hoffen, dass er gut darin war, Gleichungen zu lösen.

Dylan verschwand, um Bier zu holen, und kam mit vier Flaschen und einer großen Frau mit langen, lockigen Haaren zurück. Sie trug eine lockere Jeanslatzhose mit einem engen weißen Shirt darunter und große goldene Kreolen. »Leute, das ist meine Schwester Sydney. Sie ist meist schlecht gelaunt und ziemlich wütend, aber sonst in Ordnung.«

Sie protestierte nicht, winkte uns nur grinsend zu, wodurch eine Lücke zwischen ihren Schneidezähnen zum Vorschein kam. »Schön, euch kennenzulernen.«

»Gleichfalls«, meinte ich. »Ich bin Robin.«

»Page.« Sie hob eine Hand zum Gruß und lächelte etwas schüchtern.

»Erzähl ihnen von deinem grauenvollen Date«, meinte Dylan und stupste seine Schwester an.

Sydney rollte mit den Augen. »Erinnere mich nicht.« Dann sah sie zu uns. »Ich wollte eigentlich früher hier sein und jemanden mitbringen«, begann sie und setzte sich im Schneidersitz auf die Decke. »Anfangs lief es gut. Zumindest bis ich ihm erzählt habe, dass ich Luft- und Raumfahrtinformatik studiere und er gesagt hat: Das ist aber sehr beeindruckend für eine Frau!« Sie zuckte mit den Schultern. »Da musste ich ihn leider in Malibu zurücklassen.«

»Scheiße, das tut mir leid«, meinte Page.

Sydney winkte ab. »Das schafft es nicht einmal unter die Top Five meiner schlimmsten Dates.« Sie öffnete den Deckel ihrer Bierflasche an Dylans.

»Weißt du noch die eine, die dir erklären wollte, dass die Erde flach ist, weil man am Horizont keine Krümmung sehen kann?«, fragte Dylan.

Sydney verzog das Gesicht. »Darauf bin ich echt nicht stolz.«

Dylan grinste diabolisch. »Dass du mit ihr auf einem Date warst oder dass du mit ihr geschlafen hast?«

»Das war *davor*!« Sie sah erst mir und dann Page eindringlich in die Augen. »Ich hätte nicht mit ihr geschlafen, wenn ich das gewusst hätte.

Ich schlafe nicht mit Menschen, die denken, dass die Erde eine Scheibe ist. Es ist mir wichtig, dass ihr das wisst.«

»Wenn Eratosthenes im 3. Jahrhundert vor Christus den Erdumfang fast genau ausrechnen konnte, gibt es für solche Dummheiten heutzutage wirklich keine Entschuldigung.« Dylan schnaubte und wischte sich mit einem blütenweißen Taschentuch den Sand von den Füßen.

»Und hör auf damit!«, rief Sydney und nahm ihm das Taschentuch aus der Hand. »Du wohnst jetzt in Kalifornien, verdammt.«

Eine Weile sprangen wir zwischen verschiedenen Gesprächsthemen hin und her. Die Sonne stand als glühender roter Ball am Himmel und neigte sich dem Ozean entgegen, als wollte sie sich in dessen Umarmung fallen lassen. Ihr Licht tauchte den Himmel in flammendendes Orange, das sich in den Wellen wie funkelnde Splitter brach.

»Ich gehe mir schnell ein neues holen«, meinte Sydney schließlich und hielt ihre leere Bierflasche hoch.

»Ich mach das«, sagte ich eilig und erhob mich. »Meins ist auch leer, ich wollte eh gerade aufstehen.« Die ganze Zeit hatte ich mehr oder weniger unauffällig umhergeblickt, ob ich Jamie irgendwo entdeckte. Das war meine Chance, mich etwas genauer umzusehen.

Die Schlange an der Bar war lang. Während ich wartete, ließ ich den Blick über den Strand gleiten, als sich plötzlich eine Hand auf meine Schulter legte. »Hey!«

Ich sah zu einem Mann hoch, der mir entfernt bekannt vorkam. Sommersprossen, gebräunte Haut, helle Haare. Erst als er lächelte, erkannte ich ihn als den Studenten, mit dem ich am ersten Tag gemeinsam zum Wohnheim gebracht worden war.

»Wie geht's dir? Hast du dich gut eingelebt?«, fragte er, die Hand noch immer auf meiner Schulter.

»Ja, alles gut, danke! Du auch?« Gott, wie ich belanglosen Small Talk hasste.

Er lehnte sich vor. »Willst du da echt anstehen? Komm doch mit zu uns, wir haben unser eigenes Bier mitgebracht«, meinte er etwas zu nah an meinem Ohr.

Mir ging ein unangenehmer Schauer durch den Körper, und ich räusperte mich. »Sehr aufmerksam, aber ich hole Bier für meine Freunde.«

»Du bist echt hübsch«, murmelte er, als hätte er mich gar nicht gehört. Er stützte sich ein wenig auf meiner Schulter ab, als müsste er sein Gleichgewicht wiederfinden. Dann nahm er eine meiner Haarsträhnen in seine Hand und wickelte sie um seinen Zeigefinger. »Und deine Haare sind so lang ...«

»Mhm. Ja.« Ich sah nervös zur Bar, doch eine Frau in einem flaschengrünen Kleid beugte sich tief über den Tresen, um mit dem Barkeeper zu flirten, und hielt dabei die ganze Schlange auf.

Scheiß auf das Bier. Dann hole ich eben später welches. Ich streifte mir seine Hand von der Schulter. »Tut mir leid, ich muss wieder zurück zu meinen Freunden.«

Ich machte einen Schritt von ihm weg, doch er war schneller und legte einen Arm um meine Taille. Seine Hand ruhte nur wenige Zentimeter über meinem Po. Nun war er mir so nah, dass mir der Geruch seines herben Parfums und die Alkoholfahne in die Nase stiegen. »Komm schon, nur für einen Drink.« Er hielt seine Bierflasche so schief, dass etwas davon auf mein Shirt tropfte. Ich wollte mich gerade nach Page, Dylan oder Sydney umsehen, als jemand dem Typ grob die Bierflasche aus der Hand riss.

»Sie hat gesagt, dass sie zurück zu ihren Freunden will«, grollte eine tiefe Stimme. »Das heißt *Nein*, Arschloch.«

Ich erkannte den tiefen Bariton sofort.

Der Typ ließ mich los, ich fuhr herum und sah direkt in Jamies grimmiges Gesicht. Seine Schultern waren angespannt, ein Muskel an seinem Kiefer zuckte, und unter seinem Arm klemmte sein Motorradhelm. Wo war er so plötzlich hergekommen?

»Und du bist ...?«, fragte der Typ an Jamie gerichtet.

»Angepisst!«, gab dieser zurück und drückte ihm das Bier wieder in die Hand, ohne den Blick von mir zu nehmen. »Du wolltest offenbar nicht mit ihm mitgehen. Wieso hast du ihm das nicht deutlich gemacht?«

»Chill, Alter«, meinte der Typ und hob beide Hände. »Kann ja nicht wissen, dass sie einen Freund hat.«

Ich blinzelte perplex. Kurz spielte ich mit dem Gedanken, nicht zu widersprechen, aber so konnte ich das nicht stehen lassen. Ein Nein sollte immer ausreichen – ich wollte keinen imaginären Freund vorschieben müssen. »Hat sie nicht!«

»Hat sie nicht?«, fragte der Typ, in dessen Augen ernsthaft wieder ein interessiertes Blitzen auftauchte.

»Warte mal«, sagte ich schließlich, als Jamies Worte zu mir durchdrangen. »Der Typ verhält sich wie ein Arschloch, und *ich* bin schuld?!«

Jamie schüttelte den Kopf, eine dunkle Strähne fiel ihm ins Gesicht. »Das habe ich nicht gesagt. Du kannst nichts dafür, dass er ein Arschloch ist, das seine verfickten Hände nicht bei sich behalten kann, aber Menschen wie ihn wird es immer geben. Du solltest dich lauter dagegen wehren.«

»Yo, das muss ich mir nicht geben«, meinte der Typ und entfernte sich mit erhobenen Händen. Er wusste offenbar genau, weshalb er Jamie nicht widersprach, sondern sich einfach leise vom Acker machte.

»Wo kamst du überhaupt her?«, fragte ich ihn, sobald wir allein waren.

»Ein Bekannter von mir hat sein Handy im Hangar vergessen, und ich hab es ihm gebracht«, erklärte er. Sein Blick zuckte über die fröhliche Menge. »Ich wollte gerade gehen, als ich dich gesehen habe.«

»Er wäre schon wieder gegangen –«

»Wäre er nicht, Robin«, unterbrach er mich. »Du weißt, was er von dir wollte und dass er Wege gefunden hätte, es von dir zu bekommen.«

»Du klingst schon fast wie Henry«, murmelte ich. »Und mit übergriffigen Männern umzugehen, ist gar nicht so einfach. Die können auch aggressiv und gefährlich werden.«

»Das glaube ich dir«, sagte Jamie für seine Verhältnisse sehr sanft. »Was ich nur sagen wollte, ist, dass sich Probleme manchmal nicht von selbst lösen.« Er trat einen Schritt näher und sah mich eindringlich an. »Du darfst keine Angst vor Konfrontation haben.«

»Ach was?« Ich lachte humorlos auf. »Ist ja nicht so, als hätte ich dir gestern gesagt, dass genau das mein Problem ist.« Ich schüttelte den Kopf. »Bevor du abgehauen bist, wohlgemerkt. Du musst nicht einen Tag später wie aus dem Nichts auftauchen und den Helden spielen. Das ist kein verdammter Liebesroman.«

»Den *Helden* spielen?« Er verengte die Augen. »Ich habe eingegriffen, weil man auch aus einer Meile Entfernung sehen konnte, wie unwohl du dich gefühlt hast.«

»Ich komme klar!«

»Offensichtlich nicht.«

Wow, okay. »Danke, dass du mich auf meine Fehler hinweist. War's das jetzt?« Ich wusste nicht, wo all die Wut plötzlich herkam. Vermutlich eine verspätete Reaktion darauf, wie er gestern mit mir geredet und mich am Flugplatz hatte stehen lassen. »Du bist ziemlich direkt, weißt du das? Und wechselhaft. Manche würden das sehr unsympathisch finden.« Ich schüttelte den Kopf. »Ich werde jetzt gehen.«

»Siehst du, du kannst es also doch«, meinte er nun, sichtlich ruhiger.

»Was?«

»Für dich einstehen. Grenzen aufzeigen. Genau das hättest du bei ihm auch machen sollen.«

Interessant, dass ihm offenbar doch nicht alles so egal war, wie er vorgab.

In diesem Augenblick fiel mir ein blonder Haarschopf ins Auge. Unsere Blicke kreuzten sich, und Page formte lautlos mit den Lippen: *Ist er das?*

Ich war unfähig zu nicken und starrte sie stattdessen an wie ein Reh. Das schien für sie Antwort genug zu sein, da sie mit vorgeschobener Unterlippe nickte und anerkennend den Daumen in die Höhe reckte. Als die obszönen Gesten folgten, wandte ich eilig den Blick ab und sah Jamie wieder in die hellbraunen Augen, aus denen er mich noch immer abwartend musterte.

»Danke, dass du es gesehen und etwas gesagt hast«, sagte ich. Ich dachte, dass er noch etwas sagen würde, aber er blieb stumm. »Wir sehen uns bei der nächsten Flugstunde.« Ich wandte mich zum Gehen, als er mich sanft am Arm zurückhielt. Es war nur der Hauch einer Berührung. Ein sanftes Streifen seiner Finger auf meinem Unterarm. Eine Frage, kein Ausrufezeichen. »Ich mache es«, sagte er.

Ich drehte mich um. »Was machst du?«

»Die No Questions Asked. Ich habe meine Meinung geändert.«

Skeptisch runzelte ich die Stirn. »Wieso?«

»Weil ich dir helfen werde, aus deiner Komfortzone herauszukommen. Leichter Nein zu sagen.« Er zögerte einen Moment. »Und du kannst mir die Orte zeigen, die du wolltest.«

Ich fragte mich, ob das seine Art war, die Hand nach mir auszustrecken. Die Hand nach *irgendjemandem* auszustrecken. Ein erster Schritt aus der einsamen Dunkelheit heraus ins Licht.

Ich reckte das Kinn vor, jederzeit damit rechnend, dass er doch noch einen Rückzieher machen könnte. »Okay. Irgendwelche Richtlinien?«

»Wenn, dann machen wir es richtig. Fünf No Questions Asked pro Person, die ab diesem Tag ein Jahr gültig sind.« Es war beinahe liebenswert, wie ernst er die Bedingungen auflistete, als handelte es sich dabei um einen richtigen Vertrag. Leider war ich noch immer zu angepisst, um irgendetwas an diesem dunkelhaarigen Riesen mit dem stoischen Blick als liebenswert zu bezeichnen. »Kein Vetorecht, keine Verzögerungen, und man muss vorher nicht preisgeben, was man vorhat.« Er streckte mir seine Hand hin. »Deal?«

»Das ist schon der zweite diese Woche.« Dabei fühlte es sich gerade weniger wie ein Deal und mehr wie eine Herausforderung an. Ich sah auf seine ausgestreckte Hand hinab. Jamie war der Grund, weshalb ich überhaupt hier war. Er hatte mir geholfen, den richtigen Weg zu finden. Das hier war meine Chance, mich zu revanchieren, weshalb ich eigentlich längst wusste, was ich antworten würde. »Deal«, sagte ich und ließ meine Hand in seine gleiten.

»Perfekt, dann los.« Er drückte mir schwungvoll seinen Motorradhelm in die Hand, den ich gerade noch festhalten konnte.

»W-was?«

»Wir beginnen jetzt. Komm mit.«

Bevor ich etwas erwidern konnte, stapfte er bereits über den Sand in Richtung Treppe. Ich sah auf den Helm hinunter und biss mir auf die Innenseite meiner Wange.

Verdammt. Ich musste *wirklich* lernen, Nein zu sagen.

Kapitel 12

»RAUMKAPSEL«

(Oder: Wie ich gezwungen werde, meine Komfortzone zu verlassen)

Erst am Fuße der Klippe holte ich ihn keuchend ein. »Wieso ausgerechnet jetzt? Wo gehen wir hin?«

»Es heißt nicht ohne Grund No Questions Asked.«

Punkt für ihn. Aber ... »Was ist mit der ISS?«

»Es dauert noch ein paar Stunden, bis sie vorbeifliegt. Außerdem hab ich eine App, mit der ich jederzeit sehen kann, wo sie sich befindet.« Er nahm mir kommentarlos den Helm wieder ab und erklomm die ersten Stufen. »Wenn du sie nicht verpassen willst, werde ich dich rechtzeitig daran erinnern.«

»Okay ...?«

Was passiert hier? Noch während wir die Stufen nach oben stiegen, verfasste ich eine Nachricht an Page.

> **Robin:** Sorry, das ist etwas sehr spontan. Ich werde mit Jamie eine kurze Runde auf seinem Motorrad drehen, mach dir keine Sorgen.

Ich wusste selbst, wie sich das anhörte. Aber da ich nicht lügen wollte und ihr ebenso wenig erklären konnte, was wir tatsächlich vorhatten –

zumal ich es nicht einmal wusste –, musste ich mich mit einem Bruchteil der Wahrheit zufriedengeben.

> **Page:** Hab gesehen, dass du mit ihm weg bist. Ich verstehe jetzt alles!! Der Mann könnte mich auch dazu überreden, einen Flugschein zu machen. Oder auf den Mars zu fliegen. Have fun! Und schreib, wenn du wieder zurück bist.

Ich seufzte tief und steckte das Handy weg. Oben angekommen, nahm sich Jamie eines der Golfcarts und gab mir mit einem Nicken zu verstehen, dass ich einsteigen sollte. Wie war es dazu gekommen, dass ich in einem Moment auf einer Strandparty war und im nächsten mit Jamie in ein Golfcart stieg? Er wartete, bis ich saß, ehe er es mit wenigen Handgriffen aus der Lücke lenkte.

»Bringt das nicht deine Pläne heute Abend durcheinander?«, fragte ich, als er links abbog.

»Nein, ich wollte eh eine Runde fahren«, meinte er und tippte mit der freien Hand auf den Helm, den er auf seinem Schoß abgelegt hatte. Der Fahrtwind brachte Bewegung in seine dunklen Haare, seine Augen waren konzentriert auf den Weg vor uns gerichtet.

»Wohin?«

»Irgendwohin.«

»Ah.« Ich nickte. »Da wollte ich schon lange mal hin.«

Jamie parkte das Cart, winkte dem Mann in dem kleinen Häuschen bei der Pforte knapp zu und hielt mir das Tor auf. Sein Motorrad stand nach wie vor in der Lücke, in der er nicht parken durfte. Ich fragte mich, ob für ihn andere Regeln galten, da er gewissermaßen ein Angestellter der Uni war.

Ich warf einen Blick auf meinen Wagen und scannte den Boden nach ausgelaufener Flüssigkeit ab. Von hier aus konnte ich nichts erkennen, und ein Teil von mir wollte es auch gar nicht wissen.

Jamie bemerkte meinen Blick. »Was ist mit deinem Auto? Du hattest austretende Kühlflüssigkeit erwähnt?«

Ich winkte ab. »Nicht der Rede wert.«

»Soll ich mal nachsehen?«, fragte er mit ruhiger, tiefer Stimme und strahlte dabei eine solche Aufrichtigkeit aus, dass mir warm ums Herz wurde. Ganz kurz.

»Ich habe es selbst schon überprüft«, entgegnete ich. »Das dreistündige YouTube-Video eines texanischen Mechanikers hat mir beigebracht, dass es wahrscheinlich ein undichter Kühlerschlauch ist. Nicht so schlimm, ich muss einfach nur in die Werkstatt.«

Er gab einen Ton von sich, der weder Zustimmung noch Ablehnung war, klemmte sich den Helm unter den Arm und trat mit prüfender Miene näher an mein Auto heran. »Dir ist bewusst, dass die Motorhaube verzogen ist?« Seine Schultern waren mit einem Mal merkbar angespannt.

»Ja, die geht schon lange nicht mehr richtig zu.« Ich stellte mich neben ihn und drückte sie etwas herunter, woraufhin sie direkt wieder hochsprang. »Aber ich habe sie vorne mit etwas durchsichtigem Tape festgeklebt. Nur zur Sicherheit.«

Er presste die Zähne aufeinander. »*Sicherheit* ist nicht das Wort, das ich damit in Verbindung bringe.«

Ich schmunzelte. »Verstehst du jetzt, wieso mir fast das Herz stehen geblieben ist, als du mir die Vorfahrt genommen hast?«

Er sah mich an, unsere Blicke verhakten sich ineinander. »Tut ... tut mir leid«, stotterte er und wirkte mit einem Mal ganz weit entfernt. »Das wollte ich wirklich nicht, Robin. Es tut mir leid.«

Ich blinzelte. »Ich ... das passt schon«, gab ich zurück. »Ist längst vergessen, ich mache doch nur Spaß.«

Er atmete zweimal tief durch, ehe er sagte: »Wer hat dir das Auto überhaupt verkauft? Oder hast du es geschenkt bekommen, weil es jemand loswerden wollte?« Bildete ich es mir ein, oder wirkte er plötzlich ernsthaft besorgt? Wieso beschäftigte ihn mein Auto so sehr?

»Du übertreibst«, sagte ich mit einem Grinsen.

»Wer auch immer es war – so solltest du auf keinen Fall rumfahren, Robin.« Er rieb sich einmal über die Stirn, ehe er sich losriss, zu seinem

Motorrad ging und es aufschloss. »Hier«, meinte er und drückte mir seinen Helm in die Hand. »Aufsetzen und fest genug verschließen.« Wortlos nahm er mir meine Tasche von der Schulter und verstaute sie in dem Fach. Von dort holte er auch einen zweiten Helm hervor, den er sich aufsetzte und unter seinem Kinn verschloss. Der, den er nun aufhatte, sah eindeutig älter und mitgenommener aus als meiner. Ich schob den Helm über meinen Kopf und knipste den Verschluss zu, woraufhin er zufrieden nickte.

Erst dann schwang er sein Bein über das Motorrad, wodurch sein kurzärmliges schwarzes Shirt am Rücken spannte. »Worauf wartest du?«, fragte er und klopfte auf den Sitz hinter sich. Der sah nicht aus, als wäre er groß genug, um eine weitere Person darauf mitnehmen zu können. Zumindest nicht, ohne direkt an Jamie gepresst zu werden. Vielleicht hätte ich mir das früher überlegen sollen.

»Sonst können wir auch mein Auto nehmen«, versuchte ich es und zeigte mit dem Daumen über meine Schulter.

»Wieso? Hast du Angst?« In seinen Worten schwang keinerlei Belustigung mit.

»Nein, ich …« *Komm, Robin. So schlimm wird es nicht werden.* »Alles gut.« Ich schwang mein Bein über die Maschine und setzte mich so weit nach hinten wie möglich, rutschte aber durch das Leder sofort nach vorne und somit so nah an ihn heran, dass kein Blatt zwischen uns gepasst hätte.

Er ließ den Motor an, fuhr rückwärts aus der Parklücke und hielt dann inne. Gerade als ich mich fragte, worauf er wartete, sagte er: »Du musst dich schon an mir festhalten.«

Ich seufzte innerlich. *War ja klar.* Äußerst widerwillig lehnte ich mich an seinen Rücken und verschränkte meine Hände auf seinem Bauch. Augenblicklich spürte ich seine Muskeln, die sich unter meiner Berührung kaum merklich anspannten. Ich ignorierte das warme Gefühl in meinem Brustkorb. *Hör bloß auf! Was ist denn los mit dir?*

Wir fuhren über den Parkplatz durch die zweite Pforte und schließlich auf die lange Zugangsstraße. Ich rechnete damit, dass er sofort den

Gasgriff am rechten Lenker voll durch drehte, aber tatsächlich fuhr er relativ … gesittet an.

Die Farben der Umgebung vermischten sich miteinander wie noch nicht getrocknete Acrylfarbe und bildeten eine neue, die nur auf dieser Seite der Welt zu finden war. Als Jamie auf den Pacific Coast Highway abbog, füllte salzige Ozeanluft meine Lungen. Er fuhr sicher über die in Dämmerung getunkten Straßen. Schließlich wurde er langsamer und fuhr auf den Parkplatz eines Restaurants direkt an der Küste. Wir stiegen wortlos ab, und Jamie verstaute die Helme.

»Wo lang?«, fragte ich und sah mich um.

»Wir sind da.«

Ich erstarrte. »Wie? Bei dem Restaurant?«

Er nickte.

Ich betrachtete es etwas genauer. Zwischen einer Reihe von schlanken Palmen verlief ein gepflegter Weg, der bis zu einer doppelflügeligen Glastür führte. Ich reckte den Kopf, um das Innere des Lokals betrachten zu können. Allem Anschein nach fand dort eine Feier statt: Mehrere Gäste in Abendkleidung standen an der Bar beisammen und stießen mit Champagnergläsern an. Die schicke Kleidung der Gäste, die Terrasse mit Glasgeländer, die über dem blaugrünen Pazifik zu schweben schien, und das frei stehende Aquarium, in dem ein halbes Dutzend Langusten umherkrochen, ließen keinen Zweifel an der Exklusivität des Restaurants. Eine Frau in einem roten Seidenkleid ließ sich von ihrer Begleitung vor einer großen Schale Austern auf Eis fotografieren, der Blitz zuckte immer wieder über das dunkle Nussholzparkett.

Jamie sah mir direkt in die Augen. »Ich habe mich gefragt, wo es wohl herkommt, dass du schlecht Nein sagen kannst. Höchstwahrscheinlich liegt es daran, dass du gemocht werden willst, richtig?«

Wer wollte das nicht? Na gut, außer ihm offenbar.

»Du hasst es, im Mittelpunkt zu stehen, weil du keinen Raum einnehmen willst.«

Ich verschränkte die Arme vor der Brust. Musste er so ins Detail gehen?

»Du willst, dass es dir egal ist, was andere von dir denken«, fuhr Jamie fort. »Dann musst du aus deiner Komfortzone raus. Risiken eingehen.«

Mein Herz klopfte ein wenig schneller. Was zum Teufel hatte er vor? Als er die nächsten Worte aussprach, zuckte sein Mundwinkel. »Weshalb du mir helfen wirst, die Langusten aus dem Aquarium zu befreien.«

Kapitel 13

»ASTEROIDENFELD«

(Oder: Wie ich versuche, der nahenden Katastrophe auszuweichen)

Mein Mund klappte auf. »Was?!«

»Ach, tut mir leid, hab ich fast vergessen.« Seine Augen blitzten auf. Nicht direkt ein Lächeln, aber etwas, das nah dran war. Wahrscheinlich Schadenfreude. »Hilf mir, die Langusten aus dem Aquarium zu befreien – No Questions Asked.«

Damit war seine Bitte offiziell. Und ich hinterfragte sämtliche Entscheidungen, die ich in dieser Woche getroffen hatte. Verdammt. Es war meine Idee gewesen, diese dämliche Tradition wiederaufleben zu lassen. *Wieso, wieso, wieso?*

»Versteh mich nicht falsch, ich habe auch ein Herz für zum Tode verurteilte Langusten, aber … wieso?«

Er sah in Richtung des Aquariums, das sanfte Licht der Dämmerung schmiegte sich an die harten Kanten seines Gesichts. »Ich habe letzte Woche zufälligerweise auf diesem Parkplatz angehalten und habe die Langusten gesehen, die in dem viel zu kleinen Aquarium darauf warten, bestellt und gegessen zu werden. Es hat mich wütend gemacht. Und ich finde, sie sollten befreit werden.«

Ich animierte ihn mit einer Handgeste zum Weiterreden, aber offenbar fand er, dass alles gesagt war. Dabei war bisher *überhaupt nichts* gesagt. Klar, ich wusste, dass Jamie seit seinem sechzehnten Lebensjahr Vegetarier war. Ich wusste auch, dass Brandon und er einmal eine verletzte Taube durch ganz Downtown zum Tierarzt getragen hatten und Jamie danach gefragt hatte, ob er sie behalten durfte. (Durfte er nicht.) Aber was hatten die Langusten im Sternerestaurant in Malibu mit unseren No Questions Asked zu tun?

»Du willst, dass wir da reingehen?«

»Ja.«

»Und die Langusten stehlen?«

»Habe ich mich nicht klar genug ausgedrückt? Außerdem«, er sah mich warnend an, »du brichst gerade die wichtigsten Regeln.«

Keine Fragen. Kein Vetorecht. Kein Zögern.

Fuck.

»Und wie willst du das anstellen?«, fragte ich mit nicht zu überhörendem Unglauben in der Stimme.

»Du gehst zuerst rein und startest ein Ablenkungsmanöver. Den Rest überlässt du mir. Ich hatte natürlich keine Ahnung, dass heute eine Feier stattfindet, aber das wird schon.«

Mein Mund klappte auf. »Das ist also dein Masterplan? Ich muss im Mittelpunkt stehen, und du darfst deine Langusten retten?«

»So ähnlich.« Er klopfte mir auf die Schulter. »Ich freue mich schon auf dein Ablenkungsmanöver«, meinte er trocken. »Hoffentlich hast du Brandons Schauspieltalent geerbt.«

»Ich hasse dich.«

»Jaja.« Er schob mich in Richtung der Treppe, die zur Eingangstür führte. Dort standen zwei Frauen mit Vape-Zigaretten in der Hand, die eine in einem bordeauxroten, bodenlangen Kleid, die andere in einem schicken Hosenanzug. Die Frau im Kleid wurde auf Jamie aufmerksam und stieß ihrer Begleitung den Ellbogen in die Rippen. Diese hob den Kopf und bedachte ihn mit einem schiefen Lächeln.

Ihr braucht ihn gar nicht so verträumt anzuschauen. Der Mann hat vor, euch gleich die Langusten zu stehlen.

»Bis gleich«, sagte Jamie, der die Blicke nicht einmal bemerkte, und betrat den Weg, der um das Restaurant herumführte.

»Warte«, zischte ich ihm hinterher. »Jamie, hey!«

Er hörte mich nicht. Vielleicht hatte er sich auch schlichtweg dazu entschieden, mich zu ignorieren. So oder so hatte er offenbar nicht mehr alle ... Schalter im Cockpit. Das konnte nicht sein Ernst sein!

Ich sah an mir hinab. Für die Party am Strand hatte ich mir eine schlichte Jeans und ein himmelblaues Shirt übergeworfen.

Nicht gerade angemessen für diese schicke Feier. Ich sah, wie sich genau dieser Gedanke in den Gesichtern der beiden Frauen widerspiegelte, als ich mit rasendem Herzen an ihnen vorbeiging und die Tür öffnete. Der Innenraum war angenehm kühl, die lauten Gespräche summten in der nach angedünstetem Wein und Safran duftenden Luft. Erst als ich an einem der opulent gedeckten Tische vorbeiging, konnte ich die goldfolierte Schrift auf den Karten lesen, die dort drapiert waren: *Alles Gute zur Verlobung, Logan und Jay!*

Eine Verlobungsfeier. Das wurde ja immer besser.

Ich stand einige Sekunden verloren am Rand und sah mich nach Jamie um. Kurze Zeit später entdeckte ich ihn in dem schwach beleuchteten Flur, der zu den Toiletten führte. In seiner rechten Hand hielt er einen Eimer. Himmel, er würde das wirklich durchziehen.

Jetzt lag es nur noch an mir.

Ich funkelte Jamie ein letztes Mal an, was ihn, wie zu erwarten, vollkommen kaltließ, ehe ich einmal tief ausatmete, meine Haare glatt strich und mich mit zittrigen Händen an die Bar lehnte – genau so, dass ich das Aquarium im Blick hatte.

Denk nach, denk nach! Zuerst spielte ich mit dem Gedanken, einen der Weinkühler umzuwerfen, aber ich wollte nicht wissen, wie teuer hier eine Flasche war. Im Endeffekt blieb mir nur eine einzige Möglichkeit, wie ich aller Augen auf mich richten konnte, ohne dabei eine Szene zu veranstalten – oder mich für den Rest meines Lebens zu verschulden, um eine einzige Flasche Lafite-Rothschild abzubezahlen.

Mit schweißbedeckter Stirn nahm ich eines der Champagnergläser von der Bar. Es war eiskalt, und die am kondensierten Glas haftenden Wassertropfen liefen mir den Arm hinab. Dann nahm ich eine Gabel zur Hand, die auf einem Tablett lag, und hielt inne. Suchte fieberhaft nach einer Ausrede, obwohl ich wusste, dass es zwecklos war. *Du hast dich auf den Deal eingelassen*, rief ich mir in Erinnerung. *Und wenn das hier vorbei ist, kannst du es ihm heimzahlen.*

Ich atmete ein letztes Mal tief durch und schlug dann die Gabel gegen das Glas, wodurch ein helles Klingen ertönte. Nacheinander verstummten die Gespräche und

alle

starrten

mich

an.

Dutzende Augenpaare waren auf mich gerichtet, doch der Blick, den ich am deutlichsten spürte, war der von Jamie.

Nur wenige Meter von mir entfernt stand das Paar, das ich als Hauptdarsteller identifizierte: ein kleinerer Mann mit dunkelrotem Anzug und ein etwas größerer mit schwarzem Anzug und dunkelroter Fliege. Ich sah, wie sie sich einen kurzen Blick zuwarfen. Scheiße, sie würden doch sofort bemerken, dass sie mich nicht kannten! Ich sah es schon vor mir, wie sie die Polizei riefen und mich mein Dad – oder schlimmer noch: Henry – mit tropfenden Langusten in beiden Händen in Handschellen abführen musste.

Bevor sich das Paar über mich austauschen konnte, ergriff ich schnell das Wort. »Hallo an alle hier … Versammelten.«

O Mann. Wie hielt man noch mal eine Rede? »Ähm.« Ich räusperte mich. »Die Liebe …« Ich verstummte.

Wem willst du etwas vormachen? Du kannst keine Rede über die Liebe halten. Nach Aiden wusste ich nicht einmal, ob ich überhaupt noch daran glaubte. Wer würde Logan und Jay garantieren, dass sie für immer glücklich bleiben würden? Dass Logan nicht eines Tages entschied, dass die negativen Seiten an Jay überwogen? Dass Jay nicht plötzlich die Meinung anderer Menschen über die seines Partners stellte? Es gab keine Garantie für die Liebe. Sonst wären Scheidungsanwälte arbeitslos. Und vielleicht … war es ja genau das, was ich sagen sollte. »Die Liebe ist unberechenbar«, begann ich. »Man kann nicht wissen, welche Abzweigungen sie nimmt oder ob sie verloren geht.«

Ich sah zu Jamie, der aus den Schatten des Flurs trat und seinen Arm in das Aquarium steckte, um die erste Languste herauszuholen. *Gott, wenn das hier vorbei ist, werde ich ihn eigenhändig erwürgen.*

»A-aber darauf kommt es nicht an«, sprach ich eilig weiter, damit niemand den Blick abwandte. »Wir denken zu oft an die Vergangenheit oder leben bereits in der Zukunft. Was war damals? Was hat sich verändert? Was wird noch alles auf mich zukommen, und kann ich es bewältigen? Im Endeffekt verschwenden wir durch solche Gedanken das Einzige, was uns im Leben bleibt: das Jetzt. Und das ist es, worauf es ankommt. Egal, wer wir waren. Egal, zu wem wir werden.« Ich sah zu Jamie, der eine tropfende Languste im Eimer verstaute. Das konnte sich keiner ausdenken.

»Es kommt nur darauf an, wer zu sein wir uns entscheiden – und wen zu lieben wir uns entscheiden. Jetzt für jetzt, Sekunde für Sekunde.« Ich holte tief Luft und hob das Champagnerglas in die Luft, als ich sah, dass Jamie die letzte Languste aus den Tiefen des Aquariums zog. »Deshalb gehören dieser Abend, dieser Moment und alle folgenden euch. Auf Logan und Jack!«

Ich wartete darauf, dass Applaus ertönte, doch es blieb totenstill. Ich sah zu Jamie, der in der Bewegung innehielt.

Shit, hatte ich etwas Falsches gesagt? Ich schielte auf das Banner links über mir … und mir gefror das Blut in den Adern zu Eis.

Logan und … Jay. Nicht Jack. Mein Herz setzte aus. Fuck!

Die Gäste tauschten verwunderte Blicke, der kleinere zukünftige Bräutigam runzelte die Stirn. Der andere drehte sich fragend um … und blieb mit dem Blick direkt an Jamie hängen, der noch immer die letzte Languste in der Hand hielt und damit den teuren Holzboden volltropfte.

»Hey, stopp!«, donnerte ein Ruf durchs Lokal.

Ich stellte das Glas so schnell auf der Bar ab, dass etwas der sündhaft teuren Flüssigkeit über meine Finger rann. Jamie und ich sahen uns über die Köpfe der anderen hinweg direkt an. Seine Augen weiteten sich, dann formte er mit den Lippen ein einziges Wort: *»Renn.«*

Kapitel 14

»RELATIVITÄTSTHEORIE«

(Oder: Wieso sich ein Moment länger anfühlen kann, als er tatsächlich dauert)

Jamie war als Erster an der Tür, hielt sie mir auf und machte eine hektische Bewegung mit der Hand. »Beeil dich, Robin, los!«

Ich schlüpfte hindurch, er ließ die Tür hinter uns zufallen. Ich bemühte mich, mit Jamie mitzuhalten, doch er war schneller, setzte sich aufs Motorrad und startete bereits den Motor. Als ich bei ihm angekommen war, drückte er mir den Eimer so eilig in die Hände, dass er mir fast runterfiel. »Steig auf!«

Das musste ich mir nicht zweimal sagen lassen. Mit der einen Hand hielt ich mich an ihm fest, mit der anderen umklammerte ich den Eimer. Schon fuhr Jamie an, der Fahrtwind wirbelte meine Haare durcheinander, und der Baumwollstoff seines Shirts war weich an meiner Wange. Wenn uns jetzt ein Polizist ohne Helme und mit einem Eimer gestohlener Langusten im Wert von garantiert über eintausend Dollar erwischte, wären wir geliefert.

Jamie rauschte die von hohen Palmen gesäumte Ocean Avenue entlang und überholte mehrere Fahrzeuge. Ich drehte mich ein paarmal um, doch es sah nicht so aus, als würde uns jemand folgen. Jamie schien nach einer Weile zur selben Erkenntnis zu kommen, da er langsamer wurde und das Motorrad schließlich am Straßenrand gegenüber von einem schicken Hotel parkte. Sofort stieg ich mit wackeligen Beinen ab, Jamie tat es mir nach. Als wir uns dann gleichzeitig in die Augen sahen, konnte ich nicht anders: Ich brach in solch lautes Gelächter aus, dass sich sämtliche Blicke der Passanten auf uns richteten.

»Das war … schrecklich«, brachte ich zwischen abgehackten Atemzügen hervor und legte eine Hand auf meinen Bauch. Auf Jamies Lippen zeigte sich der Hauch eines Schmunzelns.

Ich reichte ihm den Eimer. »Das werde ich dir so was von heimzahlen, Jamie.«

Als hätten wir uns abgesprochen, liefen wir gemeinsam auf den Strand zu, der sich zu beiden Seiten erstreckte. »Die Langusten danken es dir.«

»Die Partygäste wohl eher nicht.« Ich vergrub das Gesicht in den Händen und schüttelte den Kopf. »O Gott, was denken sie wohl? Erst halte ich die schlechteste Rede, die eine Verlobungsgesellschaft je gehört hat, und renne dann gemeinsam mit dem verrückten Typen mit den Langusten im Eimer aus dem Restaurant.«

»Und wie fühlt sich das an?«

Ich sah auf. »Wie meinst du das?«

»Sie können dich alle nicht ausstehen. Sie fanden deine Rede scheiße –«

»Hey!«

»Ich fand sie gar nicht so schlecht, ich sag ja nur – und sie halten dich für unverschämt und dreist. Aber nimmt es dir etwas von dir selbst?«

Ich schüttelte den Kopf. »Nein, ich fühle mich immer noch wie … Robin.«

Er sah zufrieden aus. »Eben. Du hast so Angst davor, nicht gemocht zu werden, dass du vergessen hast, dass dir gar nichts passieren kann. Du kannst andere Menschen nicht beeinflussen. Und wenn dich jemand nicht mag, ändert das nichts an deinem Wert.«

»Du hast recht, es … es ändert nichts.« Natürlich war mir das schon zuvor bewusst gewesen. Rein theoretisch. Aber es zu *spüren* hatte etwas Befreiendes.

»Dann war unser erster Ausflug ja schon mal erfolgreich«, meinte er und hielt den Eimer hoch.

Ich schüttelte lachend den Kopf. »Du bist wirklich gemeingefährlich. Dir ist schon bewusst, dass das extrem war, ja? Gott, ich will gar nicht wissen, was du dir sonst noch alles überlegt hast«, gab ich zurück, dabei stimmte das nur zur Hälfte. Mein Brustkorb fühlte sich freier an, so als könnte ich mehr Sauerstoff aufnehmen. Als dürfte ich ... mehr Raum einnehmen. Fühlte es sich so an, wenn man aus seiner Komfortzone herausgetreten war?

Inzwischen waren wir am Meer angekommen. Der Himmel war mehrere Töne dunkler als das Wasser, auf dem sich die Lichter der Straßenlaternen und Hotels spiegelten. Jamie trat ans Meer, hielt den Eimer wenige Zentimeter übers Wasser und ließ die Langusten ohne Umschweife hineinfallen.

Ich lachte rau auf. »Dafür, dass du so ein Fan von den Dingern bist, war das aber ganz schön rabiat.«

Er winkte ab. »Ach, die halten das aus.«

»Das klingt, als würdest du sie persönlich kennen.«

Er runzelte die Stirn. »Ich dachte, du warst gerade dabei? Ich finde, eine Verfolgungsjagd schweißt zusammen.«

Sprach er jetzt immer noch von den Langusten? Ich sah seufzend auf die Stelle, an der er sie freigelassen hatte. »Du weißt, dass sie morgen wieder welche fangen werden, oder?«

»Ja. Aber nicht die hier.« Er stellte den Behälter neben einen Mülleimer und wischte sich die Handflächen an der schwarzen Jeans ab. An seinem Motorrad angekommen, sagte er: »Das nächste Mal schaffst du es hoffentlich, Arschlöcher wie diesen Typ bei der Party etwas vehementer von dir wegzustoßen. Ganz egal, wie er das dann findet.«

Ich hatte gar nicht mehr an ihn gedacht, so viel war in der letzten Stunde passiert. »Das klingt gut«, entgegnete ich und stieg hinter Jamie auf den Sitz. Dieses Mal musste er mich nicht daran erinnern, mich an ihm festzuhalten.

***

Den ganzen Rückweg über fragte ich mich, was ihm wohl durch den Kopf ging, während er durch seine Heimatstadt fuhr, ohne richtig Teil davon zu sein. Vielleicht konnte ich ihm damit ja helfen – wenn auch nur ein kleines bisschen.

Zurück am Campus, fuhr er mich mit dem Cart bis vor das Wohnheim. »Willst du wieder zurück zur Party?«, fragte er. »Ich kann dich hinbringen.«

»Nein.« Das Wort kam mir viel zu schnell über meine Lippen. »Ist die ISS denn schon vorbeigeflogen?«

Er nahm sein Handy hervor. »Nein, es dauert noch genau …«, er furchte konzentriert die Stirn, seine Gesichtszüge waren in bläuliches Licht getaucht, »… dreiundzwanzig Minuten, bis sie hier vorbeifliegt. Siehst du?« Er drehte den Handybildschirm, auf dem ich außer grünen Längen- und Breitengraden ehrlich gesagt nicht viel erkannte.

»Wieso bleiben wir nicht hier und schauen es von der Dachterrasse aus an?«, schlug ich betont lässig vor. »Die wollte ich mir eh die ganze Woche schon ansehen.«

Er sperrte sein Handy und zögerte einen Moment. Ich konnte sehen, wie er mit sich rang; die Schatten und das Licht, die Vergangenheit und die Gegenwart. »Okay«, sagte er dann schlicht. »Lass uns hochgehen.«

Es fühlte sich an wie ein kleiner Triumph. Ein weiterer Stein, den ich von seiner Mauer nahm – ganz egal, wie hoch sie noch immer sein mochte.

Wir erklommen die Stufen bis ganz nach oben. Während ich außer Atem war und mich bemühte, es mir nicht anmerken zu lassen, wirkte Jamie, als wäre er nur ein anstatt sechs Stockwerke hochgelaufen. Unverschämt.

Oben angekommen, stieß ich die Luft aus und nahm die Terrasse in Augenschein. Neben einer von Pflanzen eingerahmten Sitzecke, in der zwei Studentinnen saßen und leise miteinander sprachen, befand sich ein kleiner Basketballplatz. Daneben führten fünf Treppenstufen auf eine Erhöhung, auf der einige Teleskope in gleichmäßigen Abständen zueinander standen. Mir war bereits aufgefallen, dass die Luftverschmutzung hier, ein Stück außerhalb der Stadt, zumindest ein bisschen weniger stark war. Ich erkannte die dünne Mondsichel, die Venus und zwei Sterne, die ich seit langer Zeit nicht mehr gesehen hatte. Und zwischen den hellen Punkten am Himmel – nichts.

Nichts, und gleichzeitig *alles*.

Wir liefen nebeneinander auf die Erhöhung mit den Teleskopen zu. Jamie stützte sich mit den Unterarmen auf dem Geländer ab, das die Terrasse umgab, und blickte in die Ferne. Ich konnte die Schwere, die ihn umgab, fühlen, als wäre es meine eigene. Ich hatte keinen Filter: Zu oft wurden die Emotionen meines Gegenübers meine eigenen – und es gab nichts, was ich dagegen tun konnte.

»Danke für heute«, sagte ich schließlich. »Ich dachte nicht, dass ich das mal sagen würde, aber ... ich glaube, ich habe die Langusten-Befreiungsaktion irgendwie gebraucht.«

»Woher kommt diese Angst, nicht gemocht zu werden?«

Ich lächelte matt. »Das ist eine Frage, die ich mir oft gestellt habe. Ich habe mehrere Antworten darauf gefunden, und die ehrlichste lautet: Ich fühle zu stark. Die meisten Menschen können darüber hinwegsehen, wenn sie jemand nicht mag. Es ist ein kurzer Stich, dann wird es vergessen. Aber ... mir haftet so etwas an. Jede Emotion ist so unfassbar stark, dass sie mir beinahe die Luft zum Atmen nimmt. Und weil mich der Schmerz darüber, auf diese Weise gesehen zu werden, so trifft, will ich alles tun, um dieses Gefühl in Zukunft zu vermeiden.«

»Wie kann man *zu viel* fühlen?« Er schüttelte kaum merklich den Kopf. »Manchmal habe ich Angst, nie wieder etwas zu fühlen.« Er schien sofort zu bereuen, das gesagt zu haben, da er den Blick abwandte und sich mit der Hand den Nacken rieb.

Am liebsten hätte ich nachgefragt, was er damit meinte, aber es war offensichtlich, dass er nicht näher darauf eingehen wollte. Also gewährte ich ihm stattdessen einen Einblick in *mein* Inneres. Eine Wahrheit für eine Wahrheit. »Es ist schwer zu erklären. Ich treffe Menschen, für die ich nach einem Tag nicht mehr als eine Randnotiz bin, während sie mir wochenlang in Erinnerung bleiben. Ich kann nicht mit Menschen sprechen, ohne mich in sie hineinzuversetzen und all ihre Gefühle zu spüren – auch wenn es nur Emotionen sind, die ich ihnen angedichtet habe. Ich habe das Gefühl, für jede Gefühlsregung verantwortlich zu sein, die mein Gegenüber durchlebt. Und wenn du die einzige Person im Raum bist, die etwas bemerkt, liegt es eben an dir, über den Witz zu lachen, den kein anderer gehört hat, oder über ein Thema zu sprechen, das jemand anderem am Herzen liegt, um sie lächeln zu sehen.«

Er nahm die Hand aus seinem Nacken, spreizte seine Finger und betrachtete die Narbe, die sich dort entlangzog. »Das hört sich an, als wärst du mehr mit den Emotionen anderer beschäftigt als mit deinen eigenen.« Er sah mich an.

»Eigentlich ist es beides.« Nun war es an mir, den Blick abzuwenden. »Manchmal, wenn mir alles zu viel wird, gehe ich nachts nach draußen und blicke in den Himmel. Meine Gefühle mögen oft zu groß für meinen Körper sein, aber das Universum? Das ist noch größer. Allumfassender. Es ist endlos – und dadurch ist da genug Raum für meine Gefühle.«

Ich sah zu ihm und lächelte verlegen, während sich in seiner Miene nichts regte. Aber seine Augen – die verrieten ihn jedes Mal. Jamie fühlte sehr wohl … er ließ es nur nicht mehr zu.

Einige Sekunden blieb es still, aber ich hatte nicht das Bedürfnis, die Zeit mit Worten zu füllen. Weil Stille keine Leere war, wenn man genau hinhörte.

Dann fiel mir ein, weshalb wir überhaupt hier hoch gekommen waren. »Die ISS!«

Ihm schien es ebenfalls entfallen zu sein, da er sofort nach seinem Handy tastete und den Standort abrief. »Gerade noch mal Glück gehabt«, meinte er und zeigte mir den Bildschirm. »Zwei Minuten.«

Eine Weile blickten wir gebannt in den Nachthimmel, lauschten den Zikaden und dem Atem des jeweils anderen.

»Okay, jeden Moment«, flüsterte er. Sein Unterarm streifte meinen, und anstatt ihm ein wenig Platz zu machen, blieb ich, wo ich war.

Und dann tauchte sie auf. Einfach so. Eine fußballfeldgroße Raumstation in der Umlaufbahn der Erde. Sie war leicht zu erkennen: Heller als die Sterne und Planeten um sie herum, glitt sie in einer gleichmäßigen Bewegung von West nach Ost. »Das ist verrückt«, hauchte ich. »Dort oben sind *Menschen*. Im Weltall.«

»Gerade ist eine Astrobiologin Teil des Teams«, erwiderte Jamie. »Wer weiß, vielleicht bist das ja eines Tages du.«

Ich schnaubte ungläubig. »Na klar. Lass mich erst einmal den Flug morgen überleben, dann denken wir über eine Raumkapsel nach.«

Nach weniger als zwei Minuten war sie auch schon wieder aus unserem Blickfeld verschwunden, auf dem Weg über den Atlantik nach Europa. Kaum war sie nicht mehr zu sehen, richtete sich Jamie zu seiner vollen Größe auf. »Ich muss morgen früh raus«, sagte er mit der üblichen Distanz.

»Okay.«

Er nickte zum Abschied, doch bevor er sich abwenden konnte, streckte ich ihm meine Hand hin. Keine Ahnung, wieso ich das tat. Vermutlich, da eine Umarmung zu viel gewesen wäre, ich ihn aber nach dem gemeinsamen Abend nicht gehen lassen wollte, ohne ihn ein letztes Mal zu berühren. »Auf Wiedersehen, Mister Evers«, sagte ich, um der Geste die Ernsthaftigkeit zu nehmen.

Er neigte sein Kinn nach vorn, nahm meine Hand und sah mir direkt in die Augen. Das war kein Händeschütteln – es war ein Aneinanderfesthalten. Wir waren zwei Menschen, die auf einem der unzähligen Gesteinsplaneten in diesem chaotischen Universum standen und sich für wenige Augenblicke festhielten. Zwei flüchtige Sekunden einer harmlosen Berührung, und trotzdem wusste ich bereits, dass ich sie auch Stunden später noch im ganzen Körper spüren würde.

»Auf Wiedersehen, Robin«, sagte er, ließ mich aber noch immer nicht los.

Ein,

zwei,

drei Herzschläge. Dann drehte er sich wortlos um und überquerte das Dach. Er ging, doch das Gefühl seiner Hand in meiner blieb zurück, als hätte er mich nie losgelassen.

Kapitel 15

»EXOSPHÄRE«

(Oder: Wie mir die Luft wegbleibt)

Als ich am nächsten Morgen zum Frühstück erschien, saßen Dylan, Sydney und Page an einem Tisch auf der Terrasse, die an den Frühstückssaal im ersten Stock angrenzte. Gut, Dylan *lag* mehr auf dem Tisch, als dass er daran saß, die Kapuze seines dunkelgrünen Pullovers über den Kopf gezogen und eine Sonnenbrille im Gesicht.

Ich wusste nicht, wie es sich ergeben hatte, dass wir nun wie selbstverständlich gemeinsam frühstückten, aber ich war froh darum. Sydney und Dylan waren neu in Los Angeles, Page brauchte einen Neuanfang, und ich war auf meine ganz eigene Art verloren. Vielleicht ergab es Sinn, dass wir uns gefunden hatten.

Als ich zu ihnen herantrat und Page den Kopf hob, hellte sich ihr Gesicht auf. »Hey!« Sie blinzelte zu mir hoch. »Ich wäre ja gemeinsam mit dir runtergegangen, aber ich wusste nicht, ob du überhaupt in deinem Zimmer bist.« Sie grinste und zeigte dabei ihre geraden, weißen Zähne.

»So ist das nicht«, meinte ich und setzte mich auf den letzten freien Stuhl gegenüber von Dylan, der noch immer keine Regung gezeigt hatte. Um uns herum saßen einige Studierende zusammen, waren über ihre Tablets gebeugt, unterhielten sich oder aßen.

Sydney nickte mir mit einem lässigen Lächeln zu. Sie trug ein weißes Shirt mit der Aufschrift *Girls just wanna have fundamental human rights*, was sie mir augenblicklich noch sympathischer machte.

»Tut mir leid, dass ich gestern einfach abgehauen bin.«

»Kein Ding«, meinte Sydney, zog an ihrer Vape und blies den Rauch in die andere Richtung. »Wenn ich kein Verständnis für einen spontanen *Booty Call* hätte, wer dann?«

»Es war kein …« Ich sah zu Page und verengte die Augen. »Was hast du zu ihr gesagt?«

Sie zuckte mit den Schultern und machte eine unschuldige Miene. »Nur, dass du ein Date mit deinem *Fluglehrer* hast und heute bestimmt nicht mehr zurückkommst.« Das Wort Fluglehrer sprach sie aus, als hätte sie stattdessen *heimliche Affäre* gesagt. Ich wollte gerade protestieren, als sie mir auf den Arm schlug. »Du hast gesagt, du weißt nicht, ob er heiß ist!«, rief sie. »Frechheit. Der Typ sieht aus wie jemand, den ich mir in einsamen Stunden ausgedacht habe!«

»Nicht so laut«, murmelte Dylan, ohne eine Regung von sich zu geben.

Ich wies mit einem Nicken in seine Richtung. »Was ist mit ihm?«

Sydney lächelte kühl. »Er wollte unbedingt sehen, wer von uns beiden mehr verträgt.« Sie winkte ab. »Aber zurück zu deinem Piloten.«

Herrje. Es war an der Zeit, dass ich für Klarheit sorgte. »Es ist nicht so, wie es sich für euch vielleicht anhört. Er ist mein Fluglehrer, ja. Aber … ich kenne ihn von früher. Er ist der beste Freund meiner älteren Brüder.«

Mit einem Mal schob sich Dylan die Sonnenbrille vom Gesicht und sah mich aus kleinen, aber dennoch amüsierten Augen an. »Er ist der beste Freund deiner älteren Brüder *und* dein Fluglehrer? Wir denken doch alle dasselbe, oder? Das klingt wie der Anfang eines Por–«

»So«, rief ich eilig und schlug meine Hand auf den Tisch. »Wer will Kaffee?«

»Nicht so laut, verdammt!« Dylan verzog schmerzhaft das Gesicht. »Es ist eh schon so hell.«

»Selbst schuld«, murmelte Sydney. »Und *nein*, wir denken nicht alle dasselbe.«

Page zuckte mit den Schultern. »Ich habe auch dran gedacht.« Als Sydney amüsiert eine Augenbraue hob, fügte sie eilig hinzu: »Nur ganz kurz.«

»*Jedenfalls* ist er nur ein alter Bekannter, dem ich aktuell etwas unter die Arme greife, weil es ihm nicht so gut geht.« Das klang, als wüsste ich genau, was ihn umtrieb. Als würde er bereitwillig meine Hilfe annehmen und als wären unsere Treffen nicht an Flugstunden und einen Deal gebunden. »Genau wie er mir hilft, vielleicht irgendwann in zehn Jahren mal diese Fluglizenz zu erwerben.«

Page kniff die Augen zusammen. »Also sind da wirklich keine Gefühle im Spiel?«

Ich dachte daran, wie ich gestern meine Hände auf seinem Bauch verschränkt hatte. Wie sich seine Hand in meiner angefühlt hatte. »Nein«, sagte ich und hoffte, dass die vier Buchstaben die Bilder vertreiben würden.

»Das können wir respektieren«, meinte Page geschäftig und stellte ihr Wasserglas ab.

»Wünscht mir lieber Glück für meinen ersten richtigen Flug«, sagte ich. »Ihr werdet es sonst für immer bereuen, wenn ich das heute nicht überlebe.«

Page schnaubte. »Komm schon, Robin.«

»Fliegst du heute selbst?«, fragte Sydney.

Ich lachte auf. »Nein. Nein. Auf keinen Fall. Er fliegt. Er meinte zwar, dass ich dann nächstes Mal dran bin, aber …« Er würde schon noch sehen, dass das mehr als unrealistisch war.

»Das wird!«, meinte Page und tätschelte mir aufmunternd den Arm. »Wann fliegt ihr?«

»Wir sind um siebzehn Uhr verabredet, also wahrscheinlich gegen … siebzehn dreißig?«

Page nahm ihr Handy hervor und tippte darauf herum. »Alles klar, ich trage mir eine Erinnerung ein und beobachte euren Start von Weitem.«

Wie surreal, dass ich sie erst wenige Tage kannte und sie dennoch mehr über meine aktuelle Situation Bescheid wusste als meine Familie und Addison. Abgesehen von der Langusten-Rettungsaktion gestern Abend, natürlich. Das war eine Sache zwischen Jamie und mir.

»Ich hoffe einfach, dass ich es schaffe, ohne ... ich weiß nicht, das Bewusstsein zu verlieren oder so.« Ich lachte nervös. »Stellt euch das mal vor.«

Sydney zeigte auf mich. »So etwas will ich nicht hören. Wieso solltest du es nicht schaffen? Das ist lächerlich.«

»Na ja ...«

»Nein, ich möchte, dass du mir das jetzt beantwortest, Robin«, sagte sie und lehnte sich weiter zu mir. Ich schluckte. Sie sah mich an, als wäre sie kurz davor, mich durchzuschütteln. »Wieso sollte *er* das können, aber du nicht?«

»Sei bitte etwas leiser«, murmelte Dylan.

Sydney verengte die Augen. »Sag das noch ein Mal, und ich sorge dafür, dass der Kater dein geringstes Problem ist.« Sie biss die Zähne zusammen. »Außerdem *rede* ich bereits leise.«

»Stimmt. Es ist deine Stimme«, brummte er. »Die nervt mich in jeder Lautstärke.«

Sydney ignorierte ihn und wandte sich wieder mir zu. »Also. Zurück zu dir. Wieso solltest du es nicht schaffen?«

»Ich hatte nicht einmal Zeit, mich darauf einzustellen. Es hieß einfach von heute auf morgen: Du brauchst einen Flugschein.«

»Na und? Ist das dein einziges Argument?«

»Und ich habe das noch nie gemacht.«

Sie nickte. »Ahhh, alles klar. Du hast also keinerlei Argumente, gut zu wissen.« Sie setzte sich ihre Sonnenbrille auf. »Ganz ehrlich, Robin: Wenn er das kann, kannst du das auch, klar?«

»Du hörst dich schon an wie er«, murmelte ich.

»Wie war das?«

»Ja, du hast recht«, sagte ich stattdessen kleinlaut.

Sie lehnte sich zurück und nickte langsam. »Und wie ich das hab.

Wenn ich noch einmal eine Frau sagen höre, dass sie etwas nicht schaffen kann, platzt mir der Kragen.«

»Und das will wirklich keiner erleben«, fügte Dylan leise hinzu, ohne die Augen zu öffnen.

Ich schnaubte. Für Sydney war das leicht zu sagen. Sie war anders als ich. Ich traute ihr zu, in unter einem Monat eine Rakete zu bauen und darin zur Venus zu fliegen. »Ich hole mir einen Kaffee«, verkündete ich, obwohl mein Körper schon jetzt nervös summte und Koffein vielleicht nicht die beste Idee war. »Will noch jemand einen?«

Sydney und Page schüttelten den Kopf, Dylan regte sich nicht. Ich schob den Stuhl zurück. Kurz bevor ich hineinging, fügte ich hinzu: »Hoffentlich ist das nicht mein letzter.«

Page rollte lachend mit den Augen, Sydney hingegen rief mir – vermutlich wegen Dylan – extralaut hinterher: »Scheiße, wenn du damit nicht aufhörst, werde ich dafür sorgen, dass es so ist!«

***

Den ganzen Tag über warf ich immer wieder Blicke aus dem Fenster und betete für ein Unwetter. *Ach so, bei den Wetterbedingungen können wir nicht fliegen? Wie schade, aber da kann man wohl nichts machen!*

Tja, leider sah die Realität anders aus. Als ich die Fakultät nach meiner letzten Vorlesung verließ, war der Himmel über mir strahlend blau, und es war nicht eine Wolke zu sehen.

Nicht. Eine.

Ich verzog das Gesicht. Wieso musste ich ausgerechnet in Los Angeles studieren? Hätte es nicht auch London oder Seattle sein können?

Ich teilte mir ein Golfcart mit einem stillen Mädchen aus meinem Studiengang, das ebenfalls zum Studentenwohnheim wollte. Während sie das Cart lenkte, rief ich Addison an, aber wie bereits die Tage zuvor ging sie nicht ran.

Zurück in meinem Zimmer, nutzte ich die verbliebene Zeit, meine Vorlesungen nachzubereiten, nervös die Hände über dem Kopf zusammenzuschlagen und die Notizen durchzugehen, die ich mir nach der ersten Flugstunde gemacht hatte. Jamie hatte angedeutet, dass ich heute alle Checks durchführen würde, und wenn ich schon den Rest nicht unter Kontrolle hatte, wollte ich zumindest das beherrschen. Als ich das Cart fünf Minuten zu früh neben dem Flugplatz parkte, erreichte mich eine Nachricht von Addison.

Addison: Sorry, Babes! Prüfungsstress. Sehen wir uns nächste Woche Dienstag bei euch?

Ich wollte gerade eine Antwort tippen, als direkt neben mir eine Stimme ertönte. »Du bist hier.«

Ich zuckte so heftig zusammen, dass mir mein Handy aus der Hand rutschte. Ich versuchte, danach zu greifen, doch Jamie war schneller. Bevor es auf dem Boden aufkommen konnte, fing er es auf und hielt es mir dann an der oberen rechten Ecke hin.

Ich sah zu ihm hoch. Es brauchte nur einen einzigen Blick, eine Millisekunde, um seine Laune zu bemerken. Von dem Jamie von gestern Abend, der sogar ein kleines Schmunzeln zugelassen hatte, war keine Spur mehr. Zurück war der Mann, der meinen Fragen auswich wie ein Marsrover einem Krater.

Sein Gesicht glich einer Marmorstatue: die gerade Nase, die kühlen Augen und der angespannte Zug um den Mund. Ein Windstoß ging durch seine Haare und wehte sie ihm aus dem Gesicht, wodurch ein Teil der Narbe unter seinem Scheitel sichtbar wurde.

»Danke«, flüsterte ich und nahm mein Handy wieder entgegen. »Und natürlich bin ich hier, so war es ausgemacht.« Ich stieg mit zittrigen Beinen aus dem Cart und musterte seine abwehrende Haltung. Die Hände, die er in die Hosentaschen seiner schwarzen, locker geschnittenen Leinenhose gesteckt hatte. Den Abstand, den er mit einem halben Schritt zwischen uns gebracht hatte, sobald ich ausgestiegen war. Er ließ seinen Blick von meinen weißen Sneakern bis zu meinem zitronenfarbenen Shirt und meinen offenen Haaren gleiten.

»Okay, dann los«, sagte er und ging voraus, wobei ich für jeden seiner Schritte zwei machen musste, um mitzuhalten. Zwar öffnete er mir das Tor und bedeutete mir mit einer Handbewegung, vorauszugehen, doch seine kargen Worte und kühlen Gesichtszüge zeigten mir, dass wir wieder am Anfang standen. Ein Teil von mir hatte gehofft, dass er nach dem gestrigen Abend etwas zugänglicher sein würde, aber seine verschlossene Miene und die Stille zwischen uns sprachen eine andere Sprache.

Wieso konnten wir nicht einfach an gestern anknüpfen? Was war in der Zwischenzeit passiert? Er war ein Rätsel. Ein über eins neunzig großes, stilles, schlecht gelauntes Rätsel.

»Okay, heute steht der erste Flug an«, meinte er, während wir auf die Cessna zuliefen, die bereits vor dem Hangar stand.

»Die Wetterbedingungen habe ich bereits gecheckt. Außerdem haben wir einen Timeslot, weshalb wir direkt mit dem Walkaround loslegen.« Er sah mich abwartend an, einhundert Prozent in der Rolle des Auszubildenden. Nicht eines alten Bekannten oder gar eines Freundes. Es war, als würden wir uns nicht kennen.

»Okay«, sagte ich, bemüht, die Enttäuschung aus meiner Stimme herauszuhalten, und wischte mir die Handflächen an der Hose ab.

Er wies mit einem Nicken auf die Cessna. »Führ mich durch, als müsstest du es mir erklären. Womit startest du?«

Dank meiner Notizen vergaß ich keinen der wichtigen Schritte. Ich kontrollierte die Seitenruder, den Propeller, die Reifen, den Ölstand. Entfernte die rote Abdeckung mit der Aufschrift *Remove Before Flight*. Machte sämtliche Außenchecks und war ein wenig besorgt, dass er mir dabei nur zusah und es nicht ein zweites Mal überprüfte. Als wir damit fertig waren, löste er die Handbremse im Inneren der Cessna, stieg aus und zog sie auf das Vorfeld, wodurch sie in Position stand, um auf das Rollfeld zu fahren.

»Du kannst einsteigen«, sagte er dann und verschwand im Inneren des Flugzeuges.

Für einen kurzen Moment blieb ich auf dem Asphalt stehen und kratzte all meine Überwindung zusammen. *Mach es einfach. Denk nicht zu viel darüber nach.* Mit bis zum Hals klopfendem Herzen duckte ich mich unter der Tragfläche hindurch und stieg ein. Und verdammt, ich hatte vergessen, wie eng es hier drin war. Unsere Beine berührten sich, genau wie unsere Arme. Seine Haut war warm, was nicht zu seiner frostigen Ausstrahlung passen wollte.

Ich zog die Tür fest zu und verriegelte sie. Zumindest *hoffte* ich, dass ich das getan hatte. Das war das Letzte, was ich bei diesem Flug gebrauchen konnte: aus der offenen Tür in den Abgrund zu stürzen. Dabei schaffte es das nicht einmal in die Top Drei der Horrorszenarien, die ich mir in den letzten Tagen ausgemalt hatte. »Ist die Tür richtig zu?«, fragte ich sicherheitshalber.

Ohne zu zögern, lehnte sich Jamie mit konzentriertem Gesichtsausdruck über meine Beine, und ich … hielt die Luft an. Er ruckelte an dem Hebel und nickte dann. »Passt«, sagte er, entsperrte sein Tablet und reichte es mir. »Das hier ist eine Pre-Flight-Checkliste«, erklärte er. »Wir gehen sie Schritt für Schritt gemeinsam durch – nächstes Mal machst du auch das allein.«

Ich beobachtete, wie Jamie verschiedene Hebel, zwei Bildschirme und den Benzinstand überprüfte, ehe er mir erklärte, wie man nachsah, ob die Seitenruder frei waren. Mit jedem Schritt, den wir auf der Liste weiter nach unten kamen, schlug mein Herz ein wenig schneller.

Lass es dir verdammt noch mal nicht anmerken, ermahnte ich mich und bemühte mich um eine gleichmäßige Atmung. Ich wollte wirken, als hätte ich die Situation unter Kontrolle. Ob ich damit ihm oder mir etwas beweisen wollte, wusste ich nicht. Wahrscheinlich beides. Abgesehen davon wollte ich Jamie nicht noch mehr auf die Nerven gehen, als ich es ohnehin schon tat. Ich wollte die Stunde einfach hinter mich bringen und nicht wieder zu sensibel sein, um das zu schaffen. Ich straffte die Schultern, setzte ein verkrampftes Lächeln auf, um auch wirklich sämtliche Zweifel aus dem Weg zu räumen und –

»Ist alles in Ordnung?«

Überrascht blickte ich zu Jamie. Das erste Mal, seit wir hier drin saßen, sah er mich direkt an. Seine Miene war ein wenig weicher geworden, die Brauen kaum merklich zusammengezogen.

»Ja, alles gut«, sagte ich eilig und verschluckte dabei ein paar Silben.

»Hast du Angst?«

War mein Pokerface wirklich so schlecht? Daran sollte ich dringend arbeiten. »Ich ... ja, ein bisschen«, gab ich zu, doch aus irgendeinem Grund fühlte sich das vor ihm nicht falsch an. Er würde mich nicht belächeln oder als zu sensibel abstempeln. Verdammt, er glaubte ohne jeden Zweifel daran, dass ich fähig war, eine Cessna zu fliegen. Das war nicht selbstverständlich. »Vielleicht ist es auch eher Nervosität.«

»Nervosität und Angst haben im Körper genau dieselbe Grundlage. Beide aktivieren das sympathische Nervensystem, bei beiden wird Adrenalin und Cortisol freigesetzt. Die Empfindungen unterscheiden sich nur durch deine Bewertung. Und es gibt wirklich nichts, vor dem du Angst haben musst, okay? Ich habe das schon Tausende Male gemacht.« Seine bernsteinfarbenen Augen glitten über mein Gesicht, wie um abzuschätzen, ob mich diese Worte beruhigt hatten. Er schien zu erkennen, dass das nicht der Fall war, denn er wandte sich mir ein wenig mehr zu. »Wenn es dir nicht gut geht, kannst du mir jederzeit Bescheid sagen. Und wenn du zurückwillst, drehen wir um, klar?«

Ich atmete tief und lange aus. »Okay. Danke, Jamie.«

»Du wirst aber schnell sehen, dass du das gar nicht mehr willst.« Er wies auf den Anschnallgurt, und ich griff mit steifen Fingern danach. Zuerst glaubte ich, dass es wie in einem Passagierflugzeug war, als er über mich deutete und sagte: »Das musst du auch noch daran befestigen.«

Wollte ich wissen, weshalb man in einer Cessna einen Extragurt benötigte? Nein, entschied ich schnell. Wollte ich nicht. Ich zog ihn aus der Schlaufe, legte ihn über meinen Oberkörper und versuchte ihn mit dem unteren Teil zu verbinden, aber vergeblich. *Wie zum Teufel soll man das hier reinbekommen?*

»Brauchst du Hilfe?« Bevor ich antworten konnte, hatte er sich ein weiteres Mal zu mir herübergelehnt, zog einmal fest an dem Gurt und hakte ihn in der auf meinem Schoß ruhenden Befestigung ein. Ich schluckte trocken, als ich seine Hände beobachtete, und spürte, wie sein Daumen versehentlich meinen Bauch streifte.

Dann griff er nach hinten auf die Rückbank und reichte mir ein Paar Kopfhörer mit Mikrofon, die schwer in meiner Hand wogen. »Steck die Kabel in diese beiden Öffnungen.« Ich tat, was er sagte, und setzte mir die Kopfhörer auf, wodurch beinahe alle Geräusche gedämpft wurden. Danach richtete ich das kleine Mikrofon so aus, dass es vor meinem Mund platziert war.

Er setzte sich ebenfalls die Kopfhörer auf und stöpselte das Mikro ein. »Kannst du mich hören?«, fragte er, seine Stimme direkt an meinen Ohren.

»Ja, du mich auch?«

Er reckte den Daumen in die Höhe, griff zum Anlasser und hielt mit der Hand auf dem Schlüssel inne. »Bist du bereit?«

»So bereit, wie ich hierfür je sein werde«, gab ich wahrheitsgemäß zurück, woraufhin er den Schlüssel umdrehte. Trotz der schalldämpfenden Kopfhörer drang sofort das laute Motorengeräusch an meine Ohren. Der Propeller an der Nase begann sich zu drehen, und ich grub meine Finger in meine Oberschenkel.

»Okay, als Erstes müssen wir uns beim Tower anmelden«, sagte er und zeigte mir den Knopf am Steuerhorn, mit dem man diesen anfunken konnte. »Cessna November Charlie Delta bereit zur Startfreigabe.« Jamies Stimme war ruhig, kompetent und selbstsicher. Er hatte das *wirklich* schon Tausende Male gemacht.

Ein leises Knacken ertönte, dann die Stimme des Mitarbeiters im Tower. »Cessna November Charlie Delta, warten Sie auf die Freigabe für Startbahn zwei.«

Die Cessna setzte sich in Bewegung, Jamie lenkte sie über das seitliche Rollfeld in Richtung der Startbahn. »Ich bringe uns in Position«, erklärte er an mich gerichtet.

Ich versuchte, mir Wortlaute zu merken, während er bestimmte Bereiche überquerte und dem Tower immer wieder mitteilte, wo genau wir uns befanden. Meine Konzentration kämpfte mit meiner Aufregung, bis Letztere gewann und ich mich nur noch auf meine Atmung fokussierte.

»Cessna November Charlie Delta, Startfreigabe erteilt, Piste zwei.«

Jamie nickte und bestätigte den Funkruf, indem er ihn wiederholte. Danach fuhren wir direkt auf die Startbahn. »Cessna November Charlie Delta rollt auf Piste zwei.«

Er lenkte die Maschine mit den Pedalen nach rechts und ging inmitten der Startbahn auf Position. Im Cockpit zu sitzen und alles aus dieser Perspektive zu sehen, war ein ganz neues Gefühl. Anders als in einem Passagierflugzeug, in dem man das alles ausblenden konnte, war hier alles so roh, laut und ... lebendig. Als wäre der Motor der Maschine direkt mit dem eigenen Puls verbunden. Links und rechts von uns befanden sich gepflegte Wiesen, die Nachmittagssonne blitzte in der gläsernen Fassade des Towers auf, und rechts davon erkannte ich die Satellitenschüsseln auf dem Dach der Technischen Fakultät.

»Cessna November Charlie Delta bereit zum Abflug«, teilte Jamie dem Tower mit und sah mich dann fragend an. Durch das seitlich einfallende Licht wirkten seine Augen wie sonnenbeschienene Waldseen. Zwei Ruhepole inmitten eines tosenden Unwetters. Er hätte sich nicht immer wieder nach meinem Befinden erkundigen müssen, aber er tat es trotzdem. Hatte eine Hand bereit am Gashebel und eine konzentrierte Falte zwischen den Brauen. Atmete aus, als ich einatmete. Hatte die ganze Macht über das Flugzeug unter seinen Fingerspitzen, aber überließ es mir, zu entscheiden.

Wartete auf meine letzte Zustimmung.

Blinzelte geduldig. Sah mich abwartend an. Gab mir Zeit.

Mein Mund war staubtrocken, mein Herz schlug unregelmäßig, aber ich nickte. *Vertrauen, loslassen, mutig sein.*

Und dann ging alles ganz schnell. Der Tower gab sein finales Go, Jamie legte ein paar letzte Hebel um, warf prüfende Blicke auf die Bildschirme und schob dann den Gashebel in der Mitte der Konsole nach vorn. Die Cessna nahm Fahrt auf, mein Puls tat es ihr nach.

»Hier siehst du, wie viel Geschwindigkeit du aufgebaut hast«, meinte Jamie mit tiefenentspannter Stimme, als würde er nicht gerade ein verdammtes Flugzeug starten. »Bei sechzig Knoten angekommen, leitest du den Abhebevorgang ein. Und zwar genau so.« Die Muskeln an seinen Armen spannten sich an, als er das Steuerhorn nach hinten zog. Mein Atem stockte, die Nase des Flugzeugs neigte sich nach oben ...

... und dann hoben wir ab.

Kapitel 16

»LAGRANGE-PUNKT«

(Oder: Wie ich versuche, das Gleichgewicht zu halten)

Das Gefühl, den Boden zu verlassen, war mit nichts zu vergleichen. Ich grub meine Finger in meine Oberschenkel, als die Maschine zitternd gen Himmel flog. Der Tower gab irgendwelche Daten durch, die ich nicht einmal richtig mitbekam. Jamie tippte etwas in einen Bildschirm ein und erklärte mir, was er tat. Mit einer Hand am Steuerhorn und der anderen am Gashebel sah er für den Bruchteil einer Sekunde zu mir. Das warme Sonnenlicht, das seitlich ins Fenster fiel, ließ seine Haut beinahe golden wirken. Dunkelbraune Haarsträhnen guckten unter dem Kopfhörer hervor, das Mikrofon dicht an seinem Mund.

Jamie steuerte dieses Flugzeug. Das war surreal und gleichzeitig verdammt bewundernswert.

»Alles gut?«

»Ja, es ist nur ungewohnt«, brachte ich hervor.

Er nickte, den Blick wieder nach vorn gerichtet. »Das ist normal. Du machst das gut. Aber … schau nach draußen, Robin.«

Ich lockerte meine verkrampften Finger und sah nach rechts aus dem Fenster. Ein überraschtes Lachen befreite sich aus meiner Kehle, und ich presste mir eine Hand auf den Mund. *Das kann nicht real sein.* Unter uns wurde der Campus mit seinen geometrischen Wegen, modernen Gebäuden und dichter Vegetation immer kleiner, ehe er ganz aus meinem Sichtfeld verschwand. Ich sah über die in den Hügeln versteckten Anwesen hinweg. Über die Strände, die direkt ins Meer übergingen. Verdammt, das Meer. Es erstreckte sich scheinbar unendlich in die Ferne. Aquamarin wurde zu Türkis zu Kobaltblau, das weiter hinten in den Himmel überging.

»Santa Monica Pier«, sagte Jamie und zeigte nach links. Ich lehnte mich ein wenig zu ihm und blickte nach unten. Tatsächlich. Ich erkannte den bunten Pier mit dem Riesenrad sofort. Der Schatten der Cessna glitt über den Strand hinweg und machte mir ein weiteres Mal bewusst, dass wir gerade über Los Angeles flogen. Ich sah zurück zu Jamie und bemerkte, dass seine Bewegungen nun viel freier waren. Trotz der Tatsache, dass er gerade alle Verantwortung in seinen Händen hatte, war seine Miene entspannt. Es war, als hätte er, als wir abgehoben waren, eine schwere Last am Boden zurückgelassen.

Und auch ich merkte es. Wir waren jeden Tag so sehr mit dem beschäftigt, was direkt vor uns lag, dass wir vergaßen, uns das große Ganze anzusehen.

Alles war nur eine Frage der Perspektive.

Und aus dieser hier konnte ich ein wenig freier atmen.

»Auf diesem Bildschirm siehst du die Luftbereiche, die man nicht überfliegen darf«, erklärte er. »Darüber musst du dir aber noch keine Gedanken machen. Du beginnst mit Platzrunden. Du wirst also starten, eine kleine Runde fliegen und wieder landen.«

»Ist das nicht ein bisschen, ich weiß nicht, früh? Wie soll ich all das machen, was du heute gemacht hast?«

Er winkte ab. »Es ist halb so wild. Komm, lenk du mal.«

Meine Augen weiteten sich. »Spinnst du? Jamie, nein, auf gar keinen Fall –«

Er ignorierte meinen panischen Ausruf ... und nahm seine Hände vom Steuerhorn. Dank der Panik, die sofort meine Adern flutete, hatte ich keine Zeit, darüber nachzudenken, und griff wie von selbst nach dem Steuerhorn vor mir. Klammerte mich daran fest, als würde mein Leben davon abhängen.

Was es, genau genommen, ja auch tat.

»Jamie, bitte, flieg du wieder«, flehte ich ihn an.

Er zeigte seelenruhig auf die Anzeige vor mir. »Hier kannst du dich an der Route orientieren, siehst du?«

Alles klar, er würde meiner Bitte nicht nachgeben. Er hatte mich ins eiskalte Wasser gestoßen und zwang mich nun, das Schwimmen zu lernen. Aber vielleicht war das ja gar nicht so schlecht? Ich handelte einfach. Drehte das Steuerhorn etwas nach links, um den Kurs zu halten. Erst zu zaghaft, da sich der Kurs kaum veränderte, dann etwas mehr. »So?«

»Genau so«, entgegnete er.

Heilige Scheiße. Ich steuerte ein Flugzeug über Los Angeles … und hatte mich nie zuvor so lebendig gefühlt. Adrenalin flutete meine Adern in Schüben und gab mir das Gefühl, alles erreichen zu können. In diesem Moment gab es keine Hürden, keine Limits. Ein Lächeln breitete sich auf meinem Gesicht aus, und ich spürte regelrecht, wie etwas in mir an die richtige Stelle rückte.

»Jamie!« Ich quietschte auf. »Ich steuere ein Flugzeug!« Ich wagte einen Blick zu ihm herüber, bemerkte, dass er mich bereits ansah und … lächelte. Das erste Mal seit unserem Wiedersehen.

Breit, offen, aufrichtig.

Warm und gleißend hell.

Als hätte ihn nie etwas so glücklich gemacht, wie mich dabei zu beobachten, während ich meine eigenen Grenzen überwand.

»Ich hab dir gesagt, dass du es kannst, und jetzt schau dich an – du fliegst über Ventura.«

»Ventura? So weit schon?«

»Die Zeit funktioniert hier oben anders. Auf der Höhe von Ojai drehen wir und fliegen zurück.«

»O mein Gott, Ojai? Wie cool. Da wollte ich immer schon mal hin.«

Jamie unterstützte mich mit dem Funk und der Dateneingabe in die Instrumente, aber den Rest machte ich allein. Als wir Ojai erreichten, wies er mich an, links einzudrehen. Ich tat, was er sagte, machte es jedoch zu sachte, weswegen wir keine Kurve flogen.

»Trau dich, du kannst ruhig weiter rüber.« Er legte seine rechte Hand auf meine linke und verstärkte den Druck. Die Cessna neigte sich etwas mehr, und ein Funkenregen ging einmal durch meinen gesamten Körper. *Das ist das Adrenalin*, sagte ich mir eilig. *Nichts weiter.* Mein Herz pochte dennoch zu schnell hinter meinen Rippen, aber nicht umsonst wurde Adrenalin als Notfallmedikament bei einem Herzstillstand eingesetzt.

Vielleicht liebte Jamie das Fliegen ja deshalb so sehr – es hatte ihn wiederbelebt.

Auf dem Weg zurück ertappte ich mich bei dem Wunsch, dass der Flug nicht endete. Etwa zehn Minuten vor der Landung übernahm Jamie wieder das Steuer und meldete uns im Tower an. Indem er den Gashebel justierte, wurden wir langsamer und sanken immer tiefer, ehe die Landebahn in Sicht kam. Jamie fuhr die Landeklappen aus, hatte eine Hand am Steuerhorn und die andere noch immer am Gashebel. Ich wusste, dass der Start und insbesondere die Landung am schwierigsten waren, aber Jamie ließ sich keinerlei Anstrengung oder Sorge anmerken. Kurz bevor wir aufsetzten, erfasste uns eine kleine Böe, die das Flugzeug leicht zur Seite drehen ließ, aber Jamie wirkte dagegen und hielt weiter auf die Landebahn zu, ehe wir mit einem leisen Quietschen der Räder aufsetzten. Jamie drosselte die Geschwindigkeit, sprach sich ein letztes Mal mit dem Tower ab und lenkte schließlich auf die Rollbahn ein, die zu dem Hangar führte, von dem wir losgeflogen waren.

Wir kamen zum Stehen, Jamie machte den Motor aus und drehte sich mit einem belebten Glühen in den Augen zu mir. In seiner Miene standen Hunderte Wahrheiten, angefangen mit: *Ich hab's dir doch gesagt* bis hin zu *Jetzt weißt du, was ich gemeint habe.*

Ich wollte ihm gegen die Schulter boxen, weil er mich ins kalte Wasser gestoßen hatte. Wollte ihm danken, dass er mich nicht aufgegeben hatte. Wollte lachen, weil die Glücksgefühle meinen Körper fluteten. Doch ich tat nichts dergleichen. Stattdessen mischten sich die Endorphine mit dem Adrenalin – und ich schlang meine Arme um ihn. Ich spürte das Pulsieren seiner Halsschlagader an meinem Unterarm, meinen eigenen Herzschlag an seiner Brust. »Jamie, das war …« Ich löste mich von ihm, zog mir das Headset vom Kopf und strich mir einzelne Strähnen aus dem Gesicht. »Das war unglaublich.« Meine eigene Stimme wieder richtig zu hören, war seltsam.

Jamie steckte sein Headset aus, nahm mir meins ab und legte beides in eine Tasche auf dem Rücksitz. »Ich kann mich noch erinnern, wie ich mich gefühlt habe, als ich das erste Mal selbst geflogen bin. Der Adrenalinstoß gibt dir das Gefühl, Bäume ausreißen zu können.«

»Einen ganzen Wald«, verbesserte ich ihn mit einem Lächeln. Natürlich war mir bewusst, dass dieses Hochgefühl nachlassen würde. Dass die Zweifel wie Regenwolken zurückkehren und ich mich wieder fragen würde, wie ich das schaffen sollte. Aber in diesem Moment? Gerade ließ ich mich in das Gefühl hineingleiten wie in warmes Meerwasser und genoss es, solange es anhielt.

»Du hast das wirklich gut gemacht«, sagte er. »Nicht jeder kann sich bei seinem ersten Flug gleich so fokussieren.«

Das war wahrscheinlich eines der großartigsten Komplimente, die ich je erhalten hatte. Und das Tollste daran? Er klang nicht einmal überrascht, als er es sagte.

Während des After-Flight-Checks schlüpfte Jamie wieder ganz in die Rolle des professionellen Fluglehrers und zeigte mir, wie man die Maschine nach einem Flug auf Dellen und Schäden kontrollierte. Danach folgte ich ihm in den Hangar. Unsere Schritte hallten von der hohen Decke wider, abendliches Sonnenlicht blitzte zwischen den ordentlich nebeneinander geparkten Flugzeugen hindurch.

Aus einer Schreibtischschublade holte Jamie einen Stift hervor und schob einen Stuhl hinter mich. Ich erwartete, dass er einen weiteren heranziehen würde, doch stattdessen hockte er sich neben mich, breitete das Logbuch vor mir aus und zeigte mir, welche Daten man nach einem Flug notierte. Der Stift kratzte über das Papier, auf dem Jamie unter anderem die Start- und Endzeit des Fluges eintrug. Seine Schrift spiegelte seinen Charakter wider: direkt, selbstbewusst und ohne jegliche Schnörkel.

In diesem Augenblick ertönte der Nachrichtenton eines Handys. Ich nahm meines hervor, aber mein Bildschirm zeigte keine Mitteilungen an. »Muss deins sein.«

Jamie klappte das Logbuch zu, richtete sich auf und nahm sein Telefon hervor. Als er den Blick darauf senkte, veränderte sich etwas in seinem Gesicht. Er wurde blass – seine Haut verlor den goldenen Unterton, seine Augen den warmen Funken. Er rieb sich über die Narbe, als würde sie ihm plötzlich wehtun, ehe er das Telefon zurück in seiner Hosentasche verschwinden ließ. »Das war's für heute. Wir sehen uns nächste Woche.« Ohne mich anzusehen, fügte er hinzu: »Du findest den Weg selbst nach draußen.«

Er wollte sich von mir abwenden, aber ich stand auf und hielt ihn am Arm zurück. Ich gab dem Restadrenalin die Schuld, dass ich sagte: »Jamie, warte.«

Er drehte sich nicht zu mir um. Sah nur in den Himmel, der langsam zu einem wärmeren Farbton changierte. Ich wollte nicht, dass er mir wieder entglitt. Er hatte *gelächelt*, verdammt noch mal. Ich wusste, dass das etwas bedeutete. Ebenso wusste ich jedoch, dass die Dunkelheit wieder das Steuer übernahm, wenn ich ihn nun damit allein ließ. Damals war er derjenige gewesen, der mich auf den richtigen Weg gebracht hatte – nun wollte ich dasselbe für ihn tun.

»Willst du mir sagen, was dich umtreibt? Kannst du darüber sprechen?«, flüsterte ich. Ich würde nicht tun, als würde ich den Schmerz in seinem Gesicht nicht sehen.

»Nein«, sagte er und stritt damit immerhin nicht ab, dass ihn ein Schatten umgab.

»Okay«, sagte ich, denn das konnte ich akzeptieren. Nur allein lassen würde ich ihn damit nicht. Weshalb ich nach dem einzigen Strang griff, der mir blieb, bevor er mir vollends entglitt. »Was hast du jetzt vor?«

»Robin, lass das bitte.« Seine Stimme war fest, aber aus meiner Berührung löste er sich nach wie vor nicht. Als würde sein Körper die Berührung zulassen wollen, während sein Inneres danach strebte, sich wieder zu isolieren.

»Sag mir nur, was du vorhast.« Ich ließ ihn los und trat vor ihn, damit ich ihn ansehen konnte.

»Ich muss eine Skizze für das Kommunikationsmodul einer Satellitenverbindung anfertigen.«

Wo er ganz allein in seinem Zimmer hocken und sich verkriechen konnte? Ganz sicher nicht.

»Tja, jetzt nicht mehr.«

Erst verzog er fragend das Gesicht, dann verstand er, und die Frage wich einem Ausrufezeichen. »Robin, ich –«

»Du kommst mit mir«, unterbrach ich ihn schnell. »No Questions Asked.«

Kapitel 17

»RAUM-ZEIT-KONTINUUM«

(Oder: Wie man die Zeit vergisst)

Jamie hatte nicht begeistert ausgesehen, als ich ihm gesagt hatte, dass wir uns in einer halben Stunde an meinem Auto treffen würden. Ein Teil von mir fragte sich, ob es eine schlechte Idee gewesen war, ihn ausgerechnet jetzt damit zu überfallen. Andererseits hatte er ja gewusst, worauf er sich einließ, oder nicht? Und nachdem ich gestern für ihn eine Straftat begangen hatte, war das hier nur fair.

Während meiner Vorlesung heute Vormittag war mir die perfekte Idee für mein erstes No Questions Asked eingefallen. Eigentlich hatte ich es für das Wochenende angesetzt, aber nun musste eben eine spontane Planänderung her.

Das Hochgefühl des Flugs war von Jamies Launenumschwung zwar ein wenig gedämpft worden, aber das aufgeregte Kribbeln in meinen Fingerspitzen spürte ich nach wie vor. Alles an diesem Erlebnis war so roh und … intensiv gewesen. Und trotz der Angst hatten die positiven Gefühle überwogen.

Ich erreichte meinen Wagen fünf Minuten vor der ausgemachten Zeit, öffnete das Verdeck und lehnte mich dann gegen die Tür. Ungeduldig tippte ich mit den Fingern gegen den Lack und blickte immer wieder in Richtung des Tors.

Von Jamie keine Spur.

Er würde kommen. Er *musste* kommen. Ein No Questions Asked war einzuhalten – das war die oberste Regel. Andererseits … war das natürlich lächerlich. Er war ein erwachsener Mann. Wenn er sich dazu entschied, nicht zu kommen, würde ihn ein kindischer Deal nicht davon abhalten. *Wenn* ihn etwas dazu bewegen würde, aufzutauchen, dann seine eigene Entscheidung. Denn am Ende des Tages war ein Deal nur so viel wert, wie die Teilnehmenden bereit waren, ihn einzuhalten.

Noch zehn Minuten, sagte ich mir. *Dann gehe ich zurück in mein Zimmer und ignoriere, dass ich je etwas gesagt habe.*

Als hätte ich ihn durch diesen Gedanken herbeigezaubert, öffnete sich wenige Sekunden später das Tor, und Jamie trat auf den Parkplatz. Er hatte sich umgezogen, trug nun eine schwarze Leinenhose, ein weißes Shirt und Sneaker. Offenbar hatte er sich wieder daran erinnert, dass er in Los Angeles wohnte. Er fand mich auf dem verlassenen Platz sofort und war mit nur wenigen Schritten bei mir angekommen. »Du bist hier«, wiederholte ich seine Worte von vorhin.

»Natürlich bin ich hier, so war es ausgemacht«, wiederholte er *meine* Worte von vorhin und fuhr sich durch die vermutlich vom Duschen feuchten Haare.

»Du brauchst gar nicht so grimmig zu gucken«, meinte ich. »Du wusstest, dass das kommen würde.«

Tatsächlich sah er aus, als würde er alle Entscheidungen seines Lebens bereuen, als er einen Blick auf mein Auto warf. »Sag mir, wohin es geht, dann können wir mein Motorrad nehmen.«

»Was hast du gegen mein Auto?«

»Abgesehen davon, dass es ein Sicherheitsrisiko ist? Kühlwasser verliert? Die Motorhaube verzogen ist?«

»Du kannst so viele Fakten aufzählen, wie du willst«, meinte ich, öffnete die Fahrertür und ließ mich auf den abgewetzten Ledersitz fallen. »Wir fahren mit meinem Wagen. Mein NQA – meine Regeln.«

Zu meiner Erleichterung protestierte er nicht weiter, sondern stieg auf der Beifahrerseite ein. Ihn mit dem steinernen Ausdruck in meinem zitronengelben Cabrio zu sehen, ließ ein Lachen in mir aufsprudeln, das ich eilig unterdrückte. Nachdem er den Sitz zurückgeschoben hatte, um Platz für seine Beine zu machen, drehte ich den Schlüssel im Anlasser um.

Bitte zeig dich von deiner besten Seite und spring einfach an, flehte ich in Gedanken und unterdrückte ein erleichtertes Aufseufzen, als es klappte.

Jamie sprach die gesamte Fahrt kein Wort. Mit starrer Miene blickte er nach draußen, wo sich sein Blick in der Landschaft verlor. Mit der rechten Hand hielt er sich verkrampft am Türrahmen fest, sein ganzer Körper war angespannt. Er strahlte so viel Widerstand aus, dass ich mir ein wenig vorkam, als hätte ich ihn entführt.

Da ich Sorge hatte, er könnte sich in seiner Negativität verlieren, machte ich ihn auf alles aufmerksam, was ich entdeckte: die Mondsichel am orangefarbenen Himmel. Den Hundewelpen an der Kreuzung in West Hollywood. Das Flugzeug, das über uns hinweg in Richtung LAX flog. Zwar gab er jedes Mal nur ein knappes Brummen von sich, aber da ich wusste, dass er nicht wegen mir so schlecht drauf war, hörte ich nicht auf.

Erst als wir auf den schattigen Kiesparkplatz fuhren und er das Schild entdeckte, zeigte sich wieder eine Regung auf seinem Gesicht. »Paintball?« Er hob eine Braue.

Ich stellte den Wagen unter einem großen Feigenbaum ab. »Wieso schaust du mich jetzt so an?«

»Du willst *Paintball* spielen gehen?«, fragte er mit unüberhörbarem Unglauben in der Stimme.

»Hättest du lieber wieder etwas stehlen wollen? Waren Langusten nur die Einstiegsdroge? Was hätte es dieses Mal sein müssen? Ein Puma aus dem Zoo vielleicht?«

Er blinzelte. Ich räusperte mich. »Verzeih, ich habe meine Bitte noch gar nicht offiziell formuliert: Spiel Paintball mit mir – No Questions Asked.«

Er sah skeptisch aus. »Hast du das schon mal gemacht?«

»Jedes Wochenende«, gab ich zurück, zog den Schlüssel ab und stieg aus. »Ich stehe auf der Tafel der Top Fünf der besten Spieler.«

»Du lügst, dein Augenlid zuckt.«

»Stimmt, aber ich wollte es immer schon mal ausprobieren, also *komm jetzt.*«

Ich rechnete es ihm hoch an, dass er nicht mehr protestierte, sondern stumm mit mir zum Metalltor lief, das den Eingang darstellte. Der Kies knirschte unter unseren Sohlen, und als ich mich nach links drehte, entdeckte ich das Hollywood-Sign. Die hügelige Gegend in Los Angeles war meine liebste. In der Astrobiologie wurden vulkanische Regionen, Berge und Gletscher auf der Erde als Analogien für andere Himmelskörper verwendet. Früher hatte ich mir die Hügel angesehen und vorgestellt, wir befänden uns auf einem anderen Planeten.

»Paintball für Kinder ab zwölf«, las Jamie vor und zeigte auf das Schild neben dem Eingang.

Ich zog ihn weiter. »Alles andere sah online zu brutal aus.«

Wir traten durch das Tor. Vor einer Ticketkasse und einem kleineren Gebäude stand eine Gruppe, ausgerüstet mit Schutzkleidung und quietschbunten Paintball-Gewehren, die an Wasserpistolen erinnerten. Direkt dahinter konnte man einen Blick auf das eingezäunte Spielfeld erhaschen: verschieden hohe Hügel und Hindernisse in Form von Reifen, Heuballen und Mauern.

Nachdem wir uns angemeldet hatten und Jamie trotz seines Unwillens darauf bestanden hatte, die Tickets zu bezahlen, wurden wir in die Umkleide geschickt. Dort bekamen wir je einen schwarzen Ganzkörperanzug in unserer Größe. Ich rieb den dünnen, wasserabweisenden Stoff zwischen meinen Fingern und schaute zu Jamie, der ihn sich bereits übergezogen hatte. Mit dem Gesichtsausdruck sah er aus wie eine schwarze, übellaunige Katze, der man einen Jumpsuit angezogen hatte. Es war das Highlight meines Tages.

Ich tat es ihm nach, zog den Reißverschluss bis zum Hals zu und ignorierte mein pochendes Herz, das aus irgendeinem Grund dachte, dass es Grund zur Aufregung gab. *Du bist heute in einer Cessna mitge-*

flogen, du darfst wegen so etwas nicht mehr aufgeregt sein, teilte ich ihm mit.

Nachdem uns je ein Helm in die Hand gedrückt wurde, wurden wir einer Gruppe auf dem Vorplatz zugewiesen. Wie sich herausstellte, wechselten die verschiedenen Spielmodi, und wir hatten es gerade rechtzeitig zu einer Runde *Capture the Flag* geschafft. Wir waren eine Gruppe von acht Personen und würden in zwei Teams spielen: Team Schwarz und Team Weiß.

Zwei Frauen in Jamies Alter, die ebenfalls schwarze Jumpsuits trugen und damit zu unserem Team gehörten, kamen zu uns herüber. Die mit dem braunen Pferdeschwanz und den Sommersprossen lächelte Jamie meiner Meinung nach zwei Sekunden zu lang und viel zu herzlich an.

Was mir natürlich vollkommen egal war.

Passend zu unseren Jumpsuits bekam unser Team eine schwarze Flagge, das andere eine weiße. Nachdem wir in die Sicherheitsvorkehrungen, Regeln und die Funktionsweise der Paintball-Pistolen eingewiesen worden waren, öffnete eine Mitarbeiterin das Tor.

Ich stieß Jamie an der Schulter an. Na gut, mit meiner Schulter kam ich nur bis zu seinem Oberarm, aber das zählte. »Du hast nicht gedacht, dass du heute noch *Capture the Flag* spielen würdest, was?«

»Kann man so sagen.«

Die Mädchen warfen immer wieder Blicke auf Jamie und mich. Vermutlich versuchten sie herauszufinden, wie wir zueinander standen. Tja, viel Glück dabei. Das wusste ich nicht einmal selbst.

»Okay, lasst uns einen Plan machen«, meinte die braunhaarige Frau, nachdem wir die Flagge auf dem Hügel platziert hatten. »Wenn ihr mich fragt, sollten wir uns aufteilen. Zwei bewachen die Flagge, zwei gehen in die Offensive.«

»Wir gehen in die Offensive«, sagte ich, bevor ich es mir richtig überlegt hatte. Jamie sah mich überrascht an. Ich war selbst verwirrt – das war ein Satz, von dem ich nicht gedacht hatte, ihn mal zu sagen.

Die eine Frau sah aus, als wollte sie protestieren, aber die blonde nickte. Eine Durchsage ertönte, dann startete ein Countdown von zwanzig. Jamie und ich nahmen unsere abgesprochenen Positionen hinter einer Wand ein – bereit, beim Startschuss loszurennen. Wir gingen in die Hocke, und unsere Gesichter waren nun so nah beieinander, wie sie es in der Cessna gewesen waren. »Wieso Paintball?«, fragte er.

»Um dich aus der Reserve zu locken«, antwortete ich ohne Umschweife. »Und damit du etwas Spaß hast. Das hier bedeutet nichts – es ist ein unsinniges Spiel, und irgendetwas sagt mir, dass du genau das brauchst.« Was ich unausgesprochen ließ, war, dass ich ihn lachen hören wollte. War es egoistisch, dass ich in den Genuss seines ansteckenden Lachens kommen wollte?

»Drei«, ertönte es blechern durch die über den Platz verteilten Lautsprecher.

Jamies Schultern spannten sich an, und er griff nach meinem Helm, um erst mein und danach sein Visier herunterzuklappen. Das hätte ich beinahe vergessen.

»Danke«, flüsterte ich.

»Zwei.«

»Ich halte dir den Rücken frei, Kadett«, sagte ich scherzhaft und salutierte.

»Eins.«

»Bereit?«, fragte er. Täuschte ich mich, oder lag da ein Funkeln in seinen Augen? So ein ganz kleines?

»Und wie!«

»Go.«

Der Startschuss ertönte, und wir rannten los. Die Paintball-Pistole wog leicht in meiner Hand. Die Farbpatronen unseres Teams waren rot und nach Aussage der Mitarbeiterin beim Aufprall nicht schmerzhaft. Immerhin. Wir huschten von Wand zu Heuballen zu Zinnfass, behielten dabei das andere Team im Blick und gaben uns lautlose Zeichen, die wir in acht von zehn Fällen richtig interpretierten. Jamie war flink, und ich musste mich bemühen, mit ihm mitzuhalten. Wenn er nicht andauernd anhalten und nach mir sehen würde, wäre er längst auf der feindlichen Spielfeldseite. Als wir es endlich über die Markierung schafften, wurden wir langsamer.

»Wo haben sie ihre Flagge versteckt?«, murmelte ich.

In diesem Augenblick ertönte das Geräusch einer abgefeuerten Farbkapsel, gefolgt von einem Schrei und einem schadenfrohen Lachen. »Sie sind in unserem Gebiet«, keuchte ich. »Wir müssen zurück und –«

»Robin, schau«, unterbrach er mich und berührte mich am Arm. »Da oben.« Er zeigte auf den etwa drei Meter hohen Kletterturm, auf dessen Spitze verborgen hinter einem Holzpfahl die weiße Fahne im Wind flatterte. »Wenn wir uns beeilen, können wir es vor ihnen schaffen.«

»Wie kommen wir da ran?«

Er kniff konzentriert die Augen zusammen und scannte aufmerksam den Bereich hinter mir. »Wir überraschen sie einfach. Auf mein Kommando, okay?«

Ich unterdrückte ein Lächeln bei seinem ernsten Unterton. Er war vollkommen im Spiel gefangen.

»Alles klar«, gab ich so lässig wie möglich zurück, dabei klopfte mir das Herz bis zum Hals.

»Abwarten, abwarten«, murmelte er. »Jetzt!«

Wir rannten in Richtung des unbewachten Turms. Das war zu neunzig Prozent eine Falle, aber da uns die Zeit ausging, mussten wir wohl oder übel alles auf eine Karte setzen. Am Turm angekommen, wies Jamie mit einem Nicken nach oben und hielt mit seinen Händen kurz vor meinen Hüften inne. »Darf ich?«

»Ja, schnell!«

Jamies kräftige Hände schlossen sich um meine Hüften, und er hob mich nach oben. »Kommst du dran?«

»Ja!«, rief ich. Ich wusste nicht, ob ich das Gefühl seiner warmen Hände an meinem Körper ausblenden oder festhalten sollte. Ihm plötzlich so nah zu sein, war … schön?

Ich lehnte mich nach vorn, um nach der Flagge zu greifen, als ein platzendes Geräusch ertönte und ich einen Druck zwischen meinen Schulterblättern fühlte. *Oh shit.*

»Fuck.« Jamie ließ mich zu Boden, zog mich hinter den Turm, um uns vor weiteren Treffern abzuschirmen, und sah mich mit besorgtem Blick an.

Ich winkte ab. »Nicht schlimm, mach einfach weiter und geh auf der anderen Seite hoch.«

Er fuhr mit der Hand an meinen Rücken, zerrieb die royalblaue Farbe mit seinen Fingern, und seine Miene wurde so todernst, als handelte es sich dabei um mein Blut. Als er die Augen zusammenkniff, sah es aus, als würde er Rache an den Kindern und Kindeskindern des anderen Teams schmieden.

»Jamie«, sagte ich und musste angesichts seiner düsteren Miene lachen. »Es ist nicht schlimm, hol einfach die Flagge!«

Er richtete sich auf. »Das hätten sie nicht tun sollen.«

»Gott, Jamie, du nimmst das viel zu ernst!«, rief ich ihm lachend hinterher, doch da war er bereits verschwunden.

Danach dauerte das Spiel keine fünf Minuten mehr. Jamie eliminierte die übrigen Mitglieder des gegnerischen Teams mit drei Farbpatronen, das Mädchen mit den braunen Haaren aus unserem Team schnappte sich die Flagge, und wir gewannen das Spiel.

Wie in den Spielregeln festgelegt, saß ich nach wie vor an dem Ort, wo ich getroffen worden war, bis Jamie zu mir kam und mir seine Hand anbot. »Steh auf, Kadettin.«

Ich ließ mir aufhelfen und lächelte zu ihm hoch. Inzwischen hatte der Himmel hinter ihm die Farbe des Meeres an seiner tiefsten Stelle angenommen. Nur das warme Licht der Paintball-Anlage beleuchtete ihn noch. »Wieso hast du es nicht gleich mit dieser Herangehensweise probiert?«, fragte ich. »Ich habe dich offensichtlich zurückgehalten.«

Er schüttelte den Kopf. »Wir sind doch ein Team, oder nicht?« *Sind?* »Da lässt man den anderen nicht im Stich.«

»Na dann. Danke, dass du mich gerächt hast«, gab ich mit einem Schmunzeln zurück. »Das hat dich ja richtig wütend gemacht.«

Er zuckte mit den Schultern und ging in Richtung Ausgang. »Wenn man so nah am Sieg ist …«

»Mhm«, machte ich, lächelte in mich hinein und folgte ihm nach draußen.

***

»Das hat richtig Spaß gemacht«, meinte ich, als wir am Parkplatz angekommen waren, und strahlte zu ihm hoch. Er sagte nichts – ich blieb stehen. »Gib *sofort* zu, dass es Spaß gemacht hat.«

Sein whiskyfarbener Blick richtete sich auf mich. »Okay, ja. Das hat es wirklich. Und es war viel harmloser als das, was ich dir zugemutet habe.«

Das stimmte. Aber während die Befreiungsaktion das gewesen war, was ich gebraucht hatte, war das hier, was *er* brauchte: Loslassen, Spaß, Unsinn.

Ich setzte mich hinters Steuer, Jamie sich neben mich. Der samtig blaue Himmel über uns sah aus, als wäre er nah genug, um ihn berühren zu können, und die Zikaden zirpten immer lauter, als würden sie damit verkünden wollen, dass die Nacht ihnen gehörte.

Eigentlich sollte ich den Motor starten und wieder zurück zur Chamberlin fahren, aber irgendetwas ließ mich innehalten. Ich wollte nicht, dass dieser seltsame, aus dem Raum-Zeit-Kontinuum gefallene Abend endete. Und wenn ich ganz ehrlich war, wollte ich mich auch nicht von Jamie verabschieden. Jamie, der aktuell ironischerweise die einzige Person war, vor der ich mich nicht verstellen musste. Er wusste von meinen Unsicherheiten und Zweifeln, hatte innerhalb kürzester Zeit meine ängstlichste Seite gesehen. Vor anderen war es so leicht, eine Rolle zu spielen und ein Spiegel ihrer selbst zu sein. Doch in seiner Nähe musste ich nicht jemand sein, der ich nicht war. Nicht wie bei Henry, in dessen Nähe ich verantwortungsbewusst sein musste. Brandon, bei dem ich fröhlich sein musste, weil er mir sonst sagen würde, dass ich alles zu ernst nähme. Addison, bei der ich weniger sagen musste, damit sie mehr

Zeit zum Reden hatte. Jamie musste mich nicht mögen – zumindest nicht auf die Art, die ich gewohnt war.

Wir hatten einen Deal, der uns aneinanderband … und ein Ablaufdatum in einem Jahr, das sämtliche Verbindungen ohnehin nichtig machen würde. Es war, als befänden wir uns in einer von außen abgeschirmten Blase. Er hatte mit niemandem Kontakt, den ich kannte, und unsere No Questions Asked würden immer nur uns gehören. Kleine Geheimnisse, die ihren eigenen Kosmos hatten. Wir vermieden die Realität und Themen wie Massachusetts, seine Familie und meine Brüder wie ein Raumschiff ein Asteroidenfeld. Und gerade war das mehr als in Ordnung für mich. Ich konnte wirklich eine Pause von der Realität brauchen … wie oft bekam man schon die Chance dazu!

Als hätte er meinen Konflikt gespürt, fragte Jamie: »Willst du zurück?«

»Nein«, antwortete ich viel zu schnell, vielleicht aber auch genau richtig.

»Ich auch nicht«, gab er nach einer Weile zu. Als hätte er seine Antwort bereits gekannt, aber erst eine Weile auf seiner Zunge kosten müssen, ehe er sie aussprechen konnte.

»Wohin soll ich fahren?«

Er sah in den Himmel. »Irgendwohin.«

Ich startete den Motor und tat genau das.

Kapitel 18

»KOSMISCHER STAUB«

(Oder: Wieso kleine Dinge eine große Bedeutung haben)

Ich sagte Jamie nicht, wohin ich fuhr, und er fragte nicht danach. Zuerst hatte ich überlegt, die Marina del Rey anzupeilen, doch dort tummelten sich zu viele Menschen. Also verließ ich die belebte Küstenstraße, fuhr den Hügel immer weiter nach oben und entlang der dicht bewachsenen Straßen in Richtung meines ultimativen Geheimortes. Oben angekommen, bog ich von der asphaltierten Straße in einen Kiesweg ein, der lediglich durch die schwachen Scheinwerfer meines Wagens beleuchtet wurde.

Jamie hob die Brauen. »Willst du mich entführen?«

Ich wich einem etwas größeren Stein aus. »Du bist noch nie hier gewesen?«

»Auf einem abgelegenen Feldweg in West Hollywood?«, fragte er. »Bisher nicht.«

»Warte ab. Brandon hat mir diesen Ort gezeigt – garantiert verlassen und touristenfrei.« Ich legte den Kopf schief. »Na gut, bis auf die Touristinnen, die er gelegentlich mit hierherbringt, um sie zu beeindrucken.«

Er hob eine Braue. »Beeindrucken?«

Ich verzog das Gesicht. »Ja, nennen wir es mal so.«

»Er wird aber nicht hier sein, oder?«

Ich musterte ihn. Ich verstand einfach nicht, weshalb er sich so derart dagegen wehrte, in Kontakt mit seinem früheren Leben zu kommen. »Brandon probiert heute Abend mit Henry und ein paar anderen ein neues Sushi-Restaurant in Downtown aus«, sagte ich. »Er hat vorhin Fotos in die Gruppe geschickt, keine Angst.« Jamie hatte ebenfalls mal eine Gruppe mit meinen Brüdern gehabt. Bevor er seine Nummer gewechselt hatte. Wäre es seltsam, ihn nach seiner neuen zu fragen?

Ja, antwortete ich sofort in Gedanken. *Mach das bloß nicht, das wirkt vollkommen falsch.*

Der Weg führte ein paar Meter unter dichten Baumkronen hindurch, die ein Dach über uns bildeten. Dann, ohne Vorwarnung, tauchte der kleine Platz vor uns auf – und der Blick, der mir jedes Mal den Atem raubte. Vor uns erstreckte sich Los Angeles wie ein glitzernder Teppich bis zum Meer. Die Stadt schien zu atmen wie ein lebendiger Organismus aus Licht, Geräuschen und Bewegung. Die Autobahnen zogen sich wie leuchtend rote und weiße Adern durch die Metropole, der Herzschlag einer Stadt.

Ich stellte den Wagen ab und stieg aus. Die entfernten Töne der Stadt mischten sich mit dem Flüstern der aneinanderreibenden Blätter in den Baumkronen über uns. Wie Hunderte Male zuvor hielt ich mich an der Kante der Windschutzscheibe fest und hievte mich auf die warme Motorhaube meines Wagens. »Komm hoch«, sagte ich und wies auf den Platz neben mir.

Jamie kniff die Augen zusammen. »Aha, daher also die verzogene Motorhaube.«

»Nein, da bin ich mal gegen eine Palme gefahren.«

Seine Augen weiteten sich.

»Nur ganz leicht. Nicht der Rede wert.«

»Du hast die Handbremse vergessen?«, fragte er, und ein amüsiertes Funkeln trat in seine Augen.

»Das war ein dunkler Tag, über den nicht gesprochen wird«, gab ich zurück, was Jamie beinahe ein Lächeln entlockte. Danach hob er sich mühelos auf die Motorhaube und setzte sich neben mich, ein Bein angezogen.

Ich nahm alles in mich auf. Die friedliche Dunkelheit hinter uns, die Melodie der Stadt vor uns. Hier im Verborgenen zu sein und auf das Leben in Los Angeles hinunterzublicken, gab mir immer ein Gefühl der Zugehörigkeit. Ich hörte die Vögel zwitschern, spürte die angenehme Schwere der Natur um mich herum und drückte eine Hand auf mein schmerzendes Herz.

»Ist was?«, fragte Jamie, der es sofort bemerkt hatte.

Ich schüttelte den Kopf. »Nein, nur …« Ich sah zu ihm. »Kennst du das, wenn du draußen bist, der Himmel diese bestimmte Farbe hat und dir der ganze Körper wehtut?«

»Nein.« Er zog die Brauen zusammen. »Wieso tut es weh, wenn es schön ist?«

»Weil …« Ich suchte nach den passenden Worten. »Weil es so schön ist und man es nicht einfangen kann. Nicht mit Gemälden, Fotos, Worten. Das Gefühl, das es in dir auslöst, wird dir durch die Finger rinnen, wie alles andere in diesem Leben. Mit jeder Sekunde wird der Himmel mehr verblassen, zwitschernde Vögel werden weiterziehen … und du kannst nichts dagegen tun. Doch da ist diese eine Sekunde, in der alles präsent und perfekt ist und du plötzlich weißt, weshalb du auf dieser Erde bist. Dass alles gut sein wird. Doch dieses Glücksgefühl wird genauso wie die Schönheit des Augenblicks verfliegen. Sekunde für Sekunde wird es dir mehr aus den Fingern gleiten.« Ich lächelte sanft. »Und das erinnert mich daran, dass es nichts im Leben gibt, woran du festhalten kannst. Egal, wie sehr du es versuchst.«

Er schwieg eine Weile. So lange, dass ich nicht mehr glaubte, er würde etwas dazu sagen, bis … »Das hört sich irgendwie traurig an.«

»Ist es nicht«, hielt ich dagegen. »Wenn wir daran festhalten könnten … an irgendetwas in diesem Leben … dann wäre es nicht dasselbe. Und der einzelne Moment nicht so viel wert.« Ich lächelte ihn an. »Und dann plötzlich, wenn man schon nicht mehr damit rechnet, verlässt man am Morgen das Haus, und die Luft hat diesen bestimmten

Geruch, der einen entfernt an etwas erinnert. An ein Gefühl und eine Zeit, die du nicht ganz zuordnen kannst.« Ich lehnte mich mit dem Rücken etwas weiter gegen die Windschutzscheibe. »An Herbst, Kindheit, vergangene Tage. Und dann fühlst du dich wieder so wie in diesem besonderen Augenblick.« Ich ließ den Blick in die Ferne schweifen. »Es ist fast so, als würden einige dieser flüchtigen Momente zu uns zurückkommen. Hin und wieder, wenn wir es am wenigsten erwarten.«

Ich löste meinen Blick von den blinkenden Lichtern und sah zu Jamie, der mich mit konzentrierter Miene musterte. Als würde er versuchen, eine komplizierte Gleichung zu lösen … nur um dann festzustellen, dass sie nicht aufging. »Das geht also alles in deinem Kopf vor?«

»Es ist schlimm, ich weiß. Ich fühle einfach zu viel.«

»Das würde ich so nicht sagen.« Er sah auf seine Finger. Durch den Mond, die Lichter der Stadt und die Straßenlampen unter uns war es hell genug, sogar kleine Details erkennen zu können. Wie die Narbe auf seinen Fingern. Den Ausdruck in seinem Gesicht … und die Bedeutung dahinter. »Es ist ein Privileg, findest du nicht? Je mehr du fühlst, desto mehr Glück kannst du empfinden. Liebe, Freude …«

»… Angst, Zweifel …«, führte ich die Liste fort.

»Klar, das auch. Aber wenn du dich entscheiden müsstest, einen Stummfilm in Schwarz-Weiß oder einen mit Musik in allen Farben zu sehen – für welchen würdest du dich entscheiden?«

»Den Film in allen Farben«, antwortete ich automatisch.

»Auch wenn die Tonspur manchmal zu laut und die Farben zu grell sind?«

Ich nickte.

»Eben. Denn ich sag dir eins, ein Leben in Schwarz-Weiß ist nur ein *Über*leben.«

Ich musterte sein Profil. »Ist das bei dir so?«

»Ich denke schon.«

»Das glaube ich nicht.«

»Früher habe ich mehr gefühlt.«

»Das kann zurückkommen.«

»Das soll es gar nicht.« Jetzt sah er mich an, der Schmerz in seinen Augen dunkler als der Wald hinter ihm. »Wenn sie zurückkommen, kann ich nicht mehr normal funktionieren.« Er schüttelte den Kopf, als wollte er Erinnerungen vertreiben, die an die Oberfläche stiegen.

»Möchtest du darüber reden?«, fragte ich und meinte eigentlich: *Kannst du darüber reden?* Mir war bewusst, dass ich ihn das nun zum zweiten Mal fragte, aber ich würde es so lange tun, bis er bereit war, sich zu öffnen. Weil es nur eine Person von fast acht Milliarden Menschen brauchte, die dich nicht im Stich ließ. Eine einzige Person, die dich nicht übersah. Genau wie Jamie, der sich dafür einsetzte, dass ich meine Fluglizenz erwarb.

Er schüttelte den Kopf. Er wollte nicht darüber reden, aber das machte nichts. Er war hier, das zählte. »Danke, dass du das mit mir machst«, sagte ich und meinte eigentlich: *Danke, dass du mich nicht von dir wegstößt.*

»Gib's zu, dass du nur jemanden gesucht hast, der mitkommt, weil niemand sonst Lust auf Paintball hat.«

»Sagt der, der von allen am meisten Spaß hatte.«

»Ist nicht wahr«, verteidigte er sich halbherzig.

»Klar, sag das noch ein paar Mal, vielleicht glaube ich es dir irgendwann.« Ich zuckte mit den Schultern. »Und ja, vielleicht habe ich wirklich niemanden, der das mit mir macht. Ist das traurig?«

»Nein, ist es nicht. Ich habe erst recht niemanden.«

»Du weißt genau, dass das nicht stimmt«, gab ich zurück und strich über eine Delle im warmen Lack. »Im Gegenteil, es gab kaum eine Person, die dich *nicht* gemocht hat. Es ist unfair, dass ich immer das seltsame Mädchen mit der Obsession fürs Weltall war. Dabei hattest *du* dasselbe Interesse daran. Aber klar, du darfst ein Referat über Satellitennavigation halten und bist trotzdem der beliebteste Junge der Schule.«

Er sah mich überrascht an. »Daran erinnerst du dich?«

»Natürlich«, sagte ich. »Du hast es Brandon und Henry in unserem Wohnzimmer vorgetragen, weißt du nicht mehr?«

»Na ja, doch, aber ich hätte nicht gedacht, dass es bei dir hängen geblieben ist.«

Natürlich war es das. Er wusste offenbar wirklich nicht, welchen Einfluss er damals auf mich gehabt hatte. An das Gespräch in unserer Küche konnte er sich vermutlich nicht einmal mehr erinnern, während es für mich alles verändert hatte. Ohne seine bestärkenden Worte wäre ich heute nicht an meiner Traumuniversität.

Ich zuckte mit den Schultern. »Du warst damals der Einzige, der meine Leidenschaft geteilt hat. Eigentlich hättest du es nicht ihnen, sondern *mir* vortragen müssen.«

»Da hast du recht. Trotzdem war ich nicht der beliebteste Junge –«

»Doch, warst du«, hielt ich dagegen. »Alle meine Freundinnen waren in dich verliebt, das war verdammt anstrengend.« Ich grinste. »Gib's zu, das muss dir doch zu Kopf gestiegen sein.«

»Ich glaube, ich war zu sehr damit beschäftigt, jeden möglichen Blödsinn mit Brandon und Henry zu machen, als auf Mädchen zu achten.«

Ich schnaubte. »Klar, das würde ich jetzt auch sagen.«

»Es war so.«

»Aha, und was war mit Brianna? Und Natalie? Und der Blonden aus dem Physikleistungskurs? Und –«

»Okay, okay«, meinte er und fuhr sich schmunzelnd durch die Haare. »Punkt für dich.«

»Du *warst* beliebt. Oder willst du mir weismachen, dass du sie alle mit deinem Referat über Satellitennavigation rumgekriegt hast?«

Sein Schmunzeln wurde etwas breiter. »Du wärst überrascht.«

Ich lachte auf, das Geräusch verlor sich im Wald hinter und der endlosen Weite vor uns. Als er wieder in Richtung der blinkenden Stadt sah, entdeckte ich mehrere rote und blaue Farbsprenkel an seinem Hals, die von seinem Overall abgeprallt und auf seiner Haut gelandet sein mussten.

Wie kosmischer Staub.

»Du hast da etwas Farbe«, hauchte ich und zeigte auf seinen Hals.

Er rieb sich über die Stelle knapp darüber. »Hier?«

Ich schüttelte den Kopf. »Nein, hier.« Vorsichtig strich ich mit dem Daumen über die verschiedenfarbigen Sprenkel an seinem Hals. Spürte die weiche, warme Haut darunter, als sich die Farben miteinander mischten und einen lilafarbenen Streifen ergaben. Ich hielt die Luft an, und wenn ich mich nicht täuschte, tat er es auch.

Vielleicht hat jeder Mensch eine persönliche Farbe. Manche sind hellgelb, andere dunkelrot, violett, saphirblau. Wenn wir uns emotional mit jemandem verbunden fühlen, vermischen sich diese Farben und ergeben eine neue.

Wie bei den Farbsprenkeln auf seinem Hals.

Wenn ich das warme Rot war, war er das kühle Blau.

Sein Blick streifte meinen Mund, mein Herz polterte.

Mit einem Mal wollte ich nichts anderes, als unsere Farben miteinander zu vermischen, in dämmrigem Sonnenuntergangslila zu baden und alles andere zu vergessen.

Mich durchglitt dasselbe Gefühl wie vorhin in der Cessna. Ich stellte mir vor, wie es wäre, dem Bedürfnis einfach … nachzugeben. Mein Herz stolperte, dann wandten wir gleichzeitig den Blick ab. Frischer Sauerstoff strömte in meine Lungen und holte mich in die Realität zurück.

»Wollen wir zurück?«, fragte Jamie. »Es ist spät.«

Ich nickte wie benommen, stieg ein und startete den Motor. Doch egal, wie sehr ich auf dem Rückweg versuchte, es zu verdrängen – ein kleiner Hauch des lilafarbenen Gefühls hing mir noch immer nach. Wie ein kleiner Streifen am Himmel, kurz nach der Dämmerung. Mit dem Unterschied, dass dieser hier nicht weggehen würde, wenn die Sonne unterging und sämtliches Licht mit sich nahm.

Kapitel 19

»LICHTGESCHWINDIGKEIT«

(Oder: Wieso Mails viel zu schnell zugestellt werden)

Am nächsten Tag schreckte mich ein lautes Klopfen an meiner Zimmertür aus dem Schlaf. Ich rieb mir stöhnend über das Gesicht, torkelte mit einem offenen Auge zur Tür und riss sie auf, ohne vorher durch den Türspion zu linsen. In einem Horrorfilm wäre ich die, die als Erste stirbt.

Doch der Flur war leer … und das Klopfen noch da.

Die Balkontür. Natürlich.

Ich durchquerte das Zimmer, fluchte, als ich mir am Schreibtisch den Zeh anstieß, und schob den Vorhang beiseite. Page hatte sich die blonden Haare zu einem hohen Pferdeschwanz gebunden, ihr Make-up sah aus, als wäre sie gerade aus der Maske an einem Filmset gekommen, und … sie trug Sportsachen. Weiße, kurze Sportsachen und Laufschuhe.

Shit. Das konnte nichts Gutes heißen. Ich ließ den Vorhang eilig wieder zufallen.

»Ich hab dich gesehen, Robin«, rief sie, ihre Stimme durch das Glas gedämpft. »Mach sofort die Tür auf.«

»Nur, wenn du nicht mit mir laufen gehen oder etwas ähnlich Menschenverachtendes mit mir tun willst.«

»Mach sie auf.«

Das war kein Nein. Sie wollte eindeutig mit mir laufen gehen. Ich entriegelte die Tür und schob sie auf, wodurch leises Vogelzwitschern und frische Morgenluft ins Zimmer glitten. »Es ist fünf Uhr früh«, sagte ich anklagend und strich mir die Haare aus dem Gesicht.

»Es ist gleich sieben.«

Als hätte sie es gewusst, ertönte in diesem Augenblick mein Wecker.

Page grinste. »Was ist das?«

»Mein Wecker.«

»Nein, der Ton. Der kommt mir bekannt vor …«

Ich lehnte meine Stirn gegen den Türrahmen. Jetzt war es zu spät, es zu leugnen. »Das ist die Titelmelodie von *Doctor Who.*«

Ihr Grinsen wurde breiter. »Du wolltest also eh aufstehen, wie passend. Ich will joggen gehen, und du …«, sie zeigte auf mich, »… wirst mitkommen.«

»Ganz bestimmt nicht.« Ich schüttelte den Kopf. »Ich würde lieber sämtliche Pflanzen auf diesem Campus essen und ausprobieren, welche davon mich umbringt.«

Sie verschränkte die Arme vor der Brust. »Sehr dramatisch.«

»Du brauchst gar nicht zu versuchen, mich zu überzeugen.«

Sie stemmte die Hände in die Hüften. »Ich kann sehr überzeugend sein.«

»Ist das so, ja?«

Sie kam etwas näher. »Willst du mich etwa herausfordern?«

Es war nicht fair. Ich war ein zu leichtes Opfer – man sollte mir nicht zumuten, so oft Nein sagen zu müssen. Bereits *ein* Nein fiel mir schwer, aber drei, vier? Es war nur eine Frage der Zeit, ehe ich einknickte. Jedenfalls überraschte es mich nicht, dass ich zehn Minuten später in meinem dunkelblauen Sport-Set und Turnschuhen die Balkontür hinter mir zuzog und Page mit unzufriedener Miene die Treppen hinunter folgte.

Page passte ihr übliches Lauftempo an mich an, als wir über den Campus joggten. Ich würde es vor ihr niemals zugeben, aber nachdem wir die ersten zehn Minuten geschafft hatten, war es eigentlich ganz nett. Okay, es *wäre* nett, wenn wir nicht joggen würden, aber ich musste ihr zugestehen, dass es schön war, um diese Uhrzeit draußen zu sein. Wenn alle Konturen weichgezeichnet waren und die Welt roher und sanfter zugleich wirkte.

»Sorry, aber … ich glaube … ich brauche eine kleine …«

»Pause?«, beendete Page meinen Satz. Sie war nicht im Geringsten außer Atem. Ihre Haare, ihr Make-up und ihre Frisur saßen nach wie vor perfekt – genau wie ihr Lächeln.

Wir kamen mitten im Universitätsgarten zum Stehen, den ich mir zuvor noch nicht angesehen hatte. Ein Netz aus geraden Wegen führte durch üppige Beete, in denen mit Schildern beschriftetes Gemüse und heimische Pflanzen wuchsen. Schatten spendende Bäume warfen Muster auf die Wege und unsere Haut, etwas weiter vorn erhob sich das Gewächshaus wie ein gläsernes Juwel inmitten des dichten Grüns. Die immer höher steigende Sonne blitzte durch die Glasquadrate hindurch.

In meiner ersten Extremophilie-Vorlesung hatte ich erfahren, dass es im Gewächshaus nicht nur moderne Anzuchtbereiche, sondern auch genügend Platz für Experimente und Forschung gab. Nachhaltiger Anbau war nur eines der vielen Forschungsthemen, denen hier nachgegangen wurde.

»Komm, wir setzen uns«, sagte Page, ging um einen Teich herum, in dem rosafarbene Seerosen schwammen, und ließ sich auf einer Bank nieder, die von Lavendelsträuchern umgeben war. Der Duft erinnerte mich sofort an mein Zuhause.

»Machst du das jeden Morgen?«, fragte ich und bemühte mich um eine gleichmäßige Atmung. Sie wusste zwar, dass ich Joggen nicht gewohnt war, aber ich musste ja nicht gleich keuchen wie ein kaputter Dieselmotor. Oder ein asthmatischer Dackel.

»Ich muss jeden Morgen raus und mir alles von der Seele rennen, sonst kann ich den ganzen Tag nicht atmen. Tut mir leid, dass ich dich mitgeschleppt habe. Es ist nur … meine Mom ist gestern Abend aus Frankreich zurückgekommen und hat mich angerufen. Seitdem geht es mir ehrlich gesagt ziemlich beschissen.«

»Das tut mir leid. Ihr habt kein gutes Verhältnis?«

Als Antwort schnaubte sie nur. »Ich hatte schon Mutterkomplexe, da konnte ich das Wort *Mama* nicht mal aussprechen.« Sie strich gedankenverloren und beinahe mechanisch ihre Haare glatt. »Wie ist das bei dir?«

Ich beobachtete eine Hummel, die sich unbeholfen auf dem Seerosenblatt inmitten des Teichs niederließ und beinahe von der Blüte ins Wasser rutschte. »So, wie es sein kann, wenn sie die Familie verlässt, um zu ihrem neuen Mann nach Texas zu ziehen.«

»Scheiße, wirklich?«

»Ja …« Ich kickte einen Kieselstein auf den Weg.

Page blickte auf ihre Schuhe. »Manchmal wünschte ich mir, meine Mom hätte mich auch allein gelassen, als ich ein Kind war«, flüsterte sie. »Dann hätte sie nicht so viel Schaden anrichten können.« Eilig sah sie auf und presste sich eine Hand auf den Mund. »Fuck, das war unsensibel. Manchmal bin ich eine Dampfwalze, es tut mir so leid.«

Ich winkte ab. »Alles gut. Wirklich, ich kann es verstehen«, sagte ich. »Meine Mom hat nie Kinder gewollt. Frag mich nicht, weshalb sie ausgerechnet drei bekommen hat. Vielleicht, weil mein Dad unbedingt welche wollte und sie Angst hatte, ihn sonst zu verlieren. Nach sechs Jahren mit dem dritten Kind hat sie sich dann aber endlich eingestehen können, dass es nicht das Leben ist, das sie führen will.«

»Fuck, das ist bitter.« Page schüttelte mit gesenktem Blick den Kopf. »Bei meiner Mom ist es anders und trotzdem ähnlich scheiße. Sie wollte immer Kinder haben – allerdings nur genau so, wie sie es sich vorgestellt hat. Sie hat mich mein Leben lang in eine Form gequetscht, und irgendwann … irgendwann hörst du einfach auf, dich dagegen zu wehren. Und dann bekommst du es nie wieder los.« Sie zeigte auf sich. »Ich meine – schau mich an. Ich kann nicht einmal joggen gehen, ohne mich zu schminken, weil ich immer die Stimme meiner Mom im Kopf habe. *Zieh dir etwas Schönes an, Page. Denk immer dran, dass du von anderen gesehen wirst. Wofür gibt es Schminke, Page? Bevor jemand etwas Schlechtes über dich sagen kann, komm ihnen zuvor und radiere den Makel aus.*«

Ihre Worte griffen nach meinem Herzen und zogen daran. Einige dieser Sätze kannte ich nur zu gut von Aiden. Es war schrecklich, dass sie diese Worte zu hören bekam, seit sie klein war.

»Sorry, dass ich so … viel bin«, sagte Page und wischte sich unter dem Auge herum. »Wir kennen uns noch nicht lang, und ich lade erneut alles auf dir ab, das ist peinlich.«

»Du darfst Platz einnehmen, Page«, sagte ich. Ironisch, dass diese Worte ausgerechnet aus meinem Mund kamen. »Und es ist nie, wirklich niemals zu spät, die Person zu werden, die du werden solltest.«

Sie lachte, eine Träne löste sich aus ihrem Augenwinkel. »Ich glaube, hinter der Fassade bin ich einfach nur ein nerdiges, seltsames Mädchen mit einem Hamster.«

Ich zuckte mit den Schultern. »Wenn du das sein willst, klar.« Vorsichtig und ohne ihr Make-up zu ruinieren, wischte ich ihr die dunkelgraue Träne von der Wange. »Du kannst aber auch die schlaue Astrophysikstudentin sein. Ein Mädchen Anfang zwanzig, das seinen Weg erst findet. Eine Modeinspiration.« Ich zuckte mit den Schultern. »Oder alles gleichzeitig. Du musst dich da nicht festlegen.«

Sie schüttelte den Kopf. »Das Leben ist unfair. Ich war mein ganzes Leben lang schrecklich gemein, und trotzdem bin ich dir begegnet.«

»Irgendwann kommt der Tag, an dem du dir selbst verzeihen kannst.«

Sie atmete zittrig ein und nickte, als sie ausatmete. »Danke. Ehrlich.« Als sie aufsah, weiteten sich ihre Augen, und sie berührte meinen Oberarm. »Warte, du hast mir noch gar nichts von deiner Flugstunde erzählt!«

Ich winkte ab. »Alles gut, ich –«

»Ich rede hier von meiner Mom und weine dich voll, während du tatsächlich etwas Spannendes zu erzählen hast.« Sie erhob sich, dehnte ihren Körper einmal von links nach rechts und reichte mir ihre Hand. »Los, steh auf. Erzähl es mir, während wir weiterlaufen. Wie war es mit *Jamie*?« Sie grinste. »Lass ja kein Detail aus.«

***

Dank Page saß ich drei Stunden später mit schmerzenden Beinen in meiner zweiten Flugtheoriestunde. Wenn ich mich nicht so extrem hätte konzentrieren müssen, hätte ich ihr eine passiv-aggressive Nachricht geschrieben.

Die Theoriestunde verging wie im Flug – Achtung: Wortwitz –, und ehe ich mich's versah, trat ich durch die Türen der Technischen Fakultät auf den *Armstrong-Platz*. Die Theorie machte tatsächlich Spaß. Mit Technik und Mechanik hatte ich zuvor nie viel zu tun gehabt, weshalb ich es umso spannender fand. Es stellte einen großen Kontrast zu meinem Studium dar, und die meiste Zeit konnte ich ausblenden, dass ich die ganzen Funktionsweisen und Einzelteile des Motors nur deshalb lernte, damit ich eines Tages eine Cessna fliegen konnte. Da ich nur eine Sichtfluglizenz erwarb, war der Stoff zwar fordernd, aber nicht ganz so komplex wie bei einer Instrumentenfluglizenz. *Man muss die kleinen Siege feiern, nicht wahr?*

Ich ließ den Blick über den Vorplatz der Technischen Fakultät schweifen und hielt wie jedes Mal Ausschau nach einem großen, schwarz gekleideten Mann mit braunen Haaren, der grimmig vor sich hin starrte und Blickkontakt mit sämtlichen anderen Menschen vermied. Wie jedes Mal war er nirgends zu sehen.

Tatsächlich sah ich Jamie das ganze Wochenende nicht. Weder beim Nachbereiten der Vorlesungen im Aufenthaltsraum mit Sydney noch im Frühstückssaal oder während der zweiten Joggingrunde mit Page – ja, ich konnte immer noch nicht Nein sagen. Es machte nach wie vor nur bedingt Spaß, aber zumindest lenkte es meine Gedanken für eine halbe Stunde von der nächsten Flugstunde ab, um die meine Gedanken sonst jede freie Minute kreisten.

Ich konnte es mir nicht erklären, aber nach dem Telefonat mit Dad am Samstagabend hatten mich die Zweifel wieder eingeholt – gerade, als ich geglaubt hatte, einen kleinen Fortschritt gemacht zu haben. Ob es sein *Wie geht es dir wirklich, Robin?* oder der sorgenvolle Unterton gewesen war, konnte ich nicht sagen. Was ich jedoch sagen konnte, war, dass ich mit jedem Tag, den die Flugstunde näher rückte, immer nervöser wurde.

Sie würde Mittwochabend nach meiner letzten Vorlesung stattfinden. *Flugstunde 3*, stand mit roten Lettern in meinem digitalen Kalender, und inzwischen hatten sich die Buchstaben in meine Netzhaut gebrannt. Eigentlich hätte genauso gut *dramatischer Wendepunkt* dort stehen können, der Effekt war nämlich derselbe: Mein Herz klopfte unnatürlich schnell, und ich fragte mich – mal mehr, mal weniger ironisch –, ob ich den Tag darauf überhaupt erleben würde. Was, wenn Jamie das Bewusstsein verlor und ich dort oben auf mich allein gestellt war? Was, wenn ich die Cessna so unsanft auf dem Boden aufkommen ließ, dass sie in alle Einzelteile zersplitterte?

Ich brauchte den Flugschein, um eine Chance bei NASA zu haben – aber wenn ich dabei starb, half mir das auch nichts mehr. Je länger ich darüber nachdachte, desto mehr verkrampfte sich mein Magen. Ich war dafür einfach nicht gemacht. Es hatte Spaß gemacht, zu fliegen, ja. Allerdings hatte da das Adrenalin aus mir gesprochen – nicht mein logischer Menschenverstand. Zudem hatte ich weder starten noch landen müssen.

Wie zur Hölle sollte ich das durchziehen? Ich war eine Hochstaplerin, die die Uni durch die Flugstunden Geld kostete und Jamies Zeit verschwendete.

Nach dem Abendessen am Sonntag zog ich mich in mein Zimmer zurück. Hinter dem Fenster herrschte vollkommene Dunkelheit und in meinem Zimmer hatte ich nur meine Schreibtischlampe angemacht. Ich winkelte die Beine an und lehnte meine Stirn gegen meine Knie. Immer wieder dachte ich an all die Menschen, die ich enttäuschen würde, wenn ich versagte – und beendete die Liste wie jedes Mal mit mir selbst. Ich wäre verdammt sauer auf mich, wenn mein Traum an der Fluglizenz scheitern würde. Nur übertroffen von meinem zwölfjährigen Ich, das seine linke Niere im Darknet verkauft hätte, um Astrobiologie studieren zu können.

Ich sah mich im Zimmer um. Neben meinem Tablet auf dem Schreibtisch lag Jamies Kamera, die ich von zu Hause mitgebracht hatte. Dylan hatte mir heute Morgen ein Kabel geliehen, womit ich sie direkt geladen hatte. Inzwischen hatte das rote Licht neben dem Bildschirm aufgehört zu blinken – sie war voll. Ich erhob mich vom Bett, ging zum Schreibtisch und zog das Kabel ab. Mit dem Daumen über dem Einschaltknopf hielt ich inne. Es juckte mich in den Fingern, sie anzuschalten und nachzusehen, was er zuletzt fotografiert hatte ... aber das wäre ein Eingriff in seine Privatsphäre.

Ich legte die Kamera behutsam wieder auf dem Tisch ab. Nein, das wäre keine gute Idee.

Andererseits ...

Ach, scheiß drauf. Ich glaubte eh nicht an die Hölle.

Ich nahm die Kamera wieder in die Hand und drückte den Knopf so schnell, als würde ich eine Luftschleuse im All schließen.

Ich hielt die Luft an. Das erste Bild, das mir entgegenleuchtete, war ein Schnappschuss von Brandon, der auf einem Skateboard eine von Palmen gesäumte Straße entlangfuhr. Danach folgten Fotos von meinen Brüdern bei einem Hike zum Hollywood-Sign und mehrere von anderen Freunden, die er den roten Plastikbechern und abgewetzten Sofas zufolge bei einer Hausparty geschossen hatte. Verdammt, ich hatte vergessen, wie gut er darin gewesen war. Die Bilder waren unbearbeitet und lösten dennoch schon jetzt etwas in mir aus. Jamie hatte Emotionen eingefangen.

Je weiter ich mich klickte, desto aktueller wurden sie. Ich sah Brandon mit einer pistazienfarbenen Eiskugel am Strand in Santa Monica sitzen. Henry und Brandon, die sich über den Tisch einer Feier hinweg einen vielsagenden Blick zuwarfen. Ich klickte ein Bild weiter und hielt inne. Es zeigte Addison und mich auf der Terrasse im Haus meines Dads. Ich zeigte ihm den Mittelfinger, Addison stand neben mir und posierte wie ein Model. Ich konnte mich nicht einmal mehr an diesen Abend erinnern. Es folgten etwa dreißig weitere Bilder von Menschen, die ich mal mehr, mal weniger gut kannte. Jamies Schwester, seine

Mutter, immer wieder meine Brüder und sogar mein Dad. Und nicht zuletzt Flugzeuge. So viele verschiedene, dass man damit einen ganzen Flughafen hätte füllen können. Das letzte Bild hatte er einen Monat vor seiner Abreise geschossen. Es zeigte eine dunkle Wolke über den Hills, die sich direkt auf den Betrachter zuzubewegen schien. Irgendwie symbolisch. Wie ein schlechtes Omen.

Mit einem seltsamen Gefühl im Magen machte ich die Kamera wieder aus und umfasste das warme Gehäuse mit beiden Händen.

Jamie war ein Geschichtenerzähler gewesen – seine Kamera eine Schreibmaschine und die Fotos die Worte auf dem Papier. Wenn man alle Bilder, alle Worte zusammennahm, ergaben sie eine Geschichte. Denn anhand der Fotos, die ein Mensch schoss, erkannte man, an was er festhalten wollte.

Es wäre naiv zu glauben, dass ich ihn auf irgendeine verquere Weise »retten« konnte. Wie in einem schlechten Film, in dem die hoffnungslos romantische Protagonistin in das Leben des stillen, unnahbaren Typs trat, ihm sagte, was er ändern musste, und er plötzlich einsah, dass das Leben ja eigentlich doch ganz schön war.

Ich war nicht optimistisch genug, um so jemand zu sein. Wenn überhaupt, war ich eine Möchtegernoptimistin, die sich jeden Tag aufs Neue anstrengen musste, diese Sicht auf das Leben zu haben. Außerdem änderten sich Menschen nicht von heute auf morgen. Ich *wollte* ja auch gar nicht, dass er sich änderte. Ich wollte nur, dass er sein Lächeln wiederfand. Dass er wusste, dass es jemanden gab, der ihn nicht aufgab. Genau wie er mich nicht aufgab.

Ich setzte mich auf den Schreibtischstuhl und zog mein Journal heran. Seit ich vierzehn war, notierte ich dort immer, wenn mir alles zu viel wurde, drei positive und drei negative Dinge, damit ich meine überwältigenden Gefühle nach dem Zuschlagen des Notizbuchs zumindest ein bisschen loslassen konnte. Ich strich behutsam über die knisternden Seiten. *Okay, Robin. Drei positive Dinge.* Ich tippte mit der Rückseite des Kugelschreibers auf die Seite, aber zu allem, was mir einfiel, kam mir direkt ein Gegenargument in den Sinn. Der Studienbeginn an der Chamberlin – der damit verbundene Flugschein. Meine Familie – meine Brüder, die sich mit Aiden trafen. Meine Freunde – Addison, die sich kaum noch bei mir meldete. Also startete ich mit den negativen Dingen:

Ich habe Angst vor der nächsten Flugstunde und meinem Versagen ganz allgemein.

Ich habe mehr als je zuvor das Gefühl, eine Hochstaplerin zu sein.

Ich fühle mich allein.

Super. Vielleicht sollte ich es in Negativitätstagebuch umbenennen und ab jetzt nur Horrorszenarien und Angstgedanken notieren. Wieso war es so viel leichter, sich etwas Schlechtes einfallen zu lassen?

Ich legte den Kopf auf der Schreibtischplatte ab und atmete hörbar aus. Vielleicht sollte ich das mit den Flugstunden doch beenden, bevor es zu spät war. Was für einen Zweck hatte es schon, sich durch die Stunden zu quälen, nur um es am Ende doch nicht zu schaffen?

Ich richtete mich seufzend wieder auf, obwohl mich die Schwere der Gefühle noch immer nach unten zog. Ich wusste nicht, was mich dazu veranlasste, mein Tablet anzumachen und die dazugehörige Tastatur anzuschließen. Vielleicht war es die Verzweiflung, die Angst, die Einsamkeit. Von mir aus. Aber dass ich das Mailprogramm der Uni öffnete, meiner Angst und meiner Einsamkeit das Ruder überließ und die beiden gemeinsam eine Mail verfassen ließ, war mit nichts zu entschuldigen.

Von: r.sunday@chamberlin-u.com
An: j.evers@chamberlin-u.com
Betreff: Hi

Bist du zufällig noch wach?

Ich drückte auf *Senden* …

… und bereute es innerhalb einer Millisekunde.

Fuck, hast du sie noch alle?

Ich fasste mir an die Stirn. Wie seltsam war es bitte, dass ich Jamie am Sonntagabend eine Mail schrieb? *Wieso hast du das getan, verdammt? Was willst du jetzt antworten, wenn er fragt, was los ist? Und noch schlimmer: Was machst du, wenn er nicht antwortet und die Mail unbeantwortet zwischen euch steht?* Noch bevor ich einen weiteren Katastrophengedanken formen konnte, traf eine Mail ein.

Von: j.evers@chamberlin-u.com
An: r.sunday@chamberlin-u.com
Betreff: Es ist erst neun, natürlich bin ich noch wach.

Was ist los? Ist was passiert?

Toll. Echt toll, Robin. Schnell, lass dir etwas einfallen! Mach einen Rückzieher!

Von: r.sunday@chamberlin-u.com
An: j.evers@chamberlin-u.com
Betreff: Ein Versehen

Ups, sorry. Die Mail sollte gar nicht an dich! Hab einen schönen Abend, wir sehen uns am Mittwoch :)

Von: j.evers@chamberlin-u.com
An: r.sunday@chamberlin-u.com
Betreff: Bullshit

Sag, was los ist.

Von: r.sunday@chamberlin-u.com
An: j.evers@chamberlin-u.com
Betreff: Sorry

Wollte dich nicht stören. Hab nur an die Flugstunde gedacht und mich gefragt, wie ich das schaffen soll. Tut mir leid, falls das nervt. Mich kotzt es ja selbst an. Würde gern meine Gedanken abstellen, aber jedes Mal, wenn ich mich entscheide, dass ich es mache, kommen die Katastrophengedanken und reißen alles nieder. Hätte dir nicht schreiben sollen, du kannst daran ja auch nichts ändern. Sorry. Wir sehen uns Mittwoch.

Von: j.evers@chamberlin-u.com
An: r.sunday@chamberlin-u.com
Betreff: AW: Sorry

Du hast dich in der Mail ganze drei Mal entschuldigt. Hör auf damit. Und lass uns das nicht über den Uni-Server besprechen, hier ist meine Nummer. Schreib mir da. Aber nur, wenn du dich nicht mehr entschuldigst, sonst platzt mir eine Ader.

Ich blinzelte und sah auf die schwarzen Zahlen hinunter, die mir vom Bildschirm entgegenleuchteten. Er hatte mir seine Nummer geschickt, damit ich ihm schreiben konnte. Das war … nett. Bevor ich zu viel darüber nachdenken konnte, tippte ich seine Nummer in mein Handy ein, legte mich in meinem Bett auf den Bauch und tippte eine Nachricht an Jamie.

Robin: Eine Hauptschlagader oder nur eine kleine, unwichtige?

Jamie: Die Aorta.

Jamie: Du würdest dir selbst einen Gefallen tun, wenn du aufhören würdest, so viel nachzudenken.

Also direkt wieder zum Thema, alles klar.

Robin: Du sagst das so leicht. Du vergisst immer, dass das Fliegen eines der Dinge ist, die du nur machen kannst, wenn du eine Leidenschaft dafür hast.

Ich suchte fieberhaft nach einem Vergleich. Als ich einen gefunden hatte, tippte ich eilig den Rest meiner Antwort.

Robin: Das ist so, als müsstest du zur ISS, ohne dich für Wissenschaft oder den Weltraum zu interessieren. Wenn du das nicht tust, sind es nur beengte Räume, Muskelschwund und seltsame Toiletten.

Jamie: Glaubst du nicht, dass man Leidenschaften entwickeln kann? Ich bin mir sicher, dass jeder Mensch Augen für die Schönheit der Erde hätte, wenn er von oben auf sie herabblicken würde.

Wie unfair. Er durfte mein Beispiel nicht benutzen, um ein Gegenargument zu machen.

Robin: Was ist, wenn ich uns am Mittwoch umbringe?

Da. Ein Argument, über das man nicht diskutieren konnte.

Jamie: Herrgott, Robin

Robin: Sorry.

Jamie: Robin!!!

Robin: Ach, stimmt. Deine Aorta.

Robin: Aber wieso genau darf ich mich eigentlich nicht entschuldigen?

Jamie: Weil du dein Leben sowieso schon zu entschuldigend angehst und lernen wolltest, forscher zu sein.

Ich stellte mir vor, wie er ebenfalls in seinem Zimmer saß und mit einem genervten Kopfschütteln auf den Bildschirm seines Handys hinuntersah. Bevor ich antworten konnte, schrieb er wieder. Kurz danach tauchte eine weitere Nachricht auf.

Jamie: Gib dir doch mal etwas Zeit. Wieso sagst du dauernd, dass du es nicht kannst? Als du als Kind gesagt hast, dass du Astrobiologin werden willst, hast du sicher nicht gleich hinterhergeschoben: »Aber was, wenn ich es nicht kann?«

Jamie: Alles ist möglich, Robin. Es ist das größte Verbrechen, dass dir ausgeredet wurde, dass du alles schaffen kannst.

Ich ließ seine Worte in die dunklen, unsicheren Stellen in meinem Inneren fließen und erlaubte mir, aufzuatmen. Jamie hatte eine Art, die Dinge aus einer neutralen und unaufgeregten Sichtweise zu betrachten. Wenn ich mit dem Kopf mal wieder in der Exosphäre war, ergriff er meine Hand und brachte mich zurück auf die Erde.

Robin: Danke. Ich werde versuchen, mich daran zu erinnern.

Jamie: Eins nach dem anderen, okay?

Robin: Ich versuche es am Mittwoch zum Flugplatz zu schaffen.

Jamie: Was soll das denn heißen? Du wirst kommen, sonst schleife ich dich höchstpersönlich in die Cessna.

Robin: Das Schlimme ist, dass ich dir das sogar glaube.

Jamie: Und wie du das glauben kannst. Weißt du was? Damit das nicht passiert und ich als Fluglehrer entlassen werde, weil ich Gewalt angewendet habe, gehen wir zusammen hin.

Oh. Damit hatte ich nicht gerechnet. Hatte ich ihn lange genug genervt, dass er sich jetzt dazu erbarmt hatte? Oder war es einfach ein netter Vorschlag, damit ich nicht allzu nervös war? Jedenfalls war ich ihm so dankbar, dass meine Knie weich wurden. Nicht allein hingehen zu müssen, war eine große Entlastung. Ich bemühte mich, meine Nachricht nicht allzu überschwänglich klingen zu lassen. *Als wäre das nach allem, was du gerade gesagt hast, noch wichtig.*

Robin: Danke. Wirklich.

Jamie: Mittwoch, 17:30 vor dem Apollo Café. Sei pünktlich.

Direkt nachdem er die Nachricht abgeschickt hatte, ging er offline. Gerade als ich den Chat schließen wollte, tauchte neben seinem Namen ein Profilbild auf. Er musste meine Nummer eingespeichert haben. Ich tippte auf das Bild und musste schmunzeln. Darauf war nicht er, sondern eine Cessna auf einer grauen Landebahn zu sehen. Bei genauerem Hinsehen entdeckte ich dahinter einen dichten Nadelwald, durch den Nebelschwaden glitten. Eindeutig Massachusetts.

Von einem unerwarteten Energieschwung gepackt, ging ich zurück an meinen Schreibtisch. Dort zog ich das Journal wieder zu mir hin, setzte den Stift an und notierte mit schnellen, schwungvollen Bewegungen nun doch noch drei Punkte auf der positiven Seite:

Jamie glaubt an mich.

Er lässt mich nicht allein.

Ich werde nicht aufgeben.

Kapitel 20

»PLUTO«

(Oder: Wie ich ausgestoßen werde)

Als ich am Dienstagabend meinen Wagen in der Einfahrt meines Dads parkte, triumphierte ich innerlich, dass Brandon noch nicht da war und dieses Mal er auf der Straße parken musste. Auch wenn das Henry und meinem Dad zweifelsohne wieder Anlass geben würde, auf meinem Auto herumzuhacken. Addison musste bereits hier sein – ihr weißes Fahrrad lehnte neben der Eingangstür. Wenn ich daran dachte, sie wiederzusehen, erfüllten mich gemischte Gefühle. Ich verstand einfach nicht, weshalb sie sich kaum mehr bei mir meldete. Es war schon ein Triumph, wenn sie meine Nachrichten überhaupt *las*.

Ich stieg aus, schloss die Tür und wollte auf das Gartentor zugehen, als Henry aus der Haustür kam. »Robin, da bist du ja«, meinte er und musterte mich aufmerksam, wie er es immer tat. Leider entging ihm nur selten etwas. Wenn er mir auch nur zwei gezielte Fragen zu Jamie stellen würde, wäre ich geliefert.

»Wie geht's dir?«, fragte ich und schloss meine Arme um seinen Hals. Er klopfte mir dreimal unbeholfen auf den Rücken. »Gut, gut. Dir auch?«

»Mhm. Ja.« War Henry wirklich schon immer so unfassbar ernst gewesen?

Er krempelte die Ärmel seines dunkelblauen Hemds nach oben. »Bevor du reingehst, wollte ich mir dein Auto mal ansehen.«

Ich verengte die Augen. Ich hätte es wissen müssen. »Du willst nur einen Grund suchen, mir die Zulassung zu entziehen, richtig?«

»Nein«, sagte er und lief zur Motorhaube. »Ich will herausfinden, wieso der Wagen Kühlwasser verliert, damit in den nächsten Autounfall, zu dem ich gerufen werde, nicht meine kleine Schwester involviert ist.«

»Und du sagst immer, *ich* sei dramatisch«, murmelte ich und stellte mich neben ihn. »Außerdem hab ich dir schon gesagt, was damit nicht stimmt.«

»Lass es mich einfach überprüfen.«

»Du glaubst mir nicht, oder? Es ist nur der in die Jahre gekommene Kühlerschlauch.«

»Bist du Mechanikerin?«

»Nein, aber der Texaner in dem YouTube-Video ist es. Außerdem – *du* bist auch keiner!« Ich stupste ihm mit dem Zeigefinger in den muskulösen Oberarm, trat aber auch an die Fahrerseite heran, um den Hebel für die Motorhaube zu betätigen. »Bitte, ich zeig es dir gern, wenn du mir nicht glaubst.« Ein Quietschen ertönte, als sich das Scharnier öffnete, dann löste Henry die Klebestreifen und schob die Motorhaube nach oben.

»Siehst du?«, fragte ich und zeigte auf den schwarzen Schlauch, der vom Kühler zum Motor führte.

Bloß, dass er nicht mehr schwarz war, sondern blau.

Und nicht mehr verschlissen und tropfend, sondern … neu.

»Was soll ich da sehen?«, fragte Henry, der dieselbe Falte zwischen den Brauen bekommen hatte wie Dad immer, wenn es um mein Auto ging.

Hatte ich jetzt etwa vollkommen den Verstand verloren? Letztes Mal war der Schlauch noch schwarz gewesen. Er hatte sich ja wohl kaum selbst ausgetauscht, aber …

Jamie. Der Gedanke traf mich wie ein Schlag. Er war der Einzige, dem ich davon erzählt hatte. Aber er wird doch wohl kaum den Schlauch ausgetauscht haben, oder? Das wäre absurd.

Ich räusperte mich. »Jetzt, wo du es sagst – ich hab ihn austauschen lassen.« Ich fasste mir an die Stirn. »Hab das in dem ganzen Trubel ganz vergessen, wie dumm von mir.«

Henrys Blick wich von skeptisch zu ernsthaft besorgt. »Geht's dir gut?«

Eine berechtigte Frage.

»Ja!«, rief ich etwas lauter als notwendig, um ihn auch wirklich davon zu überzeugen, ehe ich die Motorhaube zudrückte. »Ich hab nur Hunger. Lass uns nach hinten gehen, okay?«

»Ich mache dir trotzdem einen Termin beim Mechaniker«, sagte er und öffnete das Gartentor für mich, wobei er mich noch immer misstrauisch musterte.

»Danke.« Ich schenkte ihm ein Lächeln. Ich wusste, dass er es nur gut meinte – das war eben seine Art, Zuneigung auszudrücken. Bei dem Gedanken daran, was ich vor ihm geheim hielt, versetzte es mir einen Stich ins Herz. Ich hatte keine Ahnung, wie meine Brüder reagieren würden, sobald Jamie sich bereit fühlte, ihnen die Wahrheit zu sagen. Hoffentlich würden sie mich nicht hassen.

Wir gingen um die Ecke und direkt auf den Tisch unter den ausladenden Ästen des Orangenbaums zu, unter dem bereits Dad, Odette und Addison saßen. Als Addison mich sah, verzogen sich ihre pink angemalten Lippen zu einem Lächeln. Vielleicht interpretierte ich zu viel in ihre wenigen Nachrichten hinein. Dass sie immer noch jede Woche hierherkam, war Freundschaftsbeweis genug, oder? Ich schlang je einen Arm um Dad und Odette, gab Dad einen Kuss auf die Wange und umarmte dann Addison, ehe ich mich neben sie in den Korbstuhl sinken ließ. Kaum saß ich, ertönte das leise Quietschen des Gartentors, und Brandon schritt mit selbstbewusstem Gang und breitem Lächeln in den Garten. »Fangt ihr etwa ohne mich an?«

»Nein, aber du bist zu spät«, sagte Dad und blickte mehr oder weniger scherzhaft auf die Uhr an seinem Handgelenk. »So habe ich dich nicht erzogen.«

»Tut mir leid, ein Mann ist kurz vor Schließung in einen Ameisenhügel getreten, und wir mussten den Krankenwagen rufen«, sagte er und umarmte mich kurz und fest.

»Ich weiß nie, ob du dir diese ganzen Geschichten einfach nur ausdenkst«, gab Henry zurück, als sie sich umarmten, wobei das nicht das richtige Wort war. Sie berührten sich kaum und schlugen einander fest auf den Rücken, wobei ich mich stets fragte, ob es ein Wettbewerb war, wer fester zuschlagen konnte.

Als wir das von Dad gekochte Essen nach draußen gebracht hatten und ich den ersten Small Talk hinter mir hatte (Wie ist es an der Uni, Robin? Gut. Könnte besser nicht sein. Wie ist es in der Arbeit? Gut. Wie läuft das Studium, Addison? Toll! Nur viel zu lernen), nahm ich mein Handy hervor und tippte eine Nachricht an Jamie. Bei uns gab es keinen Small Talk, keine Einleitungen. Es war geradlinig und ehrlich, und das war … schön. Eine erfrischende Abwechslung. So schwer alles andere mit ihm war – das hier war leicht. Weshalb ich keine Begrüßung oder Floskeln hinzufügte, um meine Nachricht auszuschmücken.

Robin: Ich hätte nicht gedacht, dass ich das mal frage, aber hast du meinen Kühlerschlauch ausgetauscht?!

Bevor jemand meinen Chat sehen konnte, steckte ich das Handy zurück in meine Hosentasche.

»… und ich brauche jemanden, der mit mir am Samstag in den Park kommt und die restlichen Holzscheite wegräumt«, hörte ich das Ende von Brandons Satz. »Dad? Henry?«

»Tut mir leid, Mann, ich habe Dienst«, sagte Henry.

»Ich auch«, fügte mein Dad hinzu und reichte Odette die von außen kondensierende Weißweinflasche, deren Etikett sich an den Rändern etwas löste.

»Ich kann dir helfen«, hörte ich mich sagen.

Brandon hob eine Braue. »Du willst bis in den Nationalpark fahren, um mit mir Holzscheite wegzuräumen?«

Ich spießte eine glasierte Karotte auf meinem Teller auf. »Ja, wieso nicht?«

»Das ist Unsinn, Birdie. Außerdem ist das eine ziemlich mühsame Arbeit.«

Mein Dad nickte zustimmend. »Lass uns das am Sonntag machen, ich helfe dir.«

»Aber wieso?« Ich suchte Brandons Blick. »Ich kann vielleicht nicht so viel tragen wie Dad, aber –«

»Apropos, Dad«, unterbrach Henry und stellte sein Glas ab. »Was ist eigentlich aus dem Henderson-Fall geworden?«

Ich presste die Lippen aufeinander. Es war immer dasselbe. Ich würde stets das Nesthäkchen bleiben, das Mums Verschwinden nicht gut verkraftet hatte und dem seither niemand etwas zutraute.

Da kam mir ein Gedanke. Mal sehen, wie viel sie mir tatsächlich zutrauten. Ich wartete, bis Dad von seinem Fall erzählt hatte, bis ich mich räusperte und sagte: »Wisst ihr, was ich mir gedacht habe?«

»Was denn, mein Schatz?«, fragte Dad und sah mich aufmerksam an.

Okay, probieren wir es mal aus. »An der Uni kann man einen Flugschein machen. Sichtflug. Cessnas und so. Ich habe überlegt, ob ich das probieren soll.« Gebannt hielt ich inne und wartete auf ihre Reaktionen. Dad hob die Braue. Brandons Mundwinkel zuckte. Henry schüttelte den Kopf. »Das meinst du doch nicht ernst«, sagte Brandon. »Siehst du dich da? Ich meine … kannst du ein Flugzeug steuern?«

Nein, aber das war nicht der Punkt. »Man macht das ja, um es zu lernen.«

Dads Falte vertiefte sich. »Wärst du denn bereit, dich damit auseinanderzusetzen? Ich stelle mir das ziemlich schwer vor.«

Und nur weil es schwer war, konnte ich es nicht schaffen? Trotz und Enttäuschung wallten zu gleichen Teilen in mir auf. Es mochte kindisch sein, aber irgendwie wollte ich den Flugschein jetzt erst recht.

Addison nahm meine Hand. »Das wäre total cool, Robin.« Mein Herz machte einen freudigen Satz. »Aber es wäre auch irgendwie verrückt«, fügte sie hinzu, und meine Kehle wurde trocken. »Ich meine … ein Flugschein? Meinst du nicht, dass dir das neben deinem Studium ein bisschen zu viel wird?«

Henry nickte zustimmend. »Außerdem halte ich das für viel zu gefährlich.«

Dad lächelte mich an. »Komm erst mal an der Uni an. Lass dich nicht davon beeinflussen, was andere machen. Du musst niemandem etwas beweisen, Liebes.«

Wow. Offenbar brachte kaum etwas meine Familie so sehr zusammen wie der Versuch, mir etwas auszureden. »Ich mache das nicht nur, weil andere das machen«, protestierte ich.

Odette zog die dunklen Brauen zusammen. »Wenn sie es machen will, soll sie es versuchen«, sagte sie mit ruhiger Stimme an Dad gewandt und nickte mir dann aufmunternd zu. »Man kann alles schaffen.«

Meine Augen wurden feucht, und ich nahm eilig einen Schluck meiner Limonade, um mich hinter dem Rand des Glases zu verstecken. Mir war zum Weinen zumute, aber das hätte den Glauben meiner Familie in mich nicht gerade gestärkt.

Es war genau, wie ich es erwartet hatte: Niemand traute mir zu, es schaffen zu können. Mich eingeschlossen.

Aber jetzt? Jetzt wollte ich es beweisen. Mein Puls pochte laut in meinen Ohren. »Ihr habt recht. Ist wahrscheinlich doch keine gute Idee«, sagte ich mit passiv-aggressivem Unterton, den sowieso niemand heraushörte, und spürte bei den Worten einen inneren Widerstand.

Eine halbe Stunde später erhob sich Dad, um leere Teller in die Küche zu tragen, Odette folgte ihm. Normalerweise wäre ich auch aufgestanden, aber mir lag noch etwas auf dem Herzen. Sobald Odette und Dad im Haus verschwunden waren, richtete ich den Blick auf Henry und Brandon. Die Glühbirnen zwischen den Zweigen schaukelten im Wind und warfen Lichtschatten auf ihre sich ähnelnden und dennoch so unterschiedlichen Gesichter. Wie zwei Seiten derselben Medaille.

»Ach, was mir da gerade einfällt«, sagte ich so beiläufig wie möglich, als hätte ich nicht jeden Tag der vergangenen Woche daran gedacht. »Wie war eigentlich die Wanderung?«

Brandon schenkte sich Wein nach und machte das Glas dabei randvoll. »Mega. Das Wetter war toll, die Stimmung auch. Willst du Fotos sehen?«

Nein, wollte ich nicht. Ich hatte nicht umsonst sämtliche Bilder von Aiden gelöscht, als könnte ich so auch die damit verbundenen Erinnerungen entfernen.

»Ja, gleich«, antwortete ich ausweichend. »Wie war es denn mit Aiden?«

»Gut«, sagte Henry. »Wieso?«

Mit einem Mal hatte ich Jamies grimmiges Gesicht vor Augen und konnte förmlich hören, wie er sagte: *Halt dich nicht zurück. Sei ehrlich und sag alles, was du denkst.*

»Findet ihr es nicht seltsam, dass er mein Ex ist?« Okay, das war schon mal ein Anfang.

Brandon sah auf. »Wieso? Neulich meintest du noch, dass es dir nichts ausmacht. Ist etwas vorgefallen?«

Das war sie: die Möglichkeit, endlich die Wahrheit zu sagen. Aber wie sollte ich es erklären? Henry würde nicht verstehen, dass jedes Mal, wenn Aiden etwas an mir hatte ändern wollen, etwas aus mir herausgebrochen war. Brandon würde nicht nachvollziehen können, dass ich bis heute damit zu kämpfen hatte, mich im Spiegel anzusehen und zu akzeptieren, was ich sah. Sie würden mich überempfindlich nennen. Mal wieder.

»Nein, aber …«

»Wieso gehst du nicht mal auf ein Date?«, sprang Addison ein, die mich offenbar retten wollte.

Ich sah sie entgeistert an. »Was? Wieso?«

»Das würde dir guttun!«, sagte sie und legte eine Hand auf meine Schulter. »Ein bisschen locker werden. Sex haben.«

Henry schüttelte vehement den Kopf und sagte: »Nein«, während Brandon das Gesicht verzog. »Mach das bitte nicht.«

Addison verengte die Augen. »Fast vergessen – nur Männer dürfen über Sex sprechen«, gab sie mit genervtem Unterton zurück und sah Brandon direkt an. »*Du* darfst natürlich ausführlich erzählen, wie dir die rothaarige Engländerin auf der Bootsparty einen geblasen hat.«

Odette, die gerade aus der Tür in den Garten treten wollte, blieb abrupt stehen und machte kehrt. »Ich komme später wieder«, murmelte sie.

»Widerlich«, murmelte ich im selben Moment, in dem Henry fragte: »Wann war das?«

Brandon grinste. »Letzte Woche.« Er sah zu mir. »Und nein, das ist nicht widerlich. Du musst vielleicht wirklich ein bisschen offener werden.«

Ich umklammerte mein Glas ein wenig fester. »Es ist nur deshalb widerlich, weil du mein Bruder bist, klar? Und Addison, woher weißt du das überhaupt?«

Sie winkte ab. »Wir reden halt.« Ihr Blick zuckte zu ihm, und irgendetwas daran passte mir gar nicht. Heiße Wut blubberte immer weiter in mir hoch, und die Fingernägel meiner linken Hand bohrten sich in meinen Oberschenkel.

Addison fuhr fort. »Jedenfalls würde ich vorschlagen, dass du deine Zwanziger nicht verschwendest, sondern lockerer wirst und –«

Ich stellte das Glas so fest auf dem Tisch ab, dass etwas Limonade über den Rand schwappte und klebrig über meine Finger rann. »Ich *bin* locker, verdammte Scheiße!«

Alle verstummten und sahen mich aus großen Augen an, als wäre mir ein zweiter Kopf gewachsen. Das kam wohl davon, wenn man nie seine Meinung sagte und immer nur zurücksteckte. Sie waren es nicht gewohnt, dass ich lauter wurde. »Tut nicht so, als hättet ihr so verdammt viel mehr Lebenserfahrung als ich.« Ich sah Addison an. »Und sei ehrlich. Bitte. Schläfst du mit Brandon?« Vielleicht war es aus der Luft gegriffen. Aber irgendetwas sagte mir, dass ich mit meiner Vermutung richtiglag.

Addison blieb still und tauschte einen Blick mit Brandon. Da hatte ich meine Antwort. Meine beste Freundin schlief mit meinem Bruder.

»E-es ist nur ein Mal passiert«, sagte sie leise. »Nach dem Wandern.«

Mein Herz blieb stehen. »Warte. Du warst *dabei*?!«, brach es aus mir hervor, und nun konnte ich die Tränen nicht mehr zurückhalten. Sie stiegen heiß und ungewollt in mir auf, und ich hasste es, dass ich wieder einmal nicht stark bleiben konnte. Dass ich wieder das tat, was sie von mir erwarteten. »Du warst dabei, als sie mit Aiden wandern waren, obwohl du davor gesagt hast, dass du –« Ich unterbrach mich selbst, ohne den Blick von Addison zu nehmen. Sie wusste, was ich sagen wollte. Wie sie mir noch davor versichert hatte, mich zu verstehen, da sie die Wahrheit über Aiden kannte. Waren das nur leere Worte gewesen?

Ich schluckte, doch mein Mund war trocken. Mit einem Mal fühlte ich mich ausgeschlossen, alleingelassen, verraten.

»Wann wolltest du mir das erzählen?«, fragte ich und sah erst Addison, dann Brandon an. »Wann wolltest *du* mir das erzählen?«

»Verdammt, werd erwachsen, Robin!«, sagte Addison, ihre Stimme troff vor als Wut getarnte Reue. Ich sah es an ihren Augen – sie wusste ganz genau, dass sie einen Fehler gemacht hatte. Und sie wusste auch, dass es mir nicht einmal darum ging, dass sie mit meinem Bruder geschlafen hatte. »Das mit uns war nichts Ernstes, es hat rein gar nichts bedeutet.«

Niemand außer mir nahm die Veränderung in Brandons Haltung wahr, als sie die Worte ausgesprochen hatte. Die sich senkenden Schultern, das schnelle Blinzeln, die kaum merklich in Furchen gelegte Stirn. Er stimmte offenbar nicht zu. Was war in den letzten Wochen noch alles passiert, von dem ich nichts wusste?

Du hast gut reden, Robin, schoss es mir durch den Kopf. *Ist ja nicht so, dass du besser bist.*

Ich rieb mir über das Gesicht und erhob mich dann. »Ich fühle mich nicht so gut«, sagte ich mit zu leiser Stimme. »Ich werde zurückfahren.«

»Du solltest so aufgebracht nicht Auto fahren«, sagte Henry, und mit einem Mal hatte ich das Bedürfnis, laut zu schreien. *Ich werde morgen ein verdammtes Flugzeug fliegen! Hört auf, mich wie ein Kind zu behandeln! Hört auf, mich auszuschließen! Hört auf, mich kleiner zu machen, als ich bin! Schaut mich verdammt noch mal an und* seht *mich!*

Doch wie jedes Mal blieb ich stumm.

Und wie jedes Mal hasste ich mich ein wenig dafür.

»Ich bin nicht aufgebracht«, sagte ich nur, atmete tief durch und umarmte Henry, Brandon und zuletzt Addison knapp.

»Sei nicht sauer, okay?«, flüsterte sie an meinem Ohr. »Wir reden nächste Woche in Ruhe über alles.«

Ich nickte stumm, verabschiedete mich in der Küche von Dad und Odette und stieg dann mit einem leeren Gefühl auf Höhe meines Herzens in meinen Wagen.

Mein Inneres blutete, brannte, wollte gehört werden. Es streckte Hilfe suchend die Hand nach mir aus, aber ich ignorierte es.

Gerade als ich den Motor starten wollte, kündigte ein Signalton eine Nachricht an. Ich nahm mein Handy hervor und betrachtete für eine Sekunde die Spiegelung meines Gesichts im schwarzen Bildschirm, ehe er aufleuchtete und die Nachricht von Jamie meinen trostlosen Gesichtsausdruck verdrängte.

Jamie: Dein Auto hat den ganzen Parkplatz vollgetropft, das konnte ich nicht mehr mit ansehen. Du hattest recht mit dem Schlauch, der war verschlissen. Hab online einen neuen besorgt und ihn gestern ausgetauscht. Das Kühlwasser hab ich auch noch mal nachgefüllt, das sollte eine Weile halten.
Wir sehen uns morgen.
Und für den sehr wahrscheinlichen Fall, dass du die Flugstunde schon wieder zerdenkst: Hör sofort damit auf, sonst werde ich sauer. Du kannst das. Gib dir eine Chance, es dir selbst zu beweisen.

Kapitel 21

»SCHWARZES LOCH«

(Oder: Wieso ich gern von einem verschluckt werden würde)

Am Uniparkplatz angekommen, stellte ich den Motor ab und legte meine Stirn aufs Lenkrad. Ich wusste nicht, wie lange ich so verweilte. Nur, dass mich irgendwann eine Stimme so schnell hochfahren ließ, dass Sterne hinter meinen Augen tanzten.

»Robin?«

Jamie sah auf mich hinunter. Wie bereits vor ein paar Tagen hingen seine dunklen Haare feucht in seine Stirn. Wenn sie nass waren, wirkten sie mehr schwarz als braun. So wie meine. Er hatte sich den Motorradhelm unter den Arm geklemmt, sein dunkelgraues Shirt spannte an seinen Oberarmen.

»Oh, hi.« Ich strich mir die Haare aus dem Gesicht.

»Geht's dir … gut?«, fragte er mit einem hörbaren Zögern in der Stimme.

»Ja.«

»Komm schon, jetzt versuchst du ja nicht mal mehr, gut zu lügen.«

»Es geht mir gut!«, versuchte ich es erneut und kleisterte mir ein Lächeln aufs Gesicht.

Seine Miene blieb unverändert. »Ich habe nur aus Höflichkeit gefragt, du siehst –«

»Beschissen aus?«, schlug ich vor.

»Du siehst aus, als würde es dir beschissen gehen. Das ist ein Unterschied.«

»Hm.«

»Du musst nicht tun, als würde es dir gut gehen, Robin. Sei einfach ehrlich.«

Ich ließ die Schultern sinken. »Okay, ja. Ich hatte schon bessere Tage.«

»Was ist passiert?«

»Ich komme gerade vom Familiendinner.«

Er nickte verständnisvoll. »Familiendinner. Migräneauslöser Nummer eins.«

Ich sah mich auf dem voll gestellten und gleichzeitig bis auf wenige Studierende verlassenen Parkplatz um. Die Sonne sank immer weiter dem Horizont entgegen. Ich gab ihr höchstens noch eine Stunde. »Wieso laufen wir uns immer nur auf dem Parkplatz und nie in der Uni über den Weg?«

»Weil ich die meiste Zeit auf dem Flugplatz verbringe. Der Ort, den du bekannterweise ja nur betrittst, wenn ich dich dazu zwinge.«

Ich rieb mir über die Stirn. »Danke für den Kühlerschlauch übrigens. Das hättest du *wirklich* nicht machen müssen.«

»Doch, hätte ich. Das war sicher nicht das letzte Mal, dass du mich zwingst, mit dir mitzufahren, und ich würde gern meinen dreißigsten Geburtstag erleben.«

Ich runzelte die Stirn. Seine Worte hatten offensichtlich wie ein Scherz klingen sollen, aber ihnen fehlte der nötige Schalk. Die darunter verborgene Ernsthaftigkeit ließ mich stutzig werden. Weshalb war es ihm derart wichtig gewesen, den Schlauch auszutauschen? Es war ja nicht sein Wagen. Aus irgendeinem Grund hatte ihm der Gedanke, dass etwas damit nicht stimmen könnte, wirklich Kopfzerbrechen bereitet.

Ich sah zu ihm hoch und schirmte meine Augen gegen die Sonnenstrahlen ab, die durch den großen Kalifornischen Lorbeerbaum blitzten, als mir ein Gedanke kam. Was, wenn es etwas mit seinen Narben zu tun hatte? Hatte er einen Autounfall gehabt? Fuhr er deshalb so ungern mit mir mit?

»Ich sollte in Zukunft mein Auto abschließen«, gab ich zurück und bemühte mich, mir meine Gedanken nicht anmerken zu lassen. »Nicht dass es noch mal jemand einfach repariert. Frechheit.«

»In Los Angeles kann man nie wissen.«

Ich wies auf seinen Helm. »Kommst du gerade, oder gehst du jetzt?«

Er sah über die Schulter in Richtung seines Motorrads, wodurch sich seine Nackenmuskeln dehnten. »Ich bin fertig für heute und wollte gerade eine Runde drehen.«

Ich zog den Schlüssel ab und wollte die Tür öffnen, als Jamie mir zuvorkam. Ich murmelte ein Dankeschön und stieg aus. »Okay, dann viel Spaß«, sagte ich, tippte mir mit zwei Fingern an die Stirn und bereute es sofort. Ein Militärgruß? Ernsthaft? Um wirklich peinlich berührt zu sein, fehlte mir allerdings die Kraft.

Jamie musterte mich eingehend, und ganze acht Herzschläge lang blieb es still. Dann fragte er: »Willst du mitkommen?«

Ich erstarrte. *Er bot mir an, ihn zu begleiten?* »Wohin?«

Er zuckte mit den Schultern. Orangestichige Sonnenstrahlen sickerten durch seine Wimpern. »Weg. Ich will nur unterwegs sein. Nicht denken. Und du siehst aus, als könntest du das auch gebrauchen.«

Ich wusste, was es bedeutete, dass er mir das von sich aus anbot. Es war ein kleiner Schritt heraus aus der Isolation, die er gewohnt war. Wahrscheinlich nur, weil er mich bemitleidete, aber das sollte mir recht sein. Jeder Schritt, den er aus der Einsamkeit heraus machte, war richtig. »Okay, dann komm ich gern mit«, hauchte ich. »Danke.«

Wortlos drückte er mir den Helm in die Hand und ging voraus zu seinem Motorrad. Dort angekommen, zog er sich den anderen mit wenigen geschickten Handgriffen über und setzte sich auf den Sitz. Ohne zu viel darüber nachzudenken, tat ich es ihm nach und schlang meine Arme um seinen Oberkörper. Wieso löste jede noch so kleine Berührung etwas in mir aus? Am liebsten hätte ich mein Hirn angeschrien, dass es gefälligst aufhören sollte, in Jamies Nähe Oxytocin auszuschütten.

Er sagte kein Wort, als er den Motor startete, aus der Ausfahrt und schließlich durch die Straßen von Los Angeles fuhr. Einfach so. Als hätten wir uns verabredet, genau das heute Abend zu tun. Seine warme Haut und die Form seines Körpers sollten sich nicht vertraut anfühlen. Die ganze Tatsache, dass ich auf seinem Motorrad saß, die Kontrolle abgab und er ohne Ziel drauflosfuhr, sollte es nicht.

Und gleichzeitig war es der erste Moment an diesem Tag, den ich keine Sekunde lang hinterfragte.

***

Ich hatte ganz vergessen, wie schön die Marina del Rey war. Nachdem Jamie das Motorrad abgestellt und wir die Helme abgezogen hatten, spazierten wir in Richtung Hafen. Nebeneinander liefen wir an der Promenade entlang, zwischen schmalen Stegen, die bis ins golden schimmernde Blau reichten und an denen Jachten und Boote im Wasser schaukelten. Wir passierten einen Straßenmusiker mit einer Gitarre und erreichten einen von Palmen gesäumten Weg, der auf den Strand und das Meer dahinter zulief. Dort setzten wir uns auf die erste freie Bank, an der wir vorbeikamen.

Ich zog die nach Algen und Salzwasser riechende Luft tief in meine Lungen, schloss die Augen und hörte dem Kreischen der Möwen zu, die über unseren Köpfen kreisten.

»Ich war ewig nicht mehr hier«, sagte ich.

»Ich auch nicht«, gab Jamie zurück. »Das letzte Mal, bevor ich nach Massachusetts gegangen bin. Aber Marinas haben mich genau wie Flughäfen immer beruhigt.«

»Weil man jederzeit die Möglichkeit hat, in ein Boot oder ein Flugzeug zu steigen und abzuhauen?«, fragte ich scherzhaft, doch zu meiner Überraschung nickte er.

»Ganz genau.« Er löste den Blick vom Horizont und musterte mich. »Was ist heute Abend passiert?«

Ich schob meine Hände unter die Oberschenkel. »Ich habe heute mal etwas ausprobiert und wünschte, ich hätte es sein gelassen.«

Er sah mich verständnislos an, woraufhin ich ihm erzählte, wie ich meine Familie gefragt hatte, ob ich einen Flugschein machen sollte.

»Und sie haben dich nicht ermutigt?«, wollte er wissen und klang ein wenig verwundert.

Ich schnaubte. »Im Gegenteil – sie haben es mir ausgeredet. Du glaubst nicht, wie gern ich ihnen gesagt hätte, dass ich den Flugschein bereits mache.«

»Warum hast du es nicht?«

»Das geht nicht. Dann gibt es nur noch mehr Menschen, die ich enttäusche, wenn es nicht klappt.«

»Tolle Einstellung.«

Ich stützte einen Arm auf der Lehne ab. »Was, wenn sie recht haben? Ich fühle mich nicht einmal richtig ... erwachsen. Was heißt das überhaupt? Ist man das ab einem gewissen Alter einfach? Ich darf Auto fahren, Alkohol trinken und Verträge unterschreiben.«

»Nur bitte nicht gleichzeitig.«

Unwillkürlich musste ich lachen. »Nein, das nicht. Aber warum fühle ich mich mit dem Gedanken, Verantwortung zu übernehmen, so überfordert? Wann sagt mir endlich jemand, wie das hier alles funktionieren soll? Wie findet sich *irgendjemand* im Leben zurecht?« Ich hob die Handflächen zum Himmel, als läge dort die Antwort. »Weißt du, wovor ich mich am meisten fürchte? Dass Erwachsensein nur eine große Marketinglüge ist. Dass man im Leben niemals so richtig weiß, was man tut, weil immer die nächstgrößere Aufgabe auf einen wartet. Dass man sich nie gefestigt fühlt. Dass Sicherheit nur eine Illusion ist, die Erwachsene uns haben glauben lassen, als wir Kinder waren ... oder die wir uns selbst erzählt haben, um es ertragbarer zu machen.«

Jamie sagte eine Weile lang nichts. Als er dann das Wort ergriff, war seine Stimme ruhig, aber fest. »Ich glaube, dass niemand jederzeit alles im Griff hat. Aber das muss man auch nicht, oder? Man muss sich nicht erwachsen fühlen, sondern einfach nur wie man selbst. Man wird kein verantwortungsbewussterer Mensch, nur weil man ein gewisses Alter erreicht.«

»Was, wenn ich nie bereit bin? Manchmal stehe ich inmitten dieser Menschen, sehe, wie sie an mir vorbeilaufen, und denke, dass jeder von ihnen sein Leben besser unter Kontrolle hat als ich. Als wären alle anderen … eigene Planeten und ich nur ein kleiner Mond, der von Umlaufbahn zu Umlaufbahn hüpft.«

»Das ist Schwachsinn.«

»Es ist wahr, Jamie. Ich bin ein winzig kleiner Mond.«

Er wandte sich mir zu. »Wieso denkst du das?«

Die Antwort hatte ich sofort parat. »Weil ich mich von anderen Menschen beeinflussen und mitreißen lasse. Weil ich nicht für mich einstehen und … ja, Raum einnehmen kann«, gab ich zu. »Manchmal habe ich Angst davor, gesehen zu werden.«

Seine Augen blitzten auf, als wäre dahinter ein Licht angegangen.

»Was?«, fragte ich eilig.

Sein Mundwinkel zuckte. »Sag mal, was ist deine Lieblingsband?«, fragte er betont beiläufig.

»Die Beatles, wieso?«

»Welches Lied?«

»*While My Guitar Gently Weeps*. Und *Hey Jude*.«

Mit einem Mal erhob er sich. »Komm mit. Und … verzeih mir. Im Voraus.«

Ich blinzelte, erhob mich aber ebenfalls. »O Gott, Jamie, was hast du vor?«

Er antwortete nicht. Natürlich nicht. Aber als er den Weg zurücklief, den wir gekommen waren, und geradewegs auf den Straßenmusiker zuhielt, wurde mir alles klar.

Nein. Neinneinnein.

Abrupt blieb ich stehen, was Jamie sofort bemerkte. Er ging in einer fließenden Bewegung um mich herum, legte eine Hand auf meinen unteren Rücken und schob mich weiter vorwärts.

»Das würdest du nicht machen«, brachte ich hervor und fühlte mich so verraten wie noch nie.

Sein Mundwinkel zuckte. Er … war amüsiert. Wie schön, dass ihm mein Verderben immer wieder aufs Neue Freude bereitete. »Doch, weil es genau das ist, was du brauchst.«

Meine Augen weiteten sich. »Jamie –«

»Robin.« Etwa zehn Meter vor dem Straßenmusiker blieben wir stehen. Er hatte schulterlange Haare, einen Dreitagebart, trug ein weißes Shirt und eine etwas zerrissene Jeans. Gerade spielte er *Homesick* von Noah Kahan auf seiner Gitarre und traf dabei sowohl beim Instrument als auch mit seiner warmen Stimme jeden Ton. Er war gut. Sehr gut. Um ihn herum hatte sich eine Gruppe von mindestens zwanzig Menschen versammelt, weitere saßen auf den Bänken drum herum.

Jamie sah auf mich hinab. Seine Hand zuckte, als wollte er sie auf meine Schulter legen, ließ es dann aber bleiben. »Du hast Angst, gesehen zu werden und Raum einzunehmen?«, wiederholte er meine Worte von gerade eben. *Gott, Robin, daran bist du jetzt aber wirklich selbst schuld.* »Dann musst du dich genau dieser Angst stellen. Also.« In seine Augen trat wieder dieses amüsierte Funkeln. Wie bei einem gierigen Waschbären, der einen vollen Pizzakarton am Straßenrand entdeckt hatte. »Du wirst gemeinsam mit dem Straßenmusiker *Hey Jude* von den Beatles singen.«

»Nein, Jamie –«

»No Questions Asked.«

Ich klappte den Mund zu und funkelte ihn an. »Das ist das Schlimmste, was mir jemals jemand angetan hat.«

»Dein Augenlid zuckt wieder. Und keine Sorge, ich erledige das.« Er zwinkerte mir zu, wandte sich ab und ging direkt auf den Sänger zu. Unfassbar, wie viel Spaß er offensichtlich jetzt schon damit hatte, mich zu blamieren. Vorn angekommen, legte er einen Zehn-Dollar-Schein in den Gitarrenkoffer, wartete, bis der Sänger sein Lied beendet hatte, und schüttelte ihm dann die Hand. Nervös trat ich näher, um mithören zu können, was sie sagten.

»… normalerweise nicht, aber sie will unbedingt mal einen Beatles-Song singen. *Hey Jude.*«

Das ist der schlimmste Tag meines Lebens.

Der Musiker lächelte warm. »Na klar, supergern! Ich freue mich immer, wenn mich jemand am Mikrofon unterstützt.«

Addison wäre vermutlich mit einem Lachen neben ihn getreten und hätte es locker genommen.

Aber ich war nicht Addison.

Und locker war ich auch nicht.

Ihre Stimme hallte in meinem Kopf. *Jedenfalls würde ich vorschlagen, dass du deine Zwanziger nicht verschwendest, sondern lockerer wirst.* Ich hatte zwar widersprochen, aber die Worte hatten nur deshalb so wehgetan, weil sie recht hatte. Wenn sie mir gesagt hätte, dass sie meine blonden Haare hässlich fand, hätte es mich nicht getroffen, da sie nun mal schwarz waren. Es verletzten einen stets nur die Dinge, die man über sich selbst glaubte.

Ich sah auf, als mich der Musiker zu sich heranwinkte.

Noch gab ich die Hoffnung nicht auf, dass irgendein Schweizer Physiker in dieser Sekunde im CERN aus Versehen ein schwarzes Loch entstehen ließ. Eines, das nicht direkt zerfallen, sondern immer größer werden und die gesamte Erde verschlucken würde.

Die Hoffnung stirbt zuletzt.

Und ich hoffentlich zuerst, wenn es dann so weit ist.

Wie ferngesteuert setzten sich meine Füße in Bewegung, und ich spürte die Blicke der anderen Menschen auf mir wie giftige Pfeile. Vorn angekommen, reichte mir der Musiker seine Hand. »Hey, wie schön, dich kennenzulernen.«

Ich schluckte. *Was passiert hier.* »Hi, ähm …«

»Legen wir los?«

Ich blickte zu Jamie, der die Arme vor der Brust verschränkt hatte und eine Braue hob, als würde die Entscheidung nun bei mir liegen. Und das tat sie schließlich auch. Jedenfalls spürte ich, wie ich nickte und sich der Musiker kurz darauf bückte, um die Gitarre zu wechseln.

Sofort wandte ich mich an Jamie. »Ich kann nicht singen!«, gab ich mit viel zu hoher und panikerstickter Stimme zurück.

»Das ist ja der Witz.«

Ich spürte, wie das Blut aus meinen Wangen wich. »Sie werden mich alle auslachen.«

Dieses Mal berührte er mich doch an den Schultern und sah mich eindringlich an. »Werden sie nicht. Und wenn doch, dann wirst du sehen, dass dir nichts passieren kann.«

»Das ist echt hart, Jamie.«

»Danach wirst du mir danken.«

»*Danach* werde ich dir eine reinhauen.«

Und dann geschah es. Er lächelte. Zeigte seine weißen Zähne und wirkte mit einem Mal so unbeschwert wie früher. »Dieses Mal hat dein Augenlid nicht mal gezuckt, aber ich glaube, ich werde es riskieren.«

In dieser Sekunde wandte sich mir der Musiker zu. Bevor er etwas sagen konnte, ergriff ich das Wort. »Ich kann das wirklich nicht gut. Tut mir leid, ich will dich nicht blamieren«, sagte ich hastig, doch er lächelte nur. »Lass uns doch einfach Spaß haben und ein Lied gemeinsam singen. Blamage ist ein Konstrukt, an das ich nicht glaube.«

»O-okay?«

Ich spürte die Blicke der Menschen um uns herum auf mir und sah Hilfe suchend zu Jamie. Er stand etwas abseits der Menge, hatte die Arme wieder vor der Brust verschränkt und ließ mich nicht aus den Augen.

Ich verzog leidend das Gesicht, er nickte ermutigend.

Bevor ich es mir anders überlegen konnte, spielte der Musiker die ersten Töne und setzte mit dem Gesang ein. Ich verpasste den Anfang, aber er nickte mir mit einem Lächeln zu, als er die zweite Strophe anstimmte. Meine Hände waren zu Fäusten geballt, als ich ebenfalls zu singen begann. Es war zittrig, leise, auf jeden Fall schief. Und ... es interessierte niemanden. Die Menschen wippten mit den Köpfen, lächelten in Erinnerung an die Gefühle, die das Lied in ihnen auslöste.

Ich kannte das Lied in- und auswendig. Jedes Wort, jeden Ton, jede

Variation in Paul McCartneys Stimme. Die Anspannung in meinen Händen löste sich, als ich merkte, dass nicht jeden Moment jemand auf mich zeigen und lachen oder mich mit einem Hotdog vom Strand bewerfen würde. Tatsächlich passierte das genaue Gegenteil: Sie hatten Spaß. Nicht, weil ich gut sang, denn das tat ich gewiss nicht. Aber vielleicht kam es im Leben nicht immer auf Perfektion an. Das, was man von sich selbst erwartete, setzten andere nicht voraus.

Als der Refrain aufkam, sang ich mit, ohne mir weiter Gedanken darüber zu machen. Schloss die Augen und dachte an all die Male, als ich den Song im Auto gehört hatte. Wind in meinen Haaren, McCartneys Stimme in meinem Ohr und das Herz voller Töne und verschiedenfarbiger Gefühle. Als ich die Augen wieder öffnete, fand mein Blick Jamies zuerst – und das Lächeln auf seinen Lippen. Ich erwiderte es. Ein junges Paar tanzte durch die Menge. Der eine Mann drehte den anderen im Kreis, beide lachten und steckten die anderen damit an. Wir erlebten diesen Moment gemeinsam, und niemand würde sich in ein paar Wochen daran erinnern, wie schief das dunkelhaarige Mädchen gesungen hatte. Sondern nur daran, wie tief sie bei dem Lied empfunden hatten.

Na gut, vielleicht würden sich ein paar auch an meine schiefe Stimme erinnern, aber das machte mir mit einem Mal nichts mehr aus.

Die letzten Verse sangen sogar einige Menschen mit, und mein Lächeln wurde breiter. Ich stand hier, im Zentrum der Aufmerksamkeit, und es war halb so schlimm, wie ich gedacht hatte. Ich nahm Raum ein. Ein kleiner Mond, der sich aus dem Schatten wagte.

Als das Lied endete, brandete Applaus auf, in den ich mit einfiel, ehe der Musiker mir die Faust hinhielt und ich einschlug. »Danke.«

»Nicht dafür!«

Mit seltsam federnden Schritten und der Brust voller Aufregung und Glück trat ich an Jamie heran, dessen Augen leuchteten. »Siehst du, du hast –«

Weiter kam er nicht, da mein Gehirn eine Kurzschlussreaktion hatte, ich die Arme um seinen Oberkörper schlang und meine Wange an seine Brust schmiegte.

Es war, als würde ich einen Baumstamm umarmen. Unnachgiebig und starr. Zwei Herzschläge vergingen. Ich wollte mich gerade wieder von ihm lösen … als er nachgab. Sein Körper wurde weicher, er schlang die Arme um meine Taille und zog mich an sich. Die Art, wie er die Umarmung erwiderte, hatte etwas Verzweifeltes an sich. Als hätte er sich jegliche Nähe verwehrt und sich erst jetzt wieder daran erinnert, wie sehr er sie brauchte. Er grub seine Finger in den Stoff meines sonnengelben Shirts, als suchte er Halt.

Schließlich löste er sich von mir und fuhr sich durch die Haare.

Was genau waren wir eigentlich? Wir waren keine Freunde, Fremde allerdings auch nicht. Er war mein Fluglehrer, aber das traf es erst recht nicht. Uns verband ein Deal, aber konnte man es wirklich darauf reduzieren? Vermutlich nicht. Vielleicht musste es nicht für jede Bindung im Leben ein passendes Label geben.

Jamie warf einen Blick auf seine Smartwatch. Ich rechnete damit, dass er jeden Moment vorschlagen würde, zum Campus zurückzufahren, doch er hob nur eine Braue und fragte: »Hunger?«

Kapitel 22

»PARALLELUNIVERSUM«

(Oder: Was sein könnte)

»Ich kann nicht glauben, dass ich das gemacht hab«, sagte ich und leckte die Sauce, die aus meinem Burrito getropft war, von meinem Zeigefinger. An einem mexikanischen Foodtruck hatten wir uns vegetarische Burritos geholt und uns damit etwas abseits des Trubels in den warmen Sand gesetzt.

Die Sonne war durch den Smog nur als tief stehender roter Ball zu erkennen. Im Meer setzten sich Surfer als dunkle Silhouetten ab, ausgelassene Rufe mischten sich mit dem Geschrei der Möwen und dem lateinamerikanischen Song, der irgendwo aus Lautsprechern drang.

»Siehst du – du kannst sehr wohl Raum einnehmen«, sagte er und steckte sich den letzten Bissen seines Burritos in den Mund.

»Nach dem ersten Schock war es nicht so schlimm, wie ich gedacht habe.«

»Glaub mir.« Er wischte sich den Mund mit der dünnen Papierserviette ab. »Jeder ist viel zu sehr mit sich selbst beschäftigt, um dich wahrzunehmen. Denk mal darüber nach, wie viel Zeit du in deinem Kopf verbringst, während Hunderte Menschen an dir vorbeigehen, die du nicht einmal bemerkst.«

Ich aß das letzte Stück meines Burritos, zerknüllte das Papier und legte es neben seins in den Sand, damit es nicht weggeweht wurde.

Jamie sah starr nach vorn aufs Meer. Hinter ihm flossen perlmuttfarbene Wolken ineinander, und ich fragte mich, wie aus einem Abend, der so furchtbar gestartet war, *so etwas* werden konnte.

Das erste Mal verbrachten wir ohne einen Vorwand Zeit miteinander.

Durch das schwindende Licht nahm Jamies Narbe beinahe denselben Ton an wie die Wolken hinter ihm. Ich glaubte nicht, dass ihm bewusst war, wie schön das aussah.

In diesem Augenblick näherte sich etwas in meinem linken Blickfeld. Als ich noch meinen Kopf drehte und realisierte, dass ein Volleyball auf mich zuschoss, hatte Jamie bereits seine Hände ausgestreckt und ihn aufgefangen.

Ich zuckte heftig zusammen, Sand rieselte auf uns herab.

»Sorry, Mann!«, rief ein blonder Typ in einer flaschengrünen Badehose und gab Jamie breit grinsend das Zeichen, ihm den Ball wieder zurückzupassen. Jamies Miene war wie versteinert, als er ihn fester als notwendig zurückwarf und den Typ dabei beinahe im Gesicht traf.

Ich presste die Lippen aufeinander und unterdrückte ein Lachen, während der Typ etwas Unverständliches murmelte und sich von uns abwandte.

»Was ist? Wieso lachst du?«, wollte Jamie wissen.

»Weil du so launisch bist, dass es fast wieder lustig ist.«

»Launisch?«

»Ist dir bewusst, wie du auf andere wirkst? Mit diesem Blick würde man dich nicht mal nach dem Weg fragen, wenn man sich bei einer Wanderung verlaufen hat und du der erste Mensch bist, dem man nach sechs Stunden begegnet.«

Sein Mundwinkel zuckte. »Weißt du, was das Beste daran ist?«, fragte er.

»Erzähl es mir.«

»Es ist mir egal. *Und* ich habe meine Ruhe.« Er lehnte sich zurück und stützte sich mit dem Ellbogen im Sand ab.

Ich lehnte mich ebenfalls zurück. Es war seltsam, aber in diesem Moment überkam mich vollkommene Ruhe. Meine Gedanken drehten sich nicht, es gab kein Gestern, kein Morgen. Nur diesen Moment. Da war kein einziger Ort, an dem ich jetzt lieber wäre ... und, wenn ich ehrlich war, kein einziger Mensch, mit dem ich gerade lieber Zeit verbringen würde.

Was ... gefährlich war. Was auch immer mein dämlich hüpfendes Herz gerade veranstaltete, musste eine Ausnahme bleiben, da ich unter keinen Umständen Gefühle entwickeln durfte. Bei mir gab es keine halben Sachen; ich konnte keine kleine Verliebtheit entwickeln und danach einfach weitermachen. Wenn ich liebte, dann mit jeder Zelle meines Körpers. Ich konnte meine Farbe nicht langsam mit der des anderen vermischen – nur Hals über Kopf in den Farbtopf fallen und beten, dass ich nicht darin ertrank.

Er wird gehen, rief ich mir in Erinnerung. Gefühle für ihn zu entwickeln, wäre aus einer ganzen Reihe von Gründen eine dämliche Idee, aber das hier war wohl der bedeutendste:

Er. Würde. Gehen.

Und er hatte mehr als deutlich gemacht, dass ihn in Los Angeles nichts halten würde.

Jamie kratzte sich am Kinn. Erst jetzt bemerkte ich den leichten Bartansatz, den er letzte Woche noch nicht gehabt hatte. Ich fragte mich, wie er sich an meiner Wange anfühlen würde. Unter meinen Handflächen. An meinem Hals. An den Innenseiten meiner Oberschenkel –

Ach du Scheiße, geht's dir noch gut? Ich wandte eilig den Blick ab und räusperte mich. *Ganz gefährliches Terrain, Robin. Gefährlich und sagenhaft dämlich.* Hastig ließ ich mir etwas einfallen, das meine Gedanken weit, *weit* davon wegbringen würde, und sagte das Erste, das mir in den Sinn kam. »Wusstest du, dass die NASA 2008 einen Beatles-Song ins All gesendet hat?«

Er sah auf. »Wirklich? Welchen?«

»*Across The Universe.*« Aus offensichtlichen Gründen.

»Wie haben sie das angestellt?«

»Die NASA hat den Song durch das Deep Space Network in Richtung Nordstern geschickt. Rein theoretisch soll er vierhunderteinunddreißig Jahre später dort ankommen.«

Jamie blickte gen Himmel. »Wenn die Erde bis dahin nicht mehr existiert, weil die Menschheit sich gegenseitig zerstört hat, ist es beruhigend, dass es ausgerechnet ein Beatles-Song ist, der als Nachlass von uns Menschen zurückbleibt. Als hätte es all den Hass, die Kriege, die Missgunst und die Gewalt nie gegeben.«

Ich brummte zustimmend. »Manchmal wundert es mich, dass bei all dem Mangel an Empathie auf der Erde die Temperatur wärmer und nicht kälter wird.«

»Vielleicht ist es ja in einem Paralleluniversum anders«, warf er ein. »Da ist doch alles möglich, oder nicht?«

Er hatte recht. Und wenn ich es mir richtig überlegte, fühlte sich jedes Treffen mit ihm genau so an – als würde es in einem Paralleluniversum stattfinden. Ich traute mich Dinge, die ich sonst nie machen würde, war eine andere Version von mir. Das war nur hier möglich – in diesen aus dem Alltag gefallenen Momenten, die sich nicht real anfühlten.

Jamie und ich waren beide auf unsere eigene Art verloren. Ich wusste nicht, wie es so weit gekommen war, aber ironischerweise waren wir aktuell alles, was der jeweils andere hatte. Ein Anker in einem Meer der Ungewissheit.

Wir hatten ein Schlupfloch gefunden: Treffen, die keine waren, da wir sie an einen Deal gebunden hatten. Eine Ausrede, dem anderen nah zu sein, ohne zugeben zu müssen, es zu wollen.

Denn ja, ich wollte herausfinden, was mit ihm passiert war, und ihn aus der Reserve locken, aber ich wollte auch jemanden haben, mit dem ich Zeit verbringen konnte. Wollte mich ein bisschen länger durch seine Augen betrachten und spüren, dass er an mich glaubte.

Er erwartete nichts von mir. Weder dass ich gut gelaunt und lustig noch die stille Zuhörerin war, die immer zurücksteckte. Bei ihm konnte ich einfach nur *sein* – und das war wie ein Aufatmen nach monatelangem Luftanhalten.

Kapitel 23

»KOMETENSCHWEIF«

(Oder: Wie man Spuren hinterlässt)

Als wir die Treppe emporstiegen, die zu den Balkonen von Haus Saturn führte, war die Umgebung lediglich von in den Beeten versteckten Lampen beleuchtet. Im ersten Stockwerk angekommen, zeigte Jamie mit dem Daumen über seine Schulter. »Das ist mein Zimmer.«

»Okay«, sagte ich leise und musterte seine Miene bis ins kleinste Detail. Das Strahlen, das vorhin am Strand zu sehen gewesen war, war einer matten Dunkelheit gewichen.

Er entglitt mir. Ich konnte es spüren.

Jamie presste die Lippen aufeinander und hob die Hand zum Abschied. »Wir sehen uns morgen.« Er drehte sich um, doch ich stand nach wie vor an der Stelle, an der er mich zurückgelassen hatte. Als er bereits seine Karte an die Tür hielt, fiel mir etwas ein. »Warte!«, rief ich.

Er drehte sich um und sah mich abwartend an.

»Du musst noch kurz mitkommen.«

»Wohin?«

»In mein Zimmer. Ich muss dir was geben.«

Seine Brauen wanderten in die Höhe. »Dir ist klar, wie sich das anhört?«

Ich schnaubte. »Keine Angst, ich will dir schon nicht an die Wäsche.« Dass ich vorhin kurz – *ganz kurz!* – daran gedacht hatte, spielte jetzt keine Rolle. Ich bedeutete ihm mit einer Handbewegung, mir die Treppe nach oben zu folgen. Selbstbewusst erklomm ich die ersten vier Stufen und hoffte, dass er mir nachgehen würde. Ich wurde langsamer, hörte dann aber seine Schritte und nahm das Tempo wieder auf. Im vierten Stock peilte ich mein Zimmer an. Als ich eintrat und das Licht anmachte, verharrte Jamie vor der Balkontür. Als wäre er ein Vampir, der einen Raum nicht betreten konnte, ohne vorher über die Schwelle gebeten zu werden.

Ich trat an meinen Schreibtisch, schob das Tablet beiseite und griff nach der Kamera. Das war entweder eine richtig grauenvolle Idee oder eine sehr gute.

Ich atmete durch und trat zurück an die Tür. Das Licht aus dem Zimmer schmiegte sich sanft an seine harten Gesichtszüge. Seine Brust hob und senkte sich stetig, und an seinem Hals entdeckte ich ein paar wenige Sandkörner – das letzte Überbleibsel unseres Ausflugs. Ich unterdrückte das Bedürfnis, sie von seiner Haut zu wischen, und hielt ihm stattdessen die Kamera hin. »Das ist deine.«

Eine undefinierbare Emotion huschte über sein Gesicht. Unsere Finger streiften sich, als er sie entgegennahm, und es fühlte sich an, als hätte ich in den Funkenregen einer Wunderkerze gefasst. Sobald er die Kamera sicher in der Hand hatte, zog ich meine eilig weg und strich abwesend über die Stelle, an der er mich berührt hatte.

»An die habe ich gar nicht mehr gedacht«, sagte er mit rauer Stimme und drehte sie behutsam in seinen Händen.

»Sie lag bei uns zu Hause, und ich dachte, du solltest sie wiederhaben.«

Er hielt über dem Einschaltknopf inne. Ich hoffte, dass er sich die Bilder anschauen würde, sobald er allein war. Damit er sich an sein damaliges Leben erinnerte und erkannte, dass es in greifbarer Nähe war. »Ich gebe sie dir gemeinsam mit einem No Questions Asked zurück«, sagte ich.

Überrascht sah er auf.

»Ab jetzt musst du jeden Tag ein Bild schießen.«

Er runzelte die Stirn. »Was? Wieso?«

Weil du deine Leidenschaft wiederentdecken sollst. Weil dein Herz wieder anfangen soll, für die richtigen Dinge zu schlagen. »No Questions Asked, Jamie«, erinnerte ich ihn schmunzelnd an unsere oberste Regel, die wir beinahe jedes Mal brachen. Jeder von uns hatte fünf Deals gehabt – nun hatte jeder nur noch drei, dabei lag fast noch das ganze Jahr vor uns. Weshalb gingen wir so verdammt verschwenderisch damit um?

»Robin«, begann er, und die Eindringlichkeit in seiner Stimme ließ mich aufhorchen. Seine Lippen zuckten, er suchte nach den richtigen Worten. »Ich will nicht, dass du Hoffnung hast, dass ich anders sein kann, als ich jetzt bin. Dass es auf irgendeine Weise ... besser werden kann.«

Ich suchte seinen Blick, doch er sah nach wie vor auf die Kamera hinab. »Alles kann besser werden.«

»Da spricht die Optimistin aus dir, aber so ist das nicht.« Er schüttelte den Kopf. »Es ist wie mit dieser Narbe hier«, sagte er und zeigte darauf. »Sie wird für immer bleiben. Ich werde mein ganzes Leben lang verändert sein.«

Es war das erste Mal, dass er sie ansprach. »Verändert, ja. Aber nicht zum Schlechteren.«

Er schnaubte. »Ich bitte dich. Schau mich an.«

»Das tue ich die ganze Zeit schon«, flüsterte ich. Ich hatte nicht vor, wegzusehen – genau wie er es nicht tat. Er blickte hinter die Kulissen der Bühne, auf der ich für jede Person maßgeschneiderte Theaterstücke aufführte. Er sah die leeren Räume, die dunklen Zimmer. Die Orte, in die ich mich zurückzog, wenn ich allein war und nicht das Gefühl hatte, für jemand anderen da sein zu müssen.

Erst jetzt hob er den Blick. »Es lässt sich nicht ändern, also reden wir nicht drüber«, sagte er mit einem Mal deutlich kühler als zuvor. Er machte wieder zu.

»Gut, aber denk an das No Questions Asked.«

»Ich breche keine Versprechen.«

»Ich weiß.« Ich rang meine Hände. »Gut, dann …« Ich ließ den Satz in den freien Raum zwischen uns laufen.

»Gute Nacht, Robin.« Er sah mich drei Sekunden lang an, ehe er sich umdrehte und die Treppe hinabstieg.

Er bemühte sich so sehr, seine Mauer aufrecht zu halten.

Noch war ihm anscheinend nicht bewusst, dass es ihm mit jedem Treffen ein bisschen weniger gelang.

Und dass er jeden Tag etwas länger brauchte, sich von mir zu verabschieden.

Kapitel 24

»PERIHELION«

(Oder: Wie ich der Sonne zu nah komme)

»Sag mal, hast du einen Umweg über Mordor genommen, oder was? Wenn du noch länger brauchst, fahren wir ohne dich!«, sprach Sydney in ihr Handy und schickte die nun insgesamt vierte Sprachnachricht an Dylan ab.

Es war kurz vor acht, und Page, Sydney und ich saßen in einem Golfcart vor Haus Saturn. Page warf mir vom hinteren Sitz einen amüsierten Blick zu. Ihre Haare waren aufwendig gestylt, ihr Polokleid akkurat gebügelt, und ihr Tablet guckte aus einer knallroten Hermès-Tasche hervor.

Es war der Tag meiner nächsten Flugstunde, und die Luft war ungewöhnlich kühl, der Himmel blassgrau. Das war entweder der Smog, der aus der Innenstadt hier herüberzog … oder ein schlechtes Omen.

Wahrscheinlich Letzteres.

Sydney saß am Steuer des Carts und trommelte mit ihren langen, rot lackierten Fingernägeln auf dem Lenkrad herum. Ihre Haare hatte sie zu einem Pferdeschwanz zusammengefasst, ihr weißes Shirt trug die Aufschrift *Smash the Patriarchy*. Sydneys Ausgangszustand war selbstbewusst mit einer unterschwelligen Wut, die jederzeit hervorbrechen konnte wie bei einem aktiven Vulkan. Meist war diese gegen die Ungerechtigkeit der Welt gerichtet.

Na gut, und Dylan. Meistens Dylan.

Unwillkürlich musste ich an meine eigenen Brüder denken und warf einen Blick auf mein Handy. Gestern Abend hatten mir Brandon, Henry und Addison geschrieben.

Henry: Schreib mir bitte, sobald du angekommen bist. Es gefällt mir gar nicht, dass du emotionsgeladen Auto fährst.

Brandon: sorry, dass ich nichts gesagt hab

sehen wir uns am wochenende? du könntest mich im park besuchen

mir und dad mit den holzscheiten helfen

schaffen das doch nicht allein

Addison: Nimm dir das nicht zu Herzen, love. Nach meinen Prüfungen reden wir in Ruhe und schaffen alle Missverständnisse aus der Welt. Hab dich lieb!

Henry hatte ich sofort geantwortet, damit er sich keine Sorgen machte und drei Streifenwagen zur Uni schickte, um zu überprüfen, dass mir nichts passiert war. Bei Brandon und Addison hatte ich mir etwas mehr Zeit gelassen und die Nachrichten vorhin nach dem Duschen getippt. Beiden hatte ich dasselbe geschrieben: *Ist okay, wir sehen uns Donnerstag.*

Ich hoffte, dass die Nachricht nicht zu abweisend war, und hasste es gleichzeitig, dass ich mich nicht traute, richtig wütend zu sein. Denn das war ich nach wie vor.

Auf Brandons Vorschlag, ihm mit den Holzscheiten zu helfen, war ich gar nicht erst eingegangen. Ich wusste genau, dass er mich nur aus Mitleid gefragt hatte.

»Okay, jetzt reicht's!«, rief Sydney und startete den Motor im selben Moment, in dem Dylan aus dem Haupteingang gerannt kam.

»Sorry, sorry, sorry«, rief er und hüpfte im letzten Moment neben Page in das bereits fahrende Cart, da Sydney nicht angehalten hatte.

»Danke fürs Warten«, sagte er und richtete den Kragen seines Hemds, das unter einem weißen Pullover steckte, der aussah, als wäre er mit schwarzen Graffiti besprüht worden.

Page zuckte mit den Schultern. »Ich hab's heute eh nicht eilig. In der ersten Stunde hab ich Professor Grant, und wenn ich es mir erlauben könnte, würde ich nie wieder hingehen.«

»Wieso das?«, fragte er.

»Er ist ein riesengroßes Arschloch.« Sie seufzte und strich sich die Haare glatt, die vom Fahrtwind durcheinandergewirbelt wurden. »Jedes Mal lässt er sich darüber aus, dass wir die *verdammte Schneeflockengeneration* sind und nichts mehr abkönnen.«

»Klar, weil es besser ist, alles über sich ergehen zu lassen und sich in Umgebungen zu quetschen, in denen man nichts verloren hat«, schnaubte Sydney neben mir.

»Was ist überhaupt schlecht an einer Schneeflocke? Jede Einzelne ist individuell. Und ja, sie überleben nur in der richtigen Umgebung, aber ist das nicht etwas Gutes? Wir achten lieber darauf, wo wir hingehören, anstatt uns anzupassen und zu verstellen.«

Ihr vielleicht, dachte ich bitter, behielt den Gedanken aber für mich.

»Okay, Page hat also eine Vorlesung bei Professor Unsensibel«, fasste Dylan zusammen. »Robin, was steht bei dir heute an?«

Ich biss mir auf die Innenseite meiner Wange. »Ich hab Astrobiologie und Biochemie. Ach so, und heute Abend meine nächste Flugstunde.« Ich sagte es so beiläufig wie möglich, doch natürlich ging es an den anderen nicht vorbei.

»Was, die ist heute?«, fragte Sydney und löste den Blick von der Straße, um mich aus großen braunen Augen anzuschauen.

Mein gesamter Körper verkrampfte sich. »Ja. Und dieses Mal muss ich fliegen.«

»Wie aufregend«, sagte Page und klatschte im selben Moment in die Hände, in dem Sydney eine Kurve fuhr, woraufhin sie sich eilig wieder an der Stange neben sich festhielt. »Aber bist du okay? Ich meine … freust du dich?«

Ich würde mich tatsächlich darauf freuen, wieder fliegen zu können, wenn ich nicht selbst steuern müsste. Starten. Landen. Was man an einem normalen Mittwochabend eben so tat. »Schon«, gab ich zurück. »Freude, Zweifel, Todesangst … das ist doch eigentlich alles dasselbe.«

Dylan warf mir einen besorgten Blick zu.

»Was haltet ihr davon, wenn wir uns heute Abend auf der Dachterrasse treffen?«, schlug Sydney vor. Inzwischen fuhren wir geradewegs auf das Hauptgebäude zu, dessen Glasstruktur in der aufgehenden Sonne aufblitzte. »Ein bisschen entspannen und über Professoren lästern?«

»Ich war noch nie dort oben«, sagte Page.

Sydney nickte in ihre Richtung. »Ich hol dich ab, wir gehen gemeinsam hoch.«

Pages Wangen färbten sich zartrosa. »Okay.«

»Das klingt nach einer guten Idee«, warf Dylan ein. »Dann hat jeder etwas, worauf er sich freuen kann.«

Sydney nickte. »Robin? Bist du dabei?«

»Ja, eigentlich schon«, begann ich zögerlich. »Außer …«

»Wehe, Robin.« Sydney hob warnend einen Finger. »Sag es bloß nicht!«

»Außer«, setzte ich erneut an und zog das Wort in die Länge, »das war heute meine letzte Flugstund–«

Ich konnte nicht mal das Wort zu Ende sprechen, ehe mir Sydney in den Oberarm boxte. Fest.

»Au!«, rief ich und rieb mir über die Stelle.

»Ich meine es nur gut. Offenbar war das nötig«, sagte Sydney.

Dylan nickte. »Wo sie recht hat, hat sie recht.«

***

Nach meiner letzten Vorlesung packte ich hektisch meine Sachen zusammen und machte mich auf direktem Weg zum Apollo Café. Vereinzelte Studierende saßen auf den Stühlen zwischen den Topfpalmen, beugten sich über Laptops oder waren in ihre Smartphones vertieft. Von Jamie bisher keine Spur. Mit zittrigen Händen stellte ich mich neben den Eingang und wartete. Es roch verführerisch nach frisch gemahlenen Kaffeebohnen, aber ich sollte heute lieber die Finger davon lassen. Ich fühlte mich, als hätte ich mir drei Espressi in die Venen injiziert, Kaffeepulver geschnupft und einen Cappuccino hinterhergeext.

Ein immer lauter werdendes Rauschen ließ mich automatisch nach oben blicken. Inzwischen konnte ich gar nicht mehr anders. Schräg über mir stieg ein kleines Motorflugzeug in den Himmel. Das weiße Konstrukt sah in dem endlos weiten Himmel irgendwie verloren und fehl am Platze aus. In weniger als einer halben Stunde würde ich ebenfalls in einem sitzen und es selbst gen Himmel steuern. Ich drückte mir eine Hand auf meinen schmerzenden Magen.

»Hey.«

Ich löste den Blick vom Himmel und sah geradewegs in Jamies Gesicht. Er trug eine Sonnenbrille, die einen Teil seiner Narbe verdeckte. Eine Hand hatte er in die Tasche seiner schwarzen Jeans geschoben, in der anderen hielt er eine Art Reisetasche aus Leder. Sein Shirt war schwarz – schockierend –, allerdings prangte heute auf seiner linken Brust ein kleines weißes Flugzeug. Direkt darunter stand in verblichener Schrift: *New England Aviators Club*.

»Willst du einen Kaffee, bevor wir gehen?«, fragte er gelassen, als würde mir nicht gleich mein Herz aus der Brust springen und ihm vor die Füße fallen.

»Bei aller Liebe, aber wenn ich jetzt einen Kaffee trinke, wäre das mein letzter.«

Er nickte ernst, als wäre das tatsächlich eine Möglichkeit. »Okay, ich hole mir schnell einen.«

Ich hielt ihm die Tür auf, da ich näher dran stand, und betrat mit ihm das Innere des Cafés. Es war voller als gedacht, beinahe sämtliche

Tische waren belegt. Mir fiel auf, wie verspannt Jamies Nackenmuskeln mit einem Mal waren und dass er auch hier drinnen seine Sonnenbrille nicht abzog. Am Strand hatte er sie auch aufbehalten. War es ihm unangenehm, wenn Menschen seine Narbe sahen?

Ich wartete, bis er seine Bestellung aufgegeben hatte – er trank seinen Kaffee schwarz, was sonst –, und trat dann neben ihn zu der Ablage, auf der Milch, Zucker und Zimt bereitstanden. Er stellte den Becher auf die Theke, nahm den Zucker und goss ihn in seinen Kaffee. Zwei, drei, vier, fünf Sekunden lang.

Ich hob mit amüsiertem Lächeln eine Braue. Obwohl er nicht in meine Richtung geblickt hatte, sagte er: »Ich will nichts hören.«

Erst als wir im Cart saßen und er uns von dem lebendigen Platz wegbrachte, schob er sich die Sonnenbrille in die Haare und ließ die angespannten Schultern etwas sinken. Während seine Anspannung immer mehr nachließ, nahm meine mit jedem Meter zu. Je mehr wir uns dem Flugplatz näherten, desto stiller wurde die Umgebung und umso lauter das Rauschen in meinen Ohren.

Jamie stellte das Cart ab und trank den Kaffeebecher, der in seiner Hand lächerlich klein aussah, in einem letzten Schluck leer. »Lass uns direkt anfangen, es gibt wieder einen Timeslot.«

Er sah nicht einmal in meine Richtung, als er ausstieg, die Tasche vom Rücksitz nahm und seine Karte an das Tor hielt.

Ich seufzte. Und wieder einmal war er ganz in die Rolle des Fluglehrers geschlüpft. Unnahbar, professionell und ein wenig schlecht gelaunt. So als hätte es den gestrigen Abend nie gegeben.

Ich folgte ihm bis zu Hangar vier und beobachtete, wie er die Cessna, über deren Seite sich zwei rote Streifen zogen, aus der Halle und auf den Vorplatz in Position schob. Die Muskeln an seinen Armen und seinem Rücken traten dabei hervor, und ich wandte eilig den Blick ab, nur um dann doch noch einmal hinzusehen.

Als er fertig war, öffnete er die Tür, warf seine Tasche auf die Rückbank und kam dann vor mir zum Stehen. »Du weißt, was du zu tun hast.«

Und so verrückt es war, das wusste ich wirklich. Den Walkaround meisterte ich, ohne dass Jamie eingreifen oder etwas hinzufügen musste. Ich würde es ihm nicht sagen, aber nach dem ersten Mal hatte ich alle Schritte in der Notizapp meines Handys festgehalten und war sie jedes Mal, wenn ich zwischendurch ein wenig Zeit gefunden hatte, durchgegangen.

Als es an den Innencheck ging, hielt ich vor der linken Tür inne. Jamie, der mein Zögern entweder nicht bemerkte oder absichtlich ignorierte, rutschte auf den Co-Pilotensitz und machte sein Tablet an. »Komm einfach rein und schließ die Tür, Robin. Du denkst wieder zu viel.«

Ich sah ein letztes Mal zu den bauschigen Wolken, die zu harmlos aussahen, als dass man ihretwegen den Flug absagen konnte – *Danke für nichts, Los Angeles!* –, stieß die Luft aus und hievte mich ins Innere. Natürlich nicht, ohne dass ich mir den Kopf an der Tür stieß. »Fuck«, murmelte ich und rieb mir über die pochende Stelle. Das Innere roch nach Benzin, Leder und Staub … und als ich die Tür schloss, auch nach Jamie.

Ich brachte den Innencheck mit pochendem Herzen hinter mich und merkte, wie viel ich dank der Theoriestunden inzwischen verstand. Jamie half mir dabei, die Checkliste durchzugehen, und sah sich dann mit mir die Karte an, auf der die Bereiche eingezeichnet waren, die man nicht überfliegen durfte.

»Alles klar, sieht so weit alles gut aus«, sagte er. »Heute stehen Platzrunden an«, erklärte er mit für die Situation viel zu gelassener Stimme. »Das bedeutet, dass du das Flugzeug starten, eine Runde über den Flugplatz drehen und wieder landen wirst.«

Okay. Okay. Das war schrecklich und beängstigend, aber immerhin wäre es schnell vorbei.

»Und das Ganze machen wir in etwa zehn Mal.«

Mein Mund fiel auf. »Warte, was?!«

»Was denkst du denn, wie man das Starten und Landen übt? Das wirst du nun jedes Mal machen, bis wir zu deinen Einzelstunden übergehen.«

Ich presste eine Hand auf mein Herz. »Jamie, wenn du nicht willst, dass ich mich in die Cessna übergebe, sprichst du jetzt nicht von Einzelstunden.«

»Sorry, du hast recht. Das liegt ja auch noch in der Zukunft«, sagte er, legte die Hände auf den Beinen ab und sah mich erwartungsvoll an. »Kann es losgehen? Du kennst die nächsten Schritte.«

Ich sah zu dem im Anlasser steckenden Schlüssel und spürte, wie meine Kehle trocken wurde.

»Robin«, sagte er, und die Veränderung in seiner Stimme ließ mich aufsehen. Plötzlich klang er nahbarer als zuvor. Weicher. »Trau es dir zu.«

Ich fing seinen Blick auf, ließ die vier Worte erst in meinen Verstand und danach in mein wild schlagendes Herz sickern. Automatisch dachte ich an Brandons Lachen, Addisons Gleichgültigkeit und Henrys ungläubigen Blick, als wäre die Vorstellung, ich könnte etwas Schwieriges schaffen, so abwegig. *Das meinst du doch nicht ernst. Wärst du denn bereit, dich damit auseinanderzusetzen? Ich stelle mir das ziemlich schwer vor.* Dann durchbrach Jamies Stimme in meinem Kopf die der anderen.

Trau

Es

Dir

Zu.

Ich biss die Zähne zusammen. Ohne länger zu zögern, schnallte ich mich an, setzte die Kopfhörer auf, startete den Motor und löste die Handbremse.

»Ich übernehme für diese Stunde die Kommunikation mit dem Tower«, sagte Jamie, dessen tiefe Stimme durch die Kopfhörer drang, wodurch es wirkte, als wäre sein Mund direkt an meinem Ohr. »Dann kannst du dich auf den Rest konzentrieren.«

Ich nickte und richtete meinen Blick auf den rotierenden Propeller. Kurz darauf drückte Jamie den Knopf an seinem Steuerhorn und gab die ersten Daten an den Tower durch. »Cessna Oscar Whiskey Lima bereit zur Startfreigabe auf Piste zwei.«

Die Antwort erfolgte sofort. »Cessna Oscar Whiskey Lima Startfreigabe erteilt, Piste eins.«

Ich spürte meinen Puls in den Fingerspitzen, als ich anfuhr und die Cessna mithilfe der Pedale am Boden zur richtigen Startbahn steuerte. Sehr holprig, wohlgemerkt. Noch hatte ich den Dreh mit den Pedalen nicht raus, und wir schwenkten öfter zu weit nach links oder rechts aus.

»Cessna Oscar Whiskey Lima überquere zwölf über Tango.«

Jamies entspannte Stimme in meinen Ohren war das Einzige, was mich davon abhielt, mitten auf der Piste die Tür aufzureißen und rauszuspringen. Er lotste mich über die endlos wirkenden Bahnen und gab mir dann das Zeichen, stehen zu bleiben.

Die Sehnen in Jamies Hand spannten sich an, als er den Knopf am Steuerhorn drückte und sagte: »Cessna Oscar Whiskey Lima ist bereit zum Abflug.«

O Gott, ich kann das nicht. Mein Puls erreichte zuvor unbekannte Höhen, Schweiß trat mir auf die Stirn, und mit jedem Atemzug, den ich nahm, kam weniger Sauerstoff in meinen Lungen an.

»Robin.« Jamie legte eine Hand auf meine angespannte Schulter und drückte sanft zu, wie um mich wieder zurückzubringen. Ich sah ihn an. Seine Augen waren ein Widerspruch: ein Kontrast aus warmem Braun und einer eisigen Kühle, in der Wirbelstürme wüteten. »Dir kann nichts passieren«, sagte er mit einer Stimme, die sich deutlich von der unterschied, mit der er mit dem Tower kommuniziert hatte. Diese Worte waren nur für mich gedacht. »Ich bin bei dir. Alles ist gut, vertrau mir.«

Obwohl der Motor laut dröhnte, wurde für einen Moment alles leise, und ich erlaubte mir, einen tiefen Atemzug zu nehmen.

»Was denkst du gerade?«, fragte er.

»Dass wir hoffentlich unten wieder ankommen.«

Sein Mundwinkel hob sich. »Na ja, unten kommt man immer irgendwie wieder an …«

Meine Nerven mussten vollends durchgebrannt sein, da ich ein kurzes, hysterisches Lachen von mir gab.

Und dann ging alles Schlag auf Schlag. Jamie nahm seine Hand von meiner Schulter, der Tower meldete sich mit letzten Informationen gefolgt von der finalen Startfreigabe.

Noch nie zuvor in meinem Leben war ich derart konzentriert gewesen. Es gab viel, auf das man gleichzeitig achten musste, aber Jamie führte mich durch alle Punkte. Er legte die Hebel um, die ich vergessen hatte, warf prüfende Blicke auf die Bildschirme. Keine Ahnung, wie ich bei all der Angst überhaupt funktionieren konnte, aber ich tat es.

»Irgendwelche letzten Worte?«, fragte Jamie, der mit einem Mal viel gelöster wirkte als zuvor. Es war genau andersrum – dort, wo ich angespannt war, war er die Ruhe selbst.

»Ich denke nicht.« *Du kannst das. Du musst.* Ich würde das durchstehen und war zu ... fünfundsechzig Prozent sicher, dass ich es schaffte.

»Dann los.«

Okay, sechzig Prozent.

Meine Hand zitterte sichtbar, als ich den Gashebel in der Mitte der Konsole nach vorn schob. Die Cessna nahm Fahrt auf, wackelte und ruckelte so stark, dass ich immer wieder kurze Blicke zu Jamie warf, ob er beunruhigt aussah oder ich einfach weitermachen sollte.

»Achte darauf, wie viel Geschwindigkeit du aufgebaut hast«, sagte er, und mein Blick zuckte zu der entsprechenden Anzeige. Sobald ich bei sechzig Knoten angekommen war, musste ich rotieren, also die Räder vom Boden bekommen.

Ich spürte meinen Herzschlag nicht mehr.

Fünfundvierzig Knoten. Fünfzig. Fünfundfünfzig ... Sechzig.

Jamie sagte nichts, überließ es mir.

Ich zog das Steuerhorn nach hinten ...

... und die Nase neigte sich nach oben.

»Ein bisschen mehr«, sagte Jamie, drückte einen Schalter, dessen Bedeutung ich vergessen hatte, legte seine Hand über meine und verstärkte den Zug. Wir stiegen weiter nach oben, mein Herz stolperte, und er ließ meine Hand wieder los.

»Perfekt, Robin! Mehr ist es gar nicht.« Er klang so unbeschwert.

Als wären seine dunklen Gedanken an die Gravitation gebunden und könnten ihn hier oben nicht erreichen.

Er hielt seine Hand wachsam in die Nähe seines Steuerhorns, griff aber nicht mehr ein. Ich konnte keinen klaren Gedanken fassen, als wir immer weiter nach oben stiegen. Kein Gedanke, nur ein Gefühl: Dankbarkeit. Dafür, dass er mit mir in dieser Cessna Hunderte Meter über dem Boden war. Dass er mich dazu überredet hatte. Mir vertraute und noch besser: mir das *zu*traute.

Sobald wir die Flughöhe erreicht hatten, wies er mit einem Nicken auf das Tablet, auf dem die Flugroute eingezeichnet war. Ich musste eine Schlaufe fliegen, die Bahn wieder anpeilen und landen.

Klar, wenn es sonst nichts ist.

Er zeigte auf die Wolke, die etwas weiter vor uns über den Himmel glitt. Gott, war die nah. Wenn ich das Fenster öffnen und meine Hand ausstrecken würde, könnte ich sie berühren. »Die Wolke wird uns vermutlich etwas anziehen, aber das ist kein Grund zur Sorge.«

Ich runzelte die Stirn. »Sie wird was?!« Kaum hatte ich die Worte ausgesprochen, spürte ich es auch schon. Als hätte sich eine gigantische Hand von oben auf das Dach gelegt und uns nach oben gezogen, gewannen wir an Höhe. »Nicht schlimm, dann steuert man einfach dagegen«, erklärte er. »Genau so.«

Jamie half mir dabei, wieder die richtige Höhe zu bekommen und danach die Kurven zu fliegen, da ich mich noch nicht ganz traute, die Cessna richtig zur Seite zu lenken. Schließlich kam vor uns die Landebahn in Sicht. Wieso sah sie von hier oben plötzlich so kurz aus? Und weshalb waren wir noch so hoch? »Soll ich die Geschwindigkeit drosseln?«

»Ja, wir sind gerade ein bisschen zu schnell, aber wenn du sie jetzt runterregelst, schaffen wir es.«

Ich tat, was er sagte, und justierte den Gashebel mit der rechten Hand, während ich mit der linken das Steuerhorn bediente. Jamie setzte sich mit dem Tower in Verbindung und ließ die Landeklappen ausfahren, während wir immer weiter nach unten sanken.

O Gott, das fühlt sich seltsam an. Was, wenn wir nicht landen, sondern einfach aufprallen und sterben?

»Langsam, weiter runter.«

Ich versuchte es, war jedoch nicht schnell genug. Jamie übernahm an seinem Steuerhorn, die Cessna sank und sank und kam schließlich hüpfend auf der Startbahn auf.

»Fuck.« Ich hatte es nicht geschafft.

»Das war deine erste Landung, Robin, hör auf, dich zu verurteilen, und gib lieber wieder Gas.«

»Jetzt sofort?!«

»Natürlich, wir starten direkt wieder durch.«

Es würde also keinen einzigen Moment geben, um zur Ruhe zu kommen. Alles klar. Beim zweiten Mal gelang mir das Starten besser, da ich mich traute, schneller nach oben zu steigen, und auch bei den Schlaufen brauchte ich ein bisschen weniger Unterstützung. Die Landung jedoch lief wie beim ersten Mal ab. Irgendwie wollte es mir nicht recht gelingen, aber Jamie blieb gelassen, geduldig. Er war der perfekte Lehrer.

»Noch mal«, sagte er, nachdem er die Cessna zum zweiten Mal gelandet hatte.

»Noch mal« nach dem dritten und vierten Mal, das er ebenfalls übernommen hatte. Immer wieder streiften sich unsere Arme – immer wieder ging ein Funkenregen über meine Haut. Ich schob es auf das Adrenalin, dass sich jede Berührung anfühlte wie ein kleiner Stromschlag und ich kein einziges Mal weiter nach links rutschte, um ihm mehr Platz zu lassen.

Beim fünften, sechsten und siebten Mal kam ich ein bisschen weiter nach unten, dennoch war Jamie es, der landete.

»Das ist verdammt schwer«, rief ich frustriert aus, als ich erneut durchstartete.

»Du startest gerade zum achten Mal eine Cessna, ist dir das überhaupt bewusst?«

Verdammt, er hatte recht. Ich startete ein Flugzeug. *Ich!* Bei der nächsten Schlaufe rutschte mir meine Hand ab, aber Jamie lenkte sofort dagegen und brachte alles unter Kontrolle. »Jetzt, du kannst es. Lande das Flugzeug, als wäre ich nicht hier, um dir dabei zu helfen.«

Ich biss mir auf die Zunge, drückte das Steuerhorn mit verkrampften Fingern nach vorn. Wir sanken und sanken, kamen der Landebahn mit schwindelerregender Geschwindigkeit näher … und setzten auf. Zwar wackelig, zu fest und mit quietschenden Reifen, aber wir setzten auf.

Heilige Scheiße! Ich habe die Cessna gelandet!

Jamie griff das Steuerhorn, um etwas Ruhe in die Lenkung zu bringen. Kurz sah ich zu ihm und bemerkte sein Lächeln und die Emotion, die über sein Gesicht huschte. War das Erleichterung? Freude? … Stolz?

Die nächste Landung lief ähnlich ab. Ich schaffte es, sie zu Boden zu bringen – nicht schön und beängstigend wackelig, aber ich brachte sie zu Boden. Beim zehnten Versuch erwischte uns vor dem Aufsetzen eine Windböe und schob uns wieder nach oben in den pfirsichfarbenen Himmel, weshalb Jamie schnell die Führung übernahm und die Cessna ein letztes Mal sicher auf dem Boden aufsetzte.

Meine Finger zitterten, als ich das Gas rausnahm und die Cessna wieder zurück zum Hangar steuerte. Erst als er uns beim Tower abgemeldet, ich den Motor ausgemacht und die Kopfhörer abgenommen hatte, wurde mir bewusst, was gerade geschehen war.

Meine Augen wurden feucht, als sämtliche Emotionen und Empfindungen auf mich einprasselten wie Platzregen. Stolz, Freude, Erleichterung, der Nachhall der Angst und das Vibrieren der Maschine, die ich nach wie vor in meinen Fingerspitzen spürte.

»Robin, du hast es geschafft! Du hast das Flugzeug gestartet und gelandet. Ich wollte es mir eigentlich verkneifen, aber: Ich habe es dir ja gesagt.« Seine Augen waren von diesem seltenen Strahlen erfüllt. »Siehst du, was du schaffen kannst, wenn du es dir nur selbst zutraust?«

Mein Herz schwoll an. Es gab Hunderte Dinge, die ihn anscheinend kaltließen, aber ausgerechnet das hier gehörte nicht dazu.

Er hatte seine Hände auf den Oberschenkeln abgelegt. Unsere Gesichter waren sich alarmierend nah, die Härchen in meinem Nacken stellten sich auf. Seine Pupillen waren geweitet, sein heißer Atem traf meine Wange. Unsere Atmung ging schneller als normal, die Luft im Inneren der Cessna war dick und schwer. Die Zeit stand still. Er sah mich an mit einer Intensität, die einen Waldbrand hätte auslösen können. Nur Wärme und Hitze und …

Ich wusste nicht, woran es lag, dass ich mich näher zu ihm lehnte. Vielleicht war es das Hochgefühl, das mich alles andere außerhalb dieses Flugzeugs ausblenden ließ, als hätte es nie etwas anderes gegeben als uns.

Er sah mit halb geöffneten Lidern auf meine Lippen, ich tat es ihm nach. Es gab eintausend Gründe, aus denen ich zurückweichen sollte … und dennoch rückten alle logischen Gedanken in den Hintergrund. Alle Ampeln waren rot, und ich rauschte trotzdem über die Kreuzung. Denn so logisch ich meine Gedanken auch formulieren würde – sie würden gegen mein Verlangen, ihn zu küssen, in etwa so gut ankommen wie ein entzündetes Streichholz gegen eine Flutwelle.

Ich hörte auf zu atmen, überbrückte die letzten quälenden Zentimeter, die uns voneinander trennten … und legte meine Lippen auf seine.

Sie waren erhitzt, weich, magnetisch. Ein Ruck ging durch meinen Körper, und ich wollte nichts mehr, als dass sich unsere Atome miteinander vermischten und …

Das ist Jamie, *den du da gerade küsst.* Der Gedanke ließ mich aufwachen, und ich wich eilig zurück. »Fuck«, entkam es mir. »Fuck, es tut mir leid.« *Hast du jetzt vollkommen den Verstand verloren, Robin?!*

Jamie sah aus, wie ich mich fühlte: verwirrt, schockiert und … das letzte Gefühl konnte ich nicht benennen.

Ich gab mir gedanklich eine Ohrfeige. »Es tut mir so unendlich leid. Das war eine Kurzschlussreaktion, ich …«

Den Blick nach unten gerichtet, strich er sich gedankenverloren über die Lippen, als würde er es ungeschehen machen … oder sich daran erinnern wollen. »Das ist keine gute Idee«, sagte er mit rauer Stimme.

»Ich weiß!« Ich rieb mir über das Gesicht. »Gott, es tut mir echt –«

»Ich stoße nicht alle anderen von mir weg, nur um dich an mich ranzulassen«, brachte er mühsam hervor und klang dabei, als würde er sich selbst daran erinnern müssen. Wer hatte ihn derart verletzt, dass er nun keine Nähe zulassen wollte? War er verlassen worden? Oder hatte er sogar jemanden an der Ostküste für das Stipendium an der Chamberlin zurücklassen müssen?

Eines war klar: Ich hatte es versaut. Hatte das Flugzeug nicht sanft zurück auf den Boden gebracht, sondern war nach einem Sturzflug in voller Geschwindigkeit auf dem Asphalt zerschellt.

»Ich habe nicht nachgedacht – «

»Offensichtlich nicht«, sagte er hart und sah mir endlich wieder in die Augen. Ich hatte nicht einmal Zeit, Luft zu holen, ehe er seine Hand an meinen Hinterkopf schob, mich zu sich heranzog und küsste.

Kapitel 25

»TEILCHENZERFALL«

(Oder: Wie ich mich in meine Einzelteile auflöse)

Wir warfen sämtliche Zurückhaltung über Bord.

Unseren Verstand, unsere Beherrschung, unsere Distanz.

Jamie küsste mich, als wäre er dabei gewesen, zu ersticken, und ich der ihn rettende Sauerstoff. Als wäre er wütend und der Kuss sein einziges Gegenargument in einem Streit. Seine eine Hand lag an meinem Hinterkopf, die andere fuhr zu meiner Taille und grub sich in den Stoff meines Shirts. Auch ich konnte meine Hände nicht bei mir behalten. Ich fuhr mit der Hand bis zu seinem Hals, spürte seinen Puls unter meinen Fingerspitzen und kam ihm ein wenig entgegen, worauf er sofort reagierte und mich an meiner Taille näher zu sich zog. Mein Kopf stieß an der Decke an, doch ich spürte es kaum.

Seine Zungenspitze berührte meine, und mir entkam ein leises Seufzen, das er sofort mit seinen Lippen auffing.

Das hier war kein typischer erster Kuss. Es lag keinerlei Vorsicht oder Sanftheit darin. Es war kein langsames Anfahren – es war das Durchdrücken des Gaspedals mit der Gewissheit, dass dem Auto sämtliche Bremsen fehlten.

Ein süßer, dichter Nebel legte sich über meine Gedanken, als er beide Hände an meinen Kiefer legte, die Daumen auf meinen Wangen ruhend. Seiner Kehle entkam ein tiefer Laut; eine Mischung aus Erleichterung und Verlangen, und meine Knie wurden noch weicher, als sie nach den Platzrunden ohnehin schon waren.

Ich wollte mehr. Ich wollte alles.

Die Welt schrumpfte auf unseren kleinen Kosmos innerhalb der Cessna, als gäbe es um uns herum nichts als leeren Raum. Als würden wir im All schweben, ohne Möglichkeit, je wieder zurück zur Erde zu finden.

»Fuck«, murmelte Jamie und löste sich von mir. *»Fuck«,* sagte er erneut und fuhr sich durch die Haare. Seine Lippen waren gerötet, meine eigenen brannten, und in dem dichten Nebel meiner Gedanken suchte ich nach der Antwort auf die Frage, was hier gerade passiert war.

Ein Teil von mir spürte das bittere Bereuen bereits in mir hochbrodeln, aber der andere, größere Teil, würde es hier und jetzt sofort wiederholen.

Eine Grenze zu übertreten, hatte noch nie so viel Spaß gemacht.

Wir sahen einander an, Jamie schüttelte den Kopf. »Verdammt, das hätte nicht –«

»Das ist nicht schlimm!«, fiel ich ihm eilig ins Wort, angetrieben von der Angst, dass er mir nun endgültig durch die Finger rinnen würde. »Es waren zu viele Emotionen und ein … besonderer Moment. Wir haben uns mitreißen lassen, das kann passieren!«

»Ach ja?«, fragte Jamie und hob eine Braue. »Also ich habe meinen Fluglehrer nach meinem ersten Flug nicht geküsst.«

Ein Lachen entkam mir, und sofort presste ich meine Hand auf den Mund. »Sorry«, sagte ich undeutlich durch meine Finger.

Jamie schloss für den Bruchteil einer Sekunde die Augen, ehe er sie öffnete, sich ein Schmunzeln vom Gesicht rieb und Verzweiflung darauf zurückließ. »Das hätte nicht passieren sollen.«

»Vielleicht nicht«, flüsterte ich. *Es war unvermeidbar*, dachte ich.

»Ich will nicht, dass es irgendetwas ändert«, sagte er und bemühte sich so sehr um einen sachlichen Tonfall, dass es beinahe lustig war. Wenn ich ihn nicht noch immer schmecken könnte und mein Herz nicht bei jedem Mal, das wir uns in die Augen sahen, aus meiner Brust springen würde, wäre es das vielleicht.

»Muss es nicht. *Wird* es nicht. Es wird nichts ändern«, sagte ich und spürte, wie das bittere Aroma der Worte Jamies Geschmack auf meiner Zunge vertrieb. »Wenn wir die Türen der Cessna schließen, lassen wir den Kuss einfach drinnen zurück.«

Er schüttelte kaum merklich den Kopf, doch allein die Erwähnung des Kusses ließ mir das Blut in die Wangen steigen. Meine Kehle wurde trocken, ich leckte mir über die Lippen und spürte, wie sein Blick meiner Zungenspitze dabei folgte. Mein dämliches Herz klopfte sofort wieder schneller, als wüsste es selbst, dass das eine blöde Idee gewesen war – und ich mit jeder Sekunde, die ich länger hier verweilte, Gefahr lief, die Grenze ein weiteres Mal zu übertreten.

Wir wandten gleichzeitig den Blick voneinander ab.

Jamie räusperte sich. »Okay, ähm ... der Außencheck. Der kommt jetzt. Ja. Lass uns rausgehen.«

Die frische Luft war wie ein Schlag ins Gesicht, als ich aus der Cessna hüpfte – dieses Mal wie durch ein Wunder, ohne mir dabei den Kopf anzuschlagen. Ich hatte das Flugzeug vorhin voller Angst betreten und verließ es jetzt in einem Gefühlschaos, das ein ganzes Buch füllen könnte. Verrückt, wie viel in einer Stunde passieren konnte; die Erde legte mehr als hunderttausend Kilometer zurück, ich landete eine Cessna und küsste meinen Fluglehrer.

Jamie überließ mir den Walkaround. Ich vergaß zwei Schritte, hatte Schwierigkeiten, mich zu konzentrieren, und wusste nicht, an welchem der beiden Ereignisse es lag, die in der letzten Stunde passiert waren. Die ganze Zeit über wich ich erfolgreich seinem Blick aus ... bis ich die Flügel abgetastet hatte, automatisch zu ihm sah und bemerkte, dass er mich bereits betrachtete. Mit einem Mal war ich mir meines Körpers viel zu sehr bewusst. Wie stand man noch mal? Wo sollten meine Hände hin? An meine Hüften? Nein, das fühlte sich komisch an. Aber weshalb war sein Blick so eindringlich? Oder bildete ich mir das nur ein?

Als wir den Check beendet hatten und zum Hangar gingen, um den Flug ins Logbuch einzutragen, seufzte ich innerlich.

Wie unangenehm. Am liebsten wäre ich direkt nach dem Kuss verschwunden – egal wohin, Hauptsache, weg von ihm.

Tja, vielleicht hättest du ihn küssen sollen, nachdem *du den letzten Check und die Einträge ins Logbuch gemacht hast.* Aber genau das war es ja – der Kuss wäre außerhalb dieser speziellen Situation niemals passiert.

Und trotz allem bereute ich ihn kein bisschen.

Ich sah stumm dabei zu, wie er die Daten notierte, verfolgte seine Finger mit meinem Blick und versuchte, nicht daran zu denken, wie sie sich an meiner Taille angefühlt hatten. Nicht … daran … denken …

»Okay, das war's«, sagte Jamie, klappte das Logbuch zu und riss mich damit aus meinen Gedanken. Er kratzte sich am Hinterkopf und sagte dann nach einer kurzen Pause: »Ich weiß ehrlich gesagt nicht, wie ich mich verhalten soll.«

»Wir … wir schaffen es, dass die Stimmung wieder unverfänglich wird«, krächzte ich. *Ernsthaft? Unverfänglich? Wem willst du etwas vormachen?*

Als hätte er dasselbe gedacht, zuckte ein Muskel an seinem Kiefer. »Du glaubst nicht wirklich, dass ich das vergessen kann, oder?«

Oh.

Er stand auf, und ich sah zu ihm hoch. »Wir müssen es nicht vergessen«, erwiderte ich. »Wir akzeptieren es einfach als das, was es war, und machen weiter wie zuvor.«

»Ich werde nicht in Los Angeles bleiben.«

»Ich weiß.« Ebenso wusste ich, dass dieser Satz sein automatischer Schutzmechanismus war, sobald ihm etwas zu nahekam.

»Und ich kann nicht –«

»Ich weiß, Jamie.« Das mit uns hätte vielleicht in einem Paralleluniversum funktioniert … aber nicht in diesem, in dem sein Schmerz offensichtlich tonnenschwer auf seinen Schultern lastete. »Wollen wir zurück?«

Er zögerte. »Bevor wir gehen, wollte ich dich noch etwas fragen.«

Ich horchte auf. Jamie trat an seine Tasche heran, zog den Reißverschluss auf und nahm seine Kamera hervor. »Ich will deine Aufgabe ernst nehmen, aber ich bin es gewohnt, hauptsächlich Menschen zu fotografieren. Ich dachte, dass dein erster Flug ein guter Anlass wäre, um …« Er seufzte, als würde er sich über sich selbst ärgern. »Um den Moment festzuhalten.«

Er wollte meine Aufgabe ernst nehmen. Er wollte den Moment festhalten. Er wollte mich fotografieren.

»Ist das okay?«

Ich nickte erst langsam, dann etwas enthusiastischer. »Klar.«

»Okay, stell dich neben die Cessna.«

Meine Schritte hallten von den hohen Decken wider, als ich den Hangar durchschritt, mich draußen neben die Cessna stellte und in Jamies Richtung sah. *Jetzt mal im Ernst, wo legt man seine Hände ab? Seit wann kommen sie mir so nutzlos vor?*

Jamie machte die Kamera an und positionierte sich vor mir. Ob er die Bilder auf der Speicherkarte angesehen hatte? Bestimmt. Vielleicht waren sie der Grund, warum er das hier ernst nehmen wollte.

Ich zog mein Shirt zurecht. Sollte ich lächeln? Mich an der Cessna abstützen?

»Was ist los? Du siehst verkrampft aus«, sagte Jamie.

»Ich weiß auch nicht.«

»Du tust fast so, als hätten wir uns geküsst und müssten jetzt tun, als wäre das nicht passiert.«

Ich blinzelte. »Sorry, was? Hast du gerade einen Witz gemacht?«

Er zuckte mit den Schultern. »Soll vorkommen. Ach, hey, Robin?«, fragte er, ohne von der Kamera aufzusehen, an der er letzte Einstellungen vornahm.

»Ja?«

»Du hast heute das erste Mal eine Cessna gestartet und gelandet.«

O mein Gott, er hatte recht. Wenn mir das jemand vor einer Woche gesagt hätte, hätte ich es niemals geglaubt. Nein – wenn mir das jemand *heute Morgen* gesagt hätte, hätte ich es niemals geglaubt. Ich sah durch das Fenster auf die unzähligen Schalter, die ich wenige Minuten zuvor noch bedient hatte. *Trau es dir zu*, hörte ich Jamies Worte in meinem Kopf. Ich hatte es mir selbst bewiesen, und bei dem Gedanken daran schossen bunte Glücksgefühle durch meine Adern.

Klick.

Ich wandte mich wieder Jamie zu, der zufrieden nickte. »Perfekt.«

»Du hast es schon gemacht?«

Statt einer Antwort kam er zu mir herüber und drehte die Kamera so, dass ich es sehen konnte. Ich hatte ein Lächeln auf dem Gesicht, dessen ich mir selbst gar nicht bewusst gewesen war. Meine Haare standen leicht ab – eine Tatsache, für die nicht etwa der Flug, sondern Jamies Finger verantwortlich waren. Der Himmel hinter mir war dämmerungslila, und die Hügel hoben sich dunkel davor ab.

»Es ... wow, das ist ziemlich gut.« Das hatte er immer gekonnt: Emotionen einfangen, die innerhalb weniger Sekundenbruchteile wieder verschwunden waren.

»Ich muss gehen«, sagte er, steckte die Kamera in die Tasche und nickte in Richtung des Tors. »Vorlesungen vorbereiten, Organisationskram für die Flugstunden morgen ...«

»Okay«, hauchte ich, lächelte etwas verlegen und hob eine Hand zum Abschied.

Er nickte mir zu. Sein Blick verweilte zwei Sekunden länger, als er sollte, dann eilte er in Richtung des Tors und floh vor der Situation. Vor mir.

Ich strich mir mit zwei Fingern über meine Lippen.

Unsere Farben hatten sich noch mehr miteinander vermischt, und ich war selbst daran schuld. Ich konnte förmlich fühlen, wie sich der lilafarbene Streifen in meinem Inneren bis zu den Rändern meiner Seele ausdehnte. Ich presste eine Hand auf meine Brust, wo das Gefühl am stärksten war, als könnte ich das Unvermeidbare dadurch aufhalten.

Dabei war es dafür längst zu spät.

Kapitel 26

»SPIRALGALAXIE«

(Oder: Wieso sich plötzlich alles immer schneller dreht)

»Miss Sunday? Hallo? Kommen Sie bitte wieder zurück zu Ihrem Heimatplaneten.« Dylans Stimme drang zu mir durch.

»Sorry.« Ich rieb mir über das Gesicht. »Ich war in Gedanken.« Wie so oft in letzter Zeit.

Dylan, Sydney, Page und ich saßen auf den Korbmöbeln in der hinteren Ecke der Dachterrasse. Inzwischen war die Helligkeit des Tages den kleinen Lichtern auf den Tischen um uns herum gewichen.

Sydney tauschte einen wissenden Blick mit Page, die neben mir saß. »Erzähl mal«, begann Sydney mit einem amüsierten Unterton in der Stimme und zupfte an den Blättern der Palme, die neben ihr stand. »Wie waren noch mal die Flugstunden?«

»Das hab ich gerade eben erzählt, wieso fragst du das jetzt?«

Sydney zuckte mit den Schultern. »Ach, nur so. Wollte mich nur noch mal versichern, dass es normal ist, rot zu werden, wenn man von Gashebeln und Landungen spricht und danach für fünf Minuten in vollkommene Stille verfällt.«

»Ich bin nicht rot geworden«, protestierte ich und berührte ertappt meine heißen Wangen. Mist. »Ich werde *nie* rot.«

»Sag das deinem Gesicht«, murmelte Dylan, woraufhin ich ihm einen bösen Blick zuwarf, dem es zweifelsohne an Schärfe fehlte.

Page hob eine Braue. »Mal ehrlich, was ist da heute passiert?«

»Ja, und wieso sagst du, dass wir mit dir und deinem Fluglehrer auf der falschen Fährte sind, wenn ihr dann während eurer *Flugstunden*«, sie setzte das Wort in Anführungszeichen, »miteinander vögelt?«

»Woah.« Ich richtete mich blitzschnell auf. »Niemand hat hier irgendwen gevögelt.« Meine Stimme klang viel zu hoch.

»Leute, seid mal etwas sensibler«, mischte sich Dylan ein und hob beschwichtigend die Hand. »Vielleicht will sie nicht drüber reden.« Eine kurze Pause, dann zuckte er mit den Schultern. »Aber wir würden es natürlich begrüßen, wenn du uns jedes Detail eurer wilden Sexkapaden erzählst.«

Ich ließ mich etwas tiefer in den Sitz sinken. »Ihr seid schrecklich. Es gab keinen … wir sind nicht …« Ich seufzte. »So war das nicht. Wirklich«, beteuerte ich und sah jeden von ihnen einzeln an. »Wir haben uns nur …« Ich sah zur Mondsichel hoch, dann zu den leeren Wassergläsern auf dem Tisch vor uns. Überall hin, nur nicht in die Gesichter meiner neugierigen Begleiter. »Geküsst«, murmelte ich, so leise es ging. »So ein bisschen. Aus Versehen.«

»Aus Versehen?!«, rief Sydney und lachte so schallend, dass die Jungs auf dem Basketballplatz innehielten und zu uns herübersahen.

»Ich wusste es«, sagte Page.

»*Jeder* wusste es«, fügte Dylan hinzu. »Ich wusste es, Sydney wusste es. Dekanin Thiaka w–«

»Wirklich jetzt?«, unterbrach ich ihn. »Ihr seid alles Lügner, weil es da überhaupt nichts zu wissen *gab*. Es ist heute das erste Mal passiert. Es hat sich nicht mal angebahnt, es ist …« Ich schüttelte den Kopf. »Einfach geschehen. Auch wenn ich das mit uns wollen *würde* …« Ich unterbrach mich selbst. Mit Jamie und mir gab es keinen Konjunktiv. Ich durfte mir nicht einmal erlauben, in die Richtung eines Was-wäre-wenn zu denken, da es zu schmerzhaft wäre.

Zu oft hatte ich bereits Tagträumen nachgehangen und mir Szenarien ausgemalt, von denen ich gewusst hatte, dass sie niemals eintreffen würden. Ich hatte genug davon, etwas zu verlieren, das ich nie gehabt hatte.

Außerdem hatte ich zu viel Zeit gebraucht, um über Aiden hinwegzukommen. Ganz bestimmt würde ich mich nicht direkt in den Nächsten verlieben – zumal es von vornherein zum Scheitern verurteilt wäre. »Auch wenn ich das mit uns wollen würde, würde es nicht gehen«, beendete ich meinen Gedanken. »Er geht nächstes Jahr nach Massachusetts zurück.«

Und das war nur einer der Gründe. Er war ganz offenbar nicht an einem Punkt in seinem Leben, an dem er sich auf jemanden einlassen wollte. Er hatte es gestern selbst gesagt: *Ich werde nicht in Los Angeles bleiben. Und ich kann nicht –*

Er hatte den Satz nicht beenden müssen, damit ich verstand, was er damit meinte. Zuerst hatte es sich angehört, als hätte er mitten im Satz aufgehört, dabei war es offensichtlich, dass darauf ein Punkt folgte. *Ich kann nicht.* Und das war alles, was ich wissen musste.

»Na und?« Page sah mich verständnislos an. »Bis dahin ist noch viel Zeit. Und wer weiß, ob er L. A. danach überhaupt verlassen will? Oder du mit ihm gehst?«

»Glaub mir«, sagte ich mit bitterem Unterton in der Stimme. »Er wird gehen.« Was auch immer der Grund dafür war, aus dem er zurückmusste. Vielleicht hatte es ja tatsächlich etwas mit einer anderen Frau zu tun? »Außerdem ist das alles komplizierter, als es aussieht. Ich habe eine Art … Deal mit ihm, dass er mir das Fliegen beibringt und ich dafür meinen Brüdern – seinen besten Freunden – nicht sage, dass er wieder in der Stadt ist.«

»Das war nicht sehr clever von dir, oder?« Page zog eine Grimasse. »Wenn man sich überlegt, wie wenig du das mit den Flugstunden wolltest, klingt das für dich nach einer Lose-lose-Situation.«

Ich seufzte. »Er kann sehr überzeugend sein.«

»Das glaube ich sofort«, murmelte Dylan und wackelte mit den Augenbrauen, ehe Sydney ihn mit einem Blick zum Schweigen brachte.

»Was?«, fragte er. »Du sagst andauernd so etwas.«

»Ja, aber ich bin auch nicht dein kleiner Bruder.«

»Das Argument hinkt, aber okay.« Dylan sah wieder zu mir. »Frag ihn doch, ob er am Freitagabend mit zum Santa Monica Beach kommen will.«

»Wir gehen zum Santa Monica Beach?«, fragte Page.

Er zuckte mit den Schultern. »Jetzt schon.«

»Das ist ja lieb gemeint, aber was soll das bringen?«, fragte ich und zupfte an einem Faden, der sich aus meinem Shirt gelöst hatte. Dem Shirt, in das Jamie vor wenigen Stunden noch seine Finger gegraben hatte. Verdammte Scheiße, wieso hatte ich das getan? Nun würde ich nie wieder vergessen, wie es sich angefühlt hatte. Ein Teil von mir war nach dem Aussteigen in der Cessna zurückgeblieben – genau in diesem Moment. Und es gab nichts, was ich tun konnte, um diesen Teil von mir wieder zurückzuholen.

»Du könntest ihn in einer ungezwungenen Situation erleben. Weg vom Campus und seinen Pflichten als Fluglehrer.«

Ich verkniff mir den Kommentar, dass ich das bereits hatte und das alles nur noch komplizierter gemacht hatte. Aber Dylan könnte recht haben. Vielleicht wäre ein Abend am Strand eine gute Idee – besonders, wenn wir dabei nicht zu zweit sein würden. Er sollte sich wieder unter Leute mischen und mit jemand anderem sprechen als mit mir. »Er wird vermutlich eh nicht Ja sagen«, warf ich ein. »Er ist meist lieber allein.«

»Liegt das irgendwie an … seiner Narbe?«, fragte Page vorsichtig. Denn natürlich hatte sie es bemerkt, als sie ihn das erste Mal gesehen hatte.

»Ganz ehrlich? Ich weiß es nicht. Ich vermute es, aber da ist so viel, über das er mit mir nicht redet …«

Sydney betrachtete mich nachdenklich. »Ein Grund mehr, ihn zu fragen. Was ist das Schlimmste, was passieren kann? Er kann Nein sagen – na und?«

Page stieß mich an der Schulter an. »Eben. Überleg es dir einfach.«

Ich stieß die Luft aus. »Okay.«

Dylan lehnte sich vor. »So, und jetzt erzähl uns alles von dem Kuss.«

Sydney verdrehte die Augen. »Jetzt gieß doch nicht noch Wasser ins Ölfeuer.«

Page legte den Kopf schief. »Ähm, ich glaube, es heißt Öl ins Feuer.«

»Na und?« Sie zog eine Schulter hoch und warf sich eine Cashewnuss in den Mund. »Hat doch denselben Effekt, oder nicht?«

Dylan schob mit gerümpfter Nase die Cashewkrümel beiseite und sah dann wieder zu mir. »Jetzt mach schon. Sag aber nicht, dass ihr euch in dieser Cessna geküsst habt, sonst …«

Ich presste die Lippen aufeinander.

Er legte lachend den Kopf in den Nacken. »Dein Ernst? Hör auf, das glaube ich nicht!«

Ich auch nicht, Dylan. Ich auch nicht.

***

Trotz des anstrengenden Tages flatterte mein Herz aufgeregt in meiner Brust, als wüsste es nicht ganz genau, dass ich im Bett lag und schlafen wollte. Beinahe, als wollte es mich absichtlich wach halten, damit ich ausgiebig über all die Einzelheiten des heutigen Tages nachdenken und mich verrückt machen konnte. Vielen Dank auch.

Ich stöhnte auf und zwang mich, die Augen zu schließen. Nach einer Weile vermischten sich die Erlebnisse des Tages mit ausgedachten Szenarien und Momenten, die anders hätten laufen können.

Was wäre, wenn ich heute Abend nicht in mein Zimmer gegangen, sondern an Jamies Tür geklopft hätte?

Was wäre, wenn er mich hereingebeten hätte?

Was wäre, wenn er mir morgen sagen würde, dass er doch nicht nach Massachusetts zurückgehen wollte? Dass er mir alles aus den letzten drei Jahren anvertrauen und sich mit Brandon und Henry in Verbindung setzen wollte?

Was wäre, wenn er nie gegangen wäre? Wenn ich *ihm* anstatt Aiden nähergekommen wäre?

Dass ich wieder in gefährlichen Konjunktiven dachte, merkte ich viel zu spät. Doch ich versuchte nicht einmal, mich zu stoppen. Stattdessen nahm ich meine Tagträume mit in den Schlaf und ließ sie in mein Unterbewusstsein sickern.

Der Aufprall auf den Boden der Tatsachen war ohnehin unvermeidbar.

Und wenn ich ehrlich war, hätte ich es kommen sehen müssen.

Kapitel 27

»NEUTRONENSTERN«

(Oder: Wieso sich mein Herz tonnenschwer anfühlt)

Ich würde nie verstehen, wie manche Menschen an zufällige Begegnungen glauben konnten. Egal, auf wen man traf – es war ein Wunder, dass man von all den Milliarden Menschen, die jemals auf der Erde gelebt haben, zur selben Zeit am Leben war. Von all den Zeitsträngen, Verflechtungen und Schicksalen, die je existieren mussten, um zwei Menschen zur selben Zeit und am selben Ort auf dieser Erde zueinanderzubringen ... wie konnte da irgendeine Begegnung zufällig sein?

Zumindest für mich fühlte es sich nicht so an.

Unwillkürlich fragte ich mich, wieso sich Jamies und meine Wege gekreuzt hatten. Welchen Sinn es hatte, dass wir nicht einmal, sondern dreimal zur selben Zeit am selben Ort gewesen waren. Auf der Kreuzung, dem Parkplatz, vor dem Hangar ... Oder interpretierte ich zu viel hinein, und es gab keine größere Bedeutung?

Es war kurz nach acht Uhr abends, als ich die Technische Fakultät nach meiner Flugtheoriestunde verließ. Heute hatten wir eine App vorgestellt bekommen, mit der wir uns auf die theoretischen Prüfungen vorbereiten konnten. Noch war es dafür etwas früh, aber besser, ich startete jetzt, als zu lange damit zu warten.

Die meisten Vorlesungen waren seit über einer Stunde vorbei. Sydney und ich hatten uns in meiner kurzen Pause einen Frischkäse-Bagel im Apollo Café geteilt, ehe ich zur Fakultät gegangen war. Sie hatte mich nicht mehr darauf angesprochen, ob ich Jamie gefragt hatte, ob er uns an den Strand begleiten wollte. Hatte ich nicht. Aber ... sollte ich überhaupt?

Würde er denken, dass das eine Art Date war? *War* es eine Art Date? Wollte ich denn eins mit ihm? Vielleicht hatte der Kuss ihm nichts bedeutet.

»Klar, sag das noch öfter, vielleicht glaubst du es dir ja irgendwann«, murmelte ich zu mir selbst.

»Was?« Der dunkelhaarige Student, der gerade aus der Fakultät herausgekommen war, blieb stehen und sah mich entsetzt an.

»Oh, ähm, sorry«, stammelte ich. »Ich habe nur, äh, mit mir selbst geredet.«

Der Mann zeigte dieses auf Abstand haltende Lächeln, das man Fremden vorbehielt, und ging dann schnellen Schrittes weiter zu den Carts. Ich verzog das Gesicht. Da ich ungern in dieselbe Richtung gehen wollte, schlug ich kurzerhand die entgegengesetzte ein.

Von mir aus, dann machte ich eben einen Spaziergang.

Der Kies knirschte unter den Sohlen meiner Sneaker, als ich einen Weg einschlug, den ich noch nie entlanggegangen war. Nach einer Weile erreichte ich das Rover-Testgelände, von dem Sydney mir erzählt hatte. Es war ein mehrere Quadratmeter großes Feld voller unterschiedlich großer Gesteinsbrocken und Geröll, welche verschiedene Gegebenheiten darstellten: braune Steine für die Erde, beige für den Mond und rote für den Mars. Normalerweise wurden hier Rover-Prototypen getestet, aber um diese Uhrzeit war der Platz verlassen.

Der Anblick ließ mein Herz höherschlagen. Ich wusste nicht, welche Vorstellung ich aufregender fand: eines Tages Daten von Marsrovern auszuwerten und Gesteinsproben zu analysieren oder Monde wie Europa und Enceladus zu erforschen, da die Ozeane unter ihrer Eisschicht potenziell Hinweise auf Leben außerhalb der Erde enthielten.

Ich setzte mich auf einen roten Stein am Rand, nahm mein Handy hervor und öffnete den Chat mit Jamie. Ich sollte ihn fragen, ob er mitkommen wollte. Weil meine Freunde dabei waren, war es kein Date. Vielleicht würde es uns guttun, ein bisschen ungezwungen, *platonisch* Zeit miteinander zu bringen, und dann würden wir die restlichen Flugstunden ohne Zwischenfälle überstehen.

Ohne meinen zweifellos an den Haaren herbeigezogenen Entschluss weiter zu überdenken, tippte ich eine Nachricht an Jamie.

Robin: Hi. Bist du da? Ich hab eine Frage

Kaum war mein Bildschirm schwarz geworden, leuchtete er wieder auf.

Jamie: Was gibt's?

Robin: Meine Freunde und ich wollen morgen zum Santa Monica Beach. Willst du mit?

Jamie: Nein.

Ich sah auf die vier Buchstaben hinunter und schnaubte in die Stille des staubigen Platzes hinein. *Wow. Freundlich und offen wie immer.*

Robin: Komm schon, es wird dir guttun, ein bisschen rauszukommen.

Jamie: Genau das sollte ich ab jetzt wirklich weniger machen. Was, wenn mich jemand sieht?

Robin: Garantiert nicht am Santa Monica Beach. Da sind nur Touristen.

Jamie: Eben. Wieso sollten wir dann da hin?

Robin: Zwei meiner Freunde sind Engländer. Also?

Jamie: Nein, danke.

Aha, dieses Mal hatte er immerhin ein Danke angefügt.

Robin: Wir gehen schwimmen, du lernst neue Leute kennen …

Jamie: Das sind keine Verkaufsargumente.

Robin: Bitte? Wir tun auch so, als wäre der Kuss nie passiert :)

Es fühlte sich seltsam an, den Elefanten im Raum nicht anzusprechen, weshalb ich es mir nicht verkneifen konnte, es zumindest *ein Mal* zu erwähnen. Vielleicht auch nur, um mir zu beweisen, dass das tatsächlich passiert war.

Jamie: Ich dachte, das tun wir längst.

Robin: Na ja, ab jetzt.

Jamie: Sehr subtil.

Robin: Also, kommst du mit? Du darfst auch mit dem Motorrad fahren.

Die Haken wurden blau. Drei Sekunden vergingen, dann wurde er als offline angezeigt. Ich ließ das Handy sinken und starrte auf die steinige Landschaft vor mir. Bildete ich es mir ein, oder entglitt er mir? Na gut, genau genommen konnte einem gar nichts entgleiten, was man nie gehabt hatte, aber ich wollte nicht, dass er sich wieder in seine Dunkelheit zurückzog. Ich stellte mir vor, wie er mit grimmigem Gesichtsausdruck allein in seinem Zimmer saß und die Wand anstarrte. Das war garantiert eine seiner Lieblingsbeschäftigungen.

Aber ich hatte mir geschworen, ihn nicht fallen zu lassen. Ob er es wollte oder nicht, aber eines Tages würde er es mir danken. Redete ich mir zumindest ein. Ich seufzte und lief los.

Ich brauchte zwanzig Minuten, ehe ich Haus Saturn erreichte und vor Jamies Tür stehen blieb. *Wenn du jetzt zögerst, wirst du nie klopfen*, dachte ich, hob die Hand und ... tat es einfach.

Mein Mut hielt so lange an, bis ich Schritte vernahm und sich der Vorhang, der von innen zugezogen war, leicht bewegte. Ich unterdrückte das Bedürfnis, wegzurennen, und straffte stattdessen die Schultern.

Du hast dich dazu entschieden, also zieh es auch durch.

Die Tür öffnete sich, und sämtliche Gedanken verpufften wie Wassertropfen auf einem heißen Stein.

Jamie trug nichts außer einer Leinenhose, die tief auf seinen Hüften saß. Mit einem Handtuch rieb er sich die Haare trocken, hielt jedoch inne, als sich unsere Blicke trafen. Einige Wasserrinnsale tropften von seinen Haaren und rannen seinen nackten Oberkörper hinunter. Oh. Hm.

»Hi«, krächzte ich. Meine Kehle schnürte sich zu, mein Gesicht wurde warm. Ich fühlte mich wie ein viktorianischer Mann, der zum ersten Mal eine nackte Frauenschulter sah. *Gott, reiß dich zusammen!* »I-ich wollte dich nicht stören.«

»Tust du nicht«, sagte er seelenruhig.

»Du hast nicht mehr geantwortet«, gab ich zurück. Wow, so klingst du überhaupt nicht wie eine gruselige und anhängliche Stalkerin.

»Ich bin duschen gegangen«, entgegnete er.

»Und du wolltest der Konversation aus dem Weg gehen.«

Er nickte. »Das auch.«

»Ich sage jetzt einfach, was ich denke, okay?«, begann ich, sah kurz auf meine weißen Sneaker, an denen roter Staub haftete, als wäre ich tatsächlich auf dem Mars gewesen, und hob dann wieder den Blick. »Ich hätte dich gern morgen dabei«, sagte ich leise. »Wieso willst du nicht mitkommen?«

»Weil das keine gute Idee ist.«

»Du willst nicht?«

Er stützte sich mit der Hand am Türrahmen ab. »Ich *sollte* nicht.«

Also ging es wieder nur um diese imaginären Restriktionen, die er sich selbst auferlegt hatte. Tja, schön für ihn, aber nicht mit mir. »Dann bleibt mir keine andere Wahl.«

Als er verstand, worauf ich hinauswollte, weiteten sich seine Augen. »Tu das nicht.«

»Das hättest du wohl gern.«

»Robin –«

»Du wirst mitkommen …«

»Nein –«

»… No Questions Asked.«

Er schloss seufzend die Augen und rieb sich über das Gesicht. »Jetzt wirst du langsam verschwenderisch.«

»Es ist nur zu deinem Besten.«

»Man kann Menschen nicht zu ihrem Glück zwingen.«

»Was denkst du, was ich die ganzen letzten Tage gemacht habe?«, fragte ich und hob eine Braue.

Er atmete tief aus. »Du hast mal gesagt, dass ich das Leben in L. A. wieder lieben lernen soll, aber das kann ich nicht.«

»Du sollst das *Leben* wieder lieben lernen. Ganz egal, wo.«

»Dafür ist es zu spät«, sagte er. Dann wurde seine Stimme so rau, als würden die nächsten Worte aus Sandpapier bestehen. »Und ehrlich gesagt habe ich das nach dem, was ich getan habe, nicht einmal verdient.«

Mir gefror das Blut in den Adern zu Eis. Was meinte er damit? Was hatte er getan? »Jamie …«

Ein beinahe trotziger Ausdruck trat in seine Miene. »Ich habe es nicht verdient, okay?« Er betonte jedes Wort einzeln. »Ich kann mein Leben nicht normal weiterführen, während sie –« Er unterbrach sich und fuhr sich durch die nassen Haare. »Vergiss es.«

Sein Blick verlor sich in den Baumkronen hinter mir – er war nicht mehr hier, sondern mit den Gedanken in der Vergangenheit. Seine

Brust hob und senkte sich immer schneller, er presste die geröteten Augen zusammen und schluckte hart. »Ich kann nicht. Ich weiß einfach nicht, wie ich damit weiterleben soll, ich …«

Ich ließ meinen Jutebeutel rasch zu Boden sinken, schloss meine Arme um ihn und drückte ihn fest an mich. Er erwiderte meine Umarmung sofort, schlang seine Arme um meine Taille und hielt sich an mir fest, als würde er mit letzter Kraft versuchen, seine auseinanderbrechenden Teile zusammenzuhalten. Ich ging auf die Zehenspitzen, spürte seinen rasend schnellen Herzschlag an meinem, seinen Bartansatz an meiner Wange, seine feuchten Haare zwischen meinen Fingern. Mein Herz verknotete sich schmerzhaft, und ich spürte die Schwere seiner Trauer, als wäre es meine eigene.

Ich konnte unmöglich sagen, wie lange wir so dastanden. Es war eine kleine Ewigkeit und dennoch nichts als ein flüchtiger Moment. Dreißig Herzschläge in einem Kosmos, der Welten hatte untergehen und Universen entstehen lassen.

Ich werde nicht zuerst loslassen, beschloss ich. Ich würde ihn so lange umarmen, wie er es brauchte, um ihn wissen zu lassen, dass er nicht allein war. Dass ich hier war, so lange er es wollte.

Nach einer Weile wurde seine Umklammerung weniger verzweifelt. Sanfter. Seine Hände lösten sich kaum merklich und schlossen sich dann … anders um meinen Körper. Wie ein erleichtertes Aufatmen.

Als er sich von mir löste, waren seine Augen so glasig, hell und unendlich, dass ich mir mit einem Mal viel besser vorstellen konnte, dass wir aus Sternenstaub bestanden. Anstatt sich von mir abzuwenden, lehnte er seine Stirn an meine. »Es tut mir leid«, flüsterte er. »Dass ich dich mit reingezogen habe, aber nicht darüber sprechen kann. Und jetzt werde *ich* ehrlicher sein, als mein Mut es zulässt. Ich will, dass du eines weißt: Ich bereue unseren Kuss nicht.« Er strich mit dem Daumen über meine Unterlippe, mein Herz setzte aus. »Und wenn es anders wäre – wenn *ich* anders wäre –, würde ich dich noch mal küssen.«

Ich schluckte. »Vielleicht in einem Paralleluniversum.«

Er nickte. »In einem davon geht diese Geschichte anders aus. Tut mir leid, dass wir ausgerechnet in diesem feststecken.«

»Das ist das einzige Universum, das ich will. Und es gibt nichts, für das du dich entschuldigen musst.«

Er nahm die Hand von meiner Wange und richtete sich zu seiner vollen Größe auf. »Also … morgen Abend war das, ja?« Er rieb sich über den Hinterkopf.

Die Luft zwischen uns flirrte noch immer, und obwohl ich wusste, dass es zwecklos war, versuchte ich an dem Gefühl, das die Umarmung in mir ausgelöst hatte, festzuhalten. Es würde mir entgleiten, und ich war nicht bereit dazu. »Genau. Willst du fahren?«

Er nickte. »Gern.«

»Dann schreib ich dir die Uhrzeit, sobald ich sie weiß.« Ich sah an meinem Shirt hinunter und betrachtete die dunklen Wasserflecken darauf. Als wären die Spuren, die er auf mir hinterließ, das erste Mal sichtbar geworden. »Ich freue mich, wenn du Page, Dylan und Sydney kennenlernst. Ich kenne sie zwar selbst noch nicht lang und weiß ehrlich gesagt noch immer nicht so ganz, wie es dazu kam, dass wir zusammen abhängen, aber du wirst sie mögen. Besonders Sydney. Sie ist sehr zynisch.«

Sein linker Mundwinkel hob sich und mein Herz gleich mit. »Zynisch, ja?«

»Und manchmal ziemlich übellaunig.« Das strahlende Lächeln kostete mich all meine Kraft. »Okay, morgen dann!«, sagte ich so locker wie möglich.

Er nickte und sah aus, als würde er noch etwas hinzufügen wollen, ließ es dann aber bleiben. Ich drehte mich um und stieg die Treppe nach oben. Erst als ich außer Sichtweite war, lehnte ich mich gegen das Geländer und ließ das Lächeln von meinem Gesicht und die Tränen aus den Augenwinkeln gleiten. Eilig wischte ich sie weg und zerrieb sie zwischen den Fingern, vernichtete alle Beweise.

Es wurde Zeit, dass ich ehrlich mit mir selbst war: Ich war auf dem besten Wege, mich in Jamie Evers zu verlieben.

Ich wollte es nicht, aber was half es schon, sich dagegen zu wehren? Gegen Empfindungen anzukämpfen, war in etwa so, als würde man versuchen, die Sonne am Aufgehen zu hindern. Oder in diesem Fall: am Untergehen.

Also ließ ich zu, dass sich die Gefühle um ihn rankten wie Efeu – als könnte dieser ihn hier verwurzeln und daran hindern zu gehen.

Kapitel 28

»STERNENSTAUB«

(Oder: Welchen Einfluss die kleinsten Dinge haben können)

Ich beobachtete, wie Sydney ihre Tasche auf die Ladefläche des Trucks hob, und knetete nervös meine Finger. Wir hatten uns um sechs am Parkplatz verabredet und warteten nun nur noch darauf, dass Jamie zu uns stieß. Ich drehte mich schon zum zehnten Mal zum Tor um.

»Wirst du mit uns oder mit ihm fahren?«, fragte Dylan, der an der Fahrerseite lehnte und seine blau gerahmte Brille mit seinem Hemd polierte.

Das war eine äußerst gute Frage. Ich hob eine Schulter. »Je nachdem, wie es sich ergibt, denke ich? Nächstes Mal können wir auch mit meinem Auto fahren«, bot ich an.

Dylan hob eine Braue. »Robin, Liebes, sei mir nicht böse, aber dafür hänge ich zu sehr an meinem Leben.«

»Hast du nicht erst neulich noch erwähnt, dass irgendetwas mit dem Kühler nicht stimmt?«, fragte Page mit skeptischem Unterton.

»Wie bitte?« Dylan legte empört eine Hand auf seine Brust und zog scharf die Luft ein. »Wieso willst du uns umbringen? Was haben wir dir getan?«

»Mit dem Kühler ist alles in Ordnung, es war nur der Schlauch«, sagte ich eilig. »Und den hat Jamie ausgetauscht, also …«

»Warte, warte, warte«, sagte Page mit einem breiten Grinsen. »Er hat dein Auto repariert?«

»Was? Nein! Ihr tut so, als hätte er die Zylinderkopfdichtung gewechselt.«

Dylan blinzelte, Sydney und Page tauschten einen verwirrten Blick.

»Fragt nicht«, seufzte ich und winkte ab. »Auf der Suche nach dem Problem hab ich zu viele Videos angeschaut.«

Dylan grinste. »Jamie hat also dein Auto repariert. Wow. Er will dich so was von vögeln.«

Ich schnappte nach Luft. »Dylan!«, riefen Sydney und ich zeitgleich.

Er hob eine Braue. »Komm schon, Robin. Wie viele Typen haben dein Auto repariert, die dir danach nicht an die Wäsche wollten?«

»Schau dir mein Auto doch mal an«, sagte ich und wies darauf. »Das hat noch *keiner jemals* repariert. Und außerdem ist Jamie einfach so. Er ist hilfsbereit, das hat nichts mit mir zu tun. Oder meiner Wäsche.«

Dylan zuckte mit den Schultern. »Er will dich vögeln.«

»Genau das!« Ich zeigte auf ihn. »Genau das sagst du bitte nicht, wenn er dabei ist, sonst drehe ich dir deinen britischen Hals um.«

»Wie brutal.«

»Ich habe zwei ältere Brüder«, sagte ich, als würde das alles erklären.

»Verstehe«, sagte er, als täte es das tatsächlich.

Gegen meinen Willen musste ich lächeln. Dylan auch.

Page klatschte in die Hände. »Ich freue mich so, den geheimnisvollen Jamie kennenzulernen«, sagte sie und hüpfte auf und ab, wobei die Cartier-Armreifen an ihren Handgelenken klimperten. Über ihrem rosafarbenen Bikini trug sie ein kurzes weißes Tenniskleid, auf ihrer Nase saß eine Aubrey-Hepburn-Sonnenbrille.

»Benehmt euch, okay?«, bat ich und setzte einen hoffentlich strengen Blick auf. »Lasst nicht durchblicken, dass ich euch von dem Kuss erzählt habe. Und bitte, ich *flehe* euch an, keine Anspielungen auf Piloten-Pornos«, sagte ich und sah dabei ausschließlich Dylan an, was Page kichern ließ.

Sydney rieb sich das Kinn. »Ich bin gespannt, ob er wirklich so heiß ist, wie Page sagt, oder ob er nur so wirkt, weil er dein Fluglehrer ist.«

»Wie meinst du das?«

»Na ja, manchmal vernebeln uns kleine Details die Sinne. Ganz nach dem Motto: Ist er wirklich heiß, oder ist er nur Pilot?«

Page lachte auf. »Genau wie: Ist er wirklich heiß, oder ist er nur Feminist?«

Sydney grinste. »Ist er wirklich heiß, oder hat er nur einen Schnurrbart?«

Page und Dylan runzelten gleichzeitig die Stirn. »Was, echt jetzt?«, fragte Letzterer.

Sydney nickte ernst. »Jap. Dazu stehe ich.«

»Ist er wirklich heiß, oder hat er nur eine raue Stimme?«, warf Page ein. »Oh, oder noch besser: Ist er wirklich heiß, oder hat er nur eine komplizierte Gleichung gelöst?«

Nun musste ich lachen. Ich sollte dringend irgendwo einen Mathestudenten für sie auftreiben.

Sydney fuchtelte wild mit der Hand in der Luft umher, als ihr noch etwas einfiel. »Ist er wirklich heiß, oder parkt er nur rückwärts ein, während er sich am Beifahrersitz festhält und konzentriert aus der Heckscheibe schaut?«

Ich prustete los. »Okay, das ist jetzt wirklich sehr konkret.«

Pages Wangen röteten sich. »Also ich weiß genau, was du meinst.«

»Warte, warte«, unterbrach Dylan mit erhobener Hand. »*Das* ist es, was Frauen wollen? Das heißt, das nächste Mal, wenn ich auf einem Date bin, muss ich sie nur abholen und rückwärts einparken?«

»Nein, du musst *kompetent* rückwärts einparken. So, als hättest du es erfunden«, stellte Page klar.

»Ist er wirklich heiß, oder hat er nur seinen Gürtel mit einer Hand ausgezogen?«, sagte Sydney und wackelte mit den Augenbrauen.

»Okay, nein. Das geht zu weit«, protestierte Dylan und hob abwehrend beide Hände vor sich.

»Also *das* fühl ich«, gab ich grinsend zurück, woraufhin Sydney und ich uns ein High five gaben.

Dylan schüttelte den Kopf. »Ihr habt sie nicht mehr alle.«

Page stützte sich an seiner Schulter ab. »Hast du mitgeschrieben? Schnurrbart wachsen lassen, rückwärts einparken und den Gürtel mit einer Hand ausziehen.«

Dylan guckte bestürzt drein. »Soll ich das alles gleichzeitig machen, oder was?«, fragte er, was Sydney so zum Lachen brachte, dass sie sich vornüberbeugte.

Als ich mich dieses Mal umdrehte, durchquerte Jamie gerade das Tor und kam mit dem Motorradhelm unter dem Arm auf uns zu. Da ich nicht wusste, wohin mit meinen Händen, steckte ich sie kurzerhand in die Taschen meiner lockeren Hotpants, die ich zusammen mit einem weißen Shirt über meinem dunkelblauen Bikini anhatte.

Zu meiner Überraschung trug Jamie eine weite hellblaue Badehose und ein lässiges weißes Leinenhemd. Vermutlich Überbleibsel aus seiner Zeit in Los Angeles. Als er uns entdeckte, nickte er knapp in meine Richtung und lief mit großen Schritten über den Parkplatz. Kurz bevor er bei uns ankam, schob er sich wie aus Reflex die Sonnenbrille auf die Nase. Zuletzt fiel mir die Kameratasche auf, die er in die Öffnung seines Helms gesteckt hatte.

Ich musste lächeln. Er nahm seine Kamera mit zum Strand? Das war definitiv ein Fortschritt.

»Aha, also wirklich heiß«, raunte Sydney mir zu, woraufhin ich ihr den Ellbogen in die Seite stieß. Viel zu sanft, aber irgendwo musste man ja anfangen.

Er begrüßte zuerst Page und Sydney, danach Dylan mit einem steifen Handschlag und nickte mir dann zu.

»Freut uns, dich kennenzulernen«, sagte Sydney, lächelte höflich und zog sich eine rote Cap auf. Aha, sie konnten sich also doch benehmen.

»Wir sind ganz unkompliziert«, fügte Dylan hinzu.

Sydney schnaubte. »Sagt derjenige, der vorhin zehn Minuten lang überlegt hat, welche Schuhe er anzieht, damit sie nicht vom Sand zerkratzt werden.«

Dylan sah sie aus großen Augen an. »Verdammt, Syd! Kannst du vielleicht nicht ...« Er nickte kaum merklich in Jamies Richtung.

Ich musste grinsen.

»Ihr wart also noch nie am Santa Monica Pier?«, fragte Jamie.

Sydney schüttelte den Kopf. »Dylan und ich nicht, nein. Wir kommen aus London und sind noch nicht allzu lange hier.«

»Erwartet nicht zu viel«, gab Jamie zurück. »Es ist überteuert, überlaufen und oft etwas dreckig.«

»Hach.« Ich atmete tief durch die Nase ein. »Gesprochen wie ein echter Kalifornier.«

»Kennt ihr den Weg?«, fragte Jamie und justierte den Helm unter seinem Arm.

»Ich bin hier aufgewachsen und kann die Führung übernehmen«, sagte Page.

»Perfekt, dann bis gleich«, sagte Jamie und ging in Richtung seines Motorrads, das er etwa zehn Parkbuchten weiter abgestellt hatte.

Ich tauschte einen kurzen Blick mit Page. Er würde also allein fahren, das war vollkommen in Ordn–

»Kommst du?« Jamie drehte sich während des Gehens zu mir um und hob fragend eine Braue.

Mein dämliches Herz hüpfte auf und ab. *Kommst du.* Als wäre es selbstverständlich, dass ich mit ihm fuhr. Ich nickte so unaufgeregt wie möglich, holte auf und winkte den anderen zum Abschied, ohne richtig hinzusehen.

Kapitel 29

»ATOME«

(Oder: Was eine einzige Berührung verändern kann)

Während der Fahrt nach Santa Monica ließ ich die gedeckten Farben der Stadt an mir vorbeiziehen. Jamies Leinenhemd war rau unter meinen Fingerspitzen, seine Haut warm unter dem dünnen Stoff. Am Strand angekommen, entfernten wir uns weit genug vom trubeligen Pier, bis wir ein bisschen unsere Ruhe hatten, und suchten einen Platz in Nähe des Wassers. Mir entging nicht, dass sich Jamie mehrmals umsah, ob er auch wirklich niemanden kannte. Das Riesenrad leuchtete mit dem rosa-orange glühenden Himmel um die Wette, und die Rufe zweier Surfer mischten sich mit dem Stimmengemurmel vom Pier.

Dylan breitete eine dunkelgrün karierte Picknickdecke aus, setzte sich darauf wie eine Spinne in die Mitte ihres Netzes und bemühte sich, dabei so wenig Sand wie möglich darauf zu bekommen. Sydney nahm sich ein Bier aus der Kühltasche am Rand und setzte sich im Schneidersitz neben ihn.

»Du hast den halben Strand mit auf die Decke gebracht!«, protestierte Dylan und wischte energisch über den Stoff.

»Es ist nur *Sand*«, gab Sydney zurück.

Dylan hob die Brauen. »*Nur* Sand? Das ist einfach nicht wahr. Das sind Essensreste und Bakterienhaufen und –«

»Bakterienhaufen?!«, wiederholte Sydney schrill. »Manchmal regst du mich so auf, dass ich schreien könnte.«

Page trat neben uns und flüsterte Jamie zu: »Wir vermuten, dass sie sich schon gestritten haben, als sie nicht einmal reden konnten.«

»Robin kennt das«, warf Jamie ein. »Du solltest sie mal mit ihren Brüdern sehen.«

Ich versuchte mir die Überraschung darüber, dass er Brandon und Henry erwähnte, nicht anmerken zu lassen.

Wir setzten uns zu den anderen auf die Decke und beteiligten uns am Gespräch. Ich war überrascht, wie ungezwungen es war. Jamie, der sich neben mich gesetzt hatte, stellte Page, Dylan und Sydney viele Fragen, was so typisch für ihn war, dass ich lächeln musste. In der nächsten Stunde kitzelte er mehr Informationen über Page, Sydney und Dylan heraus als ich in den ganzen letzten Tagen – und das, ohne selbst viel über sich zu verraten.

»Aber das Einzige, was ich wirklich vermisse, ist ein richtig guter Victoria Sponge Cake«, sagte Sydney und stützte sich mit einem Arm auf der Decke ab. »Hast du den mal probiert?«, fragte sie an mich gerichtet.

»Nein, was ist das?«

»Der trockenste Kuchen, den du je gesehen hast«, warf Dylan ein.

»Das ist nicht wahr!«, protestierte Sydney.

»Stimmt«, meinte Dylan. »Das ist er nur, wenn du ihn machst.«

Zu meiner Überraschung grinste Sydney. »Na gut, das stimmt.«

»Ich bin da eher unkompliziert«, sagte ich. »Ich brauche eigentlich nur ein Glas Erdnussbutter und einen Löffel.«

Dylans Augen weiteten sich, und er griff nach Sydneys Arm. »O Gott, es gibt sie wirklich. Das sind die kulturlosen Amerikaner, vor denen sie uns gewarnt haben.«

»Zieh uns da nicht alle mit rein«, hielt Jamie eilig dagegen. »Ich will damit auch nichts zu tun haben.«

Ich schnappte empört nach Luft. »Wie bitte? Erdnussbutter ist das Beste, was je erfunden wurde.«

Hilfe suchend sah ich zu Page, die den Kopf schüttelte. »Sorry, aber damit bist du wohl allein.«

Kurz dachte ich an Addison und unsere Erdnussbutter-auf-dem-Dach-Abende. Mich durchfuhr ein schmerzhafter Stich. Ob sie wieder etwas mit meinen Brüdern unternahm, wenn ich nicht dabei war? Ob sie noch einmal etwas mit Brandon haben und es vor mir geheim halten würde?

»Ich frage mich gerade, wieso ich das vorgeschlagen hab«, meinte Dylan und sah mit gerümpfter Nase auf den Sand hinab, der an seinen Beinen klebte.

Sydney steckte ihre Bierflasche in den Sand, erhob sich und hielt ihm seine Hand hin. »Komm, wir gehen ins Wasser. Dann haben wir das Theater hinter uns.«

»Dafür muss ich mich erst umziehen. Das ist meine *Strand*badehose, nicht meine Schwimmbadehose. Die hier darf kein Salzwasser abbekommen und –«, bevor er seinen Satz zu Ende sprechen konnte, zog Sydney ihn am Arm nach oben.

»Ach, halt den Mund! Das kann man sich ja nicht anhören.«

Ich schmunzelte und sah zu Jamie. Er hatte den Blick gen Horizont gerichtet, ein kleines, kaum sichtbares Lächeln im Gesicht.

Als Page neben mir leise nach Luft schnappte, sah ich zu ihr. Abwesend rieb sie sich über ihr Brustbein und verzog das Gesicht.

Ich zog die Brauen zusammen. »Alles okay?«

Als sie nicht antwortete, folgte ich ihrem Blick und sah Sydney, die sich gerade das Kleid über den Kopf gezogen und den Blick auf einen knappen roten Bikini freigegeben hatte, der fast nichts der Fantasie überließ.

»Ich weiß nicht so recht«, gab Page zurück. »Mir ist viel zu warm, und ich hab so ein Ziehen in der Brust.« Sie sah mich aus großen Augen an. »O Gott, fängt so ein Herzinfarkt an? Bekomme ich einen Herzinfarkt?«

Ich schmunzelte. »Das ist kein Herzinfarkt, Page.«

»Was dann?«

»Ich weiß nicht …« Ich wies auf Sydney. »Hat es vielleicht etwas damit zu tun?«

Page schluckte und fummelte dann nervös am Träger ihres Bikinis herum. »Du meinst …?« Sie räusperte sich. »Nein, ähm. Das wäre … Ich bin nicht … Das wäre neu.«

Ich stupste sie mit der Schulter an. »Geh mit ins Wasser.«

»Wieso? Ich meine, es gibt keinen Grund. Also nicht mehr als sonst auch. Weißt du?« Sie räusperte sich, dann sah sie aus großen Augen zu mir und fügte im Flüsterton hinzu: »Ohh, warte. Du willst mit Jamie allein sein, richtig?«

Von mir aus. Wenn es sie dazu bringen würde, mehr Zeit mit Sydney zu verbringen … Ich nickte.

Sie stand auf und grinste. »Bin schon weg«, sagte sie, streifte sich das weiße Kleid ab und rief dann in Richtung Strand: »Hey, wartet auf mich!«

Als sie die anderen eingeholt hatte, rutschte Jamie kaum merklich näher zu mir heran und schob sich die Sonnenbrille in die mit Goldakzenten versehenen Haare. Dass er sich bei mir sicher genug fühlte, um die Brille abzunehmen, ließ mein Herz warm werden.

Eine Weile beobachteten wir, wie Sydney einen Tobsuchtsanfall bekam, da Dylan nicht ins Wasser wollte und dann aufschrie, weil er meinte, ein Pflaster gesehen zu haben.

»Das war ein *Fisch*!«, wurde Sydneys Stimme bis zu uns getragen. »Stell dir vor, Dylan, die gibt es hier.«

»Kann er denn schwimmen?«, fragte Page, die direkt neben Sydney stand. Allem Anschein nach wusste auch sie gerade nicht, wohin mit ihren Händen. Vielleicht war das ja eine allgemeine Sache.

»Natürlich kann der *schwimmen*«, sagt Dylan. »Was denkst du denn, was Fische den ganzen Tag lang machen?«

»Nicht der Fisch, du Idiot. Du!«, stellte Page klar. »Weil man denken könnte, dass du noch nie im Wasser warst.«

»Er kann schwimmen«, antwortete Sydney. »Er ist nur verwöhnt und ein wenig seltsam.«

Dylan schnappte empört nach Luft, hielt jedoch sofort inne, als Sydney drohte, ihn unterzutauchen.

Ich lachte in mich hinein. Ich könnte den beiden stundenlang zusehen.

»Wie habt ihr euch kennengelernt?«, fragte Jamie.

»Sie haben mich adoptiert«, gab ich zurück. »Dylan und Sydney, weil ich mich in Los Angeles auskenne, und Page, weil ich ihren Hamster gerettet habe.«

Er hob eine Braue. »Hast du zu viel Sonne abbekommen?«

Ich lachte. »Es ist wahr! Vielleicht war es aber auch einfach nur so, dass ich so verloren ausgesehen habe, dass sie sich erbarmt haben.«

»So, wie du es mit mir gemacht hast?«, fragte er, lehnte sich zurück und schmunzelte. Wenn er lächelte, war es, als schiene die Sonne auf einen herab. Nicht die grelle Mittagssonne, sondern die sanfte Abendsonne, die alles in ein besonderes, sanftes Licht tauchte.

»Kann man fast so sagen, ja«, entgegnete ich.

Eine Weile hing er stumm seinen Gedanken nach, ehe er nach der Tasche griff und die Kamera herausholte. Er schaltete sie ein und richtete sie auf die Hügel rechts von uns. Erst als ich das leise *Klick* hörte, entdeckte ich das Flugzeug, auf das er die Linse gerichtet hatte. Eigentlich wäre seine Aufgabe damit für heute erledigt, aber er hörte nicht auf und schoss weitere Fotos. Von den Köpfen unserer Freunde im goldenen Wasser und der riesengroßen Möwe, die einen Churro aus der Papiertüte neben den verlassenen Handtüchern neben uns stahl. Ohne Vorwarnung drehte er sich um, machte ein Foto von mir … und erwischte mich dabei, wie ich ihn beobachtete.

Ich verzog das Gesicht. *Klick.*

»Jamie!« *Klick.*

Ich streckte die Hand aus. »Darf ich eins von dir machen?«

Er schüttelte den Kopf. »Es gibt nicht ohne Grund kein einziges Bild von mir seit … dem hier.« Er wies auf seine Narbe.

»Es gibt nichts, was du verstecken müsstest.« Eine Möwe über uns kreischte, als würde sie mir zustimmen. »Glaubst du mir, wenn ich dir sage, dass du heute genauso gut aussiehst wie damals?«

»Nicht wirklich, nein.«

Ich zuckte mit den Schultern. »Ist wahrscheinlich besser so. Das wäre zu viel für dein Ego.« Ich grinste, und er schüttelte mit einem leisen Lächeln den Kopf, den Blick auf die Narbe an seiner Hand gerichtet.

»Hast du noch mal von Brandon oder Henry gehört?«

Ich sah auf. »Wieso?«

»Wegen des Vorfalls neulich bei euch.«

»Ich habe einfach getan, als wäre alles wieder in Ordnung«, flüsterte ich, da ich nicht gerade stolz darauf war.

»Es wäre leichter, wenn du ihnen das mit Aiden sagen würdest. Vielleicht nicht leichter für Henry und Brandon, aber für dich.«

Ich rieb mir übers Gesicht. »Ich weiß.« Leider hatte ich nie gelernt, wie man sich selbst priorisierte.

»Darf ich dich was fragen?«

»Hm?«

»Wieso warst du überhaupt mit Aiden zusammen?«

Ich verzog das Gesicht, grub meine Finger in den Sand und ließ ihn durch meine Hände sickern. Alles, damit ich Jamie nicht ins Gesicht sehen musste. »Er kann sehr überzeugend sein. Freundlich. Charmant. Ich fand es wundervoll, wie offen und lustig er ist … bis ich gemerkt habe, dass es ihm nie darum ging, eine gute Zeit zu haben, sondern nur nach außen so zu wirken, als hätte er eine. Keine Ahnung, wem er etwas beweisen wollte.«

»Wahrscheinlich sich selbst.«

»Wahrscheinlich.« Ich seufzte. »Am meisten hasse ich, dass er nie erfahren wird, wie ich inzwischen über mich hinausgewachsen bin.«

Jamie runzelte die Stirn, als wäre das das Unsinnigste, was er je gehört hatte. »Aber wieso?«

»Ich habe es satt, dass Menschen mich missverstehen. Dass sie mich als schwach sehen, weil in unserer Gesellschaft nur eine Art der Stärke zählt: nämlich die offensichtliche, laute Form.«

»Aber willst du dich deshalb wirklich ändern? Wofür? Damit sie eine Version von dir lieben, die du nicht bist?«

Ich blieb stumm.

»Wenn du dich der Welt nicht so zeigst, wie du wirklich bist, wird sich eine andere Person, die so ist wie du, niemals in dir wiederfinden.«

Ich schluckte. »Hm. Da kannst du recht haben. Aber es ist leichter, gemocht zu werden.«

»Das stimmt wohl. Und trotzdem ist es auf Dauer der schwerere Weg.« Er zuckte mit den Schultern. »Ich denke, am Ende des Tages musst du abwägen, was dir lieber ist: von vielen gemocht zu werden und dich in eine Form zu quetschen, die zu klein für dich ist – oder mehr Raum einzunehmen und von weniger Menschen gemocht zu werden.«

»Dafür aber dann den richtigen«, fügte ich leise hinzu.

»Ganz genau.«

Ich richtete den Blick auf Page, Sydney und Dylan, die nun etwas weiter links schwammen. Als ich wieder zu Jamie sah, konnte ich förmlich erkennen, wie der Nebel aus den Wäldern Massachusetts sogar hier in der kalifornischen Sonne an ihm zog.

»Lass uns ins Wasser gehen«, schlug ich vor.

Er zögerte. »Ich weiß nicht.«

»Wieso nicht?«

»Hm«, machte er.

Ich erhob mich. »Komm schon. Ich hab nur noch zwei No Questions Asked. Zwing mich nicht, noch eins zu verwenden.«

Er blinzelte zu mir hoch, die eine Hälfte seines Gesichts durch mich im Schatten, die andere durch die Sonne orangerot. »Ich bleibe hier und pass auf, dass du nicht untergehst.«

»Kommt nicht infrage. Wann warst du zuletzt im Meer?«

»Bevor ich abgereist bin.«

»Vor drei Jahren?!«, rief ich. »Vermisst du es denn gar nicht?«

»Doch, schon.«

Ich streckte ihm meine Hand hin. »Bitte!«

Er seufzte resigniert, ergriff meine Hand und erhob sich, ohne sich auch nur im Geringsten an mir abzustützen.

Ich zog erst die Hotpants aus, danach das Shirt und … kam mir mit einem Mal nackt vor. Ich justierte den Stoff meines Bikinis. War der schon immer so klein gewesen? Wieso fühlte ich mich plötzlich so seltsam entblößt? Ich hatte sämtliche Sommer meines Lebens beinahe nichts anderes getragen als Bikinis – dieser Moment war wie Hunderte davor. Eigentlich. Aber als ich Jamies Blick auf mir spürte und es sich anfühlte, als würde er mich an den Stellen, an denen er mich ansah, berühren, wurde mir bewusst, dass es eben *doch* anders war. Vor manchen Menschen fühlte man sich wohl automatisch nackt, weil sie durch sämtliche Schichten hindurchblickten.

Jamie zog sich das Shirt über den Kopf, wodurch sich die Muskeln an seinen Schultern anspannten. Ich biss mir fest auf die Innenseite meiner Wange. *Schau einfach nicht hin. Im Ernst. Schau weg, bevor er sieht, dass du ihn anstarrst.*

Auf dem Weg zum Meer winkte uns Page zu, die neben Sydney im nassen Sand saß, während Dylan vor ihnen herschwamm wie ein siebenjähriger Junge, der zeigen wollte, wie gut er darin schon war.

Jamie und ich suchten uns eine Stelle weiter rechts davon. Der Sand war nass und fest unter meinen Füßen, das Wasser angenehm warm und dennoch kühlend auf meiner erhitzten Haut. Als ich bis zu den Knien im Wasser stand, drehte ich mich zu Jamie um. Sein Blick lag auf meiner Hüfte, knapp über dem Bund meines Bikinis, der dort in meine Haut schnitt. Seine Miene war ernst, nachdenklich, ehe er sich übers Gesicht rieb und weiter ins Wasser stieg.

Mein Herz schlug unnötig schnell in meiner Brust. So heftig, dass ich Angst hatte, er könnte es durch die Druckwellen unter Wasser spüren, was natürlich lächerlich war.

Mich ins Meer fallen zu lassen, war wie umarmt zu werden. Es zog mich an sich und nahm mir für einen Moment die Last von meinen Schultern. Jamie tauchte unter und strich sich dann die schwarz glänzenden Haare aus dem Gesicht.

Zuerst schwammen wir in Richtung Horizont, danach wieder zurück, bis wir stehen konnten und das Wasser Jamie bis zu den Ellbogen und mir bis zu den Oberarmen reichte.

Als ich mich umdrehte, streifte seine Hand unter Wasser aus Versehen meine Hüfte, und ich zog die Luft ein. Unsere Blicke trafen sich. »Sorry«, flüsterte er heiser.

»Nicht schlimm.« Meine Worte gingen beinahe in dem Rauschen der Wellen unter. Genau wie sämtliche klare Gedanken, als er ein weiteres Mal nach meiner Hüfte fasste, dieses Mal mit voller Absicht. Fragend sah er mich an, um mir die Chance zu geben, zurückzuweichen.

Was ich nicht tat.

Er verstärkte den Griff. Seine Hand, seidig im Salzwasser, glitt über meine Taille, meinen Rippenbogen, wieder meine Hüfte. Seine Worte von gestern hallten in mir nach. *Und wenn es anders wäre – wenn* ich *anders wäre –, würde ich dich noch mal küssen.* Also ging es ihm auch nicht anders als mir – die Anziehung zwischen uns war nicht länger zu ignorieren.

Eigentlich wunderte es mich gar nicht, dass so schnell etwas zwischen uns entstanden war. Es war die Tatsache, dass es von Beginn an roh gewesen war – voller rauer Emotionen und Worte. Dass es hohe Mauern, aber keine Masken gegeben hatte und dadurch auch keine Chance, meinen wahren Kern vor ihm zu verstecken. Und ein Teil der Anziehung war vielleicht einfach nur reine Chemie. Woran lag es, dass man sich zu manchen Menschen innerhalb eines Sekundenbruchteils hingezogen fühlte?

Dieses irrationale Verlangen hatte mehr Kriege gestartet, als es beendet hatte. Und das würde sich niemals ändern.

»Das wäre eine schlechte Idee«, sagte er und schob eine Hand in meinen Nacken – genau dort, wo sich die feinen Härchen aufstellten. »Wir sollten das wirklich nicht tun.« Anstatt seinen Worten Taten folgen zu lassen, zog er mich an sich heran, ich schlang meine Beine unter Wasser um ihn und fuhr mit der Hand in seine nassen Haare. Seine Haut war seidig an meiner. Er lehnte seine Stirn gegen meine. Seine Hände glitten die Konturen meines Körpers entlang, erst über meine Hüfte, dann meinen Po, drückten mich näher an sich, wodurch kein Platz mehr zwischen uns war.

Ich spürte alles von ihm.

Es war nicht genug.

Mein Atem stockte, Hitze stieg in meine Wangen und vernebelte meine Gedanken. Seine Finger strichen meine Wirbelsäule hinauf und hinab, ich konnte nicht mehr atmen. Seine unter der Wasseroberfläche verborgene Berührung war ein Geheimnis, welches das Wasser mitten aufs Meer treiben würde.

Ich lehnte mich minimal nach vorn, um dem brennenden Verlangen nachzugeben und ihn zu küssen, als er mich losließ. Die plötzliche Abwesenheit seiner Wärme ließ mich erschaudern und klärte den Nebel in meinem Kopf sofort.

»Fuck, tut mir leid«, raunte er und strich sich die Haare nach hinten, die nass an seiner Stirn klebten. »Ich weiß nicht, was los ist. Keine Ahnung, wie oft ich meine eigenen Prinzipien noch brechen will.«

Es gibt keinen Grund für Zurückhaltung, wollte ich sagen. *Was hält dich denn davon ab, alles über Bord zu werfen und dem Verlangen einfach nachzugeben?* Aber ich blieb stumm, weil er seine Gründe hatte und ich sie respektierte. Er hatte mir selbst gesagt, dass er das hier nicht konnte – wer war ich dann, seine Entscheidung zu hinterfragen?

Die Frage war nur, wie oft wir uns noch von der Strömung mitreißen lassen würden … und wann wir einen Punkt erreichten, an dem wir uns nicht mehr rauskämpfen konnten.

Mir war nicht bewusst gewesen, wie weit wir zur Seite gedriftet waren, bis ich Ausschau nach unserer Decke hielt und sie nicht fand. »Wo sind die anderen?«, fragte ich.

»Siehst du die weiße Flagge dort hinten?«, fragte er. »Dort sind wir reingegangen.«

Ich musste lächeln. Natürlich hatte er sich die genaue Stelle gemerkt, während ich einfach drauflosgeschwommen war.

Als wir etwa die Hälfte des Weges zurückgelegt hatten, ging der Mond auf und spiegelte sich im Wasser, als wäre er flüssig.

Zurück bei den anderen, trockneten wir uns ab, während Sydney von Dylans neu entdeckter Angst vor Fischen berichtete.

»Tut mir leid, aber normalerweise kenne ich die nur frittiert und in Zeitungspapier eingewickelt!«, protestierte dieser mit einem lauten Lachen und schien im Gegensatz zu vorhin den Sand an seinem Bein nicht einmal zu bemerken. Ähnlich wie Page, die sonst mehrmals am Tag ihr Make-up nachzog und ihre Haare kämmte, nun aber ihr Aussehen kein einziges Mal im schwarzen Bildschirm ihres Handys überprüfte. Stattdessen saß sie so nah neben Sydney, dass sich hin und wieder ihre Schultern streiften, und hing ihr bei jedem Wort gebannt an den Lippen.

Sydney, Page und ich stießen mit den Bierflaschen an, und ich lauschte Jamies vertrautem Bariton, während er Dylan etwas über aerodynamische Studien erzählte.

Es war bereits dunkel, als ich weg vom bunt leuchtenden Riesenrad hin zu der ungefähren Stelle blickte, an der Jamie und ich uns vorhin fast geküsst hatten. Ich wusste schon jetzt, dass ich diesen Moment immer wieder in Gedanken abspielen würde. Dass ich vor dem Schlafengehen das warme Wasser und Jamies seidige Berührung spüren und mir ausmalen würde, wie es hätte ausgehen *können*.

Noch ein Konjunktiv, weil es zwischen Jamie und mir keinen Indikativ geben würde.

Kapitel 30

»MAGNETFELD«

(Oder: Die Sache mit der Anziehungskraft)

Jamie und ich erreichten den Campus vor den anderen, liefen nebeneinander zu den Golfcarts und sprachen während der gesamten Fahrt zu Haus Saturn kein Wort. Wir fuhren unter den in regelmäßigen Abständen platzierten Laternen hindurch – gelbliches Licht, in dessen Wärme wir badeten, und die mondkühle Dunkelheit, die uns kurz darauf wieder verschluckte.

Dieses Mal betraten wir Haus Saturn durch den Haupteingang. Als wir über die dichte Vegetation hinwegliefen, hallten unsere Schritte auf dem Holzsteg wider. Im Aufzug angekommen, wollte ich gerade die Eins drücken, als Jamies Hand nach vorn schnellte und auf die Vier drückte. »Ich begleite dich nach oben.«

Ich fragte ihn nicht nach dem Warum, da ich es längst kannte. Er suchte meine Nähe – ob er es wollte oder nicht. Vielleicht wusste auch er, dass es keinen Sinn hatte, sich zu wehren.

An der Tür angekommen, blieb ich stehen und drehte mich zu Jamie um. Den Motorradhelm hatte er unter seinen rechten Arm geklemmt, die Kameratasche lag darin. Inzwischen waren seine Haare wieder trocken, standen jedoch unordentlich von seinem Kopf ab. Seine Miene war unlesbar. Echt, roh und nah, als hätte das Meer ein paar Schichten von ihm abgetragen. Er räusperte sich. »Hast du gesehen, dass unsere Flugstunde morgen auf den Vormittag verlegt wurde?«

»Nein, wieso das?«

»Eine deiner Vorlesungen fällt aus, und die Verwaltung sucht immer nach freien Lücken, um mehr Flugstunden am Tag unterbringen zu können.« Er zuckte mit den Schultern. »Es gibt zu wenig Fluglehrer.«

»Ich sollte öfter meinen Stundenplan anschauen«, gab ich zurück. »Danke, dass du es mir gesagt hast.«

Wir standen im Flur im Wohnhaus der Chamberlin, doch in Gedanken war ich noch immer in dem Moment am Strand gefangen. Und wenn ich mir Jamies abgehackte Atmung und geöffneten Lippen so ansah, war er es auch.

»Was war das vorhin?«, flüsterte ich. Der Hall meiner Worte versank in der Stille zwischen uns wie ein glühender Meteorit im Meer. Er sagte nichts, weshalb ich noch eine Frage hinterherschob. Eine, die viel drängender war und auf die ich einfach keine Antwort hatte. »Machen wir uns etwas vor? Ich meine … mit den No Questions Asked? Sind das nur Ausreden, damit wir uns sehen können? Und wenn ja – was passiert, sobald wir damit durch sind?«

Es dauerte einen Moment, ehe er sich die richtigen Worte zurechtgelegt hatte. »Ich mag vielleicht in L. A. sein, aber eigentlich bin ich gedanklich noch in Massachusetts. Ich habe … Verpflichtungen. Ich weiß nicht, was ich mir gedacht habe, aber das mit uns … wir sollten aufhören, bevor wir eine Lawine lostreten, die nicht mehr zu stoppen ist.«

Zu spät, Jamie. Dafür ist es zu spät, und du weißt es.

»Weil du gehen wirst.«

»Genau.« Seine Miene verhärtete sich, als müsste er sich immer wieder daran erinnern, Abstand zu wahren. »Und weil ich das nicht kann.«

»Ach ja?«, gab ich zurück. »Der Satz verliert nach dem dritten Mal nämlich seine Wirkung.«

Er fuhr sich wieder mit der freien Hand durch die Haare, sein Blick fiel von meinen Augen hinunter zu meinen Lippen. Es war offensichtlich, dass er um Beherrschung rang.

»Denkst du, ich kann es nicht aushalten, wenn du gehst? Denkst du, ich kann diese Entscheidung nicht für mich selbst treffen?«, fragte ich.

Er trat einen halben Schritt näher. »Das würde ich nie denken. Ich weiß, dass du deine eigenen Entscheidungen treffen kannst. Aber als *Freund* sollte ich dich davon abhalten, die falsche zu treffen.« Das Wort Freund betonte er seltsam. Herausfordernd.

»Sind wir das denn?«, fragte ich und reckte das Kinn. »Freunde? Denn irgendwie fühlt es sich nicht danach an.« Nicht, während die Luft um uns flirrte, als wäre sie elektrisch aufgeladen. Nicht, während ich seine Berührungen auf meiner Haut noch Stunden danach spürte. Zwischen uns war eine Anziehung, die so tief war wie das Universum weit.

Ich wollte nicht, dass er jetzt ging. Wenn er nun in sein Zimmer zurückkehrte, würde ich die ganze Nacht wach liegen und mich nach seiner Berührung sehnen. Ich wollte heute Nacht nicht allein sein, aber vor allem wollte ich nicht ohne *ihn* sein. Weshalb ich all meinen Mut zusammennahm und fragte: »Kommst du mit rein?«

Er schloss flatternd die Lider. »Bitte frag mich das nicht.«

»Wieso?«

»Weil es mir dann noch schwerer fällt, mich davon zu überzeugen, dass das eine schlechte Idee wäre«, sagte er mit heiserer Stimme.

»Wenn es das ist, was du willst, ist es keine schlechte Idee.« Meine Atmung ging flach. »Außer ... du willst es nicht. Sei einfach ehrlich, Jamie.«

»Fuck, natürlich will ich es!« Er rieb sich fahrig über das Gesicht. »Alles wäre leichter, wenn du nicht in mein Leben eingeschlagen wärst wie ein verdammter ... Meteorit. Und wenn ich nicht dauernd hin- und hergerissen wäre, niemanden sehen zu wollen und in deiner Nähe zu sein. Dich lachen zu sehen. Dich *gewinnen* zu sehen.« Seine Stimme wurde mit jedem Wort etwas lauter, drängender. »Ich soll ehrlich sein? Von mir aus, Robin. Ich wünschte, ich würde mir nicht ständig vorstellen, wie ich dir diese Shirts in den viel zu fröhlichen Farben vom Körper reiße, deine Haut unter meiner Zunge spüre, deine Hüfte packe und in dir versinke, bis ich nichts anderes mehr fühlen muss. Nie wieder.«

Mein Herz setzte aus und schlug dann doppelt so schnell weiter. »Was spricht dagegen?«

Er wandte den Kopf ab. »Ich muss morgen früh raus. Und du auch, nebenbei bemerkt.«

Ich schluckte die Ernüchterung hinunter und versuchte, mit dem nächsten Atemzug etwas Klarheit in meine Gedanken zu bringen. *Er hat recht, Robin. Das hier ist besser für euch beide.* Es würde alle Empfindungen nur noch stärker machen. Das hier war vermutlich die letzte Ausfahrt, die ich nehmen konnte, um mich und mein fragiles Herz in Sicherheit zu bringen. *Aber ... er hat gesagt, dass er mich will,* protestierte eine Stimme in mir. *Er will mich lachen sehen. Mich gewinnen sehen. Mich spüren. Hast du das nicht gehört?*

Doch, hatte ich. Aber ich konnte nicht immer diejenige sein, die kämpfte.

Also nickte ich. Langsam, widerwillig ... aber ich nickte. »Okay. Dann ... sehen wir uns morgen früh.«

Er presste die Lippen aufeinander und erwiderte mein Nicken. »Bis morgen.«

Ich stieß den Atem aus, holte die Karte hervor und öffnete die Tür. Trat ein und betätigte den Lichtschalter, der die Schreibtischlampe angehen ließ. Mit der kühlen Klinke in der rechten Hand sah ich ihn ein letztes Mal an. Dann ließ ich sie los.

Ich hatte keine Ahnung, wohin mit all dem Verlangen, das durch meinen Körper raste wie Benzin durch einen heiß gelaufenen Motor. Und das musste ich auch nicht herausfinden, denn bevor die Tür ins Schloss fallen konnte, schob Jamie seinen Schuh dazwischen, riss sie auf und küsste mich.

Kapitel 31

»KERNFUSION«

(Oder: Wieso Sterne leuchten)

Jamie schmeckte nach Salzwasser und Kontrollverlust.

Er ließ seinen Motorradhelm mitsamt der Kamera darin so sanft es ging auf dem Boden aufkommen, griff dann sofort mit der freien Hand in meine Haare und presste mich gegen die Wand. Nur am Rande bekam ich mit, wie die Tür leise ins Schloss klickte, als wollte sie unser Geheimnis vor der Außenwelt verstecken.

Seine Hand wanderte an meinen Kiefer, ehe er den Kuss mit der Zunge vertiefte. Meine Augen schlossen sich, meine Knie wurden weich, und ich hielt mich an seiner Schulter fest, grub die Finger in seine Muskeln.

Ich saugte an seiner Unterlippe, was ihm ein zustimmendes Stöhnen entlockte, das ich tief in meinem Bauch spürte. Ich hielt die Augen geschlossen, als er mich, ohne den Kuss zu unterbrechen, mit gezielten Schritten in die Mitte des Zimmers dirigierte. Erst als er sich auf mein Bett setzte und wir uns kurz nicht berührten, öffnete ich atemlos die Augen. Mit gesenkten Lidern sah er zu mir hoch. Bevor ich Luft holen konnte, packte er mich an den Unterschenkeln und zog mich rittlings auf seinen Schoß. Seine Hände gruben sich in meine Hüfte, seine Daumen zogen langsame Kreise darüber. Genau wie vorhin im Wasser. Seine Hände pressten mich nach unten, automatisch bewegte ich meine Hüften und inhalierte jedes noch so kleine atemlose Geräusch, das er machte.

Mein Körper fühlte sich an, als würde er in Flammen stehen. Ich griff nach dem Saum meines Shirts und zog es mir über den Kopf. Mit einer einzigen Handbewegung löste Jamie den Knoten, der mein noch immer etwas feuchtes Bikinioberteil an Ort und Stelle hielt. Bevor es seinen Weg auf den Boden gefunden hatte, senkte er seinen Mund an meinen Hals. Seine Zunge war noch heißer als meine warme Haut, als er Spuren auf meinen Hals bis hoch zu der empfindlichen Stelle unterhalb meines Ohrs zeichnete. Seine Hand schloss sich um meine Brust, seine raue Handfläche rieb an meinem harten Nippel, und ich zerfloss auf seinem Schoß.

Es war schon jetzt zu viel …

… und lange nicht genug.

Ich tastete nach seinem Shirt, zog es ihm über den Kopf und fuhr die Konturen seiner Schultern nach, bis hin zu seinem Nacken, wo ich meine Hand ruhen ließ. Als er sich nach unten beugte, um an meinem Nippel zu saugen, spürte ich die Anspannung in den Sehnen seines Nackens unter meiner Handfläche.

Meine Synapsen brannten durch. Ich hätte nicht einmal mehr die einfachste Rechnung lösen, geschweige denn einen sinnvollen Satz bilden können.

»Jamie«, keuchte ich flehend. Das einzige Wort, das ich noch kannte.

»Zieh dich aus.« Seine bestimmenden Worte gingen mir durch den gesamten Körper und verstärkten das Pochen zwischen meinen Beinen.

Mit weichen Knien stand ich auf. Jamies Fingerknöchel strichen sanft über meine Seiten bis zu dem Bund meiner Hotpants, die er öffnete und nach unten zog, wo ich hinausstieg. Jetzt stand ich nur noch in meinem Bikinihöschen vor ihm. Etwas Dunkles blitzte in seinen Augen auf, als er den Blick über meinen Bauch und meine Oberschenkel wandern ließ, ehe seine Finger genau diese Spur nachfuhren.

Nun erhob sich auch Jamie, griff nach dem Knopf seiner Hose und wollte sie öffnen, überlegte es sich dann aber anders und küsste mich erneut. Biss auf meine Unterlippe und leckte dann über den Schmerz. Also griff ich selbst nach dem Knopf seiner Hose und öffnete sie, woraufhin er sie abstreifte. Ich sah zu ihm hoch und zog, ohne etwas zu sagen, am Bund seiner Boxershorts. *Die hier auch.* Es waren zu viele Kleidungsstücke für die Hitze, die in diesem Raum herrschte. Für das Feuer, das in meinem Inneren brannte und mich zu verglühen drohte, wenn es nicht gelöscht würde.

Er zog sich aus, das Licht der Schreibtischlampe schmiegte sich an seine Haut und glitt in jede Kerbe. Jetzt, da er nackt vor mir stand, sah ich die Narbe, die sich über seinen linken Oberschenkel zog. Sie ähnelte der in seinem Gesicht und schimmerte im Lichtschein. Was auch immer mit ihm passiert war, musste schmerzhaft gewesen sein. Sehr.

Und ich wollte nicht, dass er das jemals wieder spüren musste. Er setzte sich aufs Bett und wollte mich gerade wieder an sich ziehen, als ich vor ihm auf die Knie ging. Ich fuhr mit den Händen seine Oberschenkel hinauf, darauf bedacht, seine Narbe nicht zu berühren. »Ist das okay?« Meine Stimme war dunkler als sonst, rau, heiser, und kam von tief unten.

Jeden Tag hielt er so sehr an seiner Kontrolle fest – ich wollte sie ihn verlieren sehen und der Grund dafür sein.

»Robin …« Jamies Stimme war schwarze Kohle, sein Blick der Funken, der sie in Brand setzte. »Ich glaube, es gibt gerade nichts, was ich mehr will.«

Mehr brauchte es nicht. Ich wollte ihm das geben, was er wollte, und mehr. Wollte bittere Erinnerungen in süßem Verlangen ertränken.

Ich rutschte mit den Knien weiter nach vorn, umfasste seine warme Härte mit meiner rechten Hand, leckte mir über die Lippen und senkte meinen Kopf nach unten. Umspielte die Spitze seiner Erektion erst mit meiner Zunge, ehe ich den Mund weiter öffnete und ihn hineingleiten ließ.

Das Stöhnen, das seiner Kehle entkam, war dunkel und ließ eine Gänsehaut über meinen gesamten Körper gehen. Das zustimmende Brummen, das darauf folgte, ließ mich wimmern. Mit jeder Bewegung meiner Zunge, meiner Hand an seinem Schaft, mit jedem Saugen, mit jedem Zentimeter, den ich weiter nach unten ging, wuchs die Lust zwischen meinen Beinen. Meine Augen tränten, als seine Spitze hinten anstieß, und ich spürte die Anspannung seines Oberschenkelmuskels, an dem ich mich mit der linken Hand abstützte.

»Fuuuck.« Seine Finger gruben sich in meine Haare, allerdings ohne mich nach unten zu drücken oder das Tempo anzugeben. Er gab die Kontrolle zu einhundert Prozent ab – und wenn das kein Vertrauensbeweis war, wusste ich auch nicht.

Er streichelte über meinen Kopf, hundert kleine Zustimmungen. Es hatte etwas Paradoxes, vor jemandem zu knien und dennoch all die Macht zu haben.

»Robin. Robin, stopp«, sagte er mit einem Mal mit einem Drängen in der Stimme, das mich innehalten ließ. Als sich unsere Blicke trafen, wich mir sämtlicher Atem aus den Lungen. Das Verlangen in seiner Miene war greifbar. Roh. Hungrig. »Wenn du weitermachst …« Er strich mit gesenkten Lidern über meine pulsierende Unterlippe und ließ den Satz ins Leere laufen, als hätte er den Rest vergessen.

»Das macht mir nichts.«

Er schüttelte den Kopf. »Nicht so.«

Ich hatte nicht einmal Zeit zu blinzeln, als er aufstand, mich an den Handgelenken mit sich zog und heftig an der Schlaufe meiner Bikinihose riss. Sie war noch feucht vom Schwimmen, wäre es nun aber auch ohne den Ausflug ins Meer. Sie ging irgendwo neben mir zu Boden, aber alles, wofür ich Augen hatte, war Jamie. Die Hitze seines Körpers strahlte auf mich ab wie tausend Sonnen, als er sich zu mir hinunterbeugte, mit der Zunge meinen Kiefer entlangfuhr und mich dann mit einer fließenden Bewegung aufs Bett drückte. Ich war dankbar, die kühlen Laken unter meinem Rücken zu spüren, da meine Beine nicht genug Kraft gehabt hätten, mich länger aufrecht zu halten. Er stützte sich mit einem Knie über mir ab und lächelte träge. »Nichts übertrifft diesen Anblick«, raunte er. Und das aus dem Mund eines Mannes, der Kalifornien regelmäßig aus den atemberaubendsten Perspektiven sah.

Ich fühlte mich auf die schönste Art und Weise ausgeliefert. Erst seinem forschenden Blick und danach, als er sich weiter zu mir heruntergebeugte, den rauen Handflächen, mit denen er über meine Kurven glitt. Meine Hüften. Meinen Bauch. Die Innenseite meiner Oberschenkel und, als ich glaubte, es nicht mehr auszuhalten, meine Mitte.

Als er merkte, wie feucht ich war, schloss er die Augen. »Fuck, das ist nicht dein Scheißernst.«

Seine Zunge glitt meinen Hals hinab, und als er mit den Zähnen meinen Nippel streifte, drang er mit zwei Fingern in mich ein. Ich keuchte auf und hielt mich an seinem Oberarm fest, als würde ich sonst einer endlosen Schwärze entgegenfallen. Er zog Kreise um meine empfindlichste Stelle, baute Druck auf. Genau wie bei unserem Kuss war hieran nichts Sanftes. Eher etwas ... Verzweifeltes. Es war ein Spiel mit dem Feuer – wohl wissend, dass das gesamte Haus um einen herum niederbrennen könnte.

»Warte«, keuchte ich nach einer Weile und berührte sein Handgelenk, wodurch er innehielt. »Nicht so«, wiederholte ich seine Worte von vorhin.

Er stützte sich mit beiden Armen neben meinem Kopf ab und sagte dann an meine Lippen: »Hast du ein Kondom?«

Es dauerte einen Moment, ehe seine Worte durch den dichten Nebel in meinem Kopf drangen. Für eine Schrecksekunde glaubte ich, keine zu haben, bis mir einfiel, dass mir Addison drei Abende, bevor ich zur Chamberlin gegangen war, mit einem Zwinkern eine Packung in den offenen Koffer gesteckt hatte. Damals hatte ich die Augen verdreht. Wer hätte gedacht, wie dankbar ich dafür einmal sein würde.

Ich nickte atemlos. »Ja.«

»Wo?«

»Schrank. Oberste Schublade.«

Obwohl er nur etwa fünf Sekunden weg war, spürte ich seine Abwesenheit schmerzlich. Ich presste die Knie zusammen und beobachtete, wie er die Schublade öffnete, meine Unterwäsche beiseiteschob und die noch verschlossene Papierverpackung aufriss.

Einen Herzschlag später war er wieder über mir und hielt mir die knisternde Packung an den Mund. Vorsichtig, um auch wirklich nur das Plastik zu erwischen, biss ich auf den Rand, woraufhin Jamie daran zog und so die Packung öffnete. Er rollte das Kondom ab und streichelte sich mit einigen wenigen gekonnten Bewegungen, während er auf mich hinuntersah.

Ich leckte mir über die Unterlippe und holte zittrig Luft. »Ich brauche dich in mir.«

Er schloss für einen kurzen Moment die Augen und stöhnte, als wären die Worte zu viel für ihn, ehe er mit den Knien zwischen meine rutschte und meine Beine auseinanderschob.

Unsere Gesichter waren einander zugewandt, unsere Lippen so nah, dass ich seinen stockenden Atem daran fühlen konnte. Da war dieser eine Moment, in dem wir gleichzeitig innehielten. Ich strich seine Seite entlang bis zu seinem Nacken, grub meine Finger in seine Haare. Atmete bebend aus, hielt die Luft an …

… und atmete lautstark ein, als er in mich eindrang.

Seine Hüfte zuckte. Er umfasste mein Gesicht beinahe besitzergreifend, öffnete meinen Mund mit seinem Daumen auf meinem Kinn und küsste mich. Fing mein Stöhnen mit seinem Mund auf und erwiderte es mit einem tiefen Brummen.

Ich hörte das Blut in meinen Ohren rauschen, als er sich mit dem Arm über mir abstützte und seine freie Hand zwischen meine Beine glitt. Er berührte mich mit einer Intensität, als befänden wir uns auf einem im All umhertreibenden Raumschiff mit Kurs auf die Sonne und hätten nur noch wenige Minuten zu leben.

Ich grub meine Nägel in seine Schultern und hob ein Bein an, das er sofort mit seiner Hand festhielt und somit tiefer in mich eindrang. Ich keuchte auf, als er einen harten Rhythmus bestimmte, der es mir kaum mehr erlaubte, Luft zu holen. All die elektrische Spannung, die ich in den letzten Tagen zwischen uns gespürt hatte, summte zwischen uns. Der Druck in meinem Inneren wurde immer stärker. Ich konnte ihm nicht länger standhalten.

Und wollte es auch nicht.

Also gab ich ihm nach.

Der Orgasmus kam heftig und schnell, ich zog mich um seine Härte zusammen und krallte mich fester in die Haut an seinem Rücken, als etwas vor meinen geschlossenen Augen explodierte.

»Genau so«, keuchte Jamie. An seinen abgehackten Atemzügen hörte ich, dass auch ihm nicht mehr viel fehlte. Ich öffnete die Augen, sein Blick war dunkel, bestimmend, und bei dem Anblick wollte mir mein Herz endgültig aus der Brust springen.

Ich sah den genauen Moment, in dem er losließ. Seine Augen schlossen sich wie von selbst, seine Härte zuckte in mir, und ich fühlte mich zum zweiten Mal, als würde ich fallen.

Meine Wangen waren heiß, und das Blut rauschte in meinen Ohren, als er sein Gesicht zu mir hinabsenkte, mit der Nase über meine strich und innehielt. »So viel zu Kontrollverlust«, flüsterte er und legte sich dann neben mich, seine linke Hand auf meinem sich noch immer schnell hebenden und senkenden Bauch ruhend. Sein Daumen zog sanfte Kreise über meine Haut, ich drehte mein Gesicht zu ihm und bemerkte, dass er mich bereits ansah.

»Das war der schönste Kontrollverlust, den ich je erlebt hab«, gab ich leise zurück.

Er rieb sich übers Gesicht. »Fuck, was ist ... wie ist das passiert?«

»Vielleicht war es unvermeidbar«, flüsterte ich und unterdrückte das erste Mal nicht das Bedürfnis, ihm eine Strähne aus der Stirn zu streichen.

Nachdem Jamie das Kondom entsorgt hatte und ich auf der Toilette gewesen war, kniete ich mich aufs Bett, um das Fenster darüber zu öffnen. Die nachtkühle Luft strich über meinen nackten Körper und verschaffte mir eine Gänsehaut. Es roch nach Tau, Jasminblüten und der Ruhe nach dem Sturm.

Jamie zog sich seine Boxershorts wieder an und setzte sich auf die Bettkante.

»Vielleicht sollte ich gehen«, sagte er und ergriff meine Hand. »Ich kann nachts nie sonderlich gut schlafen. Die Albträume halten mich meistens wach und ...«

»Du musst nicht bleiben, wenn du nicht möchtest«, meinte ich, dabei wollte ich eigentlich sagen: *Bitte geh nicht.*

Was, wenn diese eine Nacht alles war, was wir bekommen würden?

Ich beobachtete seinen inneren Kampf. Jamie stand nicht auf, um seine Kleidungsstücke einzusammeln, in sein eigenes Zimmer zurückzukehren und Abstand zwischen uns zu bringen. Stattdessen legte er sich neben mich und drehte sich so, dass er mich ansehen konnte. »Ich bleibe, bis du eingeschlafen bist.« Wieso fühlten sich diese Worte intimer an als alles, was in den letzten Minuten zwischen uns geschehen war?

Eine Weile lauschte ich lediglich seinem Atem, meinem Herzschlag und dem Rauschen der Baumkronen. Musterte jede Einkerbung seines Gesichts, damit ich diesen Moment nie wieder vergessen würde.

»Tut es weh?«, fragte ich und betrachtete seine Narbe.

»Ja, aber nur hier«, flüsterte er, nahm meine Hand, verschränkte sie mit seiner und legte beide auf sein gleichmäßig schlagendes Herz. »Lustig, dass wir von Herzschmerz sprechen, nicht wahr? Wo doch der Herzmuskel nicht einmal Schmerzrezeptoren hat.«

»Wenn ich könnte, würde ich dir einen Teil davon abnehmen.«

Eine Weile blieb er still. Strich mit der Nase an meinem Hals entlang, hielt meine Hand auf seiner Brust fest, als hätte er Angst, dass *ich* gehen könnte. Nicht andersherum.

Ich schloss die Augen.

Ich dachte schon, er würde gar nichts mehr sagen, da tat er es doch.

»Das hast du längst.«

Kapitel 32

»STRINGTHEORIE«

(Oder: Wie alles zusammenhängt)

Noch bevor ich die Augen öffnete, spürte ich, dass ich allein war. Vögel zwitscherten vergnügt in dem Baum vor meinem Fenster, und kühle Luft glitt über meine nackte Schulter. Ich schlug die Augen auf. Die blasse Dämmerung tauchte mich in silbriges Licht, der Platz neben mir im Bett war leer.

Ich drehte mich auf den Rücken, legte einen Arm über meine Stirn und starrte an die Decke. War das gestern wirklich passiert, oder war das nur ein weiterer Tagtraum gewesen? Ein Szenario, das ich mir vor dem Schlafengehen etwas zu lebhaft ausgemalt hatte? Nein, dafür spürte ich Jamie noch zu präsent an jeder Stelle meines Körpers, an der er mich berührt hatte.

Ich nahm mein Handy in die Hand und checkte die Uhrzeit. 5:41. Erst dann nahm ich die Nachrichten wahr, die darunter standen.

> **Jamie:** Ich bin jetzt gegangen. Vergiss die Flugstunde nicht. 09:30, Hangar vier.

Dann, zwei Stunden später um kurz nach drei, eine weitere Nachricht.

> **Jamie:** Keine Ahnung, wie ich dabei professionell bleiben soll.

Ich verkniff mir ein Grinsen, setzte mich auf und ließ die letzte Nacht so lange Revue passieren, bis meine Wangen heiß wurden. *O Gott.* Ich stützte das Gesicht in den Händen ab. Wie sollte ich nach letzter Nacht zu der Flugstunde erscheinen und mich normal verhalten? Und überhaupt: Seit wann war … *das hier* mein Leben?

Ich war an diese Uni gekommen, um Astrobiologie zu studieren – jetzt saß ich in meinem Zimmer auf dem Campus, hatte mit dem als verschollen geltenden besten Freund meiner Brüder geschlafen und musste mich zu meiner nächsten Flugstunde aufmachen.

Wie war das passiert?!

Ich hatte bloß einen Neuanfang gewollt – nicht, dass ich in einer Raumkapsel ins All geschossen wurde und sich alles auf den Kopf stellte, was ich je geglaubt hatte zu wollen.

***

Als ich meine Karte an das Tor hielt, das zum Flugplatz führte, flatterte mein Herz viel zu wild in meiner Brust.

Atme, Robin. Es ist alles wie immer, log ich mich selbst an und trat ein. Ein sanfter Nebel hatte sich über die Bahnen gelegt, der Tower erhob sich vor einem blassblauen Himmel, und zwei Möwen flogen im Gleitflug über die Hügel hinweg. Wenn ich die Augen zukniff, sahen sie fast aus wie Flugzeuge.

Ich ließ Hangar eins, zwei und drei hinter mir und peilte den auf der äußeren rechten Seite an. Die Cessna, mit der wir heute fliegen würden, stand bereits davor. Es war die, in der Jamie das erste Mal mit mir geflogen war: November Charlie Delta mit den beiden blauen Streifen, die sich über die Seiten zogen. Als ich sie das erste Mal von Nahem gesehen hatte, hatte sich mein Inneres vor Angst zusammengezogen. Heute war es Vorfreude.

Okay, und auch ein bisschen Angst.

Als ich Jamie am Schreibtisch im Hangar über sein Tablet gebeugt vorfand, Stift in der Hand und konzentrierter Ausdruck auf seinem

Gesicht, konnte ich nicht anders, als zu lächeln. Als hätte ich keinerlei Kontrolle über meine Mundwinkel.

Er sah auf und erhob sich sofort, als er mich entdeckte. »Robin, hi.«

Atmen nicht vergessen. »Hey«, sagte ich und hob die Hand halbherzig zum Gruß. Am liebsten hätte ich ihn umarmt, aber wäre das nicht irgendwie ... seltsam? *Klar, Robin. Eine Umarmung fällt jetzt bestimmt noch ins Gewicht.* Ich seufzte.

»Also ... jetzt sind wir hier«, begann ich und hätte mich am liebsten dafür geohrfeigt. *Jetzt sind wir hier? Ernsthaft?*

»Sieht ganz so aus.«

»Wie wollen wir das heute angehen?«, fragte ich, als er vor mir zum Stehen kam. »Unangenehmes Schweigen? Darüber sprechen? Oder wollen wir genau wie nach dem Kuss erfolglos so tun, als wäre gestern nie passiert?«

Er schmunzelte. »Der Kuss war *eine* Sache, Robin. Viel Glück dabei, *gestern* zu vergessen.«

Hm. Da hatte er natürlich recht.

»Ich für meinen Teil kann es jedenfalls nicht«, fügte er hinzu. Seine Stimme war schon wieder so verdammt rau, und er senkte den Blick auf meine Lippen. Als hätte er sich an seinen Vorsatz erinnert, professionell zu bleiben, sah er mir eilig wieder in die Augen. »Die Wetterverhältnisse sind heute gut«, sagte er. »Nur der Wind ist etwas stärker als die letzten Male, aber das dürfte kein Problem sein.«

»Okay.« Mein Kopf war leer. Wie sollte ich ausgerechnet *heute* eine Cessna fliegen?

»Wir müssen anfangen«, meinte Jamie.

»Lass mich raten, Timeslot?«

Er nickte. »In einer Stunde kommt die nächste Flugschülerin.«

Mein Magen verkrampfte sich. Zu Unrecht, natürlich. Aber die Vorstellung, dass er später mit einer anderen Frau in der Cessna saß, missfiel mir. Dabei war das sein Job. Und abgesehen davon waren wir ...

Tja. Was waren wir? Die Bezeichnung dafür musste wohl erst noch erfunden werden.

»Ich glaube, ich kann mich heute nicht konzentrieren«, flüsterte ich.

»Doch«, hielt er dagegen. »Du kannst und du wirst, denn du brauchst die Stunden. Und da ich gerade dein Fluglehrer bin und dir sagen kann, was du tun sollst …«

Himmel. Ich biss mir auf die Zunge. Er schien selbst zu bemerken, wie sich das angehört hatte, weshalb er sich durch die Haare fuhr und neu ansetzte. »Der Außencheck, Miss Sunday?«

Ich atmete tief durch, wandte mich der Cessna zu und nickte. Der Außencheck. Okay. Dann mal los.

Wie sich herausstellte, waren mir die meisten Abläufe in Fleisch und Blut übergegangen, und je länger ich dabei war, desto mehr schärfte sich meine Konzentration.

Problematisch wurde es erst dann wieder, als wir in die Cessna einstiegen und die Türen schlossen. Sein Geruch sorgte für ein lebhaftes Wiedererleben des gestrigen Abends, und die Bilder rauschten in Full HD durch meinen Kopf. Seine Hände auf mir, sein Keuchen an meinem Hals, sein Geschmack in meinem Mund. *Kannst du bitte mit der Diashow aufhören?,* fuhr ich mein eigenes Gehirn an. *Merkst du nicht, dass ich mich konzentrieren muss?*

Dieses Mal übernahm ich den Großteil der Checkliste, überließ Jamie aber die Eingabe der Route, wobei ich jeder seiner Bewegungen mit meinem Blick folgte.

Es war schlimm.

Wirklich.

So schlimm, dass ich mich davon abhalten musste, mir auf die Unterlippe zu beißen wie in einem klischeebehafteten Film. Ich konnte mich nicht erinnern, mich jemals von einer anderen Person körperlich derart angezogen gefühlt zu haben.

Wenn es doch bloß nur das wäre. Körperlich.

Das würde alles einfacher machen.

»Hör auf, mich so anzuschauen«, murmelte er, ohne in meine Richtung zu sehen. »Ich muss mich konzentrieren.«

»Sorry, Sir.«

Jamie schüttelte mit einem schiefen Grinsen den Kopf. »Du bist unmöglich.«

Es war faszinierend, denn so unangenehm die Situation war ... war sie es auch wieder nicht. Weil Zeit mit ihm zu verbringen viel zu natürlich war, um mich seltsam zu fühlen.

Nachdem wir alle Checks gemacht und uns beim Tower angemeldet hatten, startete ich den Motor und schlug den Weg zur richtigen Startpiste ein.

»Wieso ist es heute so extrem warm hier?«, murmelte Jamie und drehte die Luftzufuhr auf seiner Seite auf.

Ich verkniff mir den Kommentar, dass es mindestens fünf Grad weniger hatte als bei unserem letzten Flug. Zu sehen, dass er auf meine Nähe genauso reagierte wie ich auf seine, erfüllte mich mit mehr Freude, als es sollte.

Kurz vor dem Start war ich schließlich gezwungen, mich zusammenzureißen und sämtliche Konzentration auf alles zu richten, was ich gelernt hatte. Beim ersten Start unterstützte er mich noch, ab dem zweiten übernahm ich. Genau wie alle Landungen nach der dritten.

Die Stunde war schneller vorbei als gedacht, und als wir nach der letzten Landung wieder auf den Platz vor dem Hangar zusteuerten, breitete sich zufriedene Erschöpfung in mir aus.

Keine Vorfälle, keine Küsse, keine Abstürze.

Ein Grund zur Freude, denke ich.

»Du wirst jedes Mal besser«, bemerkte Jamie, als er sich die Kopfhörer abnahm.

»Ich kann jedes Mal nicht glauben, dass wirklich *ich* es bin, die startet«, gab ich zurück. »Du hättest mir gleich sagen sollen, was für ein unfassbares Gefühl das ist.«

»Das habe ich!«

»Gut, das stimmt, aber die Angst war größer«, gab ich zu.

»Und jetzt ist sie weg, richtig?«

»Die Angst ist dieselbe, aber ich gehe inzwischen anders damit um. Akzeptiere sie als Teil des Ganzen, und das macht es ... ertragbar.«

Jamie nickte, sah mich an, und etwas in der Luft um uns herum veränderte sich. »Robin«, sagte er, und nie hatten sich zwei Silben so sehr nach einem vollen Satz angehört.

Ich lehnte mich näher zu ihm, ein träges Lächeln trat auf seine Lippen – kurz darauf spürte ich genau dieses Lächeln auf meinem Mund.

»Jamie«, hauchte ich leise, und sein Name schmeckte süß, als er ihn von meinen Lippen küsste. Mit der einen Hand strich er meine Seite entlang. Seine andere legte er auf meinen Oberschenkel, fuhr langsam daran entlang und hinterließ dort, wo er mich berührte, eine Spur aus sengender Hitze. An meiner Hüfte hielt er inne, grub seine Finger hinein. Der Laut, der ihm kurz darauf entkam – eine Mischung aus Verlangen und Zufriedenheit –, ging durch mich hindurch wie ein Funkenschauer. Seine Hand wanderte an meinem Bauch entlang bis zu dem Verschluss meiner Hose, und ich protestierte nicht, als er sie öffnete. Protestierte nicht, als er seine Hand erst unter den Stoff meiner Jeans wandern ließ und dann über den Stoff meines Slips strich.

Ich keuchte auf. »Ich weiß nicht, ob das hier eine gute Idee ist«, flüsterte ich.

»Soll ich aufhören?«

Ich zog ihn an seinem Shirt näher zu mir heran. »Nein«, sagte ich viel zu schnell und doch genau richtig, da er die vier Buchstaben als Anlass nahm, den Stoff beiseitezuschieben und mich zu berühren.

Richtig zu berühren.

Meine Augen schlossen sich automatisch, als er genau die richtige Stelle fand, was ihm nicht entging. Er strich mit dem Nasenrücken an meinem Hals entlang. »Fuck«, keuchte er, als würde ich ihn berühren und nicht andersherum. Dann legte er seine erhitzten Lippen an meinen Hals, saugte daran, und … irgendetwas in mir brannte durch.

Vielleicht die letzten noch übrig gebliebenen Synapsen von gestern, wer wusste das schon. Ich verlor sämtliches Zeit- und Ortsgefühl, und nach einer Weile begannen meine Beine zu zittern. »Bitte, Jamie, ich –« Mein Atem reichte nicht für mehr Worte, als mich seine Finger über die Klippe stießen und er mein Aufstöhnen mit seinen Lippen auffing.

Er lehnte seine Stirn an meine. Ich fühlte mich, als hätten sich meine Moleküle verflüssigt, und es dauerte einen Moment, ehe ich meine Worte wiederfand. »Jamie, was –«, brachte ich hervor und lachte schwach auf. »Jetzt? *Hier?*« Ich wies auf den Innenraum der Cessna.

Er zog den Reißverschluss meiner Hose wieder nach oben und strich mir eine lose Strähne über die Schulter. Ein selbstgefälliges Grinsen breitete sich auf seinem Gesicht aus. »Ich weiß ja nicht, wie es dir geht, aber ich –«

Ein Klopfen an einer der Fensterscheiben ließ mich heftig zusammenfahren. Neben Jamies Fenster stand mein Astrobiologieprofessor Mister Price in einem zu großen karierten Blazer und winkte fröhlich.

Ach du Scheiße.

Jamie bedachte mich mit einem Blick, der so viel hieß wie: *Das war verdammt knapp*, und öffnete dann mit beneidenswert gefasster Miene die Tür. *Wie zum Teufel …?*

»Mister Evers!«, rief mein Professor mit seiner etwas zu lauten, aber gleichzeitig angenehm enthusiastischen Stimme, als Jamie aus der Cessna hüpfte.

»Wie schön, dass ich Sie erwische«, hörte ich ihn sagen, während ich eilig meine Haare richtete und meine Reflexion in einer der Scheiben überprüfte. Gerötete Wangen kann man auch nach einem Flug haben, nicht wahr? Mit zittrigen Fingern öffnete ich die Tür auf der linken Seite und ging um das Heck herum.

Nur zehn Sekunden früher, und …

»Und Miss Sunday!«, sagte Mister Price, seine Augen hellten sich auf. »Wie schön, Sie hier zu sehen. Klappt doch alles mit den Flugstunden, nicht wahr?«

»Ja, alles … prima«, sagte ich und unterdrückte das Bedürfnis, Jamie angesichts seines schiefen Grinsens den Ellbogen in die Seite zu stoßen.

»Sie wurden unserem Neuzugang zugeteilt, wie wunderbar«, sagte Mister Price und klopfte Jamie fest auf den Rücken. »Ich bin froh, dass wir ihn dem MIT abwerben konnten.« Er sah mich an. »Wie macht er sich als Lehrer?«

Jamies Grinsen wurde breiter.

Okay, es stand fest: Ich würde ihn umbringen.

»Er … er ist geduldig und weiß genau«, ich räusperte mich, »wie er einem die Angst nehmen kann. Ich hätte mir keinen besseren Fluglehrer wünschen können.«

»Das freut mich zu hören. Mir ist zu Ohren gekommen, dass Ihr Entwurf des Kommunikationsmoduls bei Miss Parik gut angekommen ist. Sehr vielversprechend.« Er drückte Jamies Schulter. »Mal sehen, ob sich etwas machen lässt, damit wir Sie nach Ihrem Abschluss behalten können.« Er zwinkerte verschwörerisch. »Ich bin sehr stolz auf Sie.«

»Danke, Sir«, sagte Jamie, ehe sich Mister Price an die Stirn tippte und Hangar drei anpeilte.

»Jamie!«, rief ich und umfasste seinen Oberarm. »Ist dir bewusst, wie krass das ist?« Sie wollten ihn behalten. Hier. An der Chamberlin. In Los Angeles. »Er hat gesagt, dass er stolz auf dich ist!«

»Ob er das auch gesagt hätte, wenn er wüsste, dass ich gerade eine Schülerin ge–«

»Ach du Scheiße, schhh!«, machte ich eilig und hielt ihm eine Hand auf den Mund.

Seine Schultern bebten, seine Augen glitzerten verschwörerisch. Als sich Mister Price zu uns umdrehte, nahm ich eilig meine Hand von Jamies Mund und tat, als würde ich eine Fliege verscheuchen wollen.

Jamie lachte auf. »Was denn?«

»*Willst* du, dass er dich hört?«

Sein Blick wurde dunkel. »Ich *will*, dass du nächstes Mal auf meiner Zunge kommst, aber –«

»O mein Gott, was ist los mit dir?«, unterbrach ich ihn mit roten Wangen, gefolgt von einem unkontrollierten Kichern.

Er griff mit funkelnden Augen nach meinem Arm, doch ich wich japsend aus. Als Mister Price erneut Anstalten machte, sich zu uns umzudrehen, zog mich Jamie kurzerhand hinter die Cessna, wo er uns nicht sehen konnte. Ehe ich mich's versah, drückte er mich gegen die Aluminiumlegierung, stützte seine Hand hinter mir ab und kam mit seinem Gesicht so nah an meines, dass ich jede seiner Wimpern hätte zählen können. »Du bist schuld, Robin.« In diesem Kontext wohl die schönste Schuldzuweisung der Welt.

Er küsste mich – kurz und intensiv, bevor er sich von mir löste und mit verschlagenem Grinsen auf die Uhr an seinem Handgelenk tippte. »Wo ist Ihre Konzentration geblieben, Miss Sunday? Das Logbuch wartet.«

»Klar«, murmelte ich. »Daran habe ich auch gerade gedacht.«

Kapitel 33

»NEUMOND«

(Oder: Wie ich übersehen werde – mal wieder)

Vorsichtig schob ich die kühle Erde über die Wurzeln der Setzlinge, die ich vor wenigen Momenten im gläsernen Hochbeet gepflanzt hatte. Danach nahm ich das Klemmbrett zur Hand, notierte die Daten und beschriftete die Schilder in den drei Bereichen des Beets. In jedem hatte ich eine andere Nährlösung mit unterschiedlichen pH-Werten verwendet. In den nächsten Wochen würde ich überprüfen, welche Stecklinge mit welcher Geschwindigkeit wuchsen und was man tun konnte, um den Prozess zu beschleunigen.

Ich zog mir die Gartenhandschuhe von den Händen und sah mich um. Das leise Murmeln meiner Kommilitonen, die um mich herum in ihre Projekte vertieft waren, hallte von der gigantischen gläsernen Struktur des Gewächshauses wider. Lilafarbene Sonnenuntergangswolken spiegelten sich in den Glasvierecken über mir, nur durchbrochen von dunkelgrünen Ranken und verschiedenfarbigen Blüten.

Ich sog den Geruch nach feuchter Erde und Kokosfasern tief in meine Lungen. Neben einer gigantischen Monstera kniete unsere Professorin Miss Rodriguez über den Sukkulenten, die in den simulierten Mond- und Marsböden angebaut wurden.

Extremophilie war die letzte Stunde für heute. Es war eines meiner liebsten Fächer, da die Experimente zur Anpassung an extreme Umgebungen einen Einblick in das gaben, was später – wenn ich für die NASA arbeiten würde, klar – von großer Bedeutung war.

Kaum eine Vorlesung schaffte es, mich derart von dem Chaos in meinem Leben abzulenken wie diese hier. In dieser sicheren Blase aus Glas und dichtem Grün, mit den Händen in der Erde, konnte ich zumindest für eine Weile ein bisschen freier atmen. Und denken.

Miss Rodriguez erklärte die Stunde für beendet und erinnerte uns daran, unsere Erkenntnisse gründlich zu notieren, damit wir beim Schreiben der Hausarbeit keine Probleme bekommen würden. Ich verabschiedete mich von Tara, der stillen Kommilitonin, neben der ich in den meisten Vorlesungen saß, und machte mich eilig auf den Weg zurück zu Haus Saturn.

In weniger als einer Stunde war ich zum wöchentlichen Abendessen bei Dad verabredet, und allein beim Gedanken daran bekam ich Bauchschmerzen. Mit jeder Woche, die ich Jamies Rückkehr geheim hielt, fühlte ich mich schlechter. Dass wir uns immer näherkamen, machte es natürlich auch nicht besser.

Außerdem würde ich heute das erste Mal seit unserem kleinen Streit wieder auf Addison treffen. Mehrmals hatte ich mit dem Gedanken gespielt, sie anzurufen, hatte es dann aber doch sein lassen. Ich konnte nicht immer diejenige sein, die sich bei ihr meldete. Besonders nicht nach dem, was ich letzte Woche erfahren hatte. Sah sie mich überhaupt noch als Freundin, oder hatte sie mich längst ausgetauscht?

Ich rieb mir seufzend übers Gesicht. Eins nach dem anderen. Ich würde mir beim Abendessen einen Überblick verschaffen, sehen, wie die Stimmung zwischen uns war, und sie um ein Treffen nur zu zweit bitten.

Ein eigentlich perfekter Plan …

Doch sie tauchte nicht auf.

Als ich eine Stunde später neben Brandon gegenüber von Dad, Henry und Odette saß, spürte ich den leeren Platz neben mir wie einen fehlenden Arm.

»Hat sie die Nachricht denn gelesen?«, fragte ich und sah Odette an, die sich gerade Weißwein in ihr Glas einschenkte. Die Lichterkette über uns schaukelte in der Krone des Orangenbaumes, die warmen Lichter spiegelten sich auf den verschiedenfarbigen Porzellantellern auf dem Tisch. Odette war diejenige, die jede Woche eine Umfrage in unsere Gruppe schickte, in der wir abstimmten, welcher Tag am besten passte. Addison war schon so lange so selbstverständlich dabei, dass ich gar nicht hinterfragt hatte, *ob* sie heute kommen würde.

»Sie hat die Nachricht gesehen, aber nicht abgestimmt«, sagte Odette und zog die dunklen Brauen mitleidig zusammen.

»Toll«, murmelte ich und stellte mein Glas fest auf dem Tisch ab. Wenn ich darüber nachdachte, war das eigentlich alles Brandons Schuld. Ich sah nach links, wo er sich gerade eine Gabel Nudelsalat in den Mund schob. »Du musstest ja unbedingt mit meiner besten Freundin schlafen. Das haben wir jetzt davon.«

»Wie bitte? Bin ich jetzt schuld, oder was?«, fragte er mit vollem Mund.

Ich umklammerte den Griff des Glases so fest, dass meine Knöchel weiß wurden. Bevor es brechen konnte, ließ ich es los. Wie immer – keine Spuren hinterlassen, meine Emotionen nicht sichtbar machen. Ich wusste nicht, woher die plötzliche Wut auf meinen Bruder kam. Dass er mit Addison geschlafen hatte, war garantiert nicht der Hauptgrund. Vielleicht hatte sich die Wut in den letzten Wochen einfach angesammelt: die Reaktion auf meinen Vorschlag, einen Flugschein machen zu können. Die Tatsache, dass sie sich mit Aiden trafen. Dass sie Addison mit zum Wandern nahmen und mich nicht einmal fragten.

Und wieder bist du selbst schuld, schoss es mir durch den Kopf. *Wenn du gleich ehrlich gewesen wärst, würde es sich gar nicht erst anstauen und dann im ungünstigsten Moment aus dir herausbrechen*. Vermutlich war es nicht einmal die Wut auf Brandon, die nun durch meine Adern strömte.

Es war die auf mich selbst.

Trotzdem konnte ich das Thema nicht fallen lassen.

»Ein bisschen schon, ja«, gab ich zurück. »Hättest du nicht mit irgendeiner anderen Frau schlafen können? Hatte die rothaarige Engländerin an dem Tag etwa keine Zeit, oder was?«

Er senkte den Blick, was mich nur noch mehr aufregte. Was fiel ihm ein, nicht zurückzustreiten? »Hast du nicht darüber nachgedacht, wie seltsam es danach zwischen euch – und uns – werden könnte?«

Brandon blieb still.

»Da hat sie recht«, pflichtete Henry mir bei und zeigte mit der Gabel auf mich.

»Wir gehen mal kurz rein«, sagte Dad und schob seinen Stuhl zurück. »Getränke holen.«

Henry nickte. »Ja, macht das.«

»Du kommst mit«, sagte Dad mit fester Stimme, die keinen Widerspruch duldete. »Lassen wir die beiden kurz allein.«

Henry seufzte tief, erhob sich aber. Es war genau wie damals, wann immer Dad ihn dazu verdonnert hatte, vor der Schule mit ihm joggen zu gehen.

Sobald wir unter uns waren, wandte ich mich Brandon zu. Seine dichten Wimpern warfen lange Schatten auf seine Wangen, da er nach unten sah und das Etikett von seinem alkoholfreien Bier abkratzte.

»Du bist zu still«, sagte ich. »Was ist los?«

»Das mit Addison ist nicht so, wie du denkst. Ich habe nicht mit ihr geschlafen, weil ich … keine Ahnung, irgendwelche Bedürfnisse befriedigen wollte.«

»Ekelhaft. Erzähl weiter.«

»Ich weiß nicht, es ist einfach … schon länger so, und ich weiß nicht, wohin damit … aber …«

Ich runzelte die Stirn. Es dauerte einen Moment, ehe mir dämmerte, was mein Bruder mir zu sagen versuchte. »Warte, warte.« Ich schlug ihm mit der Hand auf die Brust. »Du hast dich verliebt, nicht wahr? Scheiße, Brandon. Du hast dich in Addison verliebt.«

»Psscht«, machte er und legte mir seine vom Bier eiskalte Hand auf den Mund. »Nicht so laut, das muss Henry nicht gleich – Au!« Er schüttelte seine Hand aus und rieb mit empörtem Gesichtsausdruck über die Stelle, an der ich ihn gebissen hatte.

»Und überhaupt«, fuhr er fort. »Wieso merkst du immer alles? Das ist anstrengend.«

Wem sagst du das. »Wie lange bist du schon in sie verliebt?«

»Keine Ahnung. Seit letztem Jahr?«

Meine Augen weiteten sich. »Brandon! Wieso sagst du nichts?«

Er rieb sich über das Gesicht. »Keine Ahnung. Dachte, es könnte seltsam sein, weil ihr befreundet seid und ... ich weiß nicht.« Er suchte meinen Blick. »Ich habe nicht *einfach so* mit ihr geschlafen.«

»Empfindet sie etwas für dich?« Ich hasste es, diese Frage stellen zu müssen. Sie führte mir nur noch deutlicher vor Augen, wie wenig ich aktuell an Addisons Leben teilnahm.

Er zuckte mit den Schultern. »Ich hoffe es. Mein Plan war, so viel Zeit wie möglich mit ihr in der Gruppe zu verbringen und sie irgendwann um ein Date zu bitten.«

»Und du willst nicht, dass Henry davon erfährt, weil ...?«

»Weil es peinlich wäre, wenn daraus nichts wird.«

»Das ist Unsinn, Brandon. Das ist eben so – wenn du dich auf sie einlassen willst, musst du dich verletzbar machen. Das ist der Preis, den du wohl oder übel zahlen musst.«

Er zuckte mit den Schultern. »Mag sein.«

Ich musterte ihn von der Seite. Mein Bruder war verliebt. Mein Bruder, der selten etwas ernst nahm – auch Beziehungen nicht.

Ich schluckte. Was tat ich hier eigentlich? Ich warf ihm vor, mit meiner besten Freundin geschlafen zu haben, ohne die Hintergründe zu kennen. Schlimmer noch – ich warf es ihm vor, während *ich* mit *seinem* besten Freund schlief. Und ich hatte nicht nur mit ihm geschlafen – ich hielt nach wie vor geheim, dass er wieder in der Stadt war. Sosehr mich meine Brüder liebten – das würden sie mir niemals verzeihen.

»Tut mir leid«, flüsterte ich. »Ich bin nicht immer die beste Schwester.«

Er stellte sein Bier ab. »Birdie, das ist Unsinn.« Er schlang einen Arm um meine Schulter und lehnte den Kopf an meinen. »Es hat nichts mit dir zu tun, dass ich es nicht gesagt habe«, sagte er leise. »Versprichst du mir, dass du es für dich behältst?« Er hielt mir seinen kleinen Finger hin, und ich sah all die Versprechen, die wir uns unser ganzes Leben lang schon gegeben hatten. *Sag Odette nicht, dass ich ihre Vase zerbrochen habe. Sag Dad nicht, dass ich mir überlegt habe, einen Motorradführerschein zu machen. Sag Henry nicht, dass ich geweint habe.*

»Versprochen«, hauchte ich und hakte meinen kleinen Finger in seinen.

»Ich hoffe einfach, dass es für sie mehr war als ein betrunkener One-Night-Stand«, sagte er nun.

»Wer weiß, vielleicht empfindet sie für dich ja genauso wie du für sie?«, meinte ich mit einem hoffnungsvollen Lächeln. »Und wenn nicht jetzt, dann spätestens, wenn sie mehr Zeit mir dir allein verbringt und dich richtig kennenlernt.«

»Danke, Robin«, meinte Brandon mit glasigen Augen.

»Kann man sich wieder zu euch setzen?«, fragte Dad, der mit hochgezogener Braue aus dem klimpernden Vorhang in den Garten getreten war. Henry und Odette folgten ihm – sie mit Löffeln in der Hand, er mit einem Tablett voller unterschiedlich gemusterter Schüsseln.

»Ja«, sagten Brandon und ich wie aus einem Mund. Das war die Sache mit Geschwistern – in einem Moment war man so sauer auf den anderen, dass man nicht wusste, wohin mit seiner Wut … und im nächsten war alles vergessen.

Dad teilte die Schüsseln aus und erzählte, wie er die Orangen-Pannacotta aus den Früchten gemacht hatte, die Odette im Garten gepflückt hatte. Für einen kurzen Moment war alles zur Abwechslung mal schwerelos. Zumindest bis Henry kurz vor Ende des Abends sein Glas abstellte und sagte: »Bevor du gehst, wollten wir noch etwas besprechen.«

Brandon schüttelte kaum merklich den Kopf. »Ich glaube, jetzt ist nicht der richtige Zeitpunkt, Mann.«

Ich setzte mich auf. »Doch, jetzt ist genau der richtige Zeitpunkt«, widersprach ich. »Was ist los?«

»Brandon, ich und die anderen wollen eine Woche nach Hawaii fliegen. Eigentlich wollten wir dich fragen, ob du mitkommst – und das

Angebot steht nach wie vor –, aber Aiden kommt mit, und wir wollen nicht, dass es seltsam für dich wird.«

Ich blinzelte. Dad stöhnte leise auf. Odette presste die Lippen aufeinander. Brandon fuhr sich übers Gesicht. Und Henry sah mich abwartend an.

Sie hatten Aiden gefragt, bevor sie mich gefragt hatten. Hatten einen ganzen verdammten Trip geplant, ohne mich mit einzubeziehen. »Du ... ihr wollt mit Aiden nach Hawaii?«

»Ja. Und den anderen. Addison überlegt noch, ob sie mitkommt, aber –«

»Warte«, unterbrach ich ihn. »Addison geht mit? Sie weiß davon und hat mir nichts gesagt? *Ihr* habt mir nichts gesagt?« Ich sah zu Brandon, doch er wich meinem Blick aus. *»Wieso?«*

»Das hättet ihr echt anders regeln müssen, Jungs«, mischte sich Odette ein.

Meine Augen begannen zu brennen. *Wehe, du heulst jetzt.* »Was habt ihr nur dauernd mit Aiden? Das ... ich würde das niemals machen! Wie würde es sich für dich anfühlen, wenn ich mit *Nora* in den Urlaub gehen würde?«, sagte ich lauter als beabsichtigt.

Henry kniff sich mit Zeigefinger und Daumen in die Nasenwurzel. Er hasste es, wenn ich seine Ex-Freundin erwähnte. Ihre Trennung war nun schon zwei Jahre her, doch sie war nach wie vor sein wunder Punkt. Ich erinnerte ihn nicht gern an sie, aber so würde er meine Reaktion vielleicht etwas besser nachvollziehen können.

»Robin, bitte. Bleib ruhig, ja?«

Oder auch nicht. Meine Sichtfelder färbten sich rot.

»Henry«, mahnte Dad und hob eine Hand.

Dieser schüttelte den Kopf. »Es ist doch so. Man kann ja mal über etwas sprechen –«

»Wieso überhaupt?«, rief ich. »Ihr macht es doch sowieso!«

»Und seit wann hast du so ein Problem damit?«

»Henry«, sagte mein Dad erneut. »Was ist denn los mit dir?«

Er hörte ihn nicht mal. Wie so oft verlor er sich in seiner rationalen Denkweise, ohne Rücksicht auf Emotionen zu nehmen. »Ihr habt euch getrennt, es hat wehgetan, das *verstehe ich*, okay? Aber das ist kein Grund, uns zu verbieten, ihn zu sehen. Wie lange wart ihr zusammen? Ein halbes Jahr? Stell dich nicht so an.«

Mir wurde kalt. *Stell dich nicht so an.* Seine Worte gingen durch mich hindurch, aber die schmerzhaften Kanten blieben in meinem Innern stecken. Tränen schossen mir in die Augen. »Ich soll mich nicht so anstellen?«, flüsterte ich.

»Wirklich jetzt, Henry?«, fragte Brandon, und ich sah aus dem Augenwinkel, wie er den Kopf schüttelte. Dabei hatte auch er mir nichts davon gesagt. Wieder einmal.

Ich war kein Teil dieser Clique. Würde immer nur die kleine Schwester bleiben, die sie übergingen, da sie ohnehin keine Risiken einging und niemals Nein sagte.

Ich wischte mir den Mund an der Serviette ab, schob den Stuhl zurück und erhob mich. »Ich fahre zurück.«

»Robin, bitte bleib«, bat Odette.

»Lass uns das, was auch immer da zwischen euch ist, ein für alle Mal aus dem Weg räumen«, stimmte ihr Dad zu.

Aber ich wollte nicht mehr sprechen. Wollte nicht mehr mit Menschen an einem Tisch sitzen, die dachten, dass ich überreagierte, und die meine Emotionen niemals ernst nehmen würden.

»Sorry, Dad. Odette. Ich rufe euch morgen an, okay?«

Ich eilte zum Gartentor, schloss es mit Nachdruck und lief durch die Dunkelheit des Vororts bis zu meinem Wagen. Dort angekommen, fuhr ich los, bevor mich jemand einholen konnte, obwohl ich ohnehin nicht glaubte, dass mir jemand folgen würde.

Die Wut und die ungesagten Worte verließen meinen Körper in Form von stillen Tränen, die mir die Sicht so verschleierten, dass ich zwanzig Minuten später am Straßenrand anhalten musste. Ich wartete, bis meine Tränen versiegt waren, wischte mir die Schlieren mit dem Ärmel meines Cardigans von den Wangen und legte den Kopf in den Nacken. Kein einziger Stern. Nur Schwärze.

Ich hatte entschieden genug davon, mir immer alles zu verwehren und nur das zu tun, was ich tun sollte. Also tat ich das Unvernünftigste, was mir einfiel …

… und wählte Jamies Nummer.

Das Freizeichen ertönte zweieinhalb Mal, ehe er abnahm. »Robin? Alles okay?«

»Gehst du immer so ans Telefon?«

»Du hast mich noch nie angerufen, also muss etwas sein.«

Ich seufzte. »Danke, dass du rangegangen bist.«

»Du hast geweint. Was ist passiert?«

Ich zögerte und entschloss dann, dass es keinen Grund gab, ihm die Wahrheit vorzuenthalten. »Henry kann ein echtes Arschloch sein.«

Stille. »Warst du bei dem wöchentlichen Abendessen?«

Ich nickte, obwohl er das nicht sehen konnte. »Henry hat mir eröffnet, dass er mit Aiden in den Urlaub geht. Ach, und meiner besten Freundin.«

Lange sagte er kein Wort. Ich hörte erst das Geräusch eines zuschlagenden Buchdeckels, danach das einer zugehenden Tür. »Hast du Lust auf ein No Questions Asked?«

Ich schnaubte. »So funktioniert das nicht, Jamie. Entweder du zwingst mich zu einem oder nicht. Alles andere ist nur ein Date.«

Das Wort brannte ein Loch in die Leitung.

»Dann ändern wir für einen Abend eben die Regeln«, sagte er schließlich. »Hast du Lust, noch etwas zu unternehmen?«

»Ja«, sagte ich sofort.

»Okay. Treffpunkt in einer Stunde am Rover-Testgelände. Wir brechen ins Observatorium ein.«

»Im Ernst?«, keuchte ich. »Was, wenn uns jemand erwischt? Das verstößt sicher gleich gegen mehrere Regeln auf einmal. Und das Betreten von Forschungsräumen nach offizieller Schließung –«

»Robin?«

»Hm?«

»No Questions Asked.«

Kapitel 34

»PLANETENKONSTELLATION«

(Oder: Wie sich alles fügt – zumindest kurz)

»Kann man überhaupt von Einbruch sprechen, wenn du mit deiner Schlüsselkarte Zugang hast?« Ich sah zu Jamie auf, der vor der gläsernen Schiebetür des Observatoriums stand und in seiner Hosentasche kramte.

»Du musst nicht flüstern, es ist keine Seele hier«, sagte er mit kräftiger Stimme, die die Macht hatte, mir mit den alltäglichsten Sätzen einen Schauer über meinen Körper zu jagen. »Und theoretisch, ja, weil sie heute eigentlich zuhat.« Inzwischen hatte er die Karte hervorgeholt und hielt sie an den Scanner neben der Tür. Ein grünes Licht leuchtete auf, dann glitten die Türen beiseite, und Jamie ließ mir mit einer Handbewegung den Vortritt.

Ich trat ein und schnappte nach Luft. Mehrere Meter über mir wölbte sich die Metalldecke, direkt darunter thronte das Teleskop. Es war so gigantisch, dass eine Treppe nach oben zu einer Plattform führte, von der man durch das Okular blicken konnte. Fünf Schreibtische säumten die Wände, auf denen je mehrere Bildschirme standen. Auf den Whiteboards dazwischen waren Zahlenfolgen, Koordinaten und Rechnungen notiert worden.

Jamie drückte einen Knopf, wodurch ein lautes Surren ertönte – dicht gefolgt von einem metallischen Knarren, als die Deckenluke aufglitt.

»Woher weißt du, wie man das bedient?«, fragte ich und flüsterte nun doch wieder. War es seltsam, dass sich dieser Ort irgendwie heilig anfühlte? Beinahe wie eine Kathedrale. Eine Kirche für Wissenschaftler.

»Ein Freund von mir am MIT ist Astrophysiker. Er hat viele Nächte im Observatorium verbracht, und manchmal habe ich ihm Gesellschaft geleistet.«

Ein Freund am MIT. Es war selten, dass er die Zeit von sich aus ansprach.

»Für einen Wissenschaftler war er oft sehr melodramatisch. *Jamie, das ist nicht bloß ein Teleskop – es ist ein Auge in die Vergangenheit!*« Er lächelte matt und streckte mir seine Hand entgegen. »Komm, ich zeig dir was.«

Ich nahm seine Hand und ließ mich von ihm bis zur Treppe führen. Dort erweckte er einen kleinen Bildschirm zum Leben und tippte irgendwelche Zahlen ein. Mehrmals nahm er sein Handy hervor, warf einen Blick auf seine Notizen und widmete sich dann wieder dem Bildschirm. »Mister Hendrix, der Leiter der Astrophysik, hat vorhin erwähnt, dass man aktuell gute Chancen hat, den Saturn zu sehen. Eventuell hat er mir erklärt, wie man das hier macht.«

»Wie funktioniert das?«, fragte ich und beugte mich nach vorn, um mehr erkennen zu können.

»Einfach gesagt ist hier ein System verbaut, das die genauen Koordinaten verschiedener Himmelskörper kennt. Einmal eingestellt, richtet sich das Teleskop von selbst aus und berücksichtigt dabei sowohl die Himmelskoordinaten des Ziels als auch die Rotation der Erde.«

»Das ist … ziemlich cool.«

Er sah auf, seine Augen im Halbdunkel aufblitzend. »Ja, oder? Ich dachte mir, dass du das sagen würdest.«

Das war es, was mir mein Leben lang gefehlt hatte: Menschen, die meine Leidenschaft teilten. Mit denen ich stundenlang über Wissenschaft sprechen konnte, ohne als Nerd abgestempelt zu werden.

»Dieser Professor Hendrix weiß also, dass wir hier sind?«, wollte ich wissen.

»Jap.«

»Dann ist es erst recht kein Einbruch«, stellte ich amüsiert fest.

»Nein, du hast recht. Das klang nur cooler. Vielleicht war das aber auch nur eine Ausrede, weil ich dich sehen wollte. Und«, er nahm meine Hand und führte mich über die knarzende Metalltreppe nach oben auf die Plattform, »weil ich dir das hier zeigen wollte.« Er bedeutete mir, durch das Okular zu blicken.

Ohne seine Hand loszulassen, beugte ich mich etwas nach unten und ging so nah an die Linse heran, dass mein Sichtfeld in schwarze Tinte getaucht wurde und stattdessen ein anderes Bild vor mir auftauchte. Eines, das über eine Milliarde Kilometer weit entfernt lag.

Okay, wow. Mir schlug das Herz bis zum Hals. Es war tatsächlich der Saturn – nur heller und näher, als ich ihn durch mein Teleskop je gesehen hatte. Unwillkürlich stiegen mir Tränen in die Augen, die meine Sicht für einen Moment verschwimmen ließen.

»Jamie, das ist ...«

»Verrückt, oder? Ich dachte mir, du solltest das sehen. Was die Luftfahrt für mich ist, ist das Universum für dich. Ich hätte gern die Fähigkeit, es nur ein Mal durch deine Augen zu sehen.« Ich spürte seine Hand an meiner Taille. Sanft, zögerlich. »Sagst du mir, was du siehst?«

Ich verstand seine Frage sofort. »Ich sehe den Anfang des Universums. Natürlich gibt es den so gesehen nicht, und wir sind nicht der Mittelpunkt des Alls, aber der Saturn ist so unfassbar weit weg und dennoch ... erst der Anfang, weißt du? In der Schwärze dahinter sehe ich all die Welten, die noch nicht entdeckt wurden. All die erdähnlichen Planeten, chemischen Reaktionen, Vulkanausbrüche und Supernovas, die zeitgleich existieren. All die Möglichkeiten und Geheimnisse, die nur darauf warten, von uns entdeckt zu werden – und die Tatsache, dass wir weniger als einen Bruchteil davon je erfahren werden.«

Ich löste mich von dem Anblick und sah stattdessen Jamie an. Im Halbdunkel schimmerte seine Narbe, das schwache Licht des Himmels spiegelte sich in seinen Augen. Er nickte. »Manchmal tut es ganz gut, das große Ganze zu betrachten. Ich zum Beispiel traue mir mehr zu, wenn ich sehe, wie endlos die Landschaft unter mir ist. Manchmal verlieren wir uns alle in kleinen Details und machen es uns damit unnötig schwer.«

»Ich weiß genau, was du meinst.« Ich sah zu dem dunkelblauen Stück Himmel schräg über uns.

»Willst du darüber reden, was vorhin war?«, fragte er und wies auf die Bank, die hinter uns ans Geländer der Plattform geschoben worden war.

Ich ließ mich daraufsinken, richtete den Blick erst zum Teleskop und schließlich auf ihn, als wäre er einer der vorprogrammierten Fixpunkte im System. Und dann begann ich zu erzählen. Alles. Ich konnte nicht verhindern, dass sich Tränen in meine Augen stahlen, aber was bedeuteten zwei Tränen in einem Universum, das so groß war, dass wir weder den Anfang noch das Ende kannten?

»Henry kann ziemlich grob sein«, meinte Jamie am Ende meiner Erzählung. »Er denkt, dass er sich immer um alle kümmern muss, und manchmal nimmt sein Helferkomplex einfach überhand.«

»Ich wünsche mir nur ein einziges Mal, ernst genommen zu werden. Dass sie mich auf Augenhöhe sehen und mir auch Schweres zutrauen.«

»Darf ich ehrlich sein?«

»Ich bitte darum.«

»Ich denke, dass es ein Teufelskreis ist. Indem du dir selbst nichts zutraust, tun es auch andere nicht. Aber wenn du anfängst, an dich selbst zu glauben …«

Tja. Das war keine Wahrheit, die leicht zu schlucken war, aber immerhin war Jamie ehrlich. Es ergab Sinn. Die ganze Zeit hatte ich den Fehler bei anderen gesucht, hatte aber nicht an mich selbst geglaubt. Dabei war der Glaube an mich selbst das, worauf es letztendlich ankam.

»Danke, dass du immer ehrlich bist. Und danke, dass du mich immer als das siehst, was ich bin – und nicht, was ich sein sollte.« Ich konnte wütend sein, schlecht gelaunt oder voller Trauer – und er würde das einfach akzeptieren. Weil er mich nicht zu jemandem formte, den er in dem Moment brauchte, sondern mir den Raum gab, mich selbst zu entfalten. Mir Zeit gab, meine eigenen Emotionen zu verstehen, ohne sie limitieren zu müssen.

Er verflocht meine Finger mit seinen. Die vergangenen Jahre hatte ich stets auf etwas hin gelebt und das Gefühl gehabt, etwas erreichen zu müssen. Besser zu werden, über mich hinauszuwachsen, höher, schneller, weiter. Doch seit Jamie in mein Leben getreten war, hatte es zwischendrin Momente gegeben, in denen ich nur im Jetzt gewesen war. Ohne Gedanken an ein Gestern, das Morgen oder alles zwischendrin. Vielleicht konnte man sich nur mit bestimmten Menschen so tief in einen Augenblick fallen lassen, dass es sich anfühlte, als würde man nie wieder den Weg hinausfinden.

Genau wie jetzt.

»Hast du mal darüber nachgedacht, dass du vielleicht gar keine dickere Haut brauchst?«, fragte er plötzlich, was mich aufsehen ließ.

»Das ist Unsinn, Jamie. Sosehr ich es hasse, aber Henry hat recht. Man kommt im Leben nicht weiter, wenn man alles an sich ranlässt.« Noch während ich die Worte aussprach, sträubte sich etwas in mir.

»Das sehe ich anders. Klar, ich habe die No Questions Asked mit dir gemacht, weil du dich mehr durchsetzen wolltest, was ich gut finde. Aber du bist nicht schwach, Robin. Im Gegenteil. Du lässt alle Gefühle bedingungslos zu. Sie wegzuschieben und zu betäuben, ist leicht. Aber sie zu fühlen? Zu ihnen zu stehen und ihnen Raum zu geben? *Das* ist Stärke. Wieso solltest du dir eine dickere Haut zulegen, die dich von all dem abschirmt? Wieso solltest du weniger fühlen, wenn es eigentlich das ist, was uns Menschen im Kern ausmacht?«

Darüber dachte ich eine Weile nach. Könnte er recht haben? Könnte alles, wonach ich die ganze Zeit gesucht hatte, direkt hier sein? In mir? Hatte ich möglicherweise nie etwas ändern müssen?

»Darf ich auch ehrlich sein?«, flüsterte ich.

Er nickte.

»Ich hab Angst, dass dir deine Vergangenheit irgendwann mit ihren unsichtbaren Fäden die Kehle zuschnürt, wenn du nicht darüber redest.«

Seine Finger glitten meinen Arm hinauf und hinab. »Ich wünschte, ich könnte. Aber es ist, als wäre da eine Blockade. Als könnte ich es nicht aussprechen, weil alles sonst erneut über mir zusammenbricht wie eine Welle, in der ich … ertrinken werde.«

Er verschränkte meine Hände mit seinen, zog mich zu sich herüber, wo ich mich rittlings auf seinen Schoß setzte. »Ich weiß nichts mehr, Robin«, flüsterte er und strich über meine Wange. »Ich weiß nur, dass es davor gereicht hat, wenn ich allein war. Dass ich allein sein *musste.* Scheiße, ich bin drei Tage lang allein mit dem Motorrad von Cambridge bis ans andere Ende des Landes gefahren. Aber jetzt? Jetzt habe ich das Gefühl, dass ein Erlebnis nichts wert ist, wenn ich es nicht mit dir geteilt habe. Und es wäre gelogen, wenn ich behaupten würde, dass mir das keine Angst macht.«

Ich lehnte meine Stirn gegen seine. Seine Finger glitten unter mein Shirt und strichen meine Wirbelsäule auf und ab. Ich wünschte, mir wäre nicht bewusst, dass das hier eine Begegnung auf Zeit war – ein wenig wie bei der Erde und dem Mars. Etwa alle zwei Jahre stand die Erde direkt zwischen der Sonne und dem Mars. Das war die Zeit, in der sich die beiden Gesteinsplaneten am nächsten waren. Nur für ein paar Wochen, dann bewegten sie sich wieder auseinander und drifteten jeden Tag ein bisschen weiter voneinander weg.

Ich betete, dass Jamie bleiben würde. Dass sich unsere Umlaufbahnen verschieben und wir uns in dieselbe Richtung bewegen würden.

Zwei flatternde Herzschläge vergingen, dann fanden seine Lippen meine. So neu und doch so seltsam vertraut. Jamie schob eine Hand in meinen Nacken, die andere glitt unter dem Shirt über meine Hüfte. Er strich über meinen Bauch nach oben, schob meinen BH beiseite und fuhr mit dem Daumen über meine Nippel, die sofort hart wurden. Unser Kuss wurde tiefer, zügelloser. Gerade als ich mich näher an ihn presste, schob er mich in einer fließenden Bewegung von seinem Schoß auf die Bank. Ich wollte sofort protestieren, als er sich vor mich kniete und seine Finger in den Saum meiner Hose hakte. Mein Atem stockte, als er aus dunklen Augen zu mir hochsah. »Okay?« Eine atemlose

Frage und seine Worte in meinem Kopf: *Ich will, dass du nächstes Mal auf meiner Zunge kommst.*

Hitze breitete sich zwischen meinen Beinen aus, und ich nickte. Er zögerte keine Sekunde länger, zog zuerst meine Hose und danach meinen Slip aus. Sein verschleierter Blick glitt langsam meinen Körper hinab. »Robin«, keuchte er an meinen Oberschenkel, ehe seine Zunge über die Stelle glitt, die seine Worte zuvor berührt hatten. Ein kühler Lufthauch ging über mich hinweg, ehe seine Lippen meine Mitte fanden und da nichts mehr war als endlose Hitze. Mein Keuchen hallte von der Kuppel wider, die Spitzen meiner Haare kitzelten an meinem unteren Rücken, als ich den Kopf in den Nacken legte. Ich schloss die Augen und bildete mir ein, den Umriss des Saturns noch immer vor mir zu sehen. Jamies Hände waren warm und fest an meiner Taille, und ich verlor mich in seinen Berührungen, vergrub meine Finger in seinen Haaren.

Es gab ohnehin kein Zurück mehr, weshalb ich mich immer tiefer in den Moment fallen ließ. Wie ich hier jemals wieder herauskommen sollte, war ein Problem für einen anderen Tag.

Bisher hatte mir jeder Mensch, dem ich begegnet war, ein gewisses Gefühl gegeben. Eine neue Version altbekannter Emotionen, wie unterschiedliche Variationen derselben Farbe.

Kobalt, Aquamarin, Azur, Türkis, Marine, Indigo.

Und Jamie? Er ließ mich ein vollkommen neues Gefühl empfinden. Eine vollkommen neue Farbe sehen.

Vielleicht war es das, was Liebe war: der Moment, in dem man jemanden traf, der einen fühlen ließ, was alle anderen zuvor nicht geschafft hatten.

Kapitel 35

»ZENIT«

(Oder: Wieso es nach dem Höhepunkt nur bergab gehen kann)

Als Jamie und ich zwei Tage später Platzrunden flogen, konnte ich es nicht fassen, die Cessna direkt beim ersten Mal gestartet und gelandet zu haben. Und nicht nur beim ersten Mal, sondern alle. Zehn. Male.

Es war noch immer zu surreal, um es begreifen zu können.

Vielleicht auch deshalb, weil weder meine Familie noch Addison etwas davon wussten.

Die Woche ging vorbei, ohne dass ich von Henry oder Addison hörte. Während meiner Astrobiologievorlesung am Donnerstag erreichte mich eine Nachricht von Brandon, die jedoch keinen Text, sondern nur Emojis enthielt, die ich nicht entziffern konnte. Typisch Brandon – er versuchte, einen Schritt auf mich zuzugehen, konnte aber keine ernste Nachricht verfassen. Meist kam bei ihm dann eben so etwas raus. Vielleicht waren die Tanne, der Zwinkersmiley und die Robbe aber auch eine Art Code, den ich nicht verstand. Wer wusste das schon.

Ich versuchte, mich nicht auf den Schmerz zu konzentrieren, den ich empfand, wann immer ich an Henry, Addison, Aiden und Hawaii dachte. Nicht auf die Sorge, wenn ich sah, dass Jamie wieder in seine dunklen Gedankenwelten abdriftete. Nicht auf die Angst, wenn ich an die erste Einzelflugstunde dachte, die mir in nicht allzu ferner Zukunft bevorstand.

Es war Freitagnachmittag, als ich mit Jamie im Apollo Café stand und er unsere Bestellung aufgab. Wie jedes Mal trug er hier drinnen – und überall dort, wo wir unter Menschen waren – seine Sonnenbrille.

Ich lehnte mich gegen die Theke und musterte ihn von der Seite. Als er meinen Blick bemerkte, zog sich sein linker Mundwinkel nach oben, und ich hätte schwören können, dass er mir unter den dunklen Gläsern seiner Brille zuzwinkerte. Er nahm unsere Becher entgegen, schüttete sich wie üblich eine halbe Tonne Zucker in seinen und hielt mir dann die Tür auf, als wir nach draußen traten.

Ich balancierte irgendwo zwischen Glücksgefühlen und Sorge, denn irgendwie war alles ein wenig zu gut, um wahr zu sein. Es war zu windstill – wie lange würde es dauern, bis mich eine Sturmböe erfasste und ich von dem Seil, auf dem ich balancierte, in ein endloses Tief fallen würde?

Vielleicht war ich paranoid …

… andererseits trog mich mein Bauchgefühl nie.

Und das war der Moment, in dem Jamies Handy klingelte.

Kapitel 36

»PROTONEN«

(Oder: Wie ich versuche, positiv zu bleiben)

Jamie nahm sein Handy hervor, woraufhin uns ein Name vom bläulichen Bildschirm entgegenleuchtete. *Josh.*

Seine Miene entgleiste ihm augenblicklich. Geistesabwesend reichte er mir meinen Becher und nahm den Anruf an. »Fuck, es tut mir leid«, sagte er anstelle einer Begrüßung. »Ich hätte dich gestern anrufen sollen.«

Wie ferngesteuert machte ich einer Gruppe Studentinnen Platz, die das Café ansteuerten. »Doch, es *ist* schlimm.« Er stellte seinen Becher auf einem der leeren Tische ab. »Nein, ich habe meine Meinung nicht geändert. Hör auf, mich das zu fragen. Du kannst nicht …«

Er drehte sich von mir weg, wodurch ich seine restlichen Worte nicht mehr hören konnte. Musste ich auch gar nicht. Seine verkrampfte Haltung und angespannte Nackenmuskulatur waren Beweis genug, dass eben seine Vergangenheit angerufen hatte.

Er beendete den Anruf, fuhr sich fahrig durch die Haare und drehte sich zu mir. »Es tut mir leid, ich muss …« Er schüttelte den Kopf. »Wir sehen uns morgen, okay?«

Ich schaffte es gerade noch, zu nicken, ehe er in eines der am Rand geparkten Golfcarts einstieg und losfuhr. Sein voller Kaffeebecher stand vergessen auf dem Tisch neben mir, mein eigener brannte sich schmerzhaft in meine Hand.

Wieso hatte sich dieser Abschied so seltsam endgültig angefühlt?

***

»Okay, was ist los?«, verlangte Sydney zu wissen und drückte auf die Leertaste ihres Laptops. Wir saßen zu dritt auf meinem Bett, Page mit dem Laptop auf den Oberschenkeln in der Mitte. Nachdem Page uns gebeichtet hatte, noch nie *Der Marsianer* gesehen zu haben, war Sydney fast schon sauer geworden. »Du studierst an einer von der NASA gesponserten Uni und hast den Film nicht gesehen?«, hatte sie empört über die gesamte Dachterrasse geschrien. »Das ist eine Todsünde. Du kommst sofort mit.«

So kam es, dass wir nun in meinem Zimmer waren und ihn ansahen – na gut, bisher nur die ersten zehn Minuten.

»Was meinst du?«, fragte ich.

»Du bist offensichtlich nicht bei der Sache. War etwas mit Jamie?«

»Wie kommst du darauf?«

Sie verengte die Augen. »Komm mir jetzt nicht so.«

Ich lehnte den Hinterkopf an das Kopfteil meines Bettes. »Okay, okay. Es … es geht ihm nicht gut, aber ich kenne den Grund nicht. Ich habe keine Ahnung, wie ich für ihn da sein soll.«

»Musst du das denn?«, fragte Sydney. »Er wird selbst klarkommen, oder?«

»Keine Ahnung«, murmelte ich, da ich mir da nicht so sicher war. »Ich hoffe es.«

»Du bist nicht für sein Seelenheil verantwortlich«, sagte sie nun mit strengem Unterton. »Das liegt nur in seiner Hand. Er kann selbst auf sich aufpassen – er *muss* selbst auf sich aufpassen.«

»Ich weiß …«

»Das hoffe ich für dich«, gab sie zurück. »Seit wann ist das zwischen euch eigentlich so …« Sie musterte mich aus zusammengekniffenen Augen. »Warte. Du hast mit ihm geschlafen, hab ich recht?«

Ich sank in mich zusammen. »Wieso fragst du das?«

Sie verdrehte die Augen. »Weil man es dir ansieht. Und du dir zu viele Sorgen um ihn machst.«

»Stopp.« Page richtete sich auf. »Wann ist das passiert?«

Ich presste die Lippen aufeinander »Direkt nach dem Abend am Santa Monica Pier.« *Und danach in der Cessna. Und dann im Observatorium. Herrje.*

Sydney grinste. »Lass mich raten – du hast dir das körperliche Verlangen nicht aus dem System vögeln können?«

Gegen meinen Willen musste ich lachen. »Was?«

»Es ist nur schlimmer geworden, oder?«

Ich schloss kurz die Augen. »Vielleicht.«

»Tja, dann war's das jetzt. Du hast dich offiziell verliebt.«

Page wischte mit ihrem Ärmel den Staub vom Laptopbildschirm. »So legst du fest, ob du in jemanden verliebt bist oder nicht? Du schläfst mit der Person, und wenn du sie danach noch willst, ist es Liebe?«

Sydney zuckte mit den Schultern. »In den meisten Fällen, ja.« Sie sah zu Page herüber und senkte ihre Stimme. »Wieso? Willst du es ausprobieren?«

Page errötete. Sydney griff über sie hinweg und tastete nach meiner Hand. »Vögel ihn, verlieb dich in ihn – alles kein Problem. Aber bitte vergiss dich nicht, klar? Du kannst und solltest ihn nicht retten müssen. Du kannst keine Stütze für ihn sein, wenn du selbst auf wackeligem Untergrund stehst.«

Ich lächelte matt. »Ja, das ... du hast recht. Danke.«

Dabei war es in Wahrheit ein wenig komplexer. Obwohl ich wusste, dass es nicht meine Aufgabe war, wollte ich für ihn da sein – ihm helfen, weil er sich selbst nicht helfen wollte.

Sydney ließ meine Hand los. »So, und jetzt schauen wir den Film weiter. Ich kann nicht mit jemandem befreundet sein, der ihn nicht kennt«, sagte sie. »Schlimmer wäre nur, wenn du *Interstellar* nicht gesehen hättest.«

Page fing mit geweiteten Augen meinen Blick auf. Sie hatte ihn offenbar nicht gesehen. Ich schüttelte eilig den Kopf, woraufhin Page rau lachte und sagte: »Ha! Ja, das wär's.«

Mit Page und Sydney einen Film zu schauen, war … eine Erfahrung. Sydney lachte an den dramatischen Stellen, als könnte sie sich nicht erlauben, sie an sich heranzulassen, während Page schon *vor* den traurigen Szenen weinte. »Er hat die Kartoffeln alle umsonst angebaut«, schluchzte sie. »Bitte sag mir nicht, dass er einen grausamen Hungertod stirbt.« Graue Tränen lösten sich aus ihren Augenwinkeln. Ich beobachtete, wie Sydney ihr eilig ein Tuch reichte, ehe sie ihr die Wangen hinablaufen konnten. Als Page sie dankend anlächelte, erwiderte Sydney es mit einem ungewohnt warmen Gesichtsausdruck. Interessant.

»Mit ihm wäre ich auch gern auf dem Mars«, sagte Sydney, und ich hatte das Gefühl, dass sie das nur tat, um Page nicht mehr ansehen zu müssen.

»Ach ja?« Ich hob eine Braue. »Gestrandet und ohne Hoffnung auf Rettung?«

Sie nickte. »Ganz genau. Es wären glorreiche letzte Stunden.«

Nach dem Ende des Films umarmte mich Page extra lang und Sydney extra fest. »Alles wird gut«, sagte Page. »Da bin ich mir sicher. Wenn etwas ist, kannst du jederzeit rüberkommen. Und wenn du nicht allein sein willst, kannst du immer bei mir übernachten. Also, wenn es dir nichts ausmacht, dass Prinz William nachtaktiv ist.«

Sydney lachte auf. »Das ist ein Satz, von dem ich niemals geglaubt habe, ihn einmal zu hören.«

Ich musste schmunzeln.

»Und hey«, sagte Sydney und zeigte auf mich, als sie bereits auf dem Balkon stand, »du bist bald Pilotin. Dich bringt nichts so schnell aus der Fassung, klar?«

»Klar«, erwiderte ich mit einem Lächeln.

Sie konnte ja nicht wissen, dass genau das mein Problem war: Ich nahm alles zu ernst, ließ die kleinsten Dinge an mich heran … und wünschte mir jeden Tag, dass es mir nicht so schwerfiel, positiv zu bleiben.

Kapitel 37

»ELEKTRONEN«

(Oder: Wie mich die Negativität übermannt)

Es war kurz vor zwölf, als es an meine Balkontür klopfte und ich so heftig zusammenzuckte, dass ich meinen fliederfarbenen Textmarker einmal über den Schreibtisch katapultierte. Nachdem Sydney und Page gegangen waren, hatte ich mit der Vorbereitung für meine Hausarbeit begonnen. Nebenbei hatte ich meine liebste *Doctor Who*-Staffel laufen lassen – die fünfte mit Matt Smith. Irgendwie ironisch, dass ich mich am besten auf meine wissenschaftlichen Lehrinhalte konzentrieren konnte, wenn nebenbei Science-Fiction lief.

Ich stand auf, zog den Vorhang beiseite … und hielt inne, als ich Jamies gequälten Gesichtsausdruck und die tiefen Augenringe sah. Mit tauben Fingern entriegelte ich die Tür und schob sie auf.

»Kann ich reinkommen?«, fragte er mit heiserer Stimme.

Ich nickte stumm, trat beiseite und schloss die Tür hinter ihm.

»Sorry, hab ich dich beim Lernen gestört?«

Ich schüttelte den Kopf. »Nein, alles gut. Das ist nur meine Hausarbeit, aber dafür hab ich noch genug Zeit.«

Er nickte abwesend und ließ sich mit gebeugten Schultern auf die Kante meines Bettes sinken. »Es tut mir leid, dass ich vorhin einfach abgehauen bin. Das am Telefon war … Josh. Aus Massachusetts. Eigentlich rufe ich ihn jeden Tag an, aber gestern habe ich es vergessen, und das hat alles wieder hervorgeholt.«

Ich setzte mich neben ihn, die Matratze gab nach und ließ mich automatisch etwas in seine Richtung sinken.

»In den letzten Wochen ist Massachusetts immer weiter in den Hintergrund gerückt. Es ist genau das passiert, was ich vermeiden wollte: Ich habe ein neues Leben in Los Angeles begonnen, obwohl ich mir geschworen habe, es nicht zu tun.« Er schüttelte den Kopf. »Scheiße, ich bin so ein Idiot. Und jetzt habe ich auch noch dich mit reingezogen und eine Tür geöffnet, die sich nicht mehr schließen lässt.«

Jedes Wort ließ das Blut in meinen Adern mehr zu Eis gefrieren.

»Aber genau das ist der Grund, warum es nicht fair ist, wenn ich es dir länger vorenthalte.« Er atmete einmal tief durch. »Wenn es für dich okay ist?«

Ich nickte. Er wirkte, als hätte er sich kurz zuvor Mut zugesprochen.

»Die Anfangszeit am MIT war hart«, begann er. »Mir haben Kalifornien, aber vor allem Henry und Brandon gefehlt. Es hat sich falsch angefühlt, so weit weg von ihnen zu sein, und die ersten Wochen waren wirklich scheiße. Ich habe mich nur wie ich selbst gefühlt, wenn ich mit ihnen und meiner Familie gefacetimt habe. Es fiel mir schwer, mich auf das Studium zu konzentrieren, und ich war nur halbherzig dabei. Ich hatte so lange am MIT studieren wollen, und plötzlich konnte ich meinen eigenen Traum nicht mehr nachvollziehen. Die ganze Vorfreude – einfach weg. Mich hat nichts mehr begeistern können. Nicht einmal mehr das Fotografieren. Mein Inneres war einfach … beängstigend leer. Ein Gefühl, das ich zuvor nicht kannte.« Ein Gefühl, das sich gerade genau so auf seinem Gesicht widerspiegelte. »Meine Mom hat gemerkt, wie es mir geht, und vorgeschlagen, mich in einem Flugverein anzumelden. Um meine Leidenschaft für meinen Studiengang erneut zu entfachen. Um mich aus dem Tief rauszuholen. Also hat sie einen Freund angerufen, der den *New England Aviators Club* leitet, und ihn gebeten, mich ans Fliegen heranzuführen. Es war verrückt – schon während meiner ersten Stunde war es, als hätte ich das Fliegen mein ganzes Leben lang vermisst, ohne es zu wissen.« Er strich sich über das Gesicht, wich meinem Blick aus. »Ich fasse mich kurz«, flüsterte er. »Das ist keine Geschichte, die ausgeschmückt werden sollte.«

Ich ergriff seine Hand, er fuhr fort.

»Im Flugverein lernte ich Josh kennen. Er war fünf Jahre älter als ich und einer der begabtesten Piloten dort. Er hat mich ein wenig an Henry erinnert, so fokussiert und rational, wie er immer war. Na ja.« Er zog an einem losen Faden seiner Jeans. »In derselben Woche traf ich nach einer Vorlesung auf Amelia. Kennst du die Menschen, die dir eigentlich fremd sein sollten, deren Worte und Gesten dir aber aus irgendeinem Grund unheimlich vertraut sind?«

Ich nickte stumm.

Jamie lehnte sich vor und stützte seine Stirn an seinen Handballen ab. »Ich werde vor dir nicht ins Detail gehen, aber wir sind relativ schnell zusammengekommen. Zwei Dates, ein erster Kuss, noch ein Date und danach die Frage, wie man es je ohne die andere Person ausgehalten hat. Sie hat mir geholfen, zu mir zurückzufinden. Und zum Fotografieren. Irgendwann hat es sich ergeben, dass wir uns zu dritt getroffen haben: Josh, Amelia und ich. Meine einzigen Freunde in diesem ganzen nebelverhangenen Staat. Sie haben mir ihre liebsten Bars und Restaurants gezeigt, wir haben kleinere Städte und Seen besucht, Ausflüge mit der Cessna gemacht und sind über Wälder geflogen, die so dicht waren, dass man das Ende nicht ausmachen konnte.« Er schluckte schwer. »Mit einem Mal hat es sich angefühlt, als könnte ich es schaffen, mir dort ein Leben aufzubauen. Zumindest für drei Jahre, bevor ich wieder zurück nach Hause konnte. Amelia und ich waren erst zwei Monate zusammen, aber sie wusste sofort, dass sie mich nach unserem Studium nach Los Angeles begleiten wollte. Es war beschlossene Sache.«

Mein Herz raste. Was hatte all das zunichtegemacht?

»Und dann wurde es Winter. Amelia wollte unbedingt zu dieser Kunstausstellung ihres Lieblingsmalers drei Orte weiter, aber an dem Abend war die Temperatur noch vor Sonnenuntergang in den Minusbereich gefallen. Sie hatte gesagt, dass wir es absagen sollten, da es zu riskant war, die Straße durch den Wald zu nehmen. Josh hat ihr zugestimmt und gemeint, dass die Gemälde des Künstlers sicher noch mal ausgestellt werden würden. Sie hat versucht, es sich nicht anmerken zu lassen, aber ihre Enttäuschung war greifbar. Sie hatte sich wochenlang darauf gefreut, und es hat mir das Herz gebrochen, sie so zu sehen. Ich wollte ihr das unbedingt ermöglichen, weshalb ich Amelia und Josh kurzerhand dazu überredet habe, dass wir doch fahren. Dass wir meinen Wagen nehmen könnten –«

Er brach ab und vergrub das Gesicht in den Händen. Tränen suchten sich einen Weg zwischen seinen Fingern hindurch wie Wasser durch eine Felsspalte. Er weinte lautlos – wie eine Statue, die nur anhand ihrer Körperhaltung unendlichen Schmerz ausstrahlte. Ich schlang meine Arme um ihn und hielt ihn, während er fiel. Ließ ihn nur durch meine Berührung wissen, dass jemand hier war und er seine zerbrochenen Teile nicht allein vom Boden aufheben musste.

»Ich kann nicht –«, keuchte er, seine Stimme brach.

»Du musst nicht«, flüsterte ich sofort. »Du musst nicht weitererzählen.«

Er nahm die Hände von seinem Gesicht, richtete sich aber nicht wieder auf. »Amelia war sofort tot. Ich weiß noch, wie ich nach rechts geblickt, ihr lebloses Gesicht zwischen all den Glassplittern gesehen habe und –« Er brach erneut ab, seine Miene so schmerzverzerrt, dass es wehtat. Es war bezeichnend, dass er in der Erzählung ein solch großes Stück ausgelassen hatte. Er *konnte* nicht darüber sprechen. »Ich wollte ihr die Scherben von den Wangen wischen. Natürlich war sie da bereits tot, aber das ist nicht bis zu mir durchgedrungen. Ich wollte nur die Splitter entfernen ... konnte aber meine Arme nicht bewegen.« Er atmete schnaubend ein – eine Mischung aus Keuchen und verzweifeltem Luftholen. »Josh und ich wurden ins Krankenhaus gebracht. Er ... er ist seitdem querschnittsgelähmt. Wegen mir. Er wird nie wieder selbst fliegen, nie wieder Auto fahren, nie wieder laufen. Und Amelia? Sie wird nie wieder *irgendetwas* tun, weil ich sie umgebracht habe.«

Alles in mir wurde still. Der Unfall musste inzwischen ungefähr drei

Jahre her sein. Wie konnte ein Mensch so etwas aushalten? Denn ja, es war seine Entscheidung gewesen, zu fahren, aber das bedeutete im Umkehrschluss nicht, dass er sie umgebracht hatte. Irgendwo wusste er das sicher, aber für ihn würde es sich immer so anfühlen. Er hatte seine große Liebe verloren und lebte seitdem mit einer Schuld, die sich beinahe nicht tragen ließ. Er lebte mit einer Last, die es ihm nicht erlaubte, das Schöne zu sehen. Nun ergab auch Sinn, weshalb er sich auf niemanden hatte einlassen wollen – er hatte sich Amelia nach wie vor verpflichtet gefühlt. Wie schloss man mit einer Liebesgeschichte ab, die noch nicht fertig geschrieben war? Wohin mit der Liebe, die man für eine Person empfand, wenn diese von heute auf morgen nicht mehr da war – ohne eine Chance, sich zu verabschieden? Sich zu entschuldigen?

»Deshalb war von Anfang an klar, dass ich zurück nach Massachusetts muss. Wenn Josh mich nicht praktisch dazu gezwungen hätte, das Angebot der Chamberlin anzunehmen, wäre ich nicht mal hier. Aber ich *muss* danach zurück, weil ich es nicht nur Josh, sondern auch Amelias Eltern schuldig bin, dort zu sein.«

Er schüttelte den Kopf. »Natürlich würde ich lieber in L.A. sein, Robin. Ich will in meiner Heimat leben, an der Chamberlin sein. Will Henry und Brandon sehen – meine besten Freunde, die stets wie Brüder für mich waren und die ich jeden einzelnen Tag am MIT vermisst habe. Die ich auch jetzt noch jeden Tag vermisse. Meine Schwester. Meine Mom. Das Leben hier. Du, Robin. Alles in mir sehnt sich danach, aber es geht nicht, weil ich vor drei Jahren einen Fehler gemacht habe, der sich nicht mehr rückgängig machen lässt und mit dessen Konsequenzen ich leben muss. Ich kann meine Träume unmöglich verfolgen, während sie beide es nicht mehr können. Ich muss mich danach um Josh kümmern. Ihm unter die Arme greifen und mit ihm fliegen, weil er es nicht mehr selbst kann.« Er sah mich gequält an. Sein Schmerz sickerte in mich hinein, mein Körper saugte ihn auf wie ein Schwamm.

»Ich wünschte, ich könnte dir die Last nehmen …«

»Am Anfang wollte ich nichts mehr fühlen. Und in den Wochen danach habe ich genau das getan. Ich habe mich mit Tabletten betäubt, eine Xanax nach der anderen geschluckt. Frag mich nicht, wie ich das überleben konnte. Ein Teil von mir hat beinahe gehofft, ich würde es nicht. Aber dann ist mir bewusst geworden, dass ich es ihnen schuldig bin. Ich muss meinen Schmerz tragen, weil sie ihren bereits getragen haben.«

Mir wurde so übel, dass ich das Gefühl hatte, mich jeden Moment übergeben zu müssen. Eilig atmete ich tief durch die Nase ein, um das Gefühl zu vertreiben. Ich hatte gewusst, dass das, was ihm passiert war, schlimm gewesen sein musste. Und dennoch hätte mich nichts darauf vorbereiten können, wie tragisch es tatsächlich war.

Er schüttelte den Kopf. »Danach habe ich mir dieses Motorrad geholt, weil ich mich nicht mehr hinter das Lenkrad eines Wagens setzen konnte. Jedes Mal, wenn ich es versucht habe, sind die Bilder zurückgekommen. Mit dem Motorrad konnte ich wieder fahren, aber ich habe es viel zu rücksichtslos getan, weil mir egal war, was mit mir passiert. Erst als ich dir die Vorfahrt genommen habe und du mich darauf angesprochen hast, ist mir bewusst geworden, dass ich damit andere Menschen gefährde. Schon wieder. Ich bin … ich hätte …« Er verlor sich zwischen seinen Worten, seine Miene voller Reue, Schuld und Hass.

»Jamie«, flüsterte ich. »Was kann ich tun? Was brauchst du?«

»Kann ich heute Nacht bei dir bleiben?«

»Natürlich.«

Ein Ausdruck der Erleichterung breitete sich auf seiner Miene aus, als hätte er Sorge gehabt, ich würde ihn nun, da ich die Wahrheit kannte, ablehnen. Jamie wischte sich übers tränennasse Gesicht, legte sich auf mein Bett und zog mich an sich, bis meine Wange an seiner Brust lag. Genau an seinem Herzen.

»Darf ich etwas dazu sagen?«, fragte ich. »Oder wäre es dir lieber, wenn nicht?«

»Du darfst alles sagen.«

»Es war ein Unfall, Jamie. Ja, es war deine Entscheidung, in den Wagen zu steigen, aber du hast nichts davon gewollt. Ich bin mir sicher, dass Amelia dir das längst verziehen hat. Und Josh auch.«

Er streichelte über mein Haar. Als er wieder sprach, konnte ich hören, dass er erneut mit den Tränen kämpfte. »Das mag sein. Frag mich nicht, wie, aber Josh hat besser als ich ins Leben zurückgefunden. Er hat gesagt, dass ich hierbleiben soll. Er will nicht, dass ich mich verantwortlich fühle, bei ihm zu bleiben.«

»Aber du stimmst ihm da nicht zu.«

»Nein.«

»Dann stell es dir andersherum vor«, sagte ich. »Josh hätte darauf bestanden, zu fahren, und du hättest hinten gesessen. Wärst du dein Leben lang wütend auf ihn? Würdest du ihm die Schuld geben?«

Er blieb still. »So einfach ist das nicht. Es *war* meine Schuld, Robin. Und die wird es für immer bleiben.«

Ich wusste, dass es nichts gab, was ich sagen konnte, um ihm zu helfen. Das war die Sache mit tief reichenden Narben – nichts auf der Welt konnte sie verschwinden lassen.

»Du hättest auch sterben können, Jamie.«

»Und trotzdem bin ich derjenige, der am wenigsten Schaden davongetragen hat. Ist das nicht scheiße? Das Leben ist so fucking unfair. Jeden Tag erinnert mich die Narbe daran, was ich getan habe. Und trotzdem ist es nicht genug Schmerz für das, was ich ihnen angetan habe.«

Ich richtete mich auf und sah ihn an. Flüssige Trauer glitt seine Wangen hinab. »Glaubst du mir, wenn ich dir sage, dass ich dich nicht anders sehe als davor?«

Er nickte. »Ironischerweise ja. Seit dem Unfall fühlt es sich an, als hätte der Wagen nie gestoppt. Als wäre ich seitdem immer weitergefahren, ohne die Chance, anzuhalten und auszusteigen, während das Leben verschwommen an mir vorbeizieht. Und dann kamst du. Du hast den Wagen zwar nicht angehalten, weil das niemand kann, aber du bist mit mir eingestiegen. Hast daran geglaubt, dass ich mehr verdient habe, und verdammt, ich wollte diese Person sein. Eine Person, die Liebe verdient hat.« Er schloss die Augen und atmete so erleichtert aus, dass ich beinahe hören konnte, dass er leichter Luft bekam. »Es tut gut, mich durch deine Augen zu sehen, Robin.«

Mir traten erneut Tränen in die Augen, und ich schmiegte mich näher an ihn. Legte eine Hand auf seine Brust und spürte den immer gleichmäßiger werdenden Herzschlag. »Danke, dass du mir diesen Teil deiner Geschichte erzählt hast.«

Fieberhaft suchte ich nach Ideen, wie ich ihm helfen konnte, und kam schließlich zu dem Schluss, dass ich genau das machen sollte, was ich von Anfang an tat. »Morgen früh. Der Wanderpfad in Santa Monica, du und ich.«

Er stöhnte mit geschlossenen Augen auf. »Ich hasse Wandern«, murmelte er, klang aber nicht halb so abgeneigt, wie sich die Worte vermutlich anhören sollten.

»Tja, du hast keine Wahl«, sagte ich mit einem Lächeln in der Stimme, das mich alle Kraft kostete. »No Questions Asked, Jamie«, flüsterte ich. Mein viertes. Es war nicht mehr viel übrig, und aus irgendeinem Grund machte mir das Angst.

»Okay.« Er schlang beide Arme um meine Taille, als hätte er Sorge, ich könnte weggehen, wenn er einschlief.

Es war das erste Mal, dass er blieb.

Es dauerte nicht lang, da wurden seine Atemzüge langsamer, und sein Kopf knickte leicht zur Seite weg. Ich strich vorsichtig durch seine Haare und schließlich über die Falte zwischen seinen Brauen, als könnte ich die Trauer, die damit verbunden war, gleich mit wegwischen.

Ich spürte seinen regelmäßigen Atem an meinem Oberarm, seine von der Sonne gewärmte Haut an meiner und eine unendliche Schwere auf meinem Herzen.

Denn er würde nicht bleiben.

In weniger als einem Jahr würde er seinen Schmerz in einen großen Koffer packen und wieder mit sich nach Massachusetts nehmen. Ein Leben führen, das er nicht haben wollte, weil seine Schuld ihm vorspielte, dass er das verdient hatte.

Ich konnte nichts daran ändern. Und ich erlaubte mir nicht, zu hoffen, dass er seine Entscheidung noch einmal überdachte.

Jamie verblasste vor meinen Augen wie jeder Sonnenuntergang, den ich gern ein paar Sekunden länger betrachtet hätte. Vielleicht war es das, was einem das Leben immer wieder sagen wollte: Wir können nichts und niemanden festhalten.

Und je schneller wir das akzeptieren, desto besser.

Kapitel 38

»GESTEINSPLANET«

(Oder: Wie ich herausfinde, dass der Boden der Tatsachen ziemlich hart ist)

Es ist egal, ob dein Herz aus Angst oder durch körperliche Betätigung schneller schlägt – es wird automatisch kräftiger, pflegte mein Dad zu sagen. *Angst macht dich stärker, wenn du sie zu nutzen weißt, Robin.*

Ich hatte lange nicht mehr daran gedacht, aber als ich am Samstagnachmittag mit Jamie durch den Eingang an der Vista Street schritt, um zum Runyon Canyon zu gelangen, fiel es mir wieder ein. In den letzten Wochen war ich öfter aus meiner Komfortzone herausgekommen, als ich zählen konnte – und hatte dadurch mehr Angst gehabt als je zuvor. Hatte mich das wirklich stärker gemacht? Oder war das nur ein schwacher Versuch meines Dads gewesen, mir ein besseres Gefühl zu geben?

Jamie hatte seine Sonnenbrille auf, trug ein schwarzes Shirt, eine kurze Leinenhose und seine Kamera um den Hals. Ich hingegen hatte mich für eine hellblaue Workout-Hose und einen dazu passenden Sport-BH entschieden.

Wir mussten keine zehn Meter gehen, um festzustellen, dass der Weg vollkommen überfüllt war. Das ging wohl auf mein Konto, da ich ausgerechnet eine der beliebtesten Wanderrouten ausgesucht hatte ... möglicherweise, weil ich keine anderen kannte. Wir begegneten Joggern, jungen Frauen in bunter Workout-Kleidung und aufgeregt umherrennenden Hunden mit aus dem Maul tropfenden Speichelfäden.

Jamie war mitgekommen. Das war ein gutes Zeichen, nicht wahr? Er war etwas stiller als in den letzten Tagen, aber er gab sich sichtlich Mühe. Und für jemanden, der gestern Abend noch behauptet hatte, er würde Wandern hassen, lief er den steilen Anstieg ziemlich eifrig nach oben.

»Jamie, warte«, rief ich irgendwann, als ich mit seinen langen Schritten nicht mehr mithalten konnte. Er drehte sich um und lächelte, als er sah, wie viel Kraft es mich kostete. Frech. Meine Waden brannten, und meine Lunge fühlte sich an, als würde keine Luft mehr reinpassen.

»Soso.« Sein rechter Mundwinkel krümmte sich träge nach oben. »Muss ich dich daran erinnern, dass es deine Idee war, wandern zu gehen?«

»Nein«, keuchte ich. »Sieht man mir nicht an, wie viel Spaß es mir macht?«

Sein Schmunzeln war Antwort genug. Die Wahrheit war, dass ich selbst nicht der allergrößte Fan vom Wandern war. Ich hatte mir nur erhofft, dass es Jamie guttun würde, sich an der freien Luft zu bewegen, seine Vitamin-D-Speicher zu füllen und den Blick auf seine Heimatstadt zu genießen.

»Dein vorletztes No Questions Asked, und du nimmst mich mit zum Wandern«, sagte Jamie. »Schwerer Fehler, Sunday.«

»Apropos«, meinte ich, als ich ihn wieder eingeholt hatte. »Du hast noch zwei übrig. Wie hast du vor, sie zu nutzen?«

»Pff, das sag ich dir doch nicht.« Er legte eine Hand an meinen unteren Rücken, und meine Nervenenden erwachten glühend zum Leben. »Du wirst sie nicht kommen sehen.«

Am nächsten Tag würde ich mich an diese Worte zurückerinnern und mir denken, wie recht er doch gehabt hatte.

Schon bald erreichten wir den ersten Aussichtspunkt, an dem wir gleichzeitig stehen blieben. Von hier aus konnte man die Hochhäuser in Downtown, das Hollywood Sign und sogar Catalina Island überblicken, das im tiefblauen Pazifik lag. Wir standen in den tanzenden Schatten eines Feigenbaums, ich blickte hoch zur Baumspitze und sog die frische Luft in meine Lungen.

Klick.

Ich hob eine Braue und sah zu Jamie, der die Kamera sinken ließ und mit den Schultern zuckte. »Hat sich angeboten.«

Wir stiegen weiter nach oben, und schon bald verfluchte ich die Vergangenheits-Robin. *Was für eine Scheißidee. Lass uns wandern gehen. In Los Angeles. Bei fast dreißig Grad.* Als ich Jamies vergleichsweise entspannten Gesichtsausdruck sah, verwarf ich die zynischen Gedanken.

»Schau mal«, sagte ich wenige Meter weiter und zeigte nach oben auf ein niedrig fliegendes Flugzeug, das über den inzwischen leicht rosa verfärbten Himmel zog. »Was ist das für eins?«

Er legte den Kopf in den Nacken. »Das müsste ein A380 sein. Wie lange dauert es, bis dir die Cessna nicht mehr reicht und du so etwas steuern willst?«

Ich lachte auf. »Du willst mich verarschen, oder?«

»Wieso? Sag jetzt nicht, dass du das nicht kannst.«

Ich legte den Kopf schief. »Jamie. Mal ganz rational betrachtet ...«

»... kannst du alles schaffen«, beendete er meinen Satz.

Ich lächelte, weil ich wusste, dass er es ernst meinte. »Würdest du es wollen?«

Er überlegte kurz. »Nein. Dabei würde der Zauber des Ganzen verloren gehen. Ich will dieses ... Rohe. Will das Vibrieren der Maschine unter meinen Fingerspitzen haben.«

»Klar, wer will schon ein Flugzeug steuern, das sich angenehm fliegt.«

»Komm schon«, meinte er und blieb stehen. »So schlimm kannst du es nicht finden. Gib zu, dass du es magst.«

Ich blinzelte zu ihm hoch. »Okay. Ja. Ich mag das Gefühl, wenn die Maschine vom Boden abhebt. Die drei Sekunden vor dem Aufsetzen, in denen man automatisch die Luft anhält. Wie wenig man dort oben denken kann und dass sich das Leben ... anders anfühlt. Weiter weg und trotzdem näher dran.«

Er grinste. »Gesprochen wie eine echte Pilotin.«

Ich schnaubte. »Noch nicht. Dafür muss ich erst die Prüfung bestehen. Und die Einzelstunden überleben.«

»Ich werde am Boden auf dich warten. Das ist so, als wäre ich dabei.«

»Ist es nicht.«

»Nein, ist es nicht.«

Ich musste grinsen. »Vielen Dank auch.«

Er zuckte mit den Schultern. »Sorry, ich kann dich eben nicht anlügen. Das wird hart, aber nach allem, was du bisher erreicht hast, wird es daran nicht scheitern.«

Und was, wenn ich zu große Angst habe, um es überhaupt zu probieren?, dachte ich, behielt es aber für mich.

Angst macht dich stärker, wenn du sie zu nutzen weißt, erinnerte ich mich. Vielleicht sollte ich das zu meinem neuen Mantra machen.

»Wir werden ja sehen«, sagte ich und setzte mich wieder in Bewegung. »Vielleicht verlasse ich kurz davor das Land«, scherzte ich. »Setze mich nach Kolumbien ab.«

»Achtung«, meinte Jamie, griff nach meiner Taille und zog mich gerade rechtzeitig aus dem Weg, um nicht unter die Räder der drei E-Bikes zu geraten, die mit besorgniserregender Geschwindigkeit den Anstieg emporschossen.

»Danke«, keuchte ich. Jamie ließ mich nicht los.

»Nicht dafür«, murmelte er, schien aber längst nicht mehr bei der Sache zu sein. Stattdessen strich er über die nackte Haut zwischen meiner Hose und dem Top. Gedankenverloren, als hätte der plötzliche Hautkontakt tatsächlich all seine vorherigen Gedanken ausradiert. Er räusperte sich und nickte dann in Richtung Wanderweg. »Bereit für die letzten Meter?«

Mit einem Mal wollte ich gar nicht mehr weiter nach oben steigen. Ich wollte, dass er seine Hand nicht mehr von meiner Taille nahm. Wollte, dass er mich küsste. Mich auszog. Wollte seine Hände überall auf mir spüren und –

»Robin?«

»Hm?« Ich räusperte mich. »Ja, der Aufstieg, äh … klar bin ich bereit.«

Er grinste schief, als wüsste er genau, wohin meine Gedanken abgedriftet waren. Mistkerl.

Eine halbe Stunde später erreichten wir endlich – und wie geplant gerade rechtzeitig für den Sonnenuntergang – den obersten Aussichtspunkt. Je tiefer die Sonne gesunken war, desto angenehmer war die Luft geworden. Meine Atmung ging schwerfällig, und meine Haut war erhitzt, aber wir hatten es geschafft … und der Ausblick war atemberaubend. Von hier oben entfaltete sich die Stadt in all ihrer Weite, breitete sich vor mir aus wie ein farbenfrohes Mosaik. Im Westen blitzten die Strände von Santa Monica auf, im Osten ragten die San Gabriel Mountains in den dämmerblauen Himmel. Die Brise, die durch die Schlucht wehte, trug den Duft von wildem Salbei und trockenem Gras zu uns.

Der oberste Punkt war ein staubiges Plateau mit verschiedenen Anhöhen, Bänken und niedrigem Strauchwerk. Einige Menschen posierten für Fotos und leerten ihre Wasserflaschen. Direkt vor Jamie und mir ging ein kleiner Abhang hinunter zu dem Weg, den wir eben hochgekommen waren.

»Das ist wirklich schön«, sagte ich und sah zu Jamie, der einen Fuß auf einem Stein abgestellt und die Hände in die Hüften gestemmt hatte.

Festzustellen, dass man sich verliebt hatte, war eine bittersüße Mischung aus Hochgefühl und Todesangst. Als würde man mit verbundenen Augen auf einen Baum klettern, die Augenbinde abnehmen und feststellen, dass man viel zu weit oben war – und alle Äste unter einem entfernt worden waren. Es war zu spät, um wieder runterzuklettern. Von da an gab es nur zwei Möglichkeiten – weiter nach oben zu steigen und Vertrauen zu haben … oder in die Tiefe zu stürzen und sich alle Knochen zu brechen.

»Das war eine gute Idee von dir«, meinte er. Bildete ich es mir nur ein, oder wirkte er beinahe … gelöst?

»Dann wärst du auch ohne das No Questions Asked mitgekommen?«

Er hob eine Schulter. »Wahrscheinlich ja.«

»So ein Mist.« Ich grinste ihn an.

Jamie nahm die Sonnenbrille ab und zog mich an den Händen näher zu sich. »Danke, Robin.« Er lehnte sich zu mir herunter, bis sich unsere Nasenrücken berührten. »Dass du immer weißt, was ich brauche, obwohl das nicht deine Aufgabe ist.«

Ich drückte seine Hände, suchte in seinem Gesicht nach einer Regung, die mir verraten würde, was er fühlte. »Was denkst du gerade?«

Die nächste Brise glitt hörbar durch die Hügel, Bäume raschelten, und zwei Spatzen sangen in einem Busch nicht weit von uns. Als er wieder sprach, war seine Stimme so voller roher Emotion, dass ich trotz der Hitze eine Gänsehaut bekam. »Dass ich nicht gehen will.«

»Dann bleib«, hauchte ich sofort. »In Los Angeles.« *Bei mir.* »Wir finden einen Weg.«

»Was denkst *du* gerade?«, wiederholte er meine Frage.

Dass ich dich küssen will. Also verlagerte ich das Gewicht auf meinen anderen Fuß und machte einen halben Schritt nach vorn, als ich gegen einen größeren Stein stieß und stolperte.

Meine Augen weiteten sich, Jamie griff nach meinem Arm und hechtete nach vorn. Es ging zu schnell, um es begreifen zu können: In einem Moment standen wir auf dem Plateau ... im nächsten wurde mir sämtliche Luft aus den Lungen gepresst, weil wir die kleine Anhöhe herunterrollten. Ich stieß einen Fluch aus, versuchte mich an einem Strauch festzuhalten, riss ihn aus und kam dann ziemlich unelegant halb auf Jamie, halb auf dem staubigen Weg zum Liegen.

»Oh Gott, ist alles okay?«, fragte Jamie, der mit besorgter Miene auf dem Rücken lag und meine Wangen abtastete, als suchte er nach Verletzungen. »Bist du verletzt?« Staub bedeckte seine linke Gesichtshälfte, ein kleiner Stock hing in seinen Haaren.

Mein Knie pochte, und mein Knöchel brannte, aber alles in allem ging es mir gut. »N-nein, alles in Ordnung.«

Sein Mundwinkel zuckte. »Ich habe noch nie einen so erfolglosen Kussversuch gesehen.«

Da war eine kurze Pause, in der wir einander nur erschrocken ansahen – dann brach Jamie in Gelächter aus. Seine Brust bebte, er legte den Kopf auf den staubigen Untergrund … und lachte. Wie er es früher getan hatte. Ich dachte an all die Male, die ich hatte schmunzeln müssen, weil ich seine Lache durch das ganze Schulhaus gehört hatte. Oder trotz geschlossener Tür von Brandons Zimmer bis in meines. Das Geräusch fühlte sich an, als hätte jemand Sonnenlicht in meinem Inneren ausgeschüttet. Er wirkte, als wäre etwas in ihm freigebrochen. Als würde er loslassen.

Es dauerte nur wenige Sekunden, da fiel ich in das Lachen ein – mitten auf dem dreckigen Boden auf einem der angesagtesten Wanderpfade in ganz Los Angeles. Noch nie hatte ich vor derart vielen Menschen im Dreck gelegen – und noch nie war es mir so egal gewesen, was andere dachten.

Die letzten Wochen waren zu viel gewesen – der Unistart, die Sorge um Jamie, die Angst vor dem Fliegen, der Streit mit Henry und Addisons Verhalten. Doch jetzt? Nachdem wir einen Hügel runtergerollt waren und eigentlich an einem Tiefpunkt sein könnten? Jetzt fiel alles von mir ab.

Ich lachte, bis mir die Tränen kamen. Lachte, bis Jamie seinen Daumen unter mein Kinn legte und mich küsste, als hätte er es noch nie zuvor getan. »So macht man das«, flüsterte er mit einem hörbaren Grinsen, ehe er seine Lippen wieder auf meine legte. Er schmeckte nach Sand, Salbei und einfach nur Jamie, und ich konnte nicht verhindern, dass meiner Kehle ein kleiner Seufzer der Erleichterung entkam. Der Entwarnung. Der Sehnsucht.

Vielleicht könnte ja doch alles gut werden.

Es musste.

Es *würde.*

Im Augenwinkel sah ich, wie jemand auf uns zukam.

Jamie löste sich von mir, grinste mich an und sah dabei fünf Jahre jünger aus als in all den Wochen zuvor.

»Ist bei euch alles in Ordnung?«, fragte eine weibliche Stimme.

»Danke, ja, es ist nichts passiert«, gab ich zurück.

»Braucht ihr Hilfe?«, fragte eine andere Person.

Jamies Augen blitzten auf. »Das glaube ich tatsächlich«, meinte er nur zu mir, was mich beinahe wieder in Gelächter ausbrechen ließ.

Eine Frau mit langen blonden Haaren half mir auf, ich bedankte mich und strich mir den Staub von der Hose. Jamie rappelte sich von selbst auf und bedankte sich bei den Menschen, die zu uns gekommen waren, um zu sehen, ob alles in Ordnung war.

Früher wäre ich vor Scham im Boden versunken.

Jetzt ging es mir so gut wie lange nicht mehr.

Ich lächelte Jamie an, sah mich um und blieb an einem vertrauten Gesicht hängen.

Einem viel zu vertrauten Gesicht, das erst mich und dann Jamie mit offenem Mund und geweiteten Augen betrachtete.

Das Lächeln rutschte mir von den Lippen, mein Atem stockte.

Jamie bemerkte die Veränderung in meiner Miene, drehte sich um …

… und blickte direkt in Brandons Gesicht.

Kapitel 39

»GALAXIENKOLLISION«

(Oder: Wie ich frontal mit der Realität zusammen-stoße)

Ich hatte mich nie als Pechvogel bezeichnet, doch als ich in Brandons schockerfülltes Gesicht sah, hinterfragte ich das noch einmal. Wie viel Pech konnte man haben, in einer riesengroßen Stadt wie Los Angeles zur selben Zeit am selben Ort zu sein wie die Person, die dich auf keinen Fall sehen sollte? Gut, ich hatte nicht gerade den entlegensten Wanderweg ausgesucht, aber sollte Brandon heute nicht eigentlich arbeiten?

Scheiße, das war ganz und gar nicht gut.

»Was –« Brandons Worte blieben ihm im Halse stecken. »Jamie?!«

In diesem Augenblick gesellten sich zwei weitere Personen zu Brandon. Es waren Henry und Addison. Sie trug ein kurzes rotes Workout-Set, Henry ein schlichtes weißes Shirt und Brandon seine beige Parkkleidung.

»Was zum Teufel?«, fragte nun auch Henry. »Jamie, du … du bist zurück? Und Robin …« Er runzelte verständnislos die Stirn. Ich konnte mir nicht annähernd vorstellen, wie es sich für sie anfühlen musste, uns gemeinsam hier zu sehen. Besonders, da sie glaubten, dass Jamie nach wie vor am anderen Ende des Landes lebte. O Gott, hatten sie etwa gesehen, wie wir uns geküsst hatten?

Jamie rieb sich über den Mund und tastete wie aus einem Instinkt heraus nach seiner Sonnenbrille, doch sie musste bei unserem Fall verloren gegangen sein. Es gab keinen Schutz, kein Verstecken mehr.

»Ich … ja«, meinte Jamie, als er seine Worte wiederfand. »Ich bin wieder hier.«

Brandon lachte humorlos auf. »Warte, warte. Nur damit ich es richtig verstehe: Du bist wieder in Los Angeles, meldest dich nicht bei uns, aber gehst mit unserer *Schwester* wandern?!«

Jamies Miene verhärtete sich. Er machte zu.

»Seit wann bist du zurück?«, wollte Henry wissen.

»Seit Anfang des Semesters.«

Brandon lachte erneut humorlos auf. »Aha. Und seit wann weißt *du* es?«, fragte er und kam einen Schritt auf mich zu. »Seit wann weißt du, dass Jamie zurück ist?«

Ich schluckte. Fuck. »Ich … ich wusste es von Anfang an.« Die Worte schmeckten bitter. Das fand Henry offenbar auch, da er sein Gesicht verzog.

»Ich habe sie gebeten, es für sich zu behalten«, fügte Jamie eilig hinzu. »Wenn überhaupt, war es meine Schuld.«

»Fick dich, Jamie!«, rief Brandon so laut, dass Addison, die bisher nicht einen Ton von sich gegeben hatte, zusammenzuckte. »Du blockierst uns überall, sagst uns bei deiner Rückkehr nicht Bescheid und schiebst dann deine Zunge in den Hals meiner Schwester?«

Okay, da hatte ich meine Antwort auf die Frage, ob sie es gesehen hatten. *Verdammt, das ist eine Katastrophe.* So hatten sie nicht von Jamies Rückkehr erfahren sollen.

»Im Ernst, was soll das?«, fragte Henry. »Was *macht* ihr hier?«

Ich suchte nach den passenden Worten, aber es gab keine.

Ich sah, wie Brandons Blick an Jamies Narbe entlangglitt und ein fragender Ausdruck auf sein Gesicht trat. »Was ist mit dir passiert?«

Ich fuhr bei seinen unsensiblen Worten kaum merklich zusammen, an Jamies Kiefer zuckte ein Muskel. »Nichts, was ich dir mitten auf einem Wanderweg erzählen werde.« Ich sah zur Kamera, die noch immer um seinen Hals hing. Weiße Risse zogen sich über die Linse wie ein Spinnennetz, und aus irgendeinem Grund fühlte sich das an wie ein schlechtes Omen.

»Jamie studiert an der Chamberlin«, startete ich einen Erklärungsversuch. »Er wurde abgeworben und ist seit Anfang des Semesters im Zuge eines Stipendiums wieder hier. Er wollte nicht, dass jemand von seiner Rückkehr erfährt. Also ... auch ich sollte es eigentlich nicht wissen. Aber dann hat es sich irgendwie ergeben, dass er ... mich im Fliegen unterrichtet.«

Henry kniff die Augen zusammen. »Hä?«

Ich räusperte mich. »Jamie hat einen Flugschein, und – äh – ich mache ihn gerade.«

»Was?«, rief nun auch Brandon, und der zugleich überraschte und schockierte Unterton bohrte sich schmerzhaft in mein Herz. »Ich dachte, du hattest nur kurz darüber nachgedacht?«

Ich ballte die Hände zu Fäusten. »Als ich euch gefragt habe, hatte ich längst angefangen. Danke übrigens, dass ihr an mich geglaubt habt.« Ich schüttelte den Kopf. »Es tut mir leid, dass ich euch nichts von Jamie erzählt habe, okay? Das ist mit nichts zu entschuldigen, und ich verstehe, wenn ihr sauer seid ...«

»Aber?«, fragte Henry mit autoritärer Stimme, die er sonst nur als Polizist einsetzte.

Ich unterdrückte das Bedürfnis, den Kopf einzuziehen. »Aber es lag nicht in meiner Hand. Und es gab so viel, was auch ihr mir nicht erzählt habt, und irgendwie hat es sich angefühlt, als würden wir immer weiter auseinanderdriften. Ich hatte nicht das Gefühl, euch die Wahrheit sagen zu können, da es immer nur heißt, ich sei zu sensibel und –«

»Die Wahrheit über was?«, unterbrach Brandon.

»Keine Ahnung!« Ich warf die Arme in die Luft. »Zum Beispiel, dass ich kaum Luft bekomme, wenn jemand Aidens Namen nur *sagt*, und ich es kaum aushalte, wenn ich daran denke, dass ihr euch mit ihm trefft!«

Henry runzelte die Stirn. »Aber du hast gesagt –«

»Ich weiß, was ich gesagt habe!« Meine Atmung ging schwer, die Worte sprudelten aus mir heraus. »Es ist meine Schuld. Ich hätte ehrlich sein müssen. Darüber, dass ich mich zwar von Aiden getrennt habe, aber es tun *musste*, bevor nichts mehr von mir übrig ist.«

»Was ist passiert?«, fragte Henry, seine Stimme nun wieder so, wie ich sie kannte.

»Das ist auch kein Gespräch für den fucking Runyon Canyon Trail!«, sagte ich mit viel zu lauter Stimme.

»Und Addison«, fuhr ich fort. »Willst du mich in Zukunft weiter ignorieren und dich stattdessen mit meinen Brüdern treffen?«

»Ich ignoriere dich nicht, es ist …« Sie ließ den Satz ins Leere laufen.

»Was ist es? Rede mit mir.« Ich trat näher, bis ich direkt vor ihr stand. »Du bist seit Wochen komisch zu mir, und ich habe es satt, das zu schlucken, also –«

Ich wurde von dem Klingeln ihres Handys unterbrochen, das sie sich an einer weißen Kordel um den Hals gehängt hatte. Automatisch zuckte mein Blick zu dem aufleuchtenden Bildschirm – und mein Herz blieb stehen.

Ich sah ihr ins Gesicht, meine Stimme war mit einem Mal seltsam ruhig und kühl. »Wieso ruft Aiden dich an?«

Brandon schob sich an mir vorbei. »Warte, was?« Er sah zu Addison. »Erst gestern meintest du noch, dass du seine neue Nummer gar nicht hast.«

Sie rieb sich über die Stirn. »Fuck. Ich …«

Meine Fingerspitzen kribbelten, wurden taub. *Nein. Atme, Robin. Das muss nicht bedeuten, dass sie …*

»Du schläfst mit ihm, hab ich recht?«, stieß Brandon hervor. »Sieh mich an, Addi. Hey!«

Als sie tat, was er sagte, standen Tränen in ihren Augen. »Fuck, ja, okay? Ich … es ist …«

Es war wie ein Schlag ins Gesicht.

»Ich wusste es«, flüsterte Brandon. »Ich wusste es, seit du *unbedingt* mit nach Hawaii kommen wolltest. Es war nicht meinetwegen, richtig? Du wolltest seinetwegen dorthin.«

Sie wurde blass. »Brandon …«

»Wieso bist du überhaupt heute mitgekommen, als ich dich gefragt habe? Wieso tust du so, als wäre das mit uns …« Er brach ab und rieb sich fahrig über das Gesicht. »Wow. Was für ein verfickter Scheißtag. Gibt es sonst noch irgendwelche Geheimnisse, die jemand loswerden will?«, rief er und hob die Handflächen gen Himmel. »Wenn ja, ist jetzt der Zeitpunkt dafür, denn schlimmer kann es eigentlich gar nicht werden.«

Addison sah mich mit einem flehenden Gesichtsausdruck an. »Robin, es tut mir –«

»Lass es«, unterbrach ich sie scharf. Erst schlief sie mit meinem Bruder, ohne es mir zu sagen – und jetzt mit meinem Ex?! Ein Teil von mir war nicht einmal verwundert. Wenn man nicht für sich selbst einstand, dachten Menschen, sie könnten alles mit einem machen. Ich hatte ihr anvertraut, wie Aiden mich behandelt hatte. Wie konnte sie mit ihm schlafen, obwohl sie wusste, wie er war?

»Wann wolltest du uns sagen, dass du wieder hier bist?«, fragte Henry nun und lenkte mich von dem eiskalten Schmerz ab, der sich um mein Herz legte.

Jamie schüttelte den Kopf. »Ihr versteht das nicht. Es ist nicht so schwarz und weiß, wie ihr es darstellt.«

»Dann erklär es uns«, sagte Henry.

»Ich kann nicht«, brachte Jamie mühsam hervor, Schweißperlen traten auf seine Stirn.

Brandon schüttelte schnaubend den Kopf. Sie verstanden nicht, dass er es tatsächlich nicht konnte. Dass sein Trauma zu tief reichte, um es aussprechen zu können.

Brandon war verletzt. Er blutete wie ein angeschossener Hund, und es würde nicht mehr lange dauern, bis er etwas sagte, das er bereute. Ich hatte ihn lange nicht mehr so die Fassung verlieren sehen. Auf der anderen Seite stand Jamie, der dem Ganzen nicht mehr lange standhalten würde.

Wie aus einem Instinkt heraus griff ich nach Jamies Handgelenk. »Vielleicht sollten wir nach Hause gehen, uns alle beruhigen und das ein andermal –«

»Hast du mit ihr geschlafen?«, fragte Brandon nun mit bedrohlichem Unterton in der Stimme.

»Spinnst du jetzt?«, rief ich, doch er ignorierte mich.

»Was willst du von mir hören, Brandon?«, forderte Jamie.

Brandon trat mit eiskalter Miene näher an ihn heran. »Ob du dich allen Ernstes aus der Stadt verpisst hast, ohne Bescheid zu geben, zurückgekommen bist und dann mit meiner kleinen Schwester geschlafen hast!«

Henry, der ebenfalls bereits ein unschönes Ende witterte, griff nach Brandons Arm. »Brandon, beruhig dich.«

Jamie verengte die Augen. »Bei aller Liebe, aber das geht dich wirklich nichts –«

Er würde seinen Satz nie zu Ende sprechen, da Brandon in diesem Augenblick ausholte. Ich dachte nicht darüber nach, was ich tat – es passierte alles zu schnell, um einen klaren Gedanken fassen zu können. Ich hatte nur Jamies Narbe vor Augen und wusste, dass Brandon ihn nicht treffen durfte. *Er denkt, dass er es verdient hat. Er wird nicht ausweichen*, schoss es mir durch den Kopf. Weshalb ich mich kurzerhand vor Jamie schob und Brandons Faust mitten ins Gesicht bekam.

Kapitel 40

»EINSCHLAGKRATER«

(Oder: Wie es sich anfühlt, mitten ins Gesicht geschlagen zu werden)

Blendender Schmerz explodierte an meiner Lippe, Schwindel übermannte mich, und ich ging zu Boden. Ein Aufschrei ertönte, aufgeregtes Stimmengemurmel folgte. Bevor ich hart mit den Knien auf dem Boden aufkommen konnte, schloss sich eine Hand um meinen Oberarm und hielt mich. Blinzelnd öffnete ich die Augen und sah in Jamies Gesicht, der sich vor mich gekniet hatte. »Robin«, keuchte er mit besorgter Stimme, und ein Muskel an seinem Kiefer zuckte, als er meine Verletzung in Augenschein nahm.

»Fuck, o mein Gott, Robin.« Brandon ging neben Jamie in die Hocke. »Scheiße, es tut mir leid, ich wollte nicht –«

»Hände weg«, knurrte Jamie, zog mich nach oben und sorgte dafür, dass ich einen sicheren Stand hatte.

»Was ist hier los?«, rief eine tiefe Stimme. »Soll ich die Polizei rufen?«

»Ich *bin* die Polizei«, meinte Henry und zeigte seine Marke vor. »Es tut mir leid, Sie alarmiert zu haben, aber es ist alles in Ordnung. Nur ein kleiner Familienstreit.« Danach rief er etwas lauter und in seiner autoritären Polizistenstimme: »Es gibt hier nichts zu sehen! Bitte gehen Sie einfach weiter.«

Jamie legte seine Hände an meine Wangen und sah mit besorgter Miene von einem zum anderen Auge. »Bist du okay?«

Ich spürte, wie Tränen in meinen Augen aufwallten, und schüttelte den Kopf.

Er griff meine Hand. »Los, wir gehen.«

Henry trat zu uns, reichte mir ein Taschentuch und suchte vergebens nach Worten. Als ihm nichts einfiel, sah er Jamie an. »Bring sie hier weg. Ich kümmere mich um Brandon.«

Addison trat vor. »Robin, bitte –«

»Ich will dich nie wieder sehen«, brachte ich unter Tränen hervor. »Nie wieder, Addison.«

»Robin, bitte warte!«, rief nun auch Brandon, doch Henry schien ihn zurückzuhalten, da er uns nicht folgte.

Auf dem Weg zum Parkplatz sprach Jamie kein Wort. Stattdessen mahlte er so fest mit seinen Kiefern, dass es mich wunderte, dass er sich keinen Zahn abbrach.

Wie hatte ein solch schöner Tag so grauenvoll enden können? Innerhalb der letzten Minuten war zu viel passiert, um es zu verarbeiten. Gerade noch hatte Jamie gesagt, dass er bleiben wollte, und hatte mich geküsst, als hätte er damit seinen Entschluss besiegeln wollen. Und jetzt lief ich mit einer aufgeplatzten Lippe zurück zum Auto, meine Brüder wussten von Jamie, und Addison schlief mit Aiden.

Als wir am Auto ankamen, war das Tageslicht nur noch in Form eines amethystfarbenen Streifens am dunkelblauen Himmel zu erkennen. Mit zitternden Händen reichte ich Jamie den Autoschlüssel. »Kannst du …?« Meine Tränen verschluckten das Ende des Satzes.

Er nahm wortlos den Schlüssel, legte eine Hand an meinen Hinterkopf und zog mich in seine Arme. Ich ließ die Tränen in sein schwarzes Shirt sickern, Salzwasser in einem dunklen Meer.

»Es tut mir leid, Robin«, hauchte er an meinem Scheitel. »Das ist alles meine Schuld.«

Ich wischte mir die Tränen von den Wangen. Meine Lippe pulsierte schmerzhaft, aber als ich sie das letzte Mal mit einem Taschentuch abgetupft hatte, war kein Blut mehr zu sehen gewesen. »Das ist nicht wahr. Es sind zu viele Sachen zusammengekommen und –«

»Ich habe dich in diese Scheißsituation gebracht. Meinetwegen hast du deine Brüder angelogen. Wenn ich das nicht von dir verlangt hätte …« Er schüttelte den Kopf. »Wieso, verdammt, bist du dazwischengegangen?« Er hob mein Kinn an und begutachtete meine Lippe.

»Weil ich wusste, dass du nicht ausweichen würdest.«

»Du hättest ihn mich einfach treffen lassen sollen.«

»Das war keine Option.«

»Ich kann seine Wut verstehen. Wahrscheinlich würde es mir genauso gehen. Ich habe mich wie das letzte Arschloch verhalten.«

»Du hast getan, was du konntest, Jamie«, gab ich zurück. »Was du tun musstest, um am Leben zu bleiben. Wenn du es ihnen erst einmal richtig erklärst, werden sie es nachvollziehen können.«

»Komm, ich bringe dich erst mal zurück.« Er legte seinen Daumen erneut an mein Kinn und drehte mein Gesicht. »Tut dir noch etwas anderes weh?«

Ich schüttelte den Kopf, fühlte mich wie betäubt. »Alles okay. Und bei dir? Deine Kamera …«

Er winkte ab. »Nur materiell. Komm.« Er öffnete mir die Tür, stieg dann selbst ein und startete meinen Wagen. Es war seltsam, ihn am Steuer zu sehen, aber er manövrierte den Wagen mit einer verlässlichen Sicherheit durch die Stadt. Ich stützte mein Kinn auf meinem Arm auf der Ablage rechts von mir ab und sah ins immer dunkler werdende Los Angeles hinaus. Irgendwann griff Jamie nach meiner linken Hand, legte sie auf den Schaltknüppel und schloss seine darüber. Wenig später hörten meine Hände endlich auf, zu beben.

Auf dem Campus angekommen, lenkte er den Wagen in eine freie Parklücke und schloss das Verdeck. Kurz bevor ich ausstieg, warf ich einen Blick auf mein Handy. Drei verpasste Anrufe von Brandon, einer von Henry. Ich sperrte den Bildschirm, sah die Spiegelung meines eigenen Gesichts darin und zog erschrocken die Luft ein. Ein blutiger Riss zog sich durch meine angeschwollene Oberlippe.

Brandon hatte mir nicht wehtun wollen. Ich kannte meinen Bruder – aber das zeigte, zu was verletzte Menschen fähig waren. Es zeigte, wie schnell Liebe in Enttäuschung und Wut umschwenken konnte. Denn am Ende des Tages war es doch so, dass wir nur die Menschen wirklich hassen konnten, die wir einmal geliebt hatten.

Ich stieg aus und wollte gerade auf das Tor zugehen, das zum Campus führte, als ich sah, dass Jamie mir nicht folgte.

Ich blieb stehen und sah ihn fragend an.

Er zögerte. »Jetzt wird es nicht mehr lange dauern, bis meine Familie von meiner Rückkehr erfährt«, sagte er in die Weite des verlassenen Parkplatzes hinein. »Ich muss mit ihnen sprechen. Sie müssen von mir hören, was passiert ist. Das ist etwas, was ich von Anfang an hätte tun müssen.« Er überbrückte den Abstand zwischen uns und bewegte seine Hand in die Nähe meiner Wange, jedoch ohne mich zu berühren. »Ich begleite dich bis in dein Zimmer.«

Ich schüttelte den Kopf. »Das ist nicht nötig. Ich komme klar, echt.«

»Keine Widerrede«, sagte er nur, ehe wir gemeinsam in Richtung Pforte gingen. Wir sprachen nicht, während er eines der Carts mit seiner Karte zum Leben erweckte und mich dann bis zu Haus Saturn fuhr. In meinem Zimmer angekommen, knipste er das Licht an und wartete, bis ich mich auf der Bettkante niedergelassen hatte. Mein Kopf dröhnte, alles pochte, und mein Mund war wie ausgetrocknet.

»Warte hier«, sagte er, verschwand dann aus der offen stehenden Balkontür und kam ein paar Minuten später mit einem Kühlkissen und einer Wasserflasche zurück.

»Kann ich dich allein lassen?«, fragte er heiser.

Ich nickte stumm.

»Wenn etwas ist – ich bin erreichbar.« Er beugte sich zu mir hinunter, gab mir erst einen Kuss auf die Stirn und danach auf meinen unverletzten Mundwinkel. Vorsichtig, liebevoll.

Es fühlte sich an wie ein Versprechen.

Ich speicherte alles ab: das Gefühl seiner Lippen und die Tränen, die in seinen Augen glänzten. Wie er sich im Türrahmen ein letztes Mal zu mir umdrehte und auf den Balkon trat. Wie er in der Dunkelheit verschwand ... und ich hoffte, dass es nicht das letzte Mal war, dass ich ihn sah.

Kapitel 41

»SONNENFINSTERNIS«

(Oder: Wie mich der Schatten verschluckt)

Den ganzen Sonntag wartete ich auf einen Anruf, eine Nachricht, ein Lebenszeichen. Wartete darauf, dass Jamie an meine Tür klopfte, und wurde mit jeder Stunde besorgter, als er es nicht tat. Gegen Mittag schrieb ich in die Gruppe, die ich mit Page, Sydney und Dylan führte, dass es mir nicht gut ginge und ich heute in meinem Zimmer bleiben würde. Mir fehlte die Kraft, zu erklären, was passiert war – zu tun, als wäre nichts gewesen, war aber leider auch nicht drin. Nicht, während ich aussah, als hätte ich einen Straßenkampf angezettelt. Meine Oberlippe war noch immer angeschwollen und die Stelle um den Riss gerötet. Mein Herz tat aber mehr weh als mein Gesicht. Dazu kamen die innere Unruhe und Angst, die durch mich hindurchflossen wie eiskalte Gebirgsbäche.

Page schickte mir mehrere aufmunternde GIFs, Sydney fragte, ob sie mir was bringen könnte, und Dylan schickte eine fünfminütige Sprachnachricht, in der er von seinem Date mit einer Frau erzählte, die ihn gefragt hatte, was denn die Hauptstadt von London sei.

Ich antwortete auf keine der Nachrichten.

Auch Brandon und Henry meldeten sich. Brandon, weil er sich zum zehnten Mal entschuldigte und um ein Treffen bat. Henry, weil er eine Erklärung forderte, weshalb ich das mit Jamie geheim gehalten hatte, und wie ich plante, nun vorzugehen.

Anstatt sinnlos rumzusitzen, nutzte ich meine rastlose Energie, um zu lernen. Immerhin. Ich schrieb die ersten fünf Seiten meiner Hausarbeit, fasste Notizen vergangener Vorlesungen zusammen und lieh mir neue Bücher aus der digitalen Bibliothek aus.

Gegen neunzehn Uhr ertrug ich es nicht mehr, in meinem Zimmer eingesperrt zu sein. Die Dämmerung war bereits hereingebrochen, als ich den Haupteingang verließ und die breiten Pfade entlangspazierte. Mein Handy hatte ich im Zimmer gelassen, da ich es nicht länger ertrug, jede Stunde eine neue Nachricht von Brandon zu bekommen – und keine einzige von Jamie.

Ich ging zum Gewächshaus und beobachtete, wie sich die vorbeiziehenden Vögel in den Glasvierecken spiegelten. Ging bis zur Klippe, ließ mich von der Brise umwehen und richtete den Blick auf die Stelle, an der der Himmel auf dem Meer zu liegen schien. Auf dem Weg zurück zu Haus Saturn blieb ich unter einem Jacarandabaum stehen, legte den Kopf in den Nacken und betrachtete die sich im Wind wiegenden Blüten. *Du bist es dir schuldig, positiv zu denken*, rief ich mir in Erinnerung.

Dort, wo Licht war, musste es Schatten geben.

Dort, wo Schatten war, musste es Licht geben.

Manchmal musste man sich anstrengen, es zu finden, aber es war immer da. Genau wie die Sterne, die man tagsüber nicht sah, obwohl sie immer am Himmel standen.

Egal, was passiert – es wird eine Lösung geben, sagte ich mir, als ich die sanft beleuchtete Außentreppe von Haus Saturn anpeilte.

»Alles wird gut«, flüsterte ich leise zu mir selbst und entschied, dass dies fortan mein neues Mantra sein würde.

Im ersten Stockwerk angekommen, schielte ich zu Jamies Tür, doch sie war nach wie vor verschlossen, der Vorhang zugezogen. Sobald er bereit war, würde er auf mich zukommen. Ich musste einfach nur loslassen und abwarten.

Ich erklomm die letzten Stufen bis zur vierten Etage, machte einen Schritt auf meine Zimmertür zu … und hielt inne, als ich die schwarz gekleidete Person davorstehen sah. Als er sich zu mir umdrehte, zog sich mein Herz schmerzlich zusammen. Erschöpfung, Trauer, Schuld und Erleichterung wechselten sich in seinen Augen ab.

Ich atmete ein.

Als ich ausatmete, hatte er seine Arme fest um mich geschlungen, seine Wange auf meinem Scheitel abgelegt. Seine Umarmung war wie ein Ankommen nach einer viel zu langen Reise. Ich schlang die Arme um seinen Rücken, strich über seinen Hinterkopf und ließ nicht los, bis er es tat. Seine Augen waren gerötet, er hatte geweint. »Tut mir leid, dass ich so lange gebraucht habe«, sagte er mit rauer Stimme.

»Ist total okay. Geht es dir gut?« *Gut* war nicht das richtige Wort, aber er verstand, was damit gemeint war. *Wie hat deine Familie es aufgefasst? Wie fühlst du dich? Ich bin für dich da, wenn du mich brauchst.*

Als sämtliche Farbe aus seinem Gesicht wich, breitete sich ein mulmiges Gefühl in meinem Magen aus. Ich verstärkte den Griff um seinen Oberarm – nicht, um ihn zu unterstützen, sondern eher, um mich festzuhalten. Es war, als hätte ich es gewusst, denn seine nächsten Worte würden mich für eine sehr lange Zeit verfolgen. »Robin, ich werde zurückgehen.«

Ich strich mit dem Daumen über seinen Arm. »Gib dir doch Zeit, Jamie. Vielleicht fühlst du dich nach deinem Master mit der Entscheidung, zu bleiben, ja doch ein wenig besser, und –«

»Nicht nächstes Jahr, Robin.« Seine Stimme war kaum mehr als ein Flüstern. »Morgen früh. Mein Flug ist gebucht.«

Die Gebirgsbäche in meinem Inneren froren zu. Alles in mir wurde so still und kalt, bis ich meine Fingerspitzen nicht mehr fühlen konnte. Meine Hand verlor ihren Halt an seinem Arm und fiel einfach an meine Seite. »Was?«

Alles wird gut, alles wird gut, alleswirdgut, wiederholte ich mein Mantra, doch es half nicht. »Aber … wieso? Wieso jetzt?«

Er fuhr sich durch die Haare. Eine Geste, die mir inzwischen so vertraut war. »Ich habe meiner Mom und meiner Schwester die Wahrheit gesagt. Meine Schwester verurteilt mich nicht, aber meine Mom … ich habe es in ihren Augen gesehen. Die Enttäuschung, der Schock. Und das hat mir bewusst gemacht, wie real das alles immer noch ist. Ich bin nicht bereit, das Geschehene hinter mir zu lassen, weshalb ich auch nicht bereit bin, Massachusetts hinter mir zu lassen. Es fühlt sich an, als würden unsichtbare Fäden an mir ziehen, und ich … ich kann das nicht mehr ertragen.«

»Aber … dein Stipendium?«

Er sah zu Boden. »Ich habe mit Dekanin Thiaka gesprochen. Ich hätte die Möglichkeit, es in einem oder zwei Jahren nachzuholen, allerdings werde ich am MIT weiterstudieren. So, wie ich es von Anfang an hätte tun sollen.«

Eine Eisschicht legte sich über mein Herz, verlangsamte meinen Puls.

»Robin …«

»Das kannst du nicht machen«, brachte ich hervor und spürte, wie meine Unterlippe zu zittern begann. »Du kannst nicht dein Leben von deinen Schuldgefühlen bestimmen lassen. Du kannst nicht dein Stipendium abtreten, weil du glaubst, es nicht zu verdienen.«

Er schüttelte den Kopf, wich meinem Blick aus. Das, was ich sagte, drang nicht zu ihm durch. Es war, als stünde er hinter einer meterdicken Glaswand, durch die ich ihn nicht erreichen konnte. Er sah, wie sich meine Lippen bewegten, doch ich konnte noch so laut schreien – er würde mich nicht hören. Weil er es nicht konnte. Sein Trauma isolierte ihn.

Die sanften Lichter, die in den Beeten steckten, zeichneten Muster auf seine Narbe. Seine traurigen Augen. »Ich habe dir von Anfang an gesagt, dass ich gehen werde.«

»Aber doch nicht jetzt!« Meine Stimme brach beim letzten Wort, mein Herz tat es ihr nach. Ich hatte gedacht, dass wir mehr Zeit haben würden. Hatte geglaubt, noch mehrere Monate mit ihm zu haben – unwissend, dass die letzten Wochen alles gewesen waren, was wir je kriegen würden.

Er legte eine Hand an meine Wange. »Ich war egoistisch. Du hast in den letzten Wochen viel zu viele Gedanken an mich verschwendet, obwohl das nicht deine Aufgabe ist und du dich lieber auf dich selbst konzentrieren solltest. Es war egoistisch, wegzugehen, und es wäre nun egoistisch, hierzubleiben.«

»So funktioniert das nicht, wenn man jemanden liebt«, flüsterte ich, da ich meiner Stimme nicht mehr traute. »Es ist selbstverständlich, dass ich für dich da bin, hörst du?« Ich sah von seinem linken zu seinem rechten Auge, suchte darin nach den Anzeichen, dass meine Worte ihn erreichten. Dabei war er nicht mehr wirklich hier, sondern längst mit einem Fuß an der Ostküste, knietief in seiner Schuld.

»Ich werde nie die Person sein, die du gehofft hast aus mir hervorholen zu können. Ich werde für immer verändert sein, und ich will nicht, dass du das irgendwann erkennst und bereust, dich auf mich eingelassen zu haben. Weil ich nie wieder der Jamie von früher sein werde.«

Seine Worte waren wie ein rostiges Messer in meiner Brust. Hatte ich ihm wirklich das Gefühl gegeben, ihn nur zu wollen, wenn er wieder wurde wie damals? *Ja*, beantwortete ich meine eigene Frage in Gedanken. *Weil du gesagt hast, dass du seinen Funken wieder zurückholen willst. Ihm zeigen willst, was der frühere Jamie einst geliebt hat.*

Ich legte mir eine Hand auf den Hals. »Aber ich will dich genau so, wie du jetzt bist! Ich weiß, dass dich das für immer verändert hat, und das ist *okay*. Ich will dich nicht zu etwas machen, was du nicht sein kannst.«

Er gab mir einen Kuss auf den Scheitel. »Es ist nicht deine Schuld.«

Da war keinerlei Spielraum. Kein Zögern, das mir die Möglichkeit gab, ihn zum Bleiben zu überreden. Weil er längst weg war. Er hatte sich entschlossen, zu gehen. Und wenn Jamie eine Entscheidung getroffen hatte, zog er sie durch.

Genau wie damals.

Er hatte nicht mehr die Kontrolle über seine eigenen Entscheidungen. Er kam mir vor, als wäre er eine Marionette, und seine Vergangenheit hatte die Fäden in der Hand. Er floh. Vor mir. Vor allem. Und er realisierte es nicht einmal, weil die Schuld zu groß war.

»Du kannst nicht wieder einfach abhauen, Jamie.«

»Ich bin *abgehauen*, indem ich nach L. A. gekommen bin. Es wird Zeit, dorthin zurückzukehren, wo ich gebraucht werde. Ob ich es will oder nicht, mein Schicksal ist unwiderruflich mit Massachusetts verknüpft.«

»Bullshit, Jamie.« Ich trat einen Schritt zurück. »Was für eine Scheißausrede, um zu gehen.«

Er konnte offenbar nicht mehr rational denken. In seinem Gesicht fand ich keine Emotion mehr. Die Mauer war wieder hochgefahren. Er wirkte so entschlossen. Wieso wankte er nicht? Wieso fiel ihm die Entscheidung so leicht? Wie konnte er alles einfach so hinter sich lassen? »Ich habe dir eine neue Fluglehrerin zuteilen lassen. Sie wird dich in den Wochen bis zur Prüfung begleiten und auch deine Einzelstunden betreuen.«

»Jamie, hör auf –«

»Außerdem habe ich dich für die abschließende Prüfung angemeldet. Du kannst das, Robin. Vergiss nie, dass das alles nur dein Verdienst war.«

Ich machte einen weiteren Schritt zurück. »Du … du wolltest das nie, oder? Du wolltest dich nie wirklich auf mich einlassen.« Mein Herz riss sich selbst in Stücke. Nicht mehr lange, und es würde nichts mehr übrig bleiben.

»Scheiße, ich *will* dich, Robin!«, rief er nun etwas lauter und überbrückte den Abstand zwischen uns, bis er mir wieder so nah war wie bei unserer ersten Begegnung. Wie bei unserem ersten Kuss in der Cessna. Bei der Nacht im Observatorium. »Ich will das mehr als alles andere, aber nicht, wenn ich nicht einmal weiß, wer ich bin! Nicht, wenn ich jeden Tag hinterfragen muss, ob ich es verdient habe, von dir angelächelt zu werden. Ich kann nicht ertragen, wenn alles in mir als Antwort darauf laut *Nein* schreit!« Er ergriff meine Hand. »Ich kann mich nicht länger an dir abstützen, nur weil du die Einzige bist, die mir zumindest kurz Erleichterung vor meinen Schuldgefühlen verschafft. Ich kann und werde dir nicht länger eine Last sein.«

Ich holte Luft, um zu protestieren, aber er kam mir zuvor.

»Sag jetzt nicht, dass ich das nicht bin. Ich habe dich von Anfang an runtergezogen. Habe dich dazu gedrängt, deine Brüder anzulügen, dich dadurch in Hunderte unmögliche Situationen gebracht, und gestern …«, sein Daumen hielt über der Wunde an meiner Lippe inne, »… gestern hat mir nur noch mal gezeigt, welche Zerstörungskraft meine Anwesenheit hat. Siehst du nicht, dass ich hier nicht mehr reinpasse? Nach L. A., an diese Uni, zu Brandon und Henry?«

»Das stimmt nicht«, hauchte ich in einem schwachen Versuch, aber es kam nicht bei ihm an. Man hörte schließlich immer nur das, was man als wahr erachten wollte.

Er lehnte seine Stirn an meine. »Ich hasse mich dafür, dir so nah gekommen zu sein, denn diesen Verlustschmerz, den ich schon jetzt empfinde, obwohl du noch vor mir stehst … den habe nur *ich* verdient.«

Ich presste die Augen zusammen, Tränen quollen unter beiden Lidern hervor.

»Ich habe noch zwei No Questions Asked übrig, aber das hier ist mein Letztes für dich: Folg mir nicht. Konzentrier dich auf deinen Erfolg. Auf dich. Du solltest nicht damit beschäftigt sein, mir zu helfen.«

Aber du *hast doch* mir *geholfen*, wollte ich schreien. *Wegen dir habe ich mich getraut, eine Cessna zu fliegen. Wegen dir habe ich vergessen, wie sich Aidens Hände auf meiner Haut anfühlen, weil du alles überschrieben hast. Wegen dir habe ich zum ersten Mal seit Jahren das Gefühl, als wäre das, was ich erzähle, es wert, gehört zu werden. Als wäre ich nicht zu viel und zu wenig zugleich. Nicht zu leise und zu laut an immer den falschen Stellen.*

Ich öffnete die Augen und sah ihn hinter einem Schleier aus Tränen. Blinzelte heftig, um ihn klar sehen zu können. Um nicht schon jetzt etwas zwischen uns zu haben, was uns voneinander trennte. »Bitte, Jamie.«

Mein Flehen verhallte wie ein Funksignal ins All. Hunderte Milliarden Welten – und keine einzige, die mich erhörte.

Er strich mir die Tränen von der Wange. »Danke, dass du mir gezeigt hast, dass ich unter all der Trauer noch Freude empfinden kann. Aber es war rücksichtslos, dich in meinen Heilungsprozess mit hineinzuziehen.« Seine Stimme klang tränenerstickt. »Ich hätte Abstand nehmen sollen, weil ich wusste, dass ich gehen werde, und weil mein Inneres zu zerbrochen ist. Ich hätte niemals zulassen dürfen, dass sich jemand an meinen Scherben schneidet.«

Ich presste die Augen zusammen, weil ich es plötzlich nicht länger ertrug, ihn anzusehen. Ich fühlte mich verraten, alleingelassen. War wütend und leer und traurig und bekam keine Emotion zu fassen, weil jede einzelne zu stark war.

Wieder trat jemand, den ich liebte, aus meinem Leben.

Wieder konnte ich nur hilflos dabei zusehen.

»Es gab nie etwas, was du hättest verändern müssen, Robin. Ich hoffe, du weißt das.«

Es gab nichts, was ich hätte sagen oder tun können, um ihn vom Gehen abzuhalten. Und irgendwie wollte ich auch nicht mehr, dass Menschen nur dann bei mir blieben, wenn ich sie mit einem Faden umwickelte und festhielt. Vielleicht kam es nur auf die Menschen an, die blieben, sobald man die Fäden losließ.

In mir wurde es erst still,

dann kalt.

Ein Licht ging aus.

Die Ränge leerten sich.

Die Bühne lag verlassen da – der Schauplatz von all dem, was hätte sein können. Das Setting für das, was die Liebe aus uns hätte entstehen lassen können. Ich wusste genau, dass dieser leere Platz in naher Zukunft dazu genutzt werden würde, alles zu sehen, was gewesen war. Jede einzelne Berührung, jedes seiner Worte. Danach würde es abgelöst werden von den Dingen, die ich mir gewünscht hätte. Eine Diashow, die immer und immer wieder abspielte, was hätte sein können – und nur ich, die im Zuschauersaal saß.

Unfähig, zu gehen.

Weil das offenbar nur Jamie konnte.

Sein Gesicht war schmerzerfüllt, als er mich küsste – erst auf die Stirn, dann auf meinen Mundwinkel. Genau wie gestern. Ich wollte ihn festhalten, aber es würde nichts bringen.

Er wischte sich stumm die glänzenden Tränen vom Gesicht, drehte sich um … und ging.

Jamie ging, und es fühlte sich an, als würde etwas aus mir herausgerissen werden.

Er hatte mich vorgewarnt. Er hatte mir verdammt noch mal gesagt, dass er gehen würde, und dennoch traf es mich nun mit einer solchen Wucht, dass es mir die Luft aus den Lungen presste. Das war in etwa so, als wäre vor Monaten ein Hurrikan angekündigt worden – und nun stand ich überrascht und unvorbereitet in den Trümmern meines ungesicherten Hauses. Ich hatte mein Herz ungeschützt gelassen und musste nun den Preis dafür zahlen.

Aber so war das eben: Wenn man sich zu nah ans Feuer begab, verbrannte man. Wenn man sich in einer Schlucht zu weit nach vorn beugte, fiel man. Und wenn man ein Flugzeug immer weiter an Höhe gewinnen ließ, würde es früher oder später selbst den Weg zum Boden zurückfinden – ohne Chance auf ein Rettungsmanöver.

Kapitel 42

»UMLAUFBAHN«

(Oder: Wie ich ziellos im All herumschwebe)

Mit tauben Fingern öffnete ich meine Zimmertür.

Nahm mein Handy vom Schreibtisch.

Drückte den eingehenden Anruf von Brandon weg.

Ignorierte meine zitternden Hände.

Unterdrückte ein Schluchzen.

Öffnete den Chat mit Page.

> **Robin:** Wo bist du?

Ich starrte wie betäubt auf den Bildschirm, ehe drei Minuten später ihre Antwort kam.

> **Page:** Sydney und ich sind bei mir. Geht's dir besser? Komm doch vorbei!

Wie mechanisch schaffte ich es bis zu ihrer Tür, wo ich den Kampf gegen die Tränen endgültig verlor. Meine Lippe musste erneut aufgeplatzt sein, denn sie schmerzte, als die salzigen Tränen in die Wunde liefen.

Es war so verdammt symbolisch – ich goss selbst Salz in die Wunde.

Ich klopfte an die Tür. Als sie aufschwang, glitt Pages Lächeln in Sekundenschnelle von ihrem Gesicht. »Ach du Scheiße, Robin, was …«

Die Kraft verließ mich augenblicklich, und ich ging schluchzend in die Knie. Sydney griff nach meinem Arm, schaffte es jedoch nicht rechtzeitig, mich aufzufangen.

»Scheiße, was ist mit deinem Gesicht passiert?«, fragte sie alarmiert und ging neben mir in die Hocke. »Was ist los?«

Ich brachte kein Wort zustande.

»Komm, bringen wir sie rein«, flüsterte Page und half Sydney, mich aufzurichten.

Mach kein Drama draus.

Du bist zu sensibel.

Du überreagierst.

Ich hörte so viele Stimmen in meinem Kopf und wusste, dass sie alle recht hatten. Ich wusste nicht mehr, ob ich auf sie hören sollte oder auf das, was Jamie mir immer und immer wieder gesagt hatte.

Was ich mit Sicherheit wusste, war, dass ich endgültig aus der Umlaufbahn geschossen worden war. Ich kreiste nicht mehr um Addison, meine Brüder, Aiden oder Jamie. Nein, ich war ein Gesteinsbrocken, der ziellos und allein im All herumschwebte. Immer der Dunkelheit entgegen – und viel zu weit weg von allem, was mir vertraut war.

Kapitel 43

»METEOROIDEN«

(Oder: Wie ich verblasse)

Wenn Meteoroiden in die Erdatmosphäre eintreten, entsteht durch die Zusammenstöße mit den Molekülen in der Luft und der Ionisation eine Leuchtspur, die wir als Sternschnuppe bezeichnen. Die logische Erklärung könnte dem Ganzen die Magie nehmen. Doch nur, bis man eine mit eigenen Augen sah und sich bewusst machte, dass ein Partikel aus dem All, der meist nicht größer war als ein Sandkorn, eine riesige Leuchtspur in den Himmel zeichnen konnte. So atemberaubend das auch war – der Meteor war meist schneller wieder weg, als man blinzeln konnte.

Genau wie Jamie.

Ich wusste nicht, wie, aber in der Woche nach Jamies Abschied verpasste ich keine einzige Vorlesung. Wie mechanisch erschien ich in den Hörsälen und schrieb mit. Ging zu den Abendessen mit meinen Freunden, die besorgte Blicke tauschten, wann immer sie glaubten, ich merkte es nicht. Legte mich ins Bett und weinte mich in den Schlaf, bis keine Tränen mehr übrig waren. Starrte auf den Namen in meinem Stundenplan, der Jamies ersetzt hatte.

Miss McKenna statt Mister Evers.

Der letzte Beweis, dass Jamie tatsächlich der Chamberlin University, Los Angeles und mir den Rücken gekehrt hatte. Ich stellte ihn mir in stillen Wäldern und auf einsamen Flugplätzen vor. In einer leeren

Wohnung, da seine Sachen mindestens zwei Wochen brauchen würden, ehe sie es einmal durch das gesamte Land geschafft hatten.

Über das Onlineportal hatte ich mich für die Flugstunden krankgemeldet. Ich war noch nicht bereit, mich dem Flugplatz, der Cessna und den damit verbundenen Erinnerungen zu stellen. Auch wenn es mich in meinem Zeitplan zurücksetzte – es ging nicht anders.

Page, Sydney und Dylan hatte ich noch am ersten Abend die Wahrheit gesagt und erzählt, dass Jamie sein Stipendium abgebrochen hatte und zurück nach Massachusetts gegangen war. Dylan hatte verwundert nach dem Grund gefragt. Sydney hatte wütend auf die Tischplatte geschlagen und gesagt, dass sie es nicht fassen konnte. Page hatte mich nur umarmt und immer dann, wenn ich geweint hatte, selbst ein paar Tränen vergossen. Ich wusste nicht, was ich ohne sie alle machen würde – besonders jetzt, da ich mich nicht einmal mehr an Addison, Brandon oder Henry wenden konnte. Gleichzeitig half mir keine Freundschaft der Welt über den Schmerz hinweg, der in meinen Eingeweiden brannte.

Und verdammt, tat das weh. Darauf konnte einen niemand vorbereiten.

Bei Dad meldete ich mich nur so viel, damit er sich keine Sorgen um mich machte und nachfragte, was los war. Das mit der blutigen Lippe schienen ihm bisher weder Henry noch Brandon erzählt zu haben, sonst wäre längst die Hölle losgebrochen.

Ich wollte nicht zählen, wie viele Tage Jamie bereits weg war, weshalb ich in Empfindungen rechnete: wie oft meine Tränen meine Wangen hinab in meinen Haaransatz glitten. Wie oft ich das kühle Glas meines Handybildschirms unter meinem Daumen spürte, wann immer ich Brandons und Henrys Anrufe ablehnte. Wie oft Sydney etwas zu fest auf meinen Rücken klopfte, um mich aus meiner Starre zu reißen. Wie oft Dylan schlechte Witze riss, um mich aufzumuntern. Wie oft Page meine Hand nahm, wann immer sie merkte, dass ich abdriftete.

Jamie hatte sich geirrt – der Herzmuskel hatte sehr wohl Schmerzrezeptoren. Wie sollte ich es sonst erklären, dass es sich jedes Mal zusammenzog und mir den Atem raubte, wenn ich an ihn dachte?

Einerseits hatte ich Angst, dass Jamie mir nie fremd werden würde. Dass ich immer wissen würde, wie er roch, wie sich seine Umarmung anfühlte und sich sein Lachen anhörte. Andererseits hatte ich Angst, dass er mir Tag für Tag mehr entglitt. Wie der Klang eines Flugzeugtriebwerks, das immer schwächer wurde, je weiter es sich von einem entfernte, bis man in vollkommener Stille zurückblieb.

Ich wollte mir die Erinnerungen wie ein Tattoo unter meine Haut stechen und sie mir gleichzeitig wie einen im Sommer zu warm gewordenen Mantel von den Schultern streifen.

Ich wusste nicht, was schlimmer wäre: zu vergessen, was wir gehabt hatten – oder mich für immer daran zu erinnern, wie es gewesen war, ihn zu haben.

Kapitel 44

»KERNKOLLAPS«

(Oder: Wie ich meinen Tiefpunkt erreiche)

Seit Tagen plagten mich tagsüber die Gedanken ans Fliegen und nachts die Träume, wie ich darin versagte.

Panisch fuhr ich aus dem Schlaf hoch und presste mir eine Hand auf meine schmerzende Lunge. Als ich realisierte, dass ich in Sicherheit war, ließ ich mich atemlos wieder zurück auf die Matratze fallen. *Das war nicht real.* Nur derselbe Traum, den ich seit über einer Woche hatte – Flugzeugabstürze in tausend verschiedenen Varianten.

Zuerst war bei jedem Flug das Triebwerk ausgefallen. Immer wieder hatte ich versucht, die Cessna unter Kontrolle zu bekommen, immer wieder war ich gescheitert. Je länger Jamie weg war, desto kreativer war mein Unterbewusstsein in Sachen Horrorszenarien geworden: Mal war es ein defektes Ruder, ein Sturm, der Ausfall des Höhenmessers … alles mit demselben Effekt: Ich stürzte unweigerlich in die Tiefe.

Ich warf einen Blick auf mein Handy, ließ es dann wieder auf den Nachttisch fallen und rollte mich auf den Rücken. Stöhnend legte ich einen Unterarm über meine geschlossenen Augen. Heute startete das verlängerte Labour-Day-Wochenende. Ursprünglich hatte ich geplant, gemeinsam mit Brandon und Henry bei Dad zu übernachten, aber jetzt wusste ich nicht mal mehr, ob sie mich überhaupt dort haben wollten. Ich wüsste es, wenn ich einen der hundert Anrufe annehmen würde, aber ich war nicht bereit, mich dem zu stellen, was sie mir zu sagen hatten ... und ihnen zu beichten, dass Jamie fort war.

Wieder einmal.

Auf Höhe meines Herzens befand sich ein schwarzes Loch, das alles verschluckte, was ihm zu nahe kam. Ich wusste nicht mehr, wo mir der Kopf stand. Trotzdem musste ich weiter zu meinen Vorlesungen erscheinen, weil es eine Uni nun mal nicht interessierte, ob dir das Herz gebrochen wurde. Eigentlich sollte ich auch endlich zu einer der Flugstunden gehen, die ich die ganze Woche vermieden hatte.

Aber wem machte ich eigentlich etwas vor?

Ich konnte mir in einhundert Jahren nicht vorstellen, mich allein in das Cockpit einer Cessna zu setzen.

Außerdem habe ich dich für die abschließende Prüfung angemeldet, hörte ich Jamies Stimme in meinem Kopf. *Du kannst das, Robin. Vergiss nie, dass das alles dein Verdienst war.*

Doch das stimmte nicht. Ohne Jamie und seinen unerschütterlichen Glauben an mich hätte ich es nicht einmal *versucht*. Als er gegangen war, hatte er meine Zuversicht gleich mit sich genommen.

Es war, als wäre ich aufgewacht. Oder auf dem Boden der Tatsachen angekommen – weit weg von den Höhen, in denen sich eine Cessna bewegte. Wie hatte ich je denken können, die Einzelstunden zu bewältigen? Die finale Prüfung zu schaffen? Ich hatte kaum Kraft für mein Studium – wie sollte ich mich da auf eine Flugprüfung vorbereiten, in der sämtliches Wissen und mein Verhalten in Krisensituationen getestet wurden?

Es war an der Zeit, mir endlich einzugestehen, was ich längst wusste: Ohne Jamie an meiner Seite schaffte ich es nicht. Und ja, ich wusste, wie erbärmlich das war.

Ich rieb mir mit beiden Händen übers Gesicht, starrte an die Decke und hasste mich bereits jetzt für das, was ich tun würde.

***

Der Himmel war bewölkt, als ich das Hauptgebäude ein paar Stunden später verließ und auf den Armstrong-Platz trat.

Wie symbolisch. All die Zeit nichts als strahlender Sonnenschein und nun eine dicke Wolkendecke, die sich über die Stadt zog.

Ich atmete tief aus und schloss für einen Moment die Augen. Eine Brise wehte durch meine Haare und zog an dem Papier in meiner Hand. Das Papier, das alles besiegelt hatte.

Die Abmeldung von den Flugstunden war schnell und ohne Komplikationen abgelaufen. Eine digitale Unterschrift, ein knappes Nicken, und schon hatte ich meinem Traum Auf Wiedersehen gesagt.

Tränen brannten hinter meinen Augen, und meine Kehle war staubtrocken. Das war mit Abstand das Feigste, Schwächste und Erbärmlichste, was ich je in meinem Leben gemacht hatte. Ich faltete das Papier in der Mitte und steckte es in meinen Jutebeutel, der augenblicklich tonnenschwer wurde.

Es war, als hätte mir dieser Zettel nicht nur meine Zukunft bei der NASA, sondern auch ein Stückchen Freiheit genommen. Ich würde nie wieder ein Flugzeug steuern und die Aufregung spüren, die damit verbunden war. Würde nie als Pilotin in einer NASA-Mission eingesetzt werden. Würde nie wichtige Forschungsproben an abgelegenen Orten sichern und dadurch neue wissenschaftliche Erkenntnisse ans Licht bringen.

Ich beobachtete die Studierenden, die ihre Reisetaschen über den Campus trugen. Sie alle würden übers Wochenende nach Hause fahren. Sydney und Dylan würden an der Chamberlin bleiben, Page hingegen war gestern Abend abgereist, um das Wochenende bei ihren Eltern zu verbringen. Sydney, die sich bereit erklärt hatte, währenddessen ihren Hamster zu füttern, hatte geantwortet, dass sie ihr tägliche Updates geben würde – sowohl über Prinz William als auch über mich.

Meine Freunde wussten nicht, dass ich mich von den Flugstunden abgemeldet hatte. Ich konnte mir denken, wie sie darauf reagieren würden, weshalb ich es gar nicht erst erzählte. Das war ein Problem für Zukunfts-Robin.

Eigentlich hatte ich in mein Zimmer zurückkehren wollen, aber mit einem Mal fühlte sich der Gedanke, länger hierzubleiben, unerträglich an. Der Campus war zu leer, meine Gedanken zu laut und meine Gefühle zu stark an diesen Ort gebunden. An mein Versagen.

Ich folgte der Menge zum Parkplatz und schlüpfte zwischen einer Gruppe laut lachender Studenten hindurch. An meinem Wagen angekommen, setzte ich mich hinter das Steuer und schloss eilig die Tür, um das Gelächter und die fröhlichen Stimmen auszusperren. Ich saß so lange dort, bis sich der Parkplatz weitestgehend geleert hatte und sich die ersten Sonnenstrahlen wieder an den Wolken vorbeikämpften. In L. A. wartete man nie lange darauf. Fucking Golden State.

Schließlich wischte ich mir schniefend die Tränen von den Wangen und drehte den Schlüssel im Anlasser um. Der Motor erwachte zum Leben, stotterte ... und ging aus.

»Komm schon«, brachte ich flehend hervor und wiederholte den Vorgang, doch der Motor erstarb erneut. »Bitte«, flüsterte ich und versuchte es noch einmal. Dieses Mal dauerte es keine ganze Sekunde mehr, ehe das Röhren verebbte.

»Fuck!« Ich schlug so fest auf das Lenkrad, dass ein heftiger Schmerz durch meinen Arm schoss. Die heiße Wut erfasste mich schnell und allumfassend.

Was fiel Jamie eigentlich ein, in mein Leben zu treten, mich in ihn verlieben zu lassen und dann abzuhauen? Mir zu helfen, meinen Traum zu verwirklichen, und mich dann damit allein zu lassen? Ich presste die Zähne zusammen, schlug erneut auf dieselbe Stelle am Lenkrad und griff es dann mit beiden Händen so fest, dass sich meine Knöchel weiß unter meiner Haut abzeichneten.

Ich habe dich für die abschließende Prüfung angemeldet, hatte er gesagt, als würde ich einfach mit allem weitermachen können, nachdem er gegangen war. *Was für eine bodenlose Scheiße.*

Es dauerte nicht lang, da verließ mich die Wut so schnell, wie sie gekommen war. Erschöpft sackte ich über dem Lenkrad zusammen.

Eine Weile verharrte ich so und ließ sämtliche Emotionen über mich hinwegpeitschen.

Und dann hielt ich es nicht mehr aus.

Ich strich mir die an meinem nassen Gesicht klebenden Strähnen fort, nahm mit bebenden Fingern mein Handy in die Hand und tippte, ohne weiter darüber nachzudenken, seine Nummer.

Es läutete drei Mal, ehe er ranging. »Robin?«

»Kannst du mich abholen?«, flüsterte ich und hörte selbst, wie besiegt ich mich anhörte. Das war das Wort, das am besten zu der Situation passte. *Besiegt*.

»Wo bist du?«

»Auf dem Uniparkplatz.«

Ein Blinker ertönte. »Bin in zwanzig Minuten da.«

Kapitel 45

»VOYAGER 1«

(Oder: Welche Erkenntnisse Distanz mit sich bringt)

Weder Brandon noch ich sagten ein Wort, als ich in seinen dunkelgrünen Ford F-150 stieg, auf dessen Ladefläche sich geschnittene Äste stapelten. Im Inneren roch es nach Nadelbäumen, Lagerfeuerrauch und einfach nur Brandon.

Seine dunklen Haare guckten unter der khakifarbenen Cap hervor, auf die das Logo des Nationalparks gestickt war. Mit zusammengezogenen Brauen musterte er meine Lippe, die inzwischen beinahe vollständig verheilt war.

Es dauerte keine Sekunde, bis mein Schutzwall fiel.

Die Tränen hatten kaum meine Wangen erreicht, da zog er mich an seine Brust und strich mit tröstenden Bewegungen über meinen Rücken.

»Mein Auto springt nicht mehr an«, brachte ich unter Tränen hervor.

»Mhm«, machte er, weil er wusste, dass das nicht alles war.

»Kannst du mich einfach … von hier wegbringen?«, fragte ich und wischte mir mit dem Ärmel meines Cardigans die Tränen von den Wangen. »Bitte.«

Er nickte, ließ den Motor an und fuhr los. Im Seitenspiegel beobachtete ich, wie das Schild mit dem Logo der Universität immer kleiner wurde. Wie symbolisch.

»Es tut mir so leid, Birdie«, flüsterte Brandon, als wir das Ende der Zugangsstraße erreichten. »Ich wollte dir nie wehtun. Das weißt du, oder?«

»Ja«, flüsterte ich erstickt. »Weiß ich. Mir tut es auch leid. Ich habe das ganze Chaos ja erst angefangen.«

Die leisen Töne eines Noah-Kahan-Songs füllten die paar Sekunden Stille, die meinen Worten folgte.

»Soll ich dich nach Hause bringen?«, fragte er und hielt mit der Hand am Blinker inne.

»Nein.« Keine Ahnung, wohin ich wollte. Jamie würde sagen, *irgendwohin*. Das war stets der Ort gewesen, den nur wir gekannt hatten.

»Kann ich dich mit zum Nationalpark nehmen?«, fragte er. »Ich bin noch nicht ganz fertig für heute.«

»Okay.«

»Henry ist allerdings auch da«, fügte er hinzu, setzte den Blinker und fuhr an.

»Nur Henry?«, fragte ich, ohne ihn anzusehen.

»Nur Henry. Aiden nicht, falls du darauf hinauswolltest. Aber das ist etwas, über das wir endlich sprechen müssen.«

»Ja, das müssen wir wohl.« Ich seufzte. »Und nicht nur über das, fürchte ich.«

»Im Park darfst du mir gleich erst einmal so richtig eine reinhauen.«

Ich drehte mich entgeistert zu ihm. »Was?«

»Na, als Ausgleich.«

Ich schnaubte. »Ganz sicher nicht.«

»Komm schon. Dann sind wir quitt.«

Ich verschränkte die Arme vor der Brust. »Ich werde dich bestimmt nicht schlagen, Brandon!«

»Ich geb dir auch gern einen Ast, damit es fair ist.«

»Brandon!«, rief ich und konnte es nicht verhindern, dass sich ein Lächeln auf meinem Gesicht ausbreitete. Zumindest, bis ich wieder anfing zu weinen und vehement den Kopf schüttelte.

»Okay. Hey, alles ist gut.« Er platzierte seine Hand mit der Handfläche nach oben auf der Mittelkonsole. Ich legte meine hinein, er umfasste sie fest.

***

Wir saßen auf einer hölzernen Bank im Herzen des *Topanga State Parks*, umgeben von der sanften Umarmung der Natur. Die knorrigen Stämme mehrerer kalifornischer Eichen ragten über uns auf, Sonnenstrahlen fielen durch das im Wind raschelnde Blätterdach und zeichneten goldene Muster auf den weichen Waldboden.

Brandon saß mit auf den Knien abgestützten Armen auf dem Tisch und drehte einen Grashalm in seinen Händen. Henry hingegen saß mit geradem Rücken mir gegenüber auf der Bank.

»Was habt ihr hier gemacht?«, fragte ich schließlich.

»Henry hat mir geholfen, die Äste am Eingang zurückzuschneiden«, antwortete Brandon.

Es folgte Stille. Wenn man es denn so nennen konnte, während das Gras raschelte, der Gesang der Vögel durch die Täler hallte und hin und wieder der Ruf eines Falken ertönte, der über uns seine Kreise zog. Jedenfalls schien keiner richtig zu wissen, wo er anfangen sollte.

Ich schloss die Augen und atmete tief den warmen, süßlichen Geruch nach wildem Salbei ein, der sich mit dem Duft nach Harz und Waldboden mischte. Dieser Ort war wirklich magisch. Ich fühlte mich, als wäre ich geradewegs in ein Mary-Oliver-Gedicht hineingestolpert.

»Jamie ist weg«, sagte ich mit noch immer geschlossenen Augen. »Er ist vorzeitig zurück nach Massachusetts gegangen.«

Als ich die Augen öffnete, kniff sich Henry in die Nasenwurzel, während mich Brandon mit einem vorsichtigen Blick bedachte, als hätte er Sorge, ich könnte jeden Moment wieder anfangen zu weinen. Wovon ich, wenn ich ehrlich war, nicht weit entfernt war.

»Ich glaube, du solltest die Geschichte von vorn erzählen«, sagte Henry schließlich. »Wenn es für dich okay ist.«

Und das tat ich. Ich erzählte ihnen von unserem ersten Aufeinandertreffen, dem ursprünglichen Deal, ihnen nichts zu verraten, und dem Angebot, mir mit dem Flugschein zu helfen. Von den No Questions Asked, die darauf folgten. Wie wir uns langsam, aber sicher ineinander verliebten und wie er immer weniger davon gesprochen hatte, zu gehen. Ich deutete an, dass es einen Grund gab, aus dem er sich verpflichtet fühlte, zurückzumüssen. Was die Ursache für seine Narbe war und wieso er sich so schuldig fühlte, erzählte ich nicht. Als ich unsere Seite des Aufeinandertreffens am Runyon Canyon schilderte und mich daran erinnerte, wie glücklich wir kurz zuvor gewesen waren, schnürte sich mir die Kehle zu. Den Abschied hielt ich kurz, da sich jedes Wort, das ich darüber verlor, wie ein Pfeil in meinen Hals bohrte und meine Stimme schwächer werden ließ.

»Fuck«, murmelte Brandon und rieb sich über das Gesicht.

»Er liebt euch«, sagte ich leise. »Hat er immer und tut er immer noch. Er hat nicht den Kontakt abgebrochen und seine Rückkehr verheimlicht, weil er es *wollte*. Er hat sich nur nicht anders zu helfen gewusst.«

Henry fuhr eine Kerbe im Holz nach. »Ich wünschte, wir hätten das früher gewusst. Dann hätten wir anders reagieren können.«

So war das im Leben, nicht wahr? Man hatte nur eine einzige Chance, alles richtig zu machen. Alles danach war nur Wiedergutmachung.

»Es tut mir wirklich leid«, sagte ich kleinlaut.

»Ich mache dir keinen Vorwurf, Birdie«, sagte Henry. »Wir beide tun das nicht.«

»Es gab so viel, was ich ihm hätte sagen sollen …«, überlegte Brandon. Und damit war er nicht allein. In den letzten Momenten mit Jamie hatte es Hunderte Sätze gegeben, die mir gleichzeitig in den Sinn gekommen waren … und die ich nun nie aussprechen würde. *Ich verstehe, wieso du das tust, aber ich hasse, was du dir, mir und deinen Liebsten damit antust.*

»Kannst du uns sagen, was wirklich zwischen dir und Aiden vorgefallen ist?«, fragte Brandon nun, setzte sich neben mich auf die Bank und stützte das Kinn auf seiner Hand ab.

Ich nickte. Eine weitere Wunde aufzureißen, machte nun auch keinen Unterschied mehr.

»Ich habe euch nicht die ganze Wahrheit über ihn gesagt«, begann ich. »Er hat mich nicht gut behandelt. Nichts war ihm wichtiger als die Meinung der anderen, und langsam, aber sicher hat er mich mit zuckersüßen Worten dazu gedrängt, mich zu verändern. Damit ich in die Form passte, die den Namen *Aidens Vorzeigefreundin* trug. Es hat schleichend angefangen, und ich schäme mich, dass ich den Wendepunkt verpasst habe, aber plötzlich hat er mir vorgeschrieben, was ich anziehen soll. Wie ich mich schminken soll. Gegen Ende wurde es immer schlimmer. Er hat in Restaurants für mich bestellt, weil er der Meinung war, dass ich zu viele Kohlenhydrate essen würde. Er hat mich auf den Bildern, die er von uns gemacht hat, bearbeitet, bevor er sie hochgeladen hat. Hat meine Taille schmaler, meine Lippen und meine Oberweite voller gemacht.« Ich holte tief Luft. »Er ... er hat gesagt, dass ich öfter mit ihm schlafen muss, wenn ich nicht will, dass er sich anderweitig umsieht. Dass ich mir ... währenddessen mehr Mühe geben soll.«

Ich würgte die Worte hervor, wich den Blicken meiner Brüder aus und ließ den Blick auf Henrys Hände gerichtet, die er inzwischen auf dem Tisch zu Fäusten geballt hatte. »Er ist nie laut geworden. Nie handgreiflich. Aber seine Worte haben mich immer, immer kleiner gemacht, bis ich mich selbst nicht mehr erkannt habe. Das Einzige, was ich wusste, war, dass seine Vorstellung von mir nicht die Robin war, die ich sein wollte. Also habe ich meine letzten Kräfte zusammengenommen und mich von ihm getrennt.« Eine Träne tropfte auf den Tisch. »An diesem Abend hat er mir die schlimmsten Sachen an den Kopf geworfen. Ich sei nie sein Typ gewesen. Er wollte eine feminine Frau, die nicht glaubte, dass sie alles besser wüsste. Tragisch, da feminin in seinen Augen ein Synonym für unterwürfig ist. Seine letzten Worte an mich waren: *Kein Wunder, dass ich dich betrügen musste.*«

Kaum hatte ich den Satz unter Tränen hervorgebracht, stand Henry auf, quetschte sich neben mich auf das kurze Ende der Bank und zog mich an seine Brust. »Robin. Fuck.«

»Wir haben mit ihm abgehangen, als wäre er ein guter Freund«, sagte Brandon und schüttelte immer wieder den Kopf.

»Das ist meine Schuld«, flüsterte ich. »Wenn ich euch gleich die Wahrheit gesagt hätte …«

»Hör auf«, unterbrach mich Henry. »Kein Wunder, dass du nicht sofort zu uns gerannt und uns all das erzählt hast. Das kostet Unmengen an Kraft, Birdie.«

Ich richtete mich auf. Meine Tränen hatten dunkle Flecken auf Henrys Shirt hinterlassen. »Ich hatte Angst, dass ihr mich wieder als zu sensibel abstempelt. Dünnhäutig. Ihr seht mich noch immer als das kleine, unsichere Mädchen von damals, das nicht verkraftet hat, dass Mom gegangen ist.«

Ein Ausdruck tiefen Schmerzes zeichnete sich auf Henrys Gesicht ab. »Nachdem … Mom uns verlassen hat, war meine Bewältigungsstrategie, abzuhärten. Stärker zu sein als der Schmerz. Ich dachte, indem ich das an dich weitergebe, helfe ich dir, dabei bist du anders als ich. Mutiger. Ich wollte dich nur vor noch mehr Schmerz beschützen. Dabei hätte ich dir einfach zuhören und für dich da sein sollen.«

Brandon legte eine Hand auf meinen Rücken. »Und mir tut es leid, dass wir dir das Gefühl gegeben haben, dich uns nicht anvertrauen zu können. Du warst ziemlich allein damit, denke ich.«

»Danke«, hauchte ich.

»Du hast das damals mit Mom gut gemacht, Robin«, sagte Henry. »Du warst so jung. Tut mir leid, falls ich dir das Gefühl gegeben habe, dir seitdem nichts zuzutrauen, denn das ist Quatsch. Ich bin seitdem nur etwas …«, er kratzte sich am Hinterkopf, »… überfürsorglich. Ich werde an mir arbeiten.«

»Und Aiden werden wir selbstverständlich nie wieder sehen«, fügte Brandon hinzu. »Genau wie Addison. Sag mal, hat sie sich seitdem eigentlich bei dir gemeldet?«

Ich schüttelte den Kopf. »Nicht ein einziges Mal. Wie kommst du damit klar, dass sie …«

»Mit Aiden schläft?« Er schnaubte. »Ich war naiv genug, zu glauben, dass da zwischen uns wirklich etwas ist. Aber vielleicht ist sie nur eine gute Schauspielerin, die sich alle Optionen offenhält, bis sie sich festlegen will.« Er drückte sich mit Daumen und Zeigefinger auf die geschlossenen Augen. »Ich kann nicht fassen, dass ich dich nur ihretwegen nie gefragt habe, ob du zu den Treffen mitkommen möchtest. Ich dachte nur … Ich dachte, wenn du nicht dabei bist, kann ich ihr näherkommen. Dämlich, ich weiß.«

»Mir war nicht bewusst, dass du dich so ausgeschlossen gefühlt hast, bis du es gesagt hast. Ich hätte wohl etwas sensibler sein können«, fügte Henry hinzu. »Und das mit dem Flugschein tut mir auch leid. Wir sind solche Idioten, dass wir dich nicht ernst genommen haben. Ich bin unglaublich stolz auf dich, und es gibt absolut keinen Grund, warum du das nicht schaffen kannst, Robin. Im Gegenteil.«

Ich schüttelte mit einem bitteren Lachen den Kopf. »Tja, das hat sich jetzt wohl eh erledigt. Ihr hattet recht, ich bin dafür nicht gemacht.«

Brandon versteifte sich. »Was soll das heißen?«

Ich rieb mir über die Stirn. »Ich habe mich vorhin abgemeldet.«

»Was?«, sagte Henry so laut, dass es von den Bäumen widerhallte. »Wieso? Wegen Jamie?«

Ich ließ die Schultern sinken und konnte förmlich spüren, wie sich die beiden über meinen Kopf hinweg einen Blick zuwarfen. »Ich wünschte, es wäre nicht so, aber … er hat an mich geglaubt, und jetzt, da er weg ist, fühlt sich die Hürde wieder genauso unüberwindbar an wie zu Beginn.«

Henry zog fragend eine Braue hoch.

»Wenn ich von der NASA übernommen werden will, brauche ich einen Flugschein«, setzte ich zu einer Erklärung an. »Das ist quasi … eine Grundvoraussetzung.«

»Robin …«

»Ich weiß«, seufzte ich sofort. »Aber es ist nicht so schlimm. Ich könnte ein Praktikum machen. Vielleicht habe ich ja auch ohne Flugschein eine Chance.« Es fühlte sich an, als würde ich gegen mich selbst ankämpfen. Meine Zweifel gegen meine Träume.

»Du darfst das jetzt nicht aufgeben«, sagte Henry, der in seinem Leben noch keine Aufgabe unvollendet gelassen hatte. *Geht nicht gibt's nicht* hatte jahrelang an seiner Zimmertür gestanden. »Dein Erfolg hängt nicht von Jamie ab.«

»Nein, aber davon, ob ich an mich glaube oder nicht. Und als er gegangen ist, ist mir bewusst geworden, dass ich es nicht tue.« Ich sah auf meine Hände hinab. »Es ist ja nicht so, dass ich mein Studium abbreche«, flüsterte ich.

Eine Pause entstand. »Lass uns das Wochenende zu Dad fahren«, schlug Brandon vor. »So wie es geplant war.«

»Okay.« Ich nickte. »Ich muss nur Sydney Bescheid sagen, dass ich doch nicht übers Wochenende an der Chamberlin bleibe.«

Vielleicht würde mir etwas Abstand vom Campus ganz guttun. Es gab einfach zu viele Orte, die ich mit Jamie verknüpfte. Hoffentlich würde irgendwann eine Zeit kommen, in der ich nicht mehr an ihn denken musste, wann immer ich den Flugplatz sah. Oder das Observatorium. Oder den Parkplatz.

Henry stand auf und reichte mir seine Hand, die ich dankend nahm. Er zog mich auf die Beine – irgendwie auch im übertragenen Sinne.

Gemeinsam machten wir uns über den Pfad auf den Weg zurück zum Wagen.

»Es war dämlich zu glauben, dass Jamie dieses Mal bleiben würde, oder?«, fragte ich.

Brandon zog eine Schulter hoch. »Ich weiß nicht, ob das dämlich war. Lieber rennt man los und fällt hin, als für immer stehen zu bleiben. Denn ja, vielleicht stolpert man, und es tut kurz weh, aber danach ist man immerhin weitergekommen.«

»Mein Bruder, der Poet«, scherzte Henry, was Brandon grinsen ließ.

»Ich habe meine Momente. Wenn ich nicht gerade mit gebrochenem Herzen durch den Park streife wie ein verwundetes Tier, versteht sich.«

Ich schlang während des Gehens einen Arm um seine Taille und sah zu ihm hoch. »Du musst mir echt nicht alles nachmachen, weißt du?«

Brandon lachte. »Was habe ich mir nur dabei gedacht.«

Am Auto angekommen, legte ich den Kopf in den Nacken und sah zu den Baumkronen hoch. »Niemand warnt einen vor, wie scheiße es sich anfühlt, verlassen zu werden.«

»Wir bleiben«, sagte Henry und drückte meine Schulter. »Immer.«

»Na ja, ihr seid ja auch genetisch dazu verpflichtet, mich zu mögen«, gab ich zurück.

»Eigentlich nicht.« Brandon legte den Kopf schief. »Wir sind eher genetisch dazu verpflichtet, dich vom Dach zu stoßen, um mehr Nudelsalat und Aufmerksamkeit von unseren Eltern zu bekommen.«

»Was?« Ich runzelte verständnislos die Stirn. »Wir sind doch keine Vögel.«

»Sagt das Rotkehlchen«, murmelte Henry, stieß dann grinsend gegen meine Schulter, während Brandon meine Haare durcheinanderbrachte.

»Komm. Wenn du schon hier bist, kannst du auch helfen, die Hecke zurückzuschneiden«, meinte Brandon und gab mir mit einem Nicken zu verstehen, dass ich einsteigen sollte. »Wir können ein weiteres Paar Hände gut gebrauchen.«

Ich wusste genau, weshalb er das tat. Und als er mich über die geöffnete Autotür hinweg anlächelte, lächelte ich trotz des schwarzen Lochs in meiner Brust zurück. Vielleicht gab es ja doch ein paar Dinge, die nicht davon verschluckt wurden – und meine Brüder gehörten dazu.

»Ich fahre«, verkündete Henry.

Brandon sog empört die Luft ein. »Spinnst du? Mein Truck, mein Park – *ich* fahre.«

»Ich bin älter. Und das hier ist ganz bestimmt nicht *dein* Park. Außerdem bin ich Polizist.«

Brandons Lache hallte durch den Wald. »Ach ja? Was willst du machen?«

»Ich habe Handschellen.«

»Und jetzt? Willst du damit ein Reh verhaften?«

Nachdem sich Brandon durchgesetzt hatte und auf der Fahrerseite eingestiegen war, blieb ich neben der geöffneten Autotür stehen und atmete ein letztes Mal tief durch.

Wie sollte ich jemals aufhören, daran zu denken, was hätte sein können? Und wann würde der Schmerz endlich gehen?

Doch möglicherweise war das einfach die falsche Sichtweise.

Vielleicht mussten alle Gefühle einfach einmal beachtet und gesehen werden, bevor sie weiterziehen konnten.

Vielleicht sollte man jede Emotion, die man in die Finger bekommen konnte, mit ganzem Herzen spüren, als wäre das unsere einzige Aufgabe auf dieser Welt.

Und vielleicht war das in einer Gesellschaft, die Gefühle als Schwäche ansah, der ultimative Akt der Rebellion.

Kapitel 46

»NAVIGATIONSSATELLIT«

(Oder: Wie ich mich neu orientiere)

Meiner Meinung nach war es treffend, dass man bei romantischen Begegnungen davon sprach, dass die Chemie stimmen musste. Es war wie beim Entzünden eines Streichholzes: Das Kaliumchlorat und der Schwefel im Streichholzkopf reagierten bei Reibung mit dem Phosphor auf der Schachtel. Getrennt erzeugten die Stoffe keine chemische Reaktion – die Reibung war es, die genügend Wärme entstehen ließ, um das Phosphor umzuwandeln und das Streichholz zum Brennen zu bringen.

Genau wie bei Menschen. Es benötigte Reibung, da zwischen zwei Personen, deren Beschaffenheiten zu ähnlich waren, kein Funke entstehen konnte.

Jamie und ich waren bei unserem Aufeinanderprallen offenbar etwas zu leicht entzündlich gewesen; die chemische Reaktion hatte das Streichholz sofort entzündet. Indem er gegangen war, war die Flamme jedoch nicht einfach wieder erloschen. Ich wusste ganz genau, dass die Spitze auch Jahre später noch glühen würde – jederzeit bereit, einen Flächenbrand zu entfachen.

Weshalb ich insgeheim jeden Tag hoffte, dass er zurückkehren würde. Ich hoffte bei jedem eingehenden Anruf, seinen Namen auf dem Display zu sehen. Hoffte bei jeder Mail, seinen Nachnamen im Absender zu lesen. Hoffte, dass er eines Tages Steine an mein Fenster werfen und zu mir hochschreien würde, dass es ihm leidtat und er nun für immer zurück nach Los Angeles ziehen würde.

Leider war mein Leben kein Film. Und wenn es einer wäre, wäre die Regisseurin ziemlich grausam.

Es fiel mir schwer, es zuzugeben, aber insgeheim wartete ich auf ihn ... und das führte nur dazu, dass ich überall glaubte, ihn zu sehen. Ich sah sein Gesicht beim Einkaufen und erkannte erst auf den zweiten Blick, dass er es nicht war. Entdeckte seine schwarz gekleidete Silhouette am Straßenrand und spürte, wie mein Herz kurz aussetzte – bis ich erkannte, dass die Person Jamie nicht im Geringsten ähnelte. Hörte seine Stimme in den Fluren der Uni. Dachte bei jedem schwarzen Motorrad, das mir entgegenkam, dass es seines war.

Währenddessen machte das Leben weiter, als wäre nichts geschehen. Ich lachte, wann immer Brandon während der wöchentlichen Treffen zu Hause versuchte, Dad aus seiner Komfortzone zu locken. Ich sah zu, wie Dylan und Sydney sich darüber stritten, wer den Truck putzen musste. Grinste über den Schock in Sydneys Augen, als Page ihr endlich beichtete, dass sie *Interstellar* noch nicht gesehen hatte. Beobachtete, wie Sydney Page immer öfter von der Seite betrachtete, wenn sie dachte, niemand sähe hin. Sah mir *Interstellar* mit Page, Sydney und Dylan auf der Dachterrasse an. Fiel Henry um den Hals, nachdem er meinen Wagen hatte reparieren lassen. Wandte den Blick ab, wann immer ich am Flugplatz vorbeikam und sich mein Herz wehmütig zusammenzog. Beobachtete die Setzlinge im Gewächshaus dabei, wie sie immer höher wuchsen. Sah mir eine ganze Staffel *The White Lotus* an. Blickte jedem Flugzeug nach und dachte dabei an Jamie, versuchte, den Gedanken an ihn jedoch mit ihnen ziehen zu lassen. Ich ging mit Page joggen. Sprach mit Dad über das, was passiert war. Half ihm beim Reifenwechsel seines Wagens, obwohl er garantiert keine Unterstützung gebraucht hätte, und gab mit meinem Wissen über Kühlerschläuche an. Fuhr mit Sydney, Dylan und Page an den Strand. Schmunzelte, als ich sah, dass Sydney nun Page genauso beäugte wie Page neulich sie am Santa Monica Pier. Lud sie alle danach zu unserem wöchentlichen Abendessen ein, wo sie meine Familie kennenlernten. Lächelte, als Dad und Odette danach fragten, ob sie das nächste Mal wieder zum Essen kämen. Lächelte breiter, als Sydney, Dylan und Page mich dasselbe fragten. Lenkte meinen Wagen ziellos durch Los Angeles und vermied Orte, die ich mit Jamie verband. Besuchte Brandon im Park und sah ihm bei der Arbeit zu. Pflückte Orangen mit Odette. Lernte für meine Prüfungen. Schrieb meine Hausarbeit zu Ende.

Und irgendwann, an einem sonnigen Dienstag im Oktober, fünf Wochen nach Jamies Abschied … hörte ich endlich auf zu warten.

Kapitel 47

»MISSION CONTROL«

(Oder: Wie ich etwas Struktur zurückerlange)

Der Oktober in Los Angeles war mein liebster Monat. Die Stadt war nicht mehr so überfüllt wie im Sommer, die Temperatur war angenehm warm, aber nicht brütend heiß.

Es war Samstagabend, als ich mit Odette vor einem ihrer Beete im Garten kniete und half, das Unkraut auszureißen. Inzwischen verbrachten Brandon und ich jedes zweite Wochenende zu Hause. Das wöchentliche Abendessen fand auch wieder regelmäßig statt – zwar ohne Addison, aber dafür mit Sydney, Dylan und Page, die sich innerhalb kürzester Zeit so gut an die freien Plätze am Tisch eingefügt hatten, dass es mir vorkam, als wäre es nie anders gewesen.

Dylan unterhielt sich mit Dad und Odette meist übers Kochen und schwärmte stundenlang von dem Nudelsalat. Bevor wir wieder zum Campus fuhren (inzwischen ließen sie sich sogar mit meinem Wagen mitnehmen), steckte Odette ihm immer eine volle Box davon so geheimnistuerisch zu, als handelte es sich um einen Drogendeal. Sydney verstand sich besonders gut mit Brandon, was mich nicht wunderte, da sie sich in vielerlei Hinsicht ähnlich waren. Wenn Dylan nicht gerade über Essen sinnierte, sprach er mit Henry über Sicherheitsrisiken – ein weiteres Thema, das ihm am Herzen lag.

Page hatte den Platz neben mir eingenommen. Den, auf dem Addison immer gesessen hatte. Brandon hatte mich bereits gefragt, ob Page Single war, worauf ich ehrlich gesagt keine richtige Antwort hatte. Single, ja. Aber so, wie sie in letzter Zeit immer öfter Sydneys Nähe suchte, fragte ich mich, wie lange noch.

»Wie kommst du zurecht?«, fragte Odette und klopfte die Erde rund um den Thymian glatt.

Noch am Labour-Day-Wochenende hatte ich Dad und ihr alles erzählt. Angefangen mit Jamie bis hin zum Flugschein und schließlich dem Aufeinandertreffen mit Brandon und Henry. Von der blutigen Lippe hatte ich Dad erst gar nicht erzählen wollen, weshalb es schließlich Brandon gemacht hatte. Spoiler Alert: Dad war *nicht* begeistert gewesen. Auch nicht, nachdem Brandon ihm gesagt hatte, dass er mir längst angeboten hatte, ihm mit einem Ast eins überzuziehen.

»Es geht schon«, sagte ich und unterdrückte einen tiefen Seufzer. »Die Uni lenkt mich ab.«

»Aber …«, begann sie mit sanfter Stimme.

Ich zog mir die mit Erde bedeckten Handschuhe aus. »Aber dieses schwarze Loch in mir ist immer noch da. Und langsam glaube ich, dass es nie wieder weggehen wird.«

Sie zog ihre Handschuhe ebenfalls aus, richtete das Band, das ihren Afro zurückhielt, und streichelte mir dann mit ihrer warmen Hand über den Rücken. »Das ist okay, Robin.«

»Wir haben nicht mal viel Zeit miteinander verbracht.«

»Das macht es nicht weniger schmerzhaft«, gab sie zurück. »Oder misst du die Stärke eines Gefühls an der Dauer, mit der es auftritt?«

»Nein, es …« Ich brach ab, weil mir wieder die Tränen kamen. Er war seit eineinhalb Monate fort, und noch immer konnte ich kaum über ihn sprechen, ohne zu weinen. Erbärmlich.

Odette zog mich in eine Umarmung, ich schloss die Augen. Meine Knie bohrten sich in das trockene Gras, der Duft ihrer Gesichtscreme stieg mir in die Nase, und für einen kurzen Moment fiel es mir leichter, die Last des Ganzen zu tragen.

Odette war hier. Und wenn ich genau darüber nachdachte, war sie es immer gewesen.

Ich hatte sie immer ein wenig auf Abstand gehalten, da ich mich meiner leiblichen Mom gegenüber schuldig gefühlt hatte. Dabei war sie gegangen, während Odette immer an unserer Seite gewesen war. Ja, die beiden waren beste Freundinnen gewesen, aber was für eine Rolle spielte das überhaupt? Mom hatte Odette ja schließlich auch zurückgelassen. Und was konnte Odette schon dafür, dass sich das Streichholz entzündet hatte, als sie mit Dad zusammengestoßen war?

Es war lächerlich zu glauben, dass Eltern immer alles richtig machen mussten – es war schließlich auch *ihr* erstes Mal auf dieser Erde. Und es kam nicht darauf an, wer seine DNA mit dir teilte, sondern nur, wer am Ende des Tages wirklich für dich da war.

Viel zu viel Zeit hatte ich damit verbracht, zu glauben, dass ich Mom etwas schuldig war. Aber das stimmte nicht. Odette war meine Mom. Meine Schuldgefühle hatten mich nur davon abgehalten, das zu sehen.

Ich erlaubte mir, mich in ihre Umarmung fallen zu lassen. »Danke, dass du hier bist, Odette«, flüsterte ich. »Du bist die beste Mom, die ich mir hätte wünschen können.«

»Oh, Robin«, keuchte sie und drückte mich noch ein wenig fester, ehe sie mich eine Armlänge von sich entfernt hielt. »Ich hab mir immer eine Tochter gewünscht und danke Gott jeden Tag, dass er mir dich geschickt hat.«

Ich schlang erneut meine Arme um sie und ließ meine Tränen in ihren dunkelroten Feinstrickpullover sickern. Ich hatte keine Ahnung, wie lange wir vor dem Beet knieten und einander in den Armen lagen. Alles, was ich wusste, war, dass auch ich dankbar war. Und dass ich hoffte, irgendwann so liebevoll, weise und im Reinen mit mir selbst zu sein, wie sie es war.

***

Wenige Stunden später saß ich über mein Tablet gebeugt am Küchentisch und schrieb mir die chemischen Eigenschaften der biogenen Elemente zusammen, während Odette die Schale der letzten Orangen abrieb, die wir vom Baum gepflückt hatten. Inzwischen roch das ganze Haus danach. Dad hatte eine Spätschicht und war noch auf dem Revier, Brandon war mit einer Freundin in Downtown essen, und Henry … keine Ahnung, was Henry heute vorhatte. Trotzdem würde ich behaupten, dass sich unsere Beziehung seit der Aussprache im Park deutlich verbessert hatte.

Dass einem jemand fehlte, merkte man daran, dass man immer wieder das Bedürfnis hatte, der Person etwas zu erzählen … nur um dann festzustellen, dass es nicht mehr ging. Dabei gab es so viel, was ich ihm erzählen wollte.

Hey, Jamie. Ich verstehe mich wieder besser mit Brandon und Henry. Und weißt du was? Ich habe die volle Punktzahl in meiner Hausarbeit erhalten, von der ich dir erzählt habe: Die Rolle von Aminosäuren in der Entstehung des Lebens – Vergleich der Erde mit potenziell lebensfreundlichen Exoplaneten. *War ein Hit. Ach, und ich war Paintball spielen mit Sydney und Dylan, wobei Sydney wie eine Kriegerin gekämpft und Dylan fast ausgeflippt ist, da er Farbtupfer auf das Lederband seiner Uhr bekommen hat. Oh, und Mister Price hat mich gefragt, weshalb ich meinen Flugschein nicht mehr machen will, woraufhin ich nur gesagt habe, dass ich aus familiären Gründen aktuell keine Zeit dafür finde. Ziemlich armselig, oder?*

Vermutlich war es besser, dass ich ihm all das nicht sagen konnte.

Okay, das wird heute nichts mehr, dachte ich resigniert und sperrte gerade mein Tablet, als es an der Tür klingelte. Odette und ich tauschten einen verwunderten Blick.

»Soll ich, oder …?«

Ich sprang auf. »Nein, alles gut, ich gehe.«

»Schau aber erst nach, wer es ist, bevor du öffnest«, rief sie mir in den Flur hinterher.

Mein Herz klopfte mir bis zum Hals, als ich durch das Guckloch linste … und ein vertrautes Gesicht sah.

Oh. Ich schluckte hart und öffnete die Tür.

Addison trug ein knappes schwarzes Top, eine rote Jeans und farblich dazu abgestimmten Lippenstift. In der einen Hand hielt sie ein Glas Erdnussbutter, mit der anderen winkte sie halbherzig. »Hey, Robin. Ähm, können wir reden?«

Ich schluckte. Wie lange hatten wir uns nicht mehr gesehen? Über einen Monat? Länger? Es war seltsam fremd und vertraut zugleich, sie nun vor mir zu sehen.

»Okay«, entgegnete ich heiser, nachdem ich mich aus meiner Schockstarre gelöst hatte. »Komm rein.«

»Wer ist – oh.« Odette blieb im Flur stehen. »Hi, Addison.« Sie legte mir eine Hand auf die Schulter. »Ich gehe hoch.«

»Nein, du musst nicht –«

»Alles gut, Robin«, versicherte sie, stieg die knarzende Treppe nach oben und ließ uns allein.

Addison und ich setzten uns an den Küchentisch, das ungeöffnete Erdnussbutterglas zwischen uns wie ein Relikt einer längst vergangenen Zeit. Ich legte zwei Löffel daneben, dabei wussten wir beide, dass wir das Glas nicht öffnen würden. Aktuell würde mir die Erdnussbutter ohnehin nur im Hals stecken bleiben.

»Du siehst gut aus«, sagte Addison und lächelte.

»Danke, du auch.« Seltsam, wie man einer Person, mit der man immer am liebsten gesprochen hatte, plötzlich nichts mehr zu sagen hatte.

Sie rieb sich über die Stirn. »Robin, es tut mir leid. Ich hätte es dir sagen sollen. Das mit Brandon und ...«

»Aiden«, beendete ich ihren Satz, da sie seinen Namen vor mir offenbar nicht über die Lippen brachte.

»Ich ... das war nicht geplant, wir –«

»Du musst keine Erklärungen für etwas suchen, das längst geschehen ist.«

Sie presste die Lippen aufeinander. »Ich hatte nicht geplant, mit ihm zusammenzukommen –«

Meine Augen weiteten sich. »Ihr seid *zusammen*?« Langsam ergab alles Sinn. Kein Wunder, dass sie mich bei den Treffen mit der Clique nicht dabeihaben wollte – nur so hatte sie Aiden näherkommen können.

Sie nickte, den Blick auf das Erdnussbutterglas gerichtet.

Ich wartete, bis der Stich in meinem Herzen verebbte, und holte dann wieder Luft. Ich fragte mich, wieso sie sich trotz meiner Erzählungen auf ihn einließ. Andererseits gab es immer wieder Menschen, die trotz schwerer Wetterwarnungen auf Gipfel stiegen. Vielleicht schenkte sie seinen Worten auch einfach nur mehr Glauben als meinen. Jedenfalls verstand ich nun, dass Freundschaft für Addison und mich unterschiedliche Dinge bedeuteten.

Manche Menschen wollten nur einen Spiegel, in dem sie sich in einem bestimmten Licht betrachten konnten. Und anscheinend war ich nicht mehr als das für sie gewesen.

Ich friemelte an der Tischdecke herum, verschränkte dann meine Hände vor mir auf dem Tisch und sah sie direkt an. Ich würde Konflikten nicht mehr aus dem Weg gehen. »Ich kann nicht mit dir befreundet sein, wenn du mit Aiden zusammen bist. Das … es geht nicht, und ich denke, das weißt du.«

Sie nickte. Entschied sich damit für ihn und gegen mich.

»Außerdem hast du meinem Bruder das Herz gebrochen, mich angelogen, und ich frage mich …« Ich holte tief Luft. »Ich frage mich, ob unsere Freundschaft nicht ohnehin ihre Endstation erreicht hat.«

Was einem niemand sagte, war, dass die wenigsten Freundschaften für die Ewigkeit bestimmt waren. Wieso wunderte man sich immer wieder über Veränderungen, wo es doch genau das war, woraus das Leben bestand? Hunderte Wandlungen, Verbesserungen, Neubeginne und kaum Luftholen dazwischen.

Ich hatte endlich verstanden, dass Addison so lange der Hauptcharakter in meinem Leben sein würde, bis ich mich selbst an die erste Stelle setzte. Immer wieder hatte ich mich für andere verstellt und somit für andere gelebt. Wenn man die Meinung jeder Person berücksichtigte, war man kein eigenständiger Mensch, sondern ein Mosaik aus Charakterzügen.

Addison hatte nicht *mich* gemocht, sondern die Version von mir, die ich versucht hatte, für sie zu sein. Aber das war genauso viel wert, wie gar nicht geliebt zu werden. Lieber mochte mich keiner als Hunderte für etwas, in das ich mich hineinquetschen musste wie in ein zu enges Korsett.

Ich griff über den Tisch hinweg und nahm ihre Hand. »Ich würde mir wünschen, dass du so schnell wie möglich Abstand von ihm nimmst. Gerade, weil du weißt, dass die Zeit mit ihm beinahe mein Selbstwertgefühl zerstört hat. Aber im Endeffekt musst du deine Erfahrungen selbst machen. Ich hoffe nur, dass du nicht dasselbe erleben musst.«

»Es tut mir leid, Robin«, sagte sie beinahe tonlos. Als würde sie sich bei mir im Voraus entschuldigen, die falsche Entscheidung getroffen zu haben.

»Pass auf dich auf, Addi«, entgegnete ich mit überraschend starker Stimme.

Wenige Momente später beobachtete ich, wie sie in ihr weißes Mini Cabrio stieg und aus der Ausfahrt fuhr.

Ich schlang die Arme um mich selbst. Vor Aiden war ich Optimistin durch und durch gewesen. War immer der Meinung gewesen, dass es für alles einen guten Grund gab und ich immer dort war, wo ich sein sollte. Wo war diese Robin hin? Wie hatte ich vollkommen vergessen können, wer ich war und was mich ausmachte?

Inzwischen kannte ich die Antwort auf diese Frage.

Ich hatte in jeden Spiegel geschaut und dort nach einem Fragment von mir gesucht – bis ich verstanden hatte, dass man sich nur dann richtig sehen konnte, wenn man die Augen schloss.

Kapitel 48

»OLYMPUS MONS«

(Oder: Wie ich über mich hinauswachse)

Als ich am nächsten Tag zu Hause in Glendale aufwachte, spürte ich, dass etwas anders war als sonst. Anstatt der trägen Dunkelheit, die es mir in den letzten Wochen schwer gemacht hatte, aus dem Bett zu kommen, durchströmte mich eine Art … rastlose Energie.

Ich richtete mich auf, strich mir die Haare aus dem Gesicht und sah an den Vorhängen vorbei in den hellblauen Himmel. *Worauf wartest du eigentlich, Robin? Dass es dir eines Tages schlagartig besser geht? Dass du eines Morgens aufwachst und Jamie vergessen hast?*

Wie lange war es her, dass ich etwas nur für mich getan hatte? Wenn man sein Leben nicht selbst in die Hand nahm, entglitt es einem. Ich hatte es satt, mich wie der Nebencharakter zu fühlen.

Und ich wusste schon genau, wie ich das ändern wollte.

Eine halbe Stunde später saß ich in meinem Cabrio und fuhr aus Los Angeles heraus. Ich nahm die Strecke über Thousand Oaks und ließ den Wind durch meine Haare wehen, beide Hände entschlossen am Lenkrad. Als ich Ventura erreichte, überkam mich eine Erinnerung so kalt wie ein Schwall Eiswasser. *Ich hab dir gesagt, dass du es kannst, und jetzt schau dich an – du fliegst gerade über Ventura*, sagte Jamie in meinen Gedanken. Anstatt die Erinnerungen gewaltsam wegzudrücken, ließ ich sie zu und wartete ab, bis sie von selbst verschwanden. Was sie zwischen

Casitas Springs und Oak View tatsächlich irgendwann taten. Ich fuhr die gesamte Strecke, die wir damals geflogen waren, mit dem Auto ab, und irgendwie war das seltsam heilend.

Als ich das Ortsschild von Ojai passierte, schlug mir das Herz vor Vorfreude bis zum Hals. Ich hatte die Stadt immer sehen wollen, bisher aber nie besucht, obwohl sie gerade einmal eineinhalb Stunden von Los Angeles entfernt war.

Begierig sog ich die Landschaft in mich auf. Hügel umrandeten ein grünes Tal, Orangenbäume reihten sich auf Plantagen aneinander – tiefes Orange wechselte sich mit dem satten Grün der Baumkronen und dem kräftigen Violett der Blüten am Straßenrand ab. Ich fuhr durch die Hauptstraße, die von kleinen Shops gesäumt war, und passierte eine Kirche aus weißem Stein. Auf einem Parkplatz am Fuße eines Hügels parkte ich meinen Wagen, verstaute mein Handy im Handschuhfach und machte mich auf den Weg nach oben.

Den sandigen Boden unter meinen Sohlen und die Sonne auf meiner Haut zu spüren, war genau das Richtige, um nicht in dunklen Gedanken zu versinken. Sonnenlicht fiel durch das Blätterdach und verlieh dem Ort eine beinahe magische Atmosphäre. Als die Steigung zunahm, wurde meine Atmung immer lauter.

Aber ich gab nicht auf und kämpfte mich weiter nach oben, bis ich ein Plateau erreichte, das direkt an eine abschüssige Orangenplantage grenzte. Ich pflückte eine Orange, die schwer in meiner Hand wog, und setzte mich auf die Holzbank am Rand.

Hier, weit weg von Los Angeles, waren meine Gedanken mit einem Mal klarer. In den letzten Wochen hatte ich mich oft gefragt, weshalb ich immer wieder aufs Neue enttäuscht wurde. Von Mom, Addison, Aiden, Jamie. Hatte mich gefragt, ob ich mein Herz nicht doch besser schützen sollte. Ob ich misstrauischer werden sollte.

Dabei lag der eigentliche Fehler nicht in dem, was mich ausmachte, sondern in meiner Denkweise. Wenn ich mich nicht von anderen Personen abhängig gemacht hätte, wäre ich nicht derart tief gefallen. Wenn ich nicht das Bedürfnis gehabt hätte, mich zu verstellen, hätte ich früher herausgefunden, wer ich wirklich war. Ich hätte zu mir stehen müssen. Stattdessen hatte ich darauf gewartet, dass mir jemand anderes das Gefühl gab, gut genug zu sein.

Aber ich wollte meine Empfindsamkeit nicht unterdrücken. Mitgefühl, Weltschmerz, Trauer, Glück, Euphorie, Unsicherheit, Wut, Liebe … ich wollte alles. Wollte jede Empfindung spüren, bis sie mich in die Knie zwang, denn wofür sollte ich das abschwächen, was Leben für mich ausmachte? Ich wollte mein Herz nicht verschließen – egal, wie verwundbar es mich machte.

Ich straffte die Schultern.

Mein Leben lang hatte ich geglaubt, ein Mond in einer Umlaufbahn zu sein. Nachdem Mom gegangen war, waren es meine Brüder gewesen, um die sich alles gedreht hatte. Danach hatte ich in Addisons Schatten gelebt – sie der bunte Planet, ich der Trabant in ihrer Umlaufbahn. Direkt danach war Aiden gekommen; in seiner Umlaufbahn hatte ich mich am schnellsten gedreht und am meisten Schaden davongetragen. Schließlich hatte ich mit Jamie einen neuen Planeten gefunden, dem ich all meine Aufmerksamkeit geschenkt hatte. Ich hatte mich von ihm mitreißen lassen – kein Wunder also, dass ich keinen festen Boden unter den Füßen gehabt hatte, als er gegangen war.

Aber ich hatte mich getäuscht. Ich war nie ein Mond gewesen, sondern ein eigener Planet mit Umlaufbahn, und es wurde Zeit, dass ich mich in einem anderen Licht betrachtete.

Ich war sensibel, aber stark. Ich fühlte viel, aber nicht *zu* viel, weil Gefühle keine Schwäche waren. Jamie hatte mich nie als zu sensibel gesehen, und als er gegangen war, hatte ich gedacht, dass niemand mehr hier war, der mich wirklich verstand. Aber das stimmte nicht, weil *ich* hier war. Weil *ich* für mich da sein würde.

Und dazu gehörte, nicht länger zu ignorieren, was ich längst wusste: Ich war es mir schuldig, das mit dem Flugschein durchzuziehen.

Es war schön gewesen, dass Jamie an mich geglaubt hatte, aber mich darauf zu verlassen, war ein Fehler gewesen. Man durfte nicht warten, bis jemand anderes an einen glaubte.

Ich würde mir beweisen, dass ich es schaffen konnte. Ich hatte Angst, war unsicher, fühlte schon jetzt sämtliche damit verbundenen Emotionen, aber ich würde es trotzdem tun.

Tief atmete ich durch und schüttelte lächelnd den Kopf. Drehte die Orange in meiner Hand. Hörte einen Adler über mir rufen. Spürte mein Herz in meiner Brust schlagen.

Und wusste, was ich zu tun hatte.

Kapitel 49

»VOLLMOND«

(Oder: Wie ich aus dem Schatten trete)

Mister Price strahlte über beide Ohren, als ich ihn bat, mich erneut zu den Flugstunden anmelden zu dürfen. Ich wurde daraufhin Miss McKenna zugeteilt – einer zierlichen, hellblonden Frau Mitte vierzig, die sachlich an die Stunden ranging. Vor der allerersten Flugstunde ohne Jamie hatte ich drei Tage lang Bauchschmerzen, bekam die Platzrunden dann aber doch gut über die Bühne. Jamie hatte mir eben einiges beigebracht – eines der wenigen Dinge, die von ihm bleiben würden.

In den nächsten Wochen lernte ich beinahe obsessiv mit der App, bis ich die Theorie auswendig konnte. Irgendwann reichte es sogar aus, den Anfang einer Frage zu lesen, um zu wissen, wie der Rest lauten würde. Ich sah mir Videos an. Erschien zu jeder einzelnen Flugstunde. Stellte Hunderte Fragen und schrieb mir die Antworten in meine Handynotizen, um sie mir immer wieder durchlesen zu können.

Bei meiner ersten Einzelflugstunde glaubte ich zu sterben. Doch sie zeigte mir auch, dass ich mich auf mich selbst verlassen konnte. Dass ich mir *vertrauen* konnte – und das war ein wunderschönes Gefühl.

Mein neues Mantra wurde: *Mein Wille ist größer als meine Angst.* Ich sagte es mir vor jeder Einzelstunde und schließlich vor der Theorieprüfung, die im Hauptgebäude abgehalten wurde. Als ich danach auf den

Armstrong-Platz getreten war, hatten mich Dylan, Page und Sydney, die dort auf mich gewartet hatten, mit großen Augen angesehen.

»Und?«, hatte Page mit vorsichtigem Unterton in der Stimme gefragt.

»Wie war es?«, hatte Dylan wissen wollen.

»Jetzt sag endlich, Robin!«, hatte Sydney so harsch gefordert, dass es mich zum Lachen gebracht hatte.

»Ich hab bestan–« Mehr hatte ich nicht rausgebracht, da mir Page und Sydney bereits um den Hals gefallen waren.

»Keine Manieren«, murmelte Dylan, der steif danebenstand, aber so breit grinste, dass man meinen könnte, *er* hätte bestanden.

Ja, ich hatte in den letzten Wochen viel verloren.

Aber, oh Mann, hatte ich viel dazugewonnen.

Dad und Odette beschlossen, mir zur Feier der bestandenen Prüfung eine kleine Gartenfeier zu schmeißen – ganz egal, wie sehr ich protestierte, weil mir der größte und schwerste Teil noch bevorstand. Also saßen wir wie so oft in den letzten Wochen unter dem Orangenbaum versammelt, der nun keine Früchte mehr trug.

Inzwischen war es tagsüber noch warm und sonnig, dafür am Abend immer schneller kühl. Als Sydney mich am Abend der Gartenfeier nach einem Pullover fragte, bot ich ihr an, mich in mein Zimmer zu begleiten. Gerade als wir durch die Tür nach drinnen treten wollten, lachte Dylan lauthals auf und schlug erst meinem Dad und danach Henry fest gegen den Oberarm. Ich hob die Brauen und tauschte einen Blick mit Sydney, die nur die Schulter hob, als würde sie sagen wollen: *Keine Ahnung, er ist halt seltsam.*

Oben angekommen, ließ sich Sydney auf mein Bett sinken, während ich im Schrank nach einem meiner wenigen Pullover kramte.

»Um Himmels willen, Robin, ist das etwa *Dostojewski*?«, schrie Sydney plötzlich so laut, dass es durch die geöffnete Tür bis in den Flur hallte.

Ich drehte mich um und ließ lachend den lavendelfarbenen Pullover sinken. »Wieso sagst du das, als hättest du ein Kilo Koks gefunden?«

Sydney hörte mich gar nicht, sondern drehte nur das dünne Buch um, das auf meiner Bettdecke lag. »*Weiße Nächte?!* Spinnst du, oder was? *Willst* du, dass es dir schlecht geht?«

Ich hob amüsiert beide Brauen. »Wenn du mich fragst, hat die Geschichte ein Happy End.«

»Wen willst du hier verarschen? Hat sie nicht!«

Tatsächlich hatte ich sie inzwischen zwei Mal gelesen. Irgendwie hatte ich mich in der Erzählung über die kurze, aber vergängliche Liebe zwischen dem Protagonisten und Nastenka wiedergefunden. Zuerst in dem Schmerz, den er empfindet, als sie ihn verlässt – danach in der bittersüßen Hoffnung, die zwischen den Zeilen stand. »Kommt drauf an, wie man es sieht«, gab ich zurück. »Sie bricht ihm zwar am Ende das Herz, aber trotzdem ist er dankbar für die hoffnungsvollen Stunden, die sie gemeinsam verbracht haben.«

Sydneys Brauen zogen sich zusammen. »Bist du okay, Babes?«

Ich warf ihr den Pullover zu, den sie gerade noch mit einer Hand auffing. »Ja«, gab ich lachend zurück. »Schau nicht so mitleidig, das kenne ich gar nicht von dir.«

Sie erhob sich, streifte sich den Pullover über und schloss mich dann in ihre Arme. »Du machst das toll.«

»Danke.« Ich strich ihr über den Rücken. »Aber kann ich dich was fragen?«

»Immer.«

»Was ist da mit dir und Page?«

Sie stieß mich von sich. »Hör auf, vom Thema abzulenken!«

»Also was ist da?«

Sie schnaubte. »Keine Ahnung, es ist ... kompliziert. Sie ist hetero, oder nicht?«

Ich zog eine Schulter hoch. »Sind Label denn so wichtig? Wenn du es nicht ausprobierst, wirst du nie wissen, was sie für dich empfinden kann. Oder sogar schon tut.«

Sydney presste die Lippen aufeinander. »Meinst du echt?«

»Du musst es versuchen«, animierte ich sie. »Lad sie auf ein Date ein. Oder noch besser – rechne ihr eine Gleichung vor. Je komplizierter, desto besser.«

Sydney lachte auf. »Du hast recht. Niemand sonst hat einen Mathe-Kink.« Ich konnte förmlich sehen, wie der Gedanke an ein Date mit Page in ihrem Kopf immer lebendiger wurde. Sie sah auf. »Was ist mit dir? Hättest du auch mal wieder Lust, auf ein Date zu gehen? Ich meine ... er ist wie lange weg? Zweieinhalb Monate?«

Er. Sie sprachen selten seinen Namen aus, als würde es mich nur unnötig an ihn erinnern. Dabei konnte man sich an nichts erinnern, was man nie vergessen hatte. »Ist es armselig, wenn ich sage, dass ich noch nicht drüber weg bin?«

Sie schüttelte den Kopf. »Nein, ist es nicht. Die Zeit wird kommen. Irgendwann wirst du vergessen, dass es ihn überhaupt gegeben hat.«

Ich lächelte matt, umarmte sie ein letztes Mal und ging dann gemeinsam mit ihr wieder nach draußen. Die Sache war, dass ich nicht tun wollte, als hätte es ihn nicht gegeben. Er hatte mich auf den richtigen Weg geführt, mir die richtigen Denkanstöße gegeben. Wann immer ich an ihn dachte, sah ich all unsere gemeinsamem Momente vor mir und vermisste die Version, die ich mit ihm gewesen war. Aber vor allem vermisste ich ihn.

Manchmal stellte ich mir vor, dass wir es in einem Paralleluniversum geschafft hätten. Dass er dort nie gegangen wäre. Und irgendwie tröstete mich der Gedanke.

Liebe war Energie – und genau wie Energie konnte sie nicht verschwinden, sondern sich nur in etwas anderes umwandeln. Nach einer Trennung konnte man Liebe zu Hass werden lassen, aber wenn man das nicht zuließ, blieb sie einfach das, was sie gewesen war.

Also gab ich der Liebe für Jamie einen Platz in mir und fand Frieden darin, dass sich unsere Wege trotz allem gekreuzt hatten. Dass wir zwar weit voneinander entfernt waren, aber trotzdem auf demselben Planeten lebten.

Mit demselben Mond.

Derselben Atmosphäre.

Und unter denselben Sternen.

Kapitel 50

»ATMOSPHÄRENEINTRITT«

(Oder: Wie alles auf den einen Moment ankommt)

2 Monate später

Es waren angenehme neunzehn Grad, und meine Finger bebten, als wäre ich dramatisch unterkühlt.

Mein Wille ist größer als meine Angst, mein Wille ist größer als meine Angst, mein Wille –

»Einfach durchatmen, alles ist gut.« Miss McKenna legte eine Hand auf meine Schulter. »Sie sind gut vorbereitet, Miss Sunday. Sie sind bereit.«

Ich nickte stumm und ließ den Blick über die Cessna schweifen, die vor Hangar zwei stand. Es hatte nicht anders sein können – natürlich war es November Charlie Delta. Genau die Maschine, in der ich das erste Mal mit Jamie mitgeflogen war, und irgendwie schloss sich damit ein Kreis.

Weil es dein letztes Mal sein wird?, bot mein Gehirn freundlicherweise an.

Ach, halt den Mund.

»Da kommt er«, sagte Miss McKenna und wies mit einem Nicken auf das sich öffnende Tor. Hindurch trat ein großer Mann mit breiten Schultern, schwarzer Haut und kurz geschorenen Haaren. Er trug einen

Anzug mit einem NASA-Symbol an der Brust, und unter seinen garantiert eintausend Abzeichen befand sich ein goldener Flugzeugstecker.

»Oh, es ist Grant Moore«, sagte Miss McKenna.

Bei ihrem seltsamen Unterton horchte ich auf.

»Er … er ist Research- und Test-Pilot. Ist nicht dafür bekannt, der gnädigste Prüfer zu sein. Kann ich aus eigener Erfahrung bestätigen.«

Scheiße. Meine Handflächen wurden feucht.

»A-aber keine Angst. Das wird!«, fügte sie mit übertrieben hoffnungsvollem Tonfall hinzu, der uns beiden nichts vormachte.

War ja klar. Von allen Prüfern bekam ich ausgerechnet den Research- und Test-Piloten, der mit seiner undurchdringlichen Miene aussah, als wäre er nebenbei vom FBI ausgebildet worden. Grandios.

»Miss McKenna«, sagte er, bei uns angekommen, und schüttelte ihre Hand. Herrje, war der groß. »Und Sie müssen Miss Sunday sein.«

Ich nickte, nahm seine ausgestreckte Hand und verkniff mir ein Japsen, als er sie viel zu fest drückte. *Au, verdammt!* Was war das mit manchen Männern und ihrem übermäßig festen Händedruck?

Eigentlich war heute ein gewöhnlicher, sonniger Dienstagnachmittag im November – und gleichzeitig einer der wichtigsten Tage in meinem Leben.

Kein Druck, Robin.

Heute würde meine finale Flugprüfung stattfinden. Heute würde sich entscheiden, ob ich Pilotin wurde und in Zukunft eine Chance hatte, für die NASA zu arbeiten. Es war egal, ob McKenna mich für bereit erklärte – wenn Mister FBI-Pilot mich für nicht gut genug befand, wäre es alles schneller vorbei, als ich *Privatpilotenschein* sagen konnte.

»Lassen Sie uns den Papierkram erledigen, dann legen wir auch direkt los«, verkündete er und peilte den Hangar an.

Als ich dort meine Unterschrift unter die offizielle Prüfungsanmeldung gesetzt hatte, nickte er so ernst, als hätte ich gerade meine Leber verkauft. Hilfe suchend warf ich einen Blick zu Miss McKenna, die lediglich nickte. *Du kannst das*, formte sie lautlos mit den Lippen.

Sie hatte recht. Ich hatte in den letzten Monaten fast nichts anderes gemacht, als mich hierauf vorzubereiten. Ich war bereit – die Angst änderte daran nichts.

»Dann legen Sie los«, sagte Mister Moore, klemmte sich einen Stift an das Brett und nickte zu dem Schreibtisch vor uns. »Bereiten Sie uns einen Flug vor.«

Ich nickte und legte sofort los. Ich überprüfte den Luftraum, den Wetterbericht und berechnete sowohl den Treibstoffverbrauch als auch die voraussichtlichen Flugzeiten. Als ich fertig war, besprachen wir den Flugplan, mit dem er zufrieden zu sein schien. Nicht, als könnte ich ihm das von der grimmigen Miene ablesen, aber zumindest brach er die Prüfung nicht ab. Nachdem er mich einige Theoriefragen hatte beantworten lassen, wies er mit seiner rechten Hand zur Cessna.

Okay, den ersten Schritt hast du gemeistert. Mach einfach weiter. Ich sah ein letztes Mal zu McKenna, die im Hangar zurückblieb, und ging dann auf die Cessna zu. Die Schritte dorthin waren die schwersten, die ich je machen musste. Aber ich machte sie – und das war es, worauf es ankam.

Ich startete mit den Pre-Flight-Checks und versuchte auszublenden, dass mich dieses Mal nicht Jamie oder meine neue Fluglehrerin, sondern der einschüchternde Prüfer dabei beobachtete. Irgendwann machte mir nicht einmal mehr die drückende Stille etwas aus, die zwischen uns herrschte. In meinem Kopf war nämlich Jamies Stimme, die mich anwies, was ich zu tun hatte. Es waren seine Erklärungen, denen ich folgte. Seine Worte, die meinen Herzschlag beruhigten.

Alles ist gut, vertrau mir. Dir kann nichts passieren.

Mister Moore beobachtete jeden meiner Handgriffe. Meine Finger zitterten genauso stark wie zu Beginn, aber ich hatte aufgegeben, es zu unterdrücken. Gesehen hatte er es sowieso schon. Und auch wenn er wirkte, als hätte ihn in seinem Leben noch nie etwas aus der Bahn geworfen, war er bei seiner eigenen Prüfung sicher auch aufgeregt gewesen ... oder?

»Waren Sie aufgeregt? Bei Ihrer eigenen Prüfung, meine ich?« Die Worte waren aus meinem Mund, bevor ich mich stoppen konnte.

Er blinzelte, sichtlich überrascht über meine Frage. Kurz glaubte ich, er würde mich bitten, nicht mit ihm zu sprechen, als er das Wort ergriff. »Nervosität hat eine große Rolle gespielt. Das ist normal und zeigt, dass es Ihnen etwas bedeutet. Allerdings wird ein Punkt kommen, an dem Sie sich entscheiden müssen – erlangt die Nervosität Kontrolle über Sie? Oder wollen Sie das Steuer lieber selbst behalten?«

Ich nickte. *Ich werde das Steuer behalten.*

Seine Miene wurde minimal weicher. »Sie haben es bald hinter sich. Einfach Zähne zusammenbeißen.«

Ich lächelte dankbar.

»Gut, dann bringen wir den Vogel mal in die Luft.«

Ich musste angesichts des klischeebehafteten Satzes noch mehr lächeln, schnallte mich an, setzte mir das Headset auf und ging ein letztes Mal die Checkliste durch. Ich wollte mich gerade zu Mister Moore drehen und ihn fragen, ob es in Ordnung war, wenn ich nun startete, hielt mich aber gerade rechtzeitig damit zurück.

Übernimm Verantwortung, Robin. Zeig ihm, dass du deiner eigenen Einschätzung vertraust.

Ich nahm Kontakt mit dem Tower auf und erkannte sogar die Stimme des Lotsen, der gerade Dienst hatte. Ich hielt das Bodenverfahren ordnungsgemäß ein, peilte die richtige Piste an und gab die dazugehörigen Funksprüche durch. Nachdem ich uns in Position gebracht hatte, erlaubte ich mir zwei Sekunden, in denen ich einfach nur durchatmete.

Du kannst das. Mach es für dich. Für die jüngere Robin, die nie daran geglaubt hätte, dass du hierzu fähig bist. Und für alle zukünftigen Versionen, die es dir danken werden. »Cessna November Charlie Delta bereit zum Abflug«, gab ich durch.

Ich bekam die finale Startfreigabe. Und beschleunigte.

Ich war inzwischen so oft gestartet, dass es mir ins Blut übergegangen war. Trotzdem klopfte mein Herz viel zu schnell in meiner Brust, und die Zeit verging in seltsamen Intervallen, aber als wir die Flughöhe erreicht hatten, erlaubte ich mir, durchzuatmen. Viel Zeit dafür blieb allerdings nicht.

Eine Weile ließ er mich die geplante Route abfliegen, nahm dann jedoch Kursänderungen vor. Ein großer Teil der Prüfung war, nicht nur mein Können, sondern auch mein Stressmanagement unter die Lupe zu nehmen. Er wollte sehen, ob ich die richtigen Entscheidungen traf und mit den verschiedensten Stresssituationen umgehen konnte.

Er prüfte mehrere Standardmanöver wie Steilkurven und Stalls, und wir machten insgesamt vier Zwischenlandungen unter verschiedenen Bedingungen, nach denen ich direkt wieder durchstarten musste.

Als er mir beim Take-off das Gas rausnahm und damit einen Triebwerkausfall simulierte, glaubte ich, mein Herz würde mir aus der Brust hüpfen. Zwar schaffte ich es, die Situation zu bewältigen, allerdings zitterten meine Hände dabei wieder stärker, und kalter Schweiß trat auf meine Stirn. Ich wusste, dass er genau darauf achtete: *Bleibt sie ruhig? Kann sie Entscheidungen treffen? Ihre Angst bewältigen und einen klaren Kopf bewahren?*

Mir war heiß und kalt zugleich, aber ich zog es durch.

Als er mich bat, die Abschlusslandung einzuleiten, blinzelte ich überrascht. Noch nie waren zwei Stunden so schnell vorbeigegangen. Ich konnte nicht einschätzen, was er über mich dachte. Ja, die Manöver hatte ich alle bewältigt, und wir waren nicht vom Himmel gestürzt, aber bei einer Flugprüfung kam es auf mehr an als das. Prüfer achteten auf Sicherheits- und Situationsbewusstsein, Präzision und Kontrolle. Und Tatsache war nun einmal, dass ich die ganze Zeit über merkbar nervös gewesen war.

Während der Landung achtete ich wie immer auf den korrekten Anflugwinkel und die Geschwindigkeit beim Aufsetzen. Kurz nachdem die Reifen den Boden berührten, schwankten wir etwas nach links, was ich eilig auszugleichen versuchte.

Mist. Nicht ideal.

»Zurück zum Hangar«, wies er mich an, als ich die Geschwindigkeit beinahe vollständig gedrosselt und mich beim Tower gemeldet hatte.

Ich biss mir auf die Innenseite meiner Wange. Er klang nicht begeistert. Würde er mir dort sagen, dass ich nicht bestanden hatte?

O Gott, bitte nicht. Was mache ich denn dann?

Vor dem Hangar angekommen, sah ich zu Miss McKenna, die neugierig den Kopf reckte. Am liebsten hätte ich sofort die Tür aufgerissen und frische Luft in meine Lungen gezogen, aber das musste warten, bis mir Mister Moore sein Ergebnis mitgeteilt hatte.

Ich machte den Motor aus, zog den Schlüssel ab und drehte ihn nervös in meinen Händen.

»Miss Sunday«, begann er gedehnt, steckte den Kugelschreiber an sein Klemmbrett und sah zu mir.

Schwindel breitete sich hinter meiner Stirn aus. *Bitte, bitte, bitte, lass es gereicht haben.*

»Trotz Ihrer Nervosität haben Sie die Kontrolle behalten, die Route gut strukturiert, die Manöver mit einem klaren Kopf ausgeführt und sind allen Änderungen offen und spontan gegenübergetreten. Sie haben die Sonderlandungen gemeistert, die Sicherheitsmaßnahmen eingehalten und die Anweisungen des Towers klar ausgeführt.« Er nickte. »Herzlichen Glückwunsch, Miss Sunday. Sie sind Pilotin.«

O mein Gott. Ich presste mir eine Hand auf den Mund und unterdrückte einen Freudenschrei. Innerhalb von Sekunden fiel ein solcher Druck von mir ab, dass ich es körperlich spürte.

Ich hatte es geschafft! Ich, Robin Sunday, war Pilotin.

Wie durch einen Nebel bekam ich mit, wie ich letzte Worte mit Mister Moore wechselte, ihm die Hand gab und aus der Maschine stieg.

»Ich hab bestanden!«, rief ich einmal quer über den Flugplatz und in Richtung von Miss McKenna, obwohl der Ruf eigentlich nur mir selbst galt.

Sie klatschte in die Hände und lächelte breit. »Miss Sunday, ich freue mich so für Sie!«

Bei ihr angekommen, warf ich alle Höflichkeiten über Bord und nahm sie in den Arm, was sie sofort erwiderte. »Danke, dass Sie da waren.«

»Das ist doch selbstverständlich«, gab sie zurück, als wir uns voneinander lösten, und nahm meine Hände. Sie sah hinter mich, wo angesichts der schweren Schritte offenbar gerade Mister Moore auf uns zukam. »Ich werde ein paar letzte Sachen mit Mister Moore besprechen, und Sie wollen sicher direkt Ihre Familie kontaktieren. Machen Sie das – ich kümmere mich um den Rest und setze mich dann mit Ihnen in Verbindung.«

»Danke. Für alles!« Ich drückte ein letztes Mal ihre Hände, nickte Mister Moore zu und entfernte mich vom Hangar. Wie von selbst ging ich auf die Cessna zu und legte meine Hand auf das Zeichen der NASA. Spürte meinen Puls unter meinen Fingerspitzen, das Lächeln in meinem Gesicht.

Wenn man immer darauf wartete, bis man sich für eine Sache bereit fühlte, tat man nie den ersten Schritt. Ich war nicht bereit gewesen, einen Flugschein zu machen – und doch hatte ich es geschafft. Vielleicht sollte das mein neues Mantra sein: *Mach es einfach. Mach es voller Angst, mach es zu früh, mach es, wenn du noch nicht bereit bist. Aber mach es.*

Ein Vibrieren in meiner Hosentasche kündigte eine Nachricht an. Ich ließ die Hand von der noch warmen Cessna gleiten, nahm mein Telefon hervor und lächelte, als ich die Nachricht las, der mehrere weitere folgten.

Brandon: und???

bist du fertig?

ich glaube ich habe dich landen sehen kann das sein?

wenn ja dann komm sofort auf den parkplatz

jetzt

also wenn du fertig bist

Ich drückte mir das Handy an die Brust. Brandon war hier? Damit hatte ich überhaupt nicht gerechnet. Ich schlüpfte durch das Tor – das erste Mal als Pilotin – und stieg dann in ein Golfcart. Das erste Mal als Pilotin.

Pilotin!!!

Am Haupttor angekommen, parkte ich das Cart vor lauter Euphorie schief, trat nach draußen auf den Parkplatz … und schlug mir eine Hand vor den Mund.

Brandon war hier – genau wie Dad, Henry, Odette, Sydney, Dylan und Page. Sie standen direkt vor dem Tor, Henry und Dad in Uniform, Brandon in einem etwas zu weiten dunkelgrünen Shirt.

»Robin!« Henrys Gesicht hellte sich auf.

»Du hast es geschafft!«, rief Brandon, schlang seine Arme um mich und hob mich vom Boden. Ein Lachen sprudelte aus mir hervor, und ich erwiderte die Umarmung.

»Ihr seid verrückt«, sagte ich, nachdem ich alle umarmt hatte und mir die Tränen von den Wangen wischte – eine Geste, die mir Odette und Page direkt nachmachten. »Ihr seid hier.«

»Natürlich sind wir hier!«, sagte mein Dad und klopfte mir fest auf die Schulter. »Meine Tochter ist Pilotin!«

Ich wischte mir grinsend den neuen Schwall Tränen von den Wangen. »Aber ihr habt mich doch noch gar nicht gefragt, ob ich bestanden habe.«

»Du hast absolut kein Pokerface, Darling«, mischte sich Dylan ein, woraufhin Sydney und Page zustimmend nickten.

»Wir haben etwas für dich geplant«, sagte Odette und streichelte meinen Oberarm.

»Gartenparty?«, riet ich, da es nicht anders sein und nichts Schöneres geben könnte.

»Die größte, die der Garten je gesehen hat«, meinte Brandon.

»Was, wenn ich nicht bestanden hätte?«, fragte ich.

»Das war gar keine Option, Birdie«, entgegnete Henry, ehe er einen kurzen Blick mit Brandon tauschte.

Ich runzelte die Stirn. »Was ist los? So guckt ihr immer nur, wenn ihr etwas angestellt habt.«

Brandon rieb sich über den Hinterkopf. »Ich weiß nicht so ganz, wie ich es dir sagen soll.« Er sah schräg hinter mich, ich drehte mich um, und die Welt kam zum Stillstand.

Kapitel 51

»HALLEYSCHER KOMET«

(Oder: Wieso manches immer wieder zurückkehrt)

Jamies Haare waren etwas länger, seit ich ihn das letzte Mal gesehen hatte. Dennoch hingen ihm die Strähnen nicht ins Gesicht, sondern waren so gestylt, dass sie nicht länger den oberen Teil seiner Narbe verdeckten. Er trug ein dunkelblaues Shirt über einer Levis-Jeans, schwarze Boots und eine schlichte Uhr mit Lederarmband. In seinen hellbraunen Augen lagen Hunderte einander überlappende Emotionen, wie verschiedenfarbiges Licht, das durch ein Buntglasfenster fiel.

Ich wollte nicht blinzeln. Nicht atmen. Als wäre er nur eine Halluzination, die fort sein würde, sobald ich mich bewegte.

»Ich hab dir doch versprochen, dass du es schaffst«, sagte er, und seine Stimme sickerte sofort in jede einzelne Lücke in mir, die er leer zurückgelassen hatte. Er schüttelte den Kopf. »Fuck, ich bin so stolz auf dich. Nicht im Geringsten überrascht, aber unendlich stolz.« Er lächelte warm, und Lachfältchen bildeten sich um seine Augen.

»Was machst du hier?« Meine Stimme klang matt, beinahe tonlos.

Er rieb sich über den Nacken und ließ seine Hand dort liegen. »Shit, sorry. Es ist nicht fair, dass ich wie aus dem Nichts auftauche und direkt mit dem Gespräch beginne, als wäre nichts gewesen. Ich … ich musste das nur kurz loswerden.« Er räusperte sich. »Brandon hat mir erzählt, dass heute deine finale Prüfung stattfindet.«

Ich hob eine Braue. Er hatte *was*?! Ich sah über meine Schulter zu Brandon, der halb entschuldigend, halb trotzig die Schultern hochzog. Gott, ich würde ihn erwürgen. Wenn ich nicht so schockiert wäre, dass Jamie vor mir stand, hätte ich es sofort getan. Wann hatten sie Kontakt gehabt? Woher hatte er Jamies Nummer? Hatte er sie aus meinem Handy geklaut?

Ich sammelte mich. »Aber wieso bist du … *hier*? In Los Angeles?«, fragte ich, weil ich es einfach nicht verstand.

»Ich bin letzte Woche zurückgekehrt. Dieses Mal endgültig. Am Tag meines Umzugs habe ich mich bei Brandon gemeldet, der nicht gerade begeistert über meinen Anruf war.« Er sah kurz zu ihm, ehe sein Blick wieder zu mir glitt. »Ich kann ihm nicht verübeln, dass er nicht reden wollte. Zum Schluss hat er nur gesagt: *Am Dienstag hat Robin ihre Prüfung. Falls du da sein willst, wenn sie ihren Flugschein überreicht bekommt, Arschloch.*«

Seine Erklärung warf mehr Fragen auf, als sie beantwortete. Brandon hatte wirklich Kontakt zu Jamie gehabt und ihm von meiner Prüfung erzählt?

»Ich wusste, dass ich den Moment um nichts in der Welt verpassen darf«, fuhr Jamie fort. »Auch wenn es das, was ich getan habe, nicht wiedergutmacht.«

»Ich … damit habe ich nicht gerechnet«, sagte ich und meinte eigentlich: *Ich habe geglaubt, dich nie wiederzusehen.* »Du bist einfach *gegangen*, Jamie«, brach es lauter als beabsichtigt aus mir hervor, als ich endlich meine Worte wiederfand. Ich spürte die Blicke der anderen auf mir, aber gerade war es mir total egal, dass wir Publikum hatten. »Ich habe an allem gezweifelt, Jamie. Angefangen bei deinen Intentionen, denn wie wichtig kann dir das mit uns schon gewesen sein, wenn du einfach gehen kannst? Dann habe ich an mir selbst gezweifelt. An meiner Menschenkenntnis, aber vor allen an meinen Fähigkeiten – so sehr, dass ich mich von den Flugstunden abgemeldet hatte.«

Jamie zog die Brauen zusammen. »Du … du hattest dich von den Flugstunden abgemeldet?«, fragte er, seine Stimme nun zu einem Flüstern gesenkt.

Ich nickte stumm und dachte an den trostlosen Moment zurück, als ich mit dem Blatt Papier auf den Armstrong-Platz getreten war. »Ich habe verdammt lange darauf gewartet, dass du zurückkommst«, fügte ich mit kratziger Stimme hinzu. »Bis ich es nicht mehr habe.« Und jetzt stand er vor mir. Auf dem Parkplatz. Genau wie bei unserer allerersten Begegnung vor einigen Monaten. »Ich bin nicht mehr die Person, die du hier zurückgelassen hast.«

Jamie warf einen Blick über meine Schulter zu den anderen. »Ich kann verstehen, wenn du Nein sagst, aber ... können wir irgendwo ungestört reden? Ich bringe dich danach direkt zur Gartenparty und lasse euch für den restlichen Abend in Ruhe feiern.«

Ein Teil von mir wollte tatsächlich Nein sagen. Es war der Teil, der nach wie vor wütend war. Er hatte mich alleingelassen und sich kein einziges Mal gemeldet. War verschwunden und hatte keine Tür offen gelassen. *Folg mir nicht.* Und trotzdem wollte ich hören, was er zu sagen hatte. Trotzdem wollte ich verstehen und Antworten auf die Fragen bekommen, die mir so lange den Schlaf geraubt hatten.

Ich schluckte trocken. »Okay«, sagte ich und versuchte, meiner Stimme so viel Stärke zu verleihen wie nur möglich. Jamie nickte Brandon zu, sah kurz zu Henry und meinem Dad.

»Ist es okay, wenn du mit mir mitfährst?«, fragte Jamie und wies auf sein Motorrad.

Ich nickte wie benommen.

»Fahr vorsichtig, sonst bringe ich dich um«, warnte Brandon mit erhobenem Zeigefinger, was Dad dazu brachte, den Kopf schief zu legen.

»Umgebracht wird hier niemand, Brandon«, protestierte er, legte aber seine Hand demonstrativ an den Waffengurt. Ich wusste, dass er das nicht so meinte, und wenn die Situation nicht derart angespannt wäre, hätte ich gelacht.

Jamie reichte mir seinen Helm. »Ich werde immer besser auf sie aufpassen als auf mich. Das wisst ihr«, sagte er und sah erst meinen Dad, dann Brandon und schließlich Henry an.

Ich winkte zum Abschied, warf Brandon einen langen Wir-müssenspäter-reden-Blick zu, den ich genauso von meinen Freunden widergespiegelt bekam.

Als wir an seinem Motorrad ankamen, hielt Jamie inne. »Bist du sicher? Ich verstehe es, wenn du lieber nach Hause willst.«

»Ich bin sicher.«

Wir setzten uns die Helme auf, er stieg auf das Motorrad, und ich tat es ihm nach. Die Bewegung war so vertraut und dennoch so fremd. Als ich mich zwangsläufig gegen seinen Rücken lehnen und die Hände auf seinem Bauch verschränken musste, verknotete sich etwas in meiner Lunge. Es fühlte sich an, als wäre ich eine Drogensüchtige, die nach monatelangem Entzug das erste Mal wieder rückfällig wurde. Wie ein Rausch, der rasend schnell durch meine Adern glitt. Es war gefährlich. Ein Spiel mit dem Feuer direkt am Abgrund – wohl wissend, dass ich noch einen Fall aus dieser Höhe nicht überleben würde.

***

Die weiße Kuppel des Griffith Observatory war in goldenes Licht getaucht. Jamie hatte sein Motorrad in einer Parklücke nicht weit vom Observatorium entfernt abgestellt und die Helme verstaut.

»Ich kenne da so eine Bank ...«, begann er.

»Okay, lass uns gehen.«

Wir überquerten den Rasen. Ein Mann spielte einen Song von Coldplay auf der Gitarre, und je weiter wir in Richtung des Observatoriums gingen, desto mehr verloren sich die Töne im Wind. Am Observatorium angekommen, schlug Jamie einen zwischen dichten Büschen versteckten Weg ein, reichte mir seine Hand, als es steil wurde, und wirkte ein wenig erleichtert, dass ich sie ergriff und mir helfen ließ. Plötzlich befanden wir uns auf einem Wanderweg, der durch die Hügel führte. Hier waren weniger Besucher als auf der Plattform, und außer den zwitschernden Vögeln und dem Rauschen der Bäume hörte ich nichts als angenehme Stille. Etwas abseits des Weges stand eine von Jasminbüschen eingerahmte Holzbank, die einen direkten Blick auf die Stadt unter uns bot.

Jamie wartete, bis ich mich gesetzt hatte, ehe er sich neben mich sinken ließ. Mit etwas Abstand, aber trotzdem noch nah genug, dass er nur seine Hand nach mir ausstrecken musste, um mich zu berühren. Er musterte mich von der Seite, ehe ich seinen Blick auffing, und er seufzte. »Ich bin so froh, dich wiederzusehen. Du … Gott, du siehst toll aus.«

»Jamie …«

Er fuhr sich kopfschüttelnd durch die Haare. »Tut mir leid. Ich fange von vorn an. Wie du weißt, ging es mir nach dem Treffen mit meiner Mom katastrophal. Allerdings habe ich dir nicht alles erzählt. Ich wollte dir nicht sagen, dass … sie es nicht gut fand, dass ich wieder in Los Angeles bin.«

Meine Augen weiteten sich. »Was?«

»Sie war der Meinung, dass Josh mich jetzt braucht und ich erst wiederkommen soll, wenn ich meine Pflicht dort getan habe, was auch immer das genau bedeutet.« Er rieb sich über die Stirn. »Es von ihr zu hören, war schlimm gewesen, die Schuld so überwältigend groß … und mit einem Mal war der Gedanke, erst nächstes Jahr zurückzugehen, nicht mehr tragbar gewesen. Ich war feige. Kurzzeitig hatte ich Hoffnung, dass ich doch bleiben könnte. Bei dir. Zu Hause. Aber nach dem Treffen mit meiner Mom und dem Erlebnis beim Wandern wusste ich, dass es Wunschdenken war. Also dachte ich, dass es für uns beide besser wäre, wenn wir einen kurzen Abschied hätten, anstatt jeden Tag, bis ich gehen würde, einen kleinen.«

Ich schüttelte automatisch den Kopf, als wollte ich mich gegen etwas wehren, was längst geschehen war.

»Ich habe meine wichtigsten Sachen in einen Rucksack gepackt, den Rest nachschicken lassen und den nächsten Flieger nach Massachusetts genommen.« Er lachte schnaubend. »Weißt du, was Joshs erste Worte waren, als er mir die Tür aufgemacht hat? *Das ist nicht dein Scheißernst, Jamie.*« Er schmunzelte. »Er war sauer. So richtig. Und da ich nicht anders konnte, hab ich ihm die Wahrheit gesagt. Über dich, die No Questions Asked, Brandon und Henry, unser Aufeinandertreffen, deine blutige Lippe. Dass ich mich in dich verliebt, aber zurückgelassen habe, weil der Druck in meinem Innern zu groß geworden ist.«

Mein Atem stockte.

»Weißt du, was er *dann* gesagt hat?« Er schmunzelte und lehnte sich etwas zu mir, als würde er mir ein Geheimnis anvertrauen. »*Das ist an Dummheit echt nicht mehr zu überbieten, du Arschloch.* Josh war immer schon sehr ... direkt, musst du wissen.«

Mir stieg sein Geruch in die Nase, seine Grübchen ließen einen gefrorenen Teil in mir warm werden, und kurz war es so, als wäre er nie weg gewesen. »Er war also nicht froh, dass du wieder bei ihm warst?«

»Ganz und gar nicht.« Er schnaubte. »Nicht, weil er mich nicht gernhat, sondern weil er weiß, dass mein Leben in Los Angeles stattfindet. Er wollte nicht, dass ich mein Leben von meiner Schuld bestimmen lasse.« Er fuhr abwesend eine Kerbe im Holz der Bank nach. »Ich habe ihn gefragt, was ich machen soll, denn ich wusste es nicht. Nicht, nachdem ich alles ... wirklich *alles* versaut hatte.« Er lächelte matt. »Also hat er mit mir einen Plan ausgearbeitet. Der erste Teil: alle losen Enden in Massachusetts beseitigen. Der zweite: einen Weg zurück in mein *richtiges* Leben finden.«

Er knetete seine Hände, seine Augen wurden glasig. Ein Spatz flog aus dem weiß blühenden Busch neben der Bank, setzte sich vor uns und legte den Kopf schief, ehe er an einem Kieselstein herumpickte. »Ich habe geglaubt, kein Glück mehr empfinden zu dürfen, weshalb ich so weit wie möglich von dir weggegangen bin – der Person, die mich von allen am glücklichsten macht. Ich musste erst nach Massachusetts zurückkehren, um mir bewusst zu werden, dass ich nicht mehr darauf verzichten möchte, glücklich zu sein – und dass ich nicht mehr verzichten *kann*, wenn es um dich geht.« Als die erste Träne seine Wange hinab in den Staub unter unseren Füßen glitt, ergriff ich wie von selbst seine Hand. Er umfasste sie mit seinen warmen Fingern und sah mich direkt an. Wie surreal, ihm so nah zu sein.

»Es tut mir leid, dass ich dir so viel Schmerz bereitet habe, nur weil mein Inneres so voll davon war. Und ich weiß, dass ich das zwischen uns zerstört habe, als es dabei war, sich zu etwas Großem zu entwickeln. Ich weiß, dass ich es nicht rückgängig machen kann, und ich bin so egoistisch, dir zu sagen, dass ich dich in meinem Leben hier in L. A. haben will. Brandon und Henry und dich – zumindest alles, was du bereit bist, mir jetzt noch zu geben.« Seine Stimme brach beim letzten Wort, mein Herz verkrampfte schmerzhaft, und ich zog ihn eilig in meine Arme. Ich spürte, wie seine Schultern leise bebten, ließ meine stillen Tränen in sein Shirt sickern. Ich schloss die Augen, als die Sonne, leuchtend wie eine kalifornische Orange, tief am Himmel stand, und öffnete sie erst dann wieder, als sie zu einem breiten Streifen am Horizont geschmolzen war.

»Es war schlimm, Jamie«, sagte ich schließlich und löste mich von ihm. »Es war schlimm, dass du gegangen bist, aber fast schlimmer war, *wie* du es getan hast. Ich hatte gedacht, wir sind ein Team. Lösen Probleme gemeinsam, anstatt vor ihnen wegzurennen, verdammt! Nach allem, was wir zusammen erlebt und durchgemacht haben. Indem du gegangen bist, ist etwas in mir zerbrochen, aber so seltsam das auch klingt, es hatte brechen *müssen*. Ich hatte einmal brechen müssen, um zu lernen, mich endlich an die erste Stelle zu setzen.«

»Ich wollte nie gehen. Das weißt du, oder?«

Ich ließ den Atem ausströmen und nickte schließlich. »Ja. Und ich kann dir das verzeihen, wozu dein Schmerz dich gezwungen hat. Allerdings wirkte es nicht, als wäre es dir sonderlich schwergefallen, weil es so plötzlich war, und –«

»Robin.« Er sah von meinem linken Auge in mein rechtes. »Nichts ist mir je so schwergefallen, wie zu gehen und dich hier zurückzulassen. Ich kann gar nicht zählen, wie oft ich deinen Namen in meinen Kontakten angestarrt habe, nur um dann doch nicht anzurufen. Weil es alles nur noch schlimmer gemacht hätte und es mir nicht mehr zustand, Teil deines Lebens zu sein. Ich wollte nichts so sehr, wie mit dir zu sprechen, aber das wäre dir gegenüber nicht fair gewesen. Ich konnte nicht gehen und dann wieder Kontakt aufnehmen, wann es mir passte. Nur weil ich deine Stimme hören und mir ein bisschen Vertrautheit erlauben wollte.« Er atmete zittrig ein.

»Und scheiße, habe ich mich schuldig gefühlt. Schuldig und allein und verloren, weil ich dich verletzt hatte. Weil ich die Person, die ich liebe, zurückgelassen hatte und mich nun für den Rest meines Lebens fragen würde, was hätte sein können. Im Endeffekt war es das, was mich dazu bewogen hat, den Rückflug zu buchen: eine Mischung aus schönen Erinnerungen und der dunklen Zukunft, die sich ohne dich leer vor mir erstreckte. Das und Josh, der zu mir gesagt hat: *Buch endlich diesen verdammten Scheißflug, sonst mache ich es für dich.*« Er lachte tief auf. »Josh hat inzwischen einen Freund. Du glaubst gar nicht, wie froh die beiden waren, als sie mich endlich aus ihrem Haus hatten.« Er rieb sich einmal übers Gesicht, seine Miene wurde wieder ernst. »Außerdem war ich bei Amelias Eltern und habe sie um Erlaubnis gebeten, nach Los Angeles zurückzukehren. Das mag seltsam klingen, aber ich habe ihre Zustimmung dafür gebraucht. Und sie bekommen.«

Ich konnte beinahe fühlen, welche Last von seinen Schultern gefallen war. Sicher nicht alles, da ein Teil der Schwere immer bleiben würde, aber zumindest der Part, der es ihm unmöglich gemacht hatte, sich frei zu bewegen.

Ich atmete zittrig aus. »Was nun?«

»Ich werde bleiben. Endgültig. Ich habe gestern mit Miss Thiaka gesprochen und ihr die Wahrheit gesagt. Sie hat mir angeboten, mich wieder zuzulassen: als Student und als Fluglehrer.« Er sah mich an. »Ich muss mit meiner Schwester sprechen – dieses Mal richtig. Muss mit Brandon und Henry reden, mich endlich entschuldigen und die Wahrheit aussprechen.«

»Und was wird aus uns?« Das letzte Wort schwebte zwischen uns, als wäre es greifbar. Drei Buchstaben für zwei Menschen, die zwei Anfänge und ein Ende gehabt hatten.

Er kratzte sich am Hinterkopf. »Ist es seltsam, wenn ich dich frage, ob du Single bist?«

Ich musste lachen. »Irgendwie schon. Aber ja, bin ich.« *Du glaubst doch nicht wirklich, dass ich so schnell über dich hinweggekommen bin.*

Er richtete sich etwas gerader auf. »Und wäre es seltsam, wenn ich dich irgendwann, wenn etwas Zeit vergangen ist, nach einem Date frage?«

Mein Herz machte einen kleinen Hüpfer. »Nein. Das wäre nicht seltsam.«

Er lächelte schief. »Gut zu wissen.« Eine kurze Pause. »Ich weiß, dass es Zeit brauchen wird, bis du mir wieder vertraust.«

»Ganz ehrlich? Ich habe Angst, dass sich alles wiederholt, wenn ich mich auf dich einlasse«, flüsterte ich.

»Verstehe ich. Sehr sogar. Aber das wird es nicht. Und wenn du mir irgendwann in Zukunft eine Chance geben möchtest, werde ich dir das beweisen.« Er presste die Lippen aufeinander. »Bleibt nur noch zu hoffen, dass ich das Treffen mit deinen Brüdern überlebe.«

Mein Lachen hörte sich erstickt an. »Ach, komm schon. Noch sind sie angepisst, aber sie lieben dich, Jamie. Wirklich.«

»Du weißt, dass ich nur das Beste für dich will, oder?«

Ich ließ meinen Kopf gegen seine Schulter sinken, er tastete wie selbstverständlich nach meiner Hand, und alles daran fühlte sich richtig an. »Weiß ich.«

»Danke, dass du mich ins Leben zurückgeholt hast.«

»Danke, dass du mir beigebracht hast, wie man an sich glaubt.« Unsere Blicke verloren sich in den unzähligen Straßen von Los Angeles. »Und von Anfang an keinen Zweifel hattest, dass ich es schaffen kann.«

»Wie du siehst, hatte ich recht.«

»Das musstest du jetzt unbedingt sagen, nicht wahr?«

»Eigentlich würde ich lieber noch einmal sagen, wie stolz mich das macht. Und ich würde mich gern noch mal entschuldigen«, sagte Jamie.

»Okay.«

»Es tut mir so leid, Robin.«

»Ich verzeihe dir, Jamie.«

»Wann immer ich etwas gesehen oder erlebt habe, dachte ich: Das muss ich Robin erzählen.«

»So ging es mir auch.«

»Echt?«, fragte er.

»Dauernd. Bist du in Massachusetts geflogen?«

»Jede Woche. Cessna, Piper, Beechcraft Bonanza. Mal mit Josh, mal allein.«

»Irgendwelche Zwischenfälle?«, hakte ich nach.

»Ich habe ihn nicht geküsst, falls du darauf hinauswillst. Es lag also nie an der Luft in den Cessnas. Nur an dir.«

»Kann ich so nicht unterschreiben. Mister Moore und ich konnten uns nicht zurückhalten.«

»O Gott, du hattest Mister Moore als Prüfer?«, fragte er. »Ich hab ihn einmal getroffen. Hat er dir die Hand auch so zusammengedrückt wie mir?«

»Und wie! Ich dachte, er will sie mir brechen und mich flugunfähig machen.«

»Du hast aber nicht wirklich –«

»Mit meinem Prüfer rumgemacht? Das ist jetzt nicht dein Ernst.«

»Man darf ja mal nachfragen«, murmelte er.

Eine Pause entstand.

»Es tut mir echt leid, Robin.«

»Okay, jetzt reicht es. Genug entschuldigt.«

»Ich hab nicht das Gefühl, dass es reicht. Ich glaube, du hast mir zu schnell verziehen.«

»Ich hatte über vier Monate Zeit dafür.«

»Sorry.«

»Wenn du dich noch ein Mal entschuldigst, platzt mir eine Ader«, meinte ich.

»Eine kleine, unwichtige?«

»Die Aorta.«

Sein dunkles Lachen war der schönste Klang der Welt.

Gemeinsam gingen wir über die weitläufige Wiese zurück zu seinem Motorrad. Nach all der Zeit, in der er sich versteckt hatte, war es ungewohnt, dass er mich bis nach Glendale fuhr und vor der Haustür rausließ. Er stieg mit mir ab, hängte seinen Helm an den Lenker und half mir aus meinem. Die vertrauten Stimmen meiner Liebsten drangen durch die Hecke an meine Ohren, und mir wurde warm ums Herz.

Zum Abschied zog er mich in eine Umarmung, die sich vertraut anfühlte und deutlich länger dauerte, als sie sollte.

Genau sechzehn Herzschläge lang.

Nicht dass ich gezählt hätte.

Als er sich von mir verabschiedete und leise lächelte, zog etwas an meinem Herzen. Ich sah ihm nicht nach, als er den Motor startete und die Straße hinunterfuhr.

Denn dieses Mal war es kein Abschied für immer.

Dieses Mal, so wusste ich, würde er zurückkommen.

Kapitel 52

»URKNALL«

(Oder: Wie alles beginnt)

2 Monate später

Ich ließ mich gegen die sonnengewärmte Lehne des Stuhls sinken, nippte an meinem Kaffee und las die Überschrift des Artikels, den Jamie mir geschickt hatte: *Kampf ums Überleben: Wie man Langusten jetzt noch retten kann.* Ich musste grinsen.

Es war nicht der erste Artikel, den er mir schickte. Wir sprachen nicht, schrieben uns auch keine Nachrichten – unsere Kommunikation beschränkte sich nur auf die Berichte, die er mir mehrmals pro Woche kommentarlos schickte. Meist behandelten sie Themen, von denen er dachte, dass sie mich interessieren würden. Von *Peggy Whitson, Eileen Collins und Mae Jemison – Frauen, die die Raumfahrt revolutionierten* über *Mission Mars: Alyssa Carson und der Weg zu den Sternen* bis zu *10 überraschende Fakten über die Beatles, die Sie noch nicht kannten* war alles dabei.

Ich verstand, was er mir damit sagen wollte. Es war seine Art, mir zu zeigen, dass er noch immer hier war.

Wäre es seltsam, wenn ich dich irgendwann, wenn etwas Zeit vergangen ist, nach einem Date frage?, hatte er bei unserem letzten Aufeinandertreffen vor zwei Monaten gesagt. Ich wusste, dass er auf ein Signal von mir wartete, ob inzwischen genug Zeit vergangen war. Ob ich bereit war, mich auf ihn einzulassen. Ich war dankbar, dass er mir dafür Raum gab und mir gleichzeitig mit den Artikeln bewies, dass er an mich dachte.

Ich sperrte mein Tablet und ließ den Blick über den Außenbereich des Apollo Cafés bis zum Armstrong-Platz schweifen, wo sich die Sonne in der Raumkapsel spiegelte. Ich musste zugeben, dass ich oft nach Jamie Ausschau hielt … und immer öfter hoffte, dass er mich einfach ansprach. Wann immer wir uns auf dem Campus begegneten, lächelten wir uns an. Manchmal wirkte es, als wäre er kurz davor, rüberzukommen, ehe er sich dagegen entschied und nur verstohlen winkte. Kurz nach diesen Beinaheaufeinandertreffen trudelte meist ein Artikel in meinem Postfach ein.

Ich musste zugeben, dass es etwas Beruhigendes hatte, ihn auf dem Campus zu sehen. Er war wirklich immer noch hier.

Jamies erstes Treffen mit meinen Brüdern war erfolgreich gewesen, und während der letzten Wochen hatten sie sich immer mehr angenähert. Anfangs hatten mich Brandon und Henry noch gefragt, ob es für mich wirklich in Ordnung war. Nachdem ich auf alle Saturnmonde geschworen und ihnen versichert hatte, dass ich es *wollte*, trafen sie sich regelmäßig. Es tat ihnen gut. Henry machte mehr Witze als zuvor (auch wenn diese sich auf steife Dad-Jokes beschränkten), Brandon hatte sein Strahlen zurück, und Jamie hatte ich kein einziges Mal mit seiner Sonnenbrille gesehen. Nicht einmal an dem einen Nachmittag im überfüllten Apollo Café, als er vor mir in der Schlange gestanden und mir beim Rausgehen wortlos meine übliche Bestellung in die Hand gedrückt hatte. Sogar Sydney, die neben mir gestanden hatte, hatte mit grimmiger Miene zugeben müssen, dass die Geste süß gewesen war.

Ein Ton kündigte eine Mitteilung an. *Wenn man vom Teufel spricht.* Ich öffnete das Bild, das Sydney mir geschickt hatte. Es zeigte sie in einer weiten Jeans und einem weißen Top, auf dem in roten Buchstaben stand: *Too clumsy to be around fragile masculinity.*

Sydney: Ist das too much? Wonach sieht das aus? »Wir gehen entspannt zusammen spazieren« oder »Ich reiße dir alle Klamotten runter, sobald du mir einmal länger in die Augen blickst«? Nicht dass sie gleich denkt, ich will ihr an die Wäsche.

Robin: Du willst ihr an die Wäsche.

Sydney: Das ist nicht der Punkt, bleib bitte bei der Sache! Moment, ich schicke dir drei andere Möglichkeiten.

Nein, warte, wo bist du grade? Kannst du bitte einfach herkommen?

Robin: Bin gleich da. Und mach dir nicht so einen Kopf. Irgendetwas sagt mir, du hast ziemlich gute Chancen …

In den letzten Wochen hatte ich bei Sydney immer wieder angedeutet, dass sie Page um ein Date bitten sollte. Letzte Woche hatte sie Page endlich gefragt, und heute Abend fand das erste Date statt, weshalb Sydney bereits seit einigen Tagen beinahe die Nerven verlor.

Was sie nicht wusste, war, dass Page in den letzten Wochen immer öfter mit mir über ihre Gefühle für Sydney gesprochen hatte. Ich ließ also keine der beiden blindlings in dieses Treffen hineingehen – mir war jetzt schon klar, dass sie dabei waren, sich ineinander zu verlieben. Sie wussten es nur noch nicht.

Ich verbrachte den Nachmittag damit, Sydney bei der Outfit-Auswahl zu helfen, ehe ich mich zum Flugplatz aufmachte. Ich flog nun regelmäßig, um nichts zu verlernen … und vielleicht auch einfach nur, weil ich es konnte.

Der Flugplatz begrüßte mich mit rosafarbenen Wolken, sanfte Meeresluft mischte sich mit dem Geruch nach Benzin.

Ich hatte mir einen Slot an Hangar eins gebucht, steuerte geradewegs darauf zu und legte meine Sachen ab. Als ich an die Cessna herantrat, ließ mich eine Bewegung im Augenwinkel nach links blicken. Ich hielt inne, und mein Herz klopfte mir sofort bis zum Hals.

Jamie hüpfte aus der Cessna vor Hangar zwei und schloss sie schwungvoll hinter sich, woraufhin das Geräusch über den ganzen Platz hallte. Danach trat er an seinen Schüler heran, legte ihm eine Hand auf die Schulter und sagte etwas, was ich nicht hören konnte. Wenn ich mir die immer gerader werdende Haltung seines Schülers so ansah, waren es vermutlich aufmunternde Worte. Dass ich gelächelt hatte, merkte ich erst, als es wieder verblasste.

Ich vermisste seine Stimme. Ich vermisste die Art und Weise, wie sich seine Hände anfühlten – rau, vertraut und tröstlich. Vermisste seine Nähe. Seinen Geruch. Seine Umarmungen. Diesen Blick, wenn er schlecht gelaunt war und eigentlich nicht über etwas lachen wollte, was ich gesagt hatte, dann aber den Kampf verlor.

Ich legte eine Hand auf das Ziehen in meiner Brust.

Manche Verbindungen wuchsen mit etwas Abstand, aber davon hatten wir genug gehabt. Es gab keine Garantie dafür, nicht wieder verletzt zu werden, aber wenn ich uns keine Chance gab, würde ich es nie herausfinden.

Genug gezögert, Robin. Gib ihm endlich ein Zeichen, damit er weiß, dass du bereit bist. Ich atmete tief durch und wartete den passenden Moment ab. Als Jamie seinen Schüler zum Zaun begleitete, ging ich auf Hangar zwei zu. *Jetzt oder nie.*

Ich umrundete eine Piper mit blauen Streifen und trat zu dem Tisch, auf dem das Logbuch lag. Bevor ich es mir anders überlegen konnte, riss ich ein gelbes Post-it von einem Block und malte eine Languste darauf. Zumindest *versuchte* ich es. Als ich das Endergebnis betrachtete, verzog ich das Gesicht. Hoffentlich würde er erkennen, was das sein sollte … und die Bedeutung verstehen, die dahinterlag. *Das ist mein erster Schritt auf dich zu.*

Ich wollte gerade den Zettel ins Logbuch kleben, als …

»Robin?«

»Shit«, keuchte ich, ließ das Post-it fallen und fuhr herum.

Jamie bückte sich, um den Zettel aufzuheben, mein Herz schlug mir bis zum Hals. Er war mir so nah wie lange nicht mehr. Es gab so viel, was ich sagen wollte, aber nichts davon kam mir über die Lippen. Nicht einmal ein einfaches Hallo.

Er sah auf das Post-it hinab und lächelte schief. »Wieso willst du mir eine Kakerlake auf mein Logbuch kleben? Soll das eine Drohung sein?«

Ich schnaubte. »Das ist offensichtlich eine Languste. Du als Nummer-eins-Fan solltest das eigentlich erkennen.«

Unsere Blicke trafen sich, und sein Lächeln war so warm, dass ich sofort wusste, dass er meine Botschaft verstanden hatte. Bloß hatte ich eigentlich weit weg sein wollen, wenn er sie bekam. Am besten vierzehntausend Fuß über Los Angeles.

»Stimmt, jetzt, wo du es sagst.« Er grinste und fuhr sich durch die Haare. »Es ist wirklich schön, dich zu sehen, Robin. Also, so richtig zu sehen. Nicht nur von Weitem zu beobachten.«

Ich erwiderte sein Grinsen. »Du Stalker.«

»Ein echter Stalker würde dir jede Woche kommentarlos mehrere Artikel schicken.«

»Stimmt, *das* wäre gruselig.«

»Robin, ich …« Er atmete einmal durch. »Ich wusste irgendwie nicht, wie ich auf dich zugehen soll. Ich hab wochenlang überlegt, ob überhaupt schon der richtige Zeitpunkt dafür ist, aber …« Er ließ den Satz ins Leere laufen und sah nachdenklich auf das Post-it hinunter. Als er mir wieder in die Augen sah, lag darin eine Mischung aus Entschlossenheit und Hoffnung. Er ließ sämtliche weitere Worte auf der Strecke und fragte schlicht: »Fliegst du mit mir?«

Ich lächelte. Das war die schönste Frage, die mir jemals jemand gestellt hatte. Keine Erklärungen mehr – einfach nur eine Hand, die er nach mir ausstreckte. »Ach, du bist Pilot?«

Er lachte auf, und das Geräusch sickerte mir direkt ins Herz. »Ja, ich bin Pilot. Tatsächlich.« Er kratzte sich am Hinterkopf. »Du auch, hab ich gehört.«

»Ich würde sehr gern mit dir fliegen, Jamie.«

Sein Gesicht hellte sich auf. »Ich bereite alles vor.« Er hielt meinen Blick eine Sekunde länger fest und wandte sich dann – immer noch lächelnd – ab, um sich den Pre-Flight-Checks an der Cessna zu widmen, mit der er eben geflogen war. Es war ungewohnt, dass nicht mehr ich, sondern er das übernahm. Ich sah ihm dabei zu, wie er das Flugzeug mit konzentrierter Miene auf seine Sicherheit überprüfte. Mir kam sein Satz von neulich wieder in den Sinn: *Ich werde immer besser auf sie aufpassen als auf mich.*

»Gut, dann …« Er öffnete mir die Tür auf der Pilotenseite. »Steigen Sie ein, Miss Sunday.«

»Willst nicht du fliegen?«

»Wir fliegen zusammen, aber du hast seit zwei Monaten deine Lizenz – du glaubst doch nicht, dass du irgendwo anders sitzt.«

Ich grinste. »Kommt da der strenge Fluglehrer wieder durch?«

»Vielleicht, sorry. Muss mir das noch abgewöhnen.«

Als wir an der Cessna angekommen waren, erinnerte ich mich sofort wieder daran, weshalb die Flugstunden mit Jamie immer so intensiv gewesen waren. Teils aufgrund der Komplexität des Gelernten und teils aufgrund dieser unmittelbaren Nähe. Ich lächelte leise in mich hinein, als sein Arm meinen streifte. Genau wie damals. Genau wie Hunderte Male zuvor.

»Du willst mich aber nicht entführen, oder?«, fragte ich.

Seine Augen blitzten auf. »Pass auf, sonst bringst du mich noch auf schlechte Ideen.«

Etwas in meinem Bauch schlug einen Salto.

Gerade als ich dachte, er würde mir den Schlüssel reichen, hielt er inne. »Okay, warte. Ich … ich habe viel nachgedacht und muss dir erst ein paar Dinge sagen, bevor wir abheben.« Er wandte sich mir vollständig zu, und sein Gesicht war so nah an meinem, dass ich kaum hörbar die Luft einsog. »Erstens: Es war falsch von mir, dir beibringen zu wollen, wie man weniger fühlt. Deine Empathie und die Art, wie du die Welt siehst, sind deine besten Eigenschaften. Ich liebe es, dass du weinst, wenn du eine Taube siehst, weil sie so *missverstandene Tiere* sind. Wenn jeder Mensch auf der Erde nur ein Zehntel deiner Empathie hätte, wäre die Welt ein wunderschöner Ort. Zweitens: Wieso nimmst du eigentlich keinen Zucker in deinen Kaffee? Das ist sehr fragwürdig.« Ich musste lachen. »Drittens: Ich bin dabei, mich nach einer Therapie umzusehen. Es wird Zeit, das Trauma auf die richtige Art und Weise aufzuarbeiten, und ohne dich wäre ich nie an diesen Punkt gekommen. Also ... danke.«

Seine Hand näherte sich meiner. Erst zögerlich, als hätte er Angst, ich könnte zurückweichen. Dann ergriff er sie mit einer Selbstverständlichkeit, als wäre keine Zeit vergangen.

»Und viertens: Ich brauche dich. Ich will das mit uns mehr als alles andere. Versteh mich nicht falsch, ich erwarte nichts von dir. Wirklich. Wenn du mir sagst, dass du erst in einem Jahr bereit bist, dich auf mich einzulassen ... oder nie ... das ist okay.« Er zog eine Schulter hoch. »Nicht okay, weil es mir nichts ausmacht – im Gegenteil –, aber okay, weil ich es verstehe. Ich muss es nur einmal gesagt haben, weil ich in den letzten Monaten zu oft in den falschen Momenten still geblieben bin und will, dass du weißt, wie ich dich sehe. Ich schulde dir so viele kleine Wahrheiten und Worte, also ... hier sind sie.« Er räusperte sich. »Gleichzeitig verstehe ich, wenn du ... du weißt schon. Nichts überstürzen willst.«

»Danke, dass du so ehrlich bist, Jamie. Und du kannst sehr stolz auf dich sein.« Mein Blick fand seine Lippen. »Und ... ja«, gab ich atemlos zurück. »Wir ... wir können es gern langsam angehen lassen, was meinst du?«

Sein Blick wanderte zu meinen Lippen. »Ja. Langsam. Sachlich«, brachte er bruchstückhaft hervor.

Mein ganzer Körper sehnte sich danach, von ihm berührt zu werden. Schrie mich an, sämtliche Vernunft aus dem Fenster der Cessna zu werfen und endlich das zu tun, was ich wollte.

»Andererseits«, sagte Jamie gedehnt, »scheiß auf sachlich.«

Unsere Münder trafen aufeinander wie zwei Galaxien bei einem unvermeidbaren Zusammenstoß. Ich stöhnte leise in seinen Mund, atmete auf, kapitulierte. Seine Hand griff an meinen Hinterkopf, zog mich näher an sich heran, meine Finger fuhren in seine Haare, seinen Nacken. Ich steckte alles in den Kuss, was sich in den letzten Monaten angestaut hatte. Sehnsucht, Verlangen, Trauer und sogar ein kleines bisschen Wut, das sich mit jeder Berührung in etwas Sanfteres wandelte.

Nach einer Weile lösten wir uns voneinander, und Jamie lehnte seine Stirn gegen meine. Als er über meine Wange strich, schloss ich die Augen. »Wir haben es nicht so mit Zurückhaltung, oder?«

Ich lachte auf. »Oder mit sachlichen Entscheidungen.«

»Wenn sich alle immer nur sachlich entscheiden würden, wäre das Leben ziemlich trostlos.« Das spitzbübische Lächeln auf seinem Gesicht war Gold wert.

»So kann man es sich auch zurechtlegen«, meinte ich. »Oder es ist doch die Luft in diesen verdammten Cessnas?« Ich fächelte mir grinsend etwas davon zu.

Jamie lachte herzlich auf, und das Geräusch füllte die gesamte Maschine mit Wärme und Licht. »Es waren nie die Cessnas, Robin.«

Das hier fühlte sich an wie der Start von etwas Neuem. Etwas Richtigem. Wenn ein Gebäude baufällig war, musste man es abreißen, um es auf einer gefestigten Grundlage neu zu errichten. Genau das hatten wir getan. Im Endeffekt war es egal, wie viel Zeit wir uns mit dem Bau ließen, solange die Grundlage dieses Mal stimmte.

Und das tat sie.

Alles hatte sich verändert, und paradoxerweise war ich gleichzeitig so sehr ich selbst wie noch nie. Veränderungen waren nicht immer schlecht. Im Gegenteil: Es fühlte sich an, als hätte ich eine zweite Chance bekommen, das Leben durch meine eigenen Augen zu sehen. Alle Emotionen willkommen zu heißen, die Wärme einer Umarmung zu spüren, zu weinen, zu lachen, fremde Orte zu entdecken, neue Menschen kennenzulernen. Ich wollte *alles* spüren. Jeden Sonnenstrahl aufsaugen, dankbar für jeden Regentropfen sein, der auf meiner Haut landete.

Ich war der festen Meinung, dass Träume wahr werden konnten – auch wenn sie manchmal Umwege nahmen. Dass unsere besten Tage noch vor uns lagen. Und dass alle Wünsche in Erfüllung gehen konnten. Daran hielt ich fest. An der Hoffnung. Am Positiven. Am Licht.

»Willst du noch fliegen?«, fragte Jamie.

Ich nickte sofort. »Na klar!«

Wir arbeiteten zusammen wie ein gut gestimmtes Uhrwerk, als wir die letzten Vorbereitungen trafen und dabei nicht mehr so taten, als würden die Berührungen beiläufig geschehen. Kurz bevor wir auf die Rollbahn fuhren, griff Jamie nach meiner Hand und gab mir einen Kuss auf die Fingerknöchel. Die letzten goldenen Sonnenstrahlen fielen durch die Scheibe und zeichneten Muster auf sein seliges Lächeln. Selig und ein klein wenig siegessicher.

Das war die Sache mit den Neuanfängen: *Jetzt beginnt ein neues Kapitel,* sagten sie, warnten einen aber nicht vor, dass man dabei nicht der Leser, sondern der Autor war. Man konnte nicht einfach eine Seite umblättern und lesen – man musste den besagten Abschnitt erst *schreiben.* Ich stand also nicht vor einem neuen Kapitel, sondern einer leeren Seite.

Und das war verdammt noch mal wunderschön.

Als wir die Maschine auf der Rollbahn in Position gebracht hatten, drehte ich mich zu Jamie. »Wo geht es hin?«

»Meintest du nicht mal, dass du Ojai sehen willst?«, fragte er. »Ich dachte, wir könnten dorthin fliegen, ich könnte dir dort alles zeigen und na ja, du weißt schon. Auf diese Weise dein Herz gewinnen.«

Ich lachte auf. »Guter Plan. Bis auf die Tatsache, dass ich Ojai vor Kurzem selbst besichtigt habe.«

»Allein?«

Ich nickte. »Ja, es war ... wirklich schön.«

»Okay, kein Problem«, sagte er und schob das Mikrofon beiseite, lehnte sich zu mir und gab mir einen Kuss auf die Nasenspitze, danach auf den Mund, wo er eine Sekunde länger verharrte, ehe er sich mit einem lässigen Lächeln zurücklehnte. »Dann lass uns einfach woandershin fliegen.«

»Wohin?«, fragte ich und hielt mit der Hand auf dem Gashebel inne.

»Wohin du willst, Captain. Es liegt in deinen Händen.«

Ich lächelte ihn an. Vielleicht war es irrelevant, wohin man ging, wenn man wusste, wen man auf dem Weg dorthin an seiner Seite hatte.

»Mal sehen, was du über meinen Flugstil sagst. Ich bin ziemlich gut geworden.«

»Das glaube ich dir sofort. Ich bin mir sicher, dass er meinem in nichts nachsteht.«

»Sagst du das, weil du mich rumkriegen willst?«

Er grinste. »Hab ich längst. Und nein, ich meine das ernst. Ich hatte nie einen Zweifel.«

Das stimmte. Er hatte mich von Anfang an gewinnen sehen wollen. Hatte von Anfang an gewusst, dass ich hierzu fähig war.

»Mir musst du also nichts mehr beweisen.« Er legte eine Hand auf meinen Oberschenkel und drückte ihn. »Flieg stattdessen für die Robin von vor einigen Jahren, die es nie gewagt hätte, so groß zu träumen. Für die Robin von vor einigen Monaten, die nicht einmal in eine Cessna einsteigen wollte. Und für alle Personen, die dich jemals unterschätzt haben.«

Ich lächelte ihn an, nickte und richtete meinen Blick dann nach vorn. Sah die schräg in die Scheibe einfallenden Sonnenstrahlen und spürte die Wärme des Lichts bis in mein Innerstes. Fühlte, wie mich die inzwischen vertraute Aufregung erfüllte, als ich den Gashebel nach vorn schob und wir immer mehr an Geschwindigkeit gewannen.

»Zeig's ihnen, Robin.«

Dann hoben wir ab.

FUNKSPRUCH ENDE

Danksagung

Obwohl *Under The Same Stars* mein bisher rechercheaufwendigstes Buch ist, ging es mir am schnellsten (und mit dem breitesten Grinsen) von der Hand. Während ich direkt wusste, wohin sich die Geschichte entwickeln sollte, stand ich jedoch schnell vor zwei großen Fragen: Wie könnte eine Universität aussehen, die sich auf Luft- und Raumfahrt fokussiert? Und wie zur Hölle fliegt man eine Cessna?

Tja. Wie recherchiert man für ein Buch, das diese Themen miteinander vereint? Ist doch klar: Man ruft beim Deutschen Zentrum für Luft- und Raumfahrt an.

An dieser Stelle ein riesiges Dankeschön an die Flugsportgruppe im DLR Oberpfaffenhofen. Sebastian – danke, dass ich mit dir in der Cessna mitfliegen durfte. Eine Stunde in der Luft hat sich angefühlt wie zehn Minuten, und irgendwie will man, wenn man einmal gestartet ist, gar nicht mehr landen. (Brauche ich vielleicht doch einen Flugschein?) Den ersten Flug habe ich nur wenige Stunden nach unserem geschrieben – nur dank dir wusste ich, wie sich das anfühlt.

Ein großes Dankeschön an Tobi, der sich Zeit genommen hat, mir das DLR zu zeigen. Dank dieses Treffens hat die fiktive Universität in meinem Kopf erst richtig Form angenommen. Hätte mir damals jemand gesagt, dass ich eines Tages mit meinem Mathelehrer aus der 5. Klasse auf der Brücke eines Raumfahrtkontrollzentrums stehen würde, hätte ich es nicht geglaubt. Danke, dass du all meine Fragen beantwortet hast. (Und der netteste Mathelehrer warst, den ich je hatte.)

Nun aufseiten der Literatur. Mein Dank gilt …
… dem reverie-Verlag, der meine Geschichten so hingebungsvoll bei sich aufnimmt. *It takes a village* – danke an jeden Einzelnen, der dazu beiträgt, dass diese Geschichte letztendlich zu einem echten Buch wird.
… Anni, die seit der ersten Stunde an meiner Seite steht. Danke, dass du mich bei allem begleitest und wir uns immer wieder gegenseitig begeistern können.
… meiner wunderbaren Agentur Brauer & Kern. Rosi – du hast immer die richtigen Worte und Ratschläge parat. Danke, dass du mir eine solche Stütze bist!
… Fam, die Arbeit am Text hat so viel Spaß gemacht! Danke für dein wachsames Auge und einfühlsames Herz.
… Bianca, die so wundervolle Worte für Robin und Jamie gefunden hat!

Ebenso danke ich:
… meiner wunderbaren Familie, die mir den Rücken frei hält, während ich nach den Sternen greife.
… Domi für all die Flughafenabende. Und dafür, dass du immer hinschaust, wenn ich in den Himmel deute und dir sage, welche Planeten zu sehen sind. Vom Mond aus gesehen, weißt du?
… Rakan, dem Chemiker meines Vertrauens. (Und okay, befreundet sind wir auch. Kann man nicht leugnen.)
… Rossi und Raphi. Auf unsere Freundschaft. *cheers*
… Lexie. Ohne dich geht's nicht! Wie schön, dass sich unsere Wege gekreuzt haben, mein Lieblingsshrimp.
… Aylin. Du hast schon mein erstes L. A.-Buch gelesen. Und schau! This one made it out of the drawer! Danke, dass du so eine unfassbare Inspiration bist.
… Janni, die mir immer wieder beweist, dass es von Grund auf gute Menschen gibt.

… Emily, die ich nicht mehr aus München wegziehen lasse. Jetzt ist es offiziell. Nur damit du Bescheid weißt.
… Clara und Jojo, meine *partner in crime*.
… der Sternschnuppe, die genau an dem Abend über den Himmel gezogen ist, als ich das Kapitel über Meteoroiden geschrieben habe. Zufall? Ich glaube kaum.
… meinen Leserinnen und Lesern. Sowohl neuen (hi!!) als auch bereits bekannten (hi!!). Eure Begeisterung, Unterstützung, Beiträge, Storys und Worte bedeuten mir mehr, als ich je in eine Danksagung packen könnte. (Und darf, mir gehen nämlich langsam die Seiten aus.)

Ich hoffe, ihr verzeiht mir etwaige Fehler, die sich trotz der Recherche eingeschlichen haben könnten. Ich habe mein Bestes gegeben, alles richtig wiederzugeben – falls doch etwas falsch sein sollte, ist das ausschließlich mein Verschulden.

Und nun noch abschließende Worte von einer Autorin, die anscheinend nie ein Ende findet: Messt euren Wert und eure Stärke niemals an den Grenzen, die andere euch setzen. Besonders Frauen werden (nicht nur in den Naturwissenschaften, sondern *überhaupt*) oftmals leider nicht ernst genommen. Lasst euch bloß nichts einreden! Ihr könnt alles schaffen. Zeigt's ihnen.

Alles Liebe und bis ganz bald!
Eure Leandra

Content Note

Dieses Buch enthält potenziell triggernde Inhalte:

- Tod von Angehörigen
- Autounfall
- Trauer